KNAUR

Von Andreas Föhr sind bereits folgende Titel erschienen:

Aus der Wallner-&-Kreuthner-Reihe:
Der Prinzessinnenmörder
Schafkopf
Karwoche
Schwarze Piste
Totensonntag
Wolfsschlucht

Aus der Rachel-Eisenberg-Serie:
Eisenberg
Eifersucht

Über den Autor:
Andreas Föhr, Jahrgang 1958, gelernter Jurist, arbeitete einige Jahre bei der Rundfunkaufsicht und als Anwalt. Seit 1991 verfasst er erfolgreich Drehbücher für das Fernsehen mit Schwerpunkt im Bereich Krimi. Zusammen mit Thomas Letocha schrieb er u.a. für *SOKO 5113, Ein Fall für zwei* und *Der Bulle von Tölz.* Seine preisgekrönten Kriminalromane um das Ermittlerduo Wallner & Kreuthner sowie seine Anwaltsserie *Eisenberg* stehen regelmäßig unter den Top 5 auf den *Spiegel*-Bestsellerlisten. Andreas Föhr lebt bei Wasserburg.

Andreas Föhr

Schwarzwasser

Kriminalroman

KNAUR

Besuchen Sie uns im Internet:
www.knaur.de

FSC
www.fsc.org
MIX
Papier aus verantwortungsvollen Quellen
FSC® C083411

Vollständige Taschenbuchausgabe Mai 2019
Knaur Taschenbuch

Ein Imprint der Verlagsgruppe
Droemer Knaur GmbH & Co. KG, München

Redaktion: Maria Hochsieder
Covergestaltung: ZERO Werbeagentur, München
Coverabbildung: FinePic®, München, shutterstock
Satz: Adobe InDesign im Verlag
Druck und Bindung: CPI books GmbH, Leck
ISBN 978-3-426-51766-6

2 4 5 3 1

FdLmL Damaris

Prolog

Berlin, Herbst 1996

Die Frau war dreiundzwanzig Jahre alt und wohnte im dritten Hinterhof eines Altbaus in Kreuzberg. Als sie um 06:44 Uhr das Haus verließ, trug sie Jeans, Strickpullover und Ohrenwärmer auf kurzen schwarzen Haaren mit blauer Strähne. Es war ein kalter Oktobermorgen, eine halbe Stunde vor Sonnenaufgang, die Straßenlaternen erhellten die neblige Dämmerung, das erste Laub lag auf dem Trottoir. Am Ende der Straße bog die Frau in den Mehringdamm ein und erreichte nach dreihundert Metern den Zugang zur U-Bahn.

Axel Baum hatte den Wagen an der Ecke geparkt, so dass er das Mädchen von der Haustür bis zur U-Bahn im Blick hatte. Sie würde zum Savignyplatz fahren, um in einem Café ihre Arbeit als Bedienung anzutreten. Das hatte er schon vor zwei Tagen herausgefunden, als er ihr dorthin gefolgt war. Konnte er sich heute sparen. Er würde eine Currywurst frühstücken und sich dann in ihrer Wohnung umsehen. Möglicherweise besaß sie Rauschgift oder andere Dinge, mit denen man ihr das Leben schwermachen konnte. Danach würde er ein paar Stunden schlafen, Kräfte sammeln. Abends wollte Baum herausfinden, mit wem sich die junge Frau in ihrer Freizeit traf. Es war Freitag.

Einige Tage später

Zu zweit waren sie gekommen, um zu hören, was Baum herausgefunden hatte. Vielleicht aus Neugierde, vielleicht weil sie einander nicht über den Weg trauten. Marc und Regina Augustin, er dreißig, sie vier Jahre älter. Ein hübsch gepflegtes, gut gekleidetes Geschwisterpaar. Baum fühlte sich immer etwas beklommen in Gegenwart von Menschen, die von Geburt an Geld hatten. Die Haltung, mit der sie anderen begegneten, und wie sie es schafften, durch Dinge, die Baum noch nicht entschlüsselt hatte, einen Abstand zwischen sich und den einfachen Leuten herzustellen, verursachte ihm Unbehagen. Bis vor sechs Jahren war Baum so jemandem noch nie begegnet. Tja – einiges blieb rätselhaft. Ansonsten war er gut angekommen in der freien Marktwirtschaft. Denn er arbeitete in einer Branche, in der die DDR nicht nur auf Weltniveau, sondern Spitzenreiter gewesen war: Informationsbeschaffung. Natürlich konnte man nicht offen damit werben. Aber wenn Baum mit einer subtilen Andeutung seinen früheren Arbeitgeber durchschimmern ließ, schlug ihm eine Ehrfurcht und ein Vertrauen in seine berufliche Kompetenz entgegen, wie es vielleicht nur noch Sporttrainer aus den neuen Ländern genossen.

Sie hatten ihn in Regina Augustins Stadtapartment am Ku'damm gebeten. Das war unauffälliger als das Haus in Grunewald. Die Wohnung hatte jemand mit Geschmack, aber etwas kalt eingerichtet. Hier wohnte auch keiner. Sie war für Gäste gedacht. Das edle Paar saß auf der Couch, er die Hände hinter dem Kopf verschränkt, sie die Beine übereinandergeschlagen. Es war schon dunkel draußen. Trotzdem stand nur Wasser auf dem Tisch. Baum hätte gerne ein Bier gehabt. Aber er machte beim Wasser mit. Profis trinken angeblich nicht. Wenn die wüssten, was sie bei der Stasi weggeschluckt hatten. Na gut. Wenigstens rauchten die beiden. Baum zündete sich auch eine an und schlug sein Notizbüchlein auf.

»Miriam Cordes, geboren 3. März 1973, wohnhaft Bergmannstraße 92, arbeitet seit ein paar Wochen als Küchenhilfe im Café Blehnicke in der Bleibtreustraße. Kommt ursprünglich aus Braunschweig, hat daselbst das Gymnasium besucht, in der zwölften Klasse abgebrochen, danach ein Jahr in Köln, unregelmäßige Jobs beim Fernsehen, 1990 dann nach Berlin und so weiter. Ich will Sie nicht langweilen. Steht alles im schriftlichen Bericht. Bis vor kurzem hat Frau Cordes anscheinend ein ziemlich unstetes Leben geführt und einiges an Drogen konsumiert. Zweimal mit Koks erwischt worden. Vor ein paar Monaten noch eine Verurteilung auf Bewährung wegen Widerstands gegen Vollstreckungsbeamte und Körperverletzung. Im Augenblick lässt sie offenbar die Finger vom Kokain.«

»Woher wissen Sie so was?« Regina Augustins Miene verriet interessiertes Schaudern. Diese Dinge kamen in ihrer Welt nicht vor.

»Weil sie keins kaufen wollte. Und der Preis war wirklich günstig.«

»Sie haben der Frau …?«

»Das wollen Sie nicht so genau wissen.«

Regina schwieg dazu.

»Und was hat jetzt unser Onkel mit diesem Junkie zu tun?« Marc Augustin hatte die Hände hinter seinem Kopf hervorgeholt und sich nach vorne gelehnt.

»Wie es aussieht …«, Baum blätterte ein wenig in seinen Aufzeichnungen, obwohl er genau wusste, was er sagen würde, »… hat Frau Cordes sich als Begleitung für ältere Herren angeboten.«

»Gott, nein! Das ist ja abgeschmackt.« Regina Augustin sprang der Ekel förmlich aus dem Gesicht, und sie blickte, seelischen Beistand fordernd, zu ihrem Bruder.

»Mein Gott, er ist seit fünf Jahren Witwer. Wenn er da Bedürfnisse hat – warum nicht.«

»Ach so, das ist normal. Entschuldige. Ich dachte, so was machen nur Menschen, die wir nicht kennen.«

»Wie du siehst, machen das auch andere Menschen.« Marc wandte sich wieder Baum zu. »Das heißt, sie hat als eine Art … Callgirl gearbeitet.«

»Nennen Sie es, wie Sie wollen. Sie hat Ihren Onkel jedenfalls mehrfach auf Wochenendfahrten an die Ostsee begleitet und dafür eine Gegenleistung erhalten.«

»Ja, das kann man allerdings sagen!« Regina schleuderte ein fassungslos-verächtliches Lachen von sich.

»Da muss doch mehr zwischen den beiden gewesen sein. Ich meine, mal ein Wochenende oder auch zwei oder drei. Na gut, was zahlt man da?«

»Scheinst es ja zu wissen«, zischelte Regina.

»Ich denke, ein paar hundert Mark und, sagen wir, ein hübsches Kleid samt Handtasche sind angemessen.« Baum versuchte durch einen dezidiert sachlichen Ton, die Wogen zwischen seinen Auftraggebern zu glätten. »Ihr sein ganzes Vermögen zu vererben ist allerdings schon … ungewöhnlich.«

»Das ist so grausam.« Regina schüttelte verzweifelt den Kopf und schien den Tränen nahe. »Sie müssen wissen, dass die Schwarzwasser GmbH sich seit vielen Jahren in Familienbesitz befindet. Und unser Onkel hat – ohne ihm zu nahe zu treten – leider nichts für die Firma getan. Er hat immer nur Geld ausgegeben. Unser Großvater hat das damals schon kommen sehen und wollte eigentlich meinen Bruder und mich als Erben einsetzen. Aber irgendwie hat er es nicht mehr rechtzeitig geschafft.«

Baum machte ein verständnisvolles Gesicht, auch wenn ihm die Sorgen der Kapitalistenkinder am Arsch vorbeigingen. Eigentlich könnte er mal die nächste Rechnung stellen, fiel ihm dabei ein. Und bei der Gelegenheit: Der Stundensatz von zweiundvierzig Mark war viel zu niedrig. Beim nächsten Auftrag musste er mehr nehmen.

»Gut«, sagte Marc und reichte seiner Schwester gelangweilt ein weißes Stofftaschentuch. Baum meinte die eingestickten Initialen M. A. zu erkennen. »Was schlagen Sie also vor?«

»Nun – der Rechtsweg scheint wenig erfolgversprechend.«

»Unser Onkel hat sich von zwei Psychologieprofessoren seine Testierfähigkeit bescheinigen lassen«, jammerte Regina Augustin. »Das muss man sich mal vorstellen: Was er für einen Aufwand getrieben hat, nur um seine einzigen Verwandten von ihrem Erbe auszuschließen.«

Regina musste erneut zum Taschentuch greifen. Baum hatte viel Verständnis – für den Onkel.

»Es gibt zwei Ansatzpunkte: Miriam Cordes als Erbin. Und diesen Anwalt, Dieter Sitting. In der Schwarzwasser GmbH hat Sitting jetzt das Sagen, wenn ich das Testament richtig verstehe.«

»Das verstehen Sie absolut richtig.«

»Dann sollten wir uns auf ihn konzentrieren.«

Oberbayern, Herbst 2015

Im September war es endlich so weit gewesen. Es war das passiert, was so sicher war wie der nächste Morgen, so unabwendbar, dass sie im Landkreis nur noch auf den genauen Zeitpunkt wetteten.

Schon vor ein paar Monaten hatten sie die Jagd auf ihn eröffnet, Polizeiobermeister Leonhardt Kreuthners jüngerer Kollege Greiner und ein paar andere. Tempora mutantur! Früher hätte kein Uniformierter einen nicht im Dienst befindlichen Kollegen zur Alkoholkontrolle herausgewunken oder ihn gar blasen lassen. Da hat man vielleicht mal geschaut, ob einer noch geradeaus fahren konnte. Und wenn es Probleme gab, dann haben sie dem Kollegen aus dem Auto geholfen und ihn im Streifenwagen ein, zwei Stunden ausnüchtern lassen, bis er wieder fahrtüchtig war. Damals – aber das war eben eine andere Zeit. Zusammenhelfen – das Wort kannten sie heute gar nicht mehr. Die Ärzte hingegen, hatte Kreuthner gehört, die behandelten andere Ärzte kostenlos. Das war noch ein Standesethos! Und in diesem Sinne hatte man früher auch unter Polizisten gesagt: »Mit dem Rausch im G'sicht, des kostet dich eigentlich an Führerschein. Aber für an Kollegen – da is es halt kostenlos.« Heute: Da sind sie sogar noch stolz, wenn sie einen anderen Polizisten erwischen.

Aufgrund dieses ethischen Verfalls war Kreuthner bei Alkoholfahrten ausgesprochen vorsichtig geworden. Zwar wusste er im Groben, wo und wann kontrolliert wurde, auch wenn er keinen Dienst hatte. Aber er wusste bei weitem nicht mehr alles. Dass freilich während der Wiesenzeit mit einigem zu rechnen war, verstand sich von selbst. Kreuthner sah es daher als Wink des Schicksals, dass der Kater vom Vortagesrausch noch nicht verklungen war und ihm das Bier in der Mangfallmühle irgendwie nicht schmecken wollte. Daher ließ sich Kreuthner einen Masskrug voll Kamillentee an den Wirtshaustisch bringen, den er im Lauf des Abends vollständig leerte. Auf der Heimfahrt überkam ihn ein Anflug von Euphorie. Der Tee hatte seinen Magen wieder in Ordnung gebracht, und die ungewohnte Unverschwommenheit, mit der er den Mittelstreifen sehen konnte, sowie das Gefühl, dass sie ihm bei einer Kontrolle nichts anhaben konnten, versetzten Kreuthner in Ekstase. Lustvoll flog er durch die Nacht, nüchtern wie ein Säugling und unantastbar. Einen ersten Knacks bekam dieses Hochgefühl, als am Straßenrand etwas rot aufblitzte.

»Da hammas aber eilig g'habt, Herr Kollege.« Es war natürlich Greiner, der ihn kontrollierte. »Was schätz ma denn, hamma draufg'habt?«

»Keine Ahnung. Schau net ständig aufn Tacho. Achtzge?«

»So! 142 han's gwen. Minus drei Prozent, han's 137. Macht dann – wart grad …«, Greiner blätterte in einem Büchlein, obwohl Kreuthner sicher war, dass er den Bußgeldkatalog auswendig konnte, »… 240 Euro, zwoa Punkte, und der Lappen is aa weg.«

»He, Greiner – ich bin a Kollege …«

»Und?«

»Des macht ma net unter Kollegen.«

»Du, mir san fei net in der Bananenrepublik. Hier in Deutschland gelten die Gesetze für alle. Sogar für dich.«

»Herrschaftszeiten – ich fahr Streife. Ich brauch den Führerschein!«

»Jetzt beruhigen mir uns erst amal wieder. Und

dann blast amal da eina.« Greiners Kollege war dazugetreten und hielt Kreuthner ein Alkoholmessgerät hin. »Is freiwillig. Aber das weißt ja selber.«

Kreuthner nahm das Gerät, setzte an, blies nach Kräften hinein und gab es mit trotziger Geste an Greiner weiter. Der schaute auf die Anzeige und runzelte die Stirn.

»Sappralot! Ja gibt's des aa? Der Kreuthner fahrt nüchtern Auto.« Er gab das Messgerät mit einem Lachen an den Kollegen zurück, der ebenfalls fassungslos den Kopf schüttelte. »Ja gratuliere. Bist schwanger?« Dem folgenden Heiterkeitsausbruch der im Dienst befindlichen Kollegen mochte Kreuthner sich nicht so recht anschließen. »Ja dann bleibt's beim Speeding. Kriegst bald a Brieferl«, sagte Greiner und händigte Kreuthner seine Papiere wieder aus.

»Jetzt wart halt amal. Des kann man doch auch irgendwie anders regeln.«

Greiner sah Kreuthner irgendwie nachdenklich-amüsiert an, trat schließlich etwas näher und sagte mit gesenkter Stimme: »Zum Beispiel – dass ma uns deine 240 Euro brüderlich teilen?«

»Greiner, jetzt redst des erste Mal koan Schmarrn.« Auch Kreuthner hatte seine Stimme gesenkt, obwohl außer dem anderen Kollegen niemand zuhören konnte. »An was hättst so denkt?«

»Ja brüderlich halt – achtzge, achtzge, achtzge.«

»Sangma an Fuchzger für jeden und a Flasch'n Obstler obendrauf.«

Kreuthner war jetzt in seinem Element und wartete auf das nächste Angebot von Greiner. Aber der sah Kreuthner nur stumm an. Schließlich sagte er: »Des war a Witz. Und jetzt schleich di, sonst gibt's noch a Anzeige wegen Beamtenbestechung.«

Das Böse hatte für Kreuthner von dieser Stunde an einen Namen: Greiner. Und Kreuthner würde von jetzt an wachsam und geduldig sein und warten, bis sie kommen würde: die Gelegenheit zur Rache. Den einen Monat Fahrverbot schob Kreuthner vor sich her, bis es nicht mehr länger ging. Und so kam es, dass er ausgerechnet im Fasching seinen Führerschein abliefern musste.

1

Miesbach, 31. Januar 2016, 23:02 Uhr

Die Nacht war eisig. Eine Atemwolke hüllte Clemens Wallner ein, als er aus dem Taxi stieg. Entgegen seiner Gewohnheit war Wallner aufgewühlt. Er hatte Stefanie Lauberhalm besucht, eine aus zwei Gründen bemerkenswerte Frau: Zum einen übte sie den Beruf der Hexe aus. Sie bot über ihre Website Kurse zum Thema Grundwissen Magie, Kräuterkunde, Heilen mit Steinen und Zaubersprüche für jeden Anlass an. Außerdem konnte man Stefanies magische Fähigkeiten buchen, um gegen Krankheiten, Depressionen oder böse Geister im Garten vorzugehen. Zum Zweiten war Stefanie die Erziehungsberechtigte von Olivia, einem Mädchen von zwölf Jahren – Wallners Stiefschwester, von der er lange Jahre nichts gewusst hatte. Eine seltsam gewundene Fügung des Schicksals hatte die beiden Stiefgeschwister vor zwei Jahren zusammengeführt.

Wallner stand in der kalten Nacht und blickte zu dem Zimmer im ersten Stock, in dem sein Großvater Manfred schlief. Es war dunkel. Auch sonst brannte kein Licht im Haus. Wallner wunderte sich. Manfred ging selten vor Mitternacht ins Bett. Aber Wallner musste reden. Was er erfahren hatte, war so außerordentlich, dass es keinen Aufschub duldete.

Das Haus war still. Wallner hängte die Daunenjacke

an die Garderobe und lauschte. Der Kühlschrank sprang an. Sonst war nichts zu hören.

Die Tür zu Manfreds Zimmer stand offen. Vor der Zimmertür blieb Wallner stehen und starrte in die Dunkelheit. Das Flurlicht fiel als dünner Streifen auf die Schleiflackkommode. Stille. Kein Atmen, kein Schnarchen. Wallner spürte ein drückendes Gefühl im Hals. War jetzt der Moment gekommen, vor dem er sich seit Jahren fürchtete? Wallner hatte immer gehofft, dass sein Großvater friedlich in seinem Bett sterben würde. Aber jetzt wäre wirklich ein ganz beschissener Zeitpunkt.

»Manfred?« Wallners Stimme war leise und belegt. Keine Antwort. Er klopfte. »Bist du im Bett?«

Wallner schob die Tür auf. Der Lichtstreifen wurde breiter und fiel auf das Bett. Es war leer.

Beunruhigt rumpelte Wallner die Treppe nach unten, ging in die Küche, suchte nach einem Zettel auf dem Küchentisch. »Bin kurz weg, um zwölf wieder zurück.« Aber das wäre absurd. Nie im Leben würde Manfred einfach nachts das Haus verlassen, noch dazu, ohne Wallner etwas zu sagen.

Wallner riss die Wohnzimmertür auf. Der Raum war leer, wie das ganze Haus. Wallner durchkämmte es vom Dachboden bis in den Keller. Als alles durchsucht war, setzte er sich an den Küchentisch, atmete langsam ein und aus und zwang sich, vernünftig nachzudenken. Eigentlich gab es nur eine Erklärung: Manfred war in einen Zustand der Orientierungslosigkeit geraten. Durch einen Schlaganfall, eine Gehirnblutung oder erste Symptome von Demenz. Er hatte das Haus verlassen und irrte jetzt durch die Nacht. Wallner hastete zur Garderobe. Die Daunenjacke seines Großvaters hing dort. Er war ohne Jacke in die Kälte hinausgegangen.

Wallner beschloss, Manfred zu suchen. Doch die Autoschlüssel waren weg. Sie lagen immer in dem Murano-Aschenbecher vor dem Garderobenspiegel. Immer. Warum jetzt nicht? Herrgott … Um keine Zeit zu verlieren, nahm er den Reserveschlüssel aus der Schublade, verließ das Haus, ohne abzuschließen, und öffnete das Garagentor. Leer. Wie um alles in der Welt … Die Garage war tatsächlich leer.

Wallner rief bei der Polizei an und schilderte die Lage. Der Polizist in der Telefonzentrale versprach, nach Wallners Wagen und Manfred suchen zu lassen.

Wallner hatte das Bedürfnis, einen Schnaps zu trinken, beließ es aber bei Mineralwasser. Beklemmung legte sich auf seine Brust. Um wenigstens irgendetwas zu tun, setzte sich Wallner an seinen Laptop und verfasste eine Liste von Orten im Landkreis, an denen Manfred früher öfter gewesen war, vor allem in seiner Kindheit, denn das war die Zeit, an die sich demente Menschen am besten erinnerten. Aber wieso sollte Manfred mit einem Mal dement geworden sein? Wallner schob den Gedanken zu den vielen anderen ungelösten Fragen dieses Abends und mailte die Liste an die Polizei.

»Schaust du mal bitte in deine Mail«, sagte er zu dem Kollegen in der Telefonzentrale. »Ich hab dir da eine Liste geschickt.«

»Hab's schon aufgemacht. Alles klar.«

»Das sind Orte, wo Manfred vielleicht hinwill.«

»Ja. Steht drauf.«

»Vielleicht wenn ihr da schwerpunktmäßig …«

»Alles klar. Ich schick die Liste raus.« Der Kollege klang ein wenig ungeduldig.

»Tausend Dank. Und bitte in jedem Fall anrufen. Ich bin auf.«

»Wart mal kurz«, sagte der Kollege. »Da kommt grad was rein.« Er drückte Wallner in die Warteschleife. Wallner behielt den Hörer am Ohr. Als sich der Beamte nach über einer Minute noch immer nicht gemeldet hatte, wuchs die Panik. Wallner wippte mit dem Oberkörper und kaute an der Nagelhaut. Nach endlosen zwei Minuten ein leises Knacken in der Leitung.

»So, da bin ich wieder.« Der genervte Unterton war verschwunden, und das beunruhigte Wallner. Die Stimme des Kollegen kam Wallner belegt und gehemmt vor.

»Was war jetzt?«

»Es is alles a bissl unübersichtlich. Der Schartauer is zu einem Haus gerufen worden und … also da is er jetzt …« Der Beamte zögerte.

»Was ist denn passiert? Warum ist er gerufen worden?«

»Nun … es is wohl eine Leiche gefunden worden.« Er kam nicht weiter. Dem Kollegen in der Telefonzentrale schien die Luft ausgegangen zu sein.

»Was für eine Leiche? Mann, jetzt sag halt endlich!« Wallner war aufgestanden und lief um den Küchentisch herum.

»Sie haben den Toten noch nicht identifiziert. Aber es ist anscheinend ein … älterer Mann und … dein Wagen steht vor dem Haus.«

2

Wirtshaus Mangfallmühle, 22:40 Uhr

Atemlos durch die Nacht …« Der Mann auf der Bühne sang mit Leidenschaft und geschlossenen Augen, schwarze Korkenzieherlocken reichten ihm bis über die Schultern. Auf dem Tanzboden wogten Leiber und Gesichter, ekstatisch, schweißnass, Münder öffneten sich und krächzten den Refrain ins Stroboskopfeuer. Die *Hellsbells* waren eigentlich eine AC/DC-Coverband, zeigten sich aber flexibel, wenn es der Anlass erforderte. Und der hier erforderte unzweifelhaft Helene Fischer. Einen Faschingsball ohne *Atemlos* konnte man auch gleich bleibenlassen.

Leonhardt Kreuthner tanzte wie ein Derwisch, die Wilderer-Lodenkotze wirbelte durch die Luft, den breitkrempigen Hut hatte er keck ins Genick geschoben, seine Hände flatterten auf Kopfhöhe, und er sandte schelmisch schmachtende Blicke zu der Frau, die ihm schräg gegenüber tanzte. Sie, in Zwanziger-Jahre-Paillettenkleid und Bubikopf-Perücke wie aus *Cabaret* entsprungen, lachte händeflatternd zurück, zog die Brauen hoch und schloss für einen Moment die Lider, wiegte sich im Rausch der Melodie, und als sie die Augen wieder öffnete, war ihr Blick umso tiefer. »Atemlos, schwindelfrei …«, ganz dicht tanzten sie aneinander vorbei, ihre feuchten, heißen Hände berührten sich kurz, »… großes Kino für uns zwei«, er roch ihr Parfum, es war blumig und schwer und nicht teuer.

Seit Jahren schon hatte Kreuthner ein Auge auf Michaela Hundsgeiger geworfen, Friseurin in Rottach-Egern. Vor zehn Jahren war sie überaus begehrt gewesen im Tal, und die smarten Anwalts- und Chefarztsöhne hatten sich um sie gerissen. Keine Chance für einen einfachen Polizisten ohne 325i Cabrio. Inzwischen ging die Hundsgeigerin auf die vierzig zu, und keiner der Anwalts- und Chefarztsöhne hatte sie geheiratet. Nein, ihr Freund war Mechatroniker mit schmutzigen Fingernägeln. Genauer gesagt war er bis vor vier Wochen ihr Freund gewesen. Da hatte sie ihn in die Wüste geschickt. Was wiederum bedeutete, dass jetzt, endlich, nach all den Jahren Kreuthners Chance gekommen war. Heute Nacht musste es passieren!

»Was tätst du machen, wennst morgen, sagen wir, eine Million gewinnen tätst?« Kreuthner stand mit Michaela an der Bar, und sie tranken jeder einen Cocktail mit kleiner Glitzerpalme drauf.

»Eine Million!« Michaela umschloss nachdenklich den Strohhalm mit ihren vollen, tomatenroten Lippen. Die letzten Cocktailreste gurgelten zwischen zerstoßenem Eis.

Kreuthner wurde heiß bei diesem Anblick, aber er versuchte, sich nichts anmerken zu lassen. »Also? Was tätst machen mit dem Geld?«

Michaelas Blick wurde ernst. »A eigenes Haus tät ich kaufen. Und a Bibliothek müsst drin sein wie in am englischen Schloss.« Sie presste die Lippen zusammen und nickte heftig und entschlossen. »Was tätst du denn mit der Million machen?«

»Jedenfalls kein Haus kaufen. Ich hab ja schon eins.« Kreuthner ließ kurz die Bilder des Anwesens zwischen

Gmund und Hausham Revue passieren, das er vor einigen Jahren von seinem Onkel Simon geerbt hatte. Haus war ein dehnbarer Begriff, aber solange das Dach noch drauf war, sagte sich Kreuthner, war's ein Haus und keine Ruine. Kreuthner bewohnte im Wesentlichen die Wohnküche, der Rest war heruntergekommen, und die Tapeten aus den sechziger Jahren blätterten von den Wänden. Überdies hatte er letzte Woche beim Destillieren von Apfelschnaps einen Brand im ehemaligen Stall ausgelöst und die Männer der Haushamer Feuerwehr mit einer Flasche Obstler für jeden davon überzeugen müssen, dass sie *Kabelbrand* in den Bericht schrieben. Abgesehen von dem unschönen Anblick, den die rußgeschwärzten Mauern boten, hatte sich ein beißender Geruch in allen Räumen des Hauses festgesetzt.

»Der Sennleitner hat g'sagt, es wär recht derhaut«, sagte Michaela.

»Wie? Mein Haus? Des kennt der doch gar net.«

»Doch. Irgendwo zwischen Gmund und Hausham, hat er g'sagt.« Sie beugte sich vor, und ihr Ton wurde verschwörerisch. »Und hinten wär a Schwarzbrennerei drin.«

»Ach des!« Kreuthner lachte und schüttelte amüsiert den Kopf. »Des, hat er gedacht, is mein Haus? So ein Depp.«

»Des g'hört gar net dir?«

»Doch. Das hab ich mal geerbt. Aber da plan ich grad die Renovierung. So als Sommerhaus.«

Michaela nickte beeindruckt. »Und dein richtiges Haus?«

»Äh ... is net weit von hier.« Konkreter konnte Kreuthner nicht werden, da er gerade fieberhaft überlegte, wo sein angeblich richtiges Haus stehen und wie es aussehen sollte.

»Mit Bibliothek?«

»Ja was glaubst denn du? A Haus ohne Bibliothek is … a Kuhstall. Da brauchst gar net 's Bauen anfangen.«

»Tät ich mir gern mal anschauen.«

Kreuthner schluckte. Die Frau wollte zu ihm nach Hause kommen! Die Sache nahm Formen an. »Ja gern. Äh … wann denn?«

Michaela zuckte mit den Schultern und lächelte. »Jetzt?«

Kreuthner schoss das Adrenalin bis in die Ohren. »Okay …« Er lachte erfreut. Doch das überraschende Angebot warf Fragen auf. Vor allem die: Wo auf die Schnelle ein Haus mit Bibliothek hernehmen? Einen Freund bitten, ihm seins zur Verfügung zu stellen? Von Kreuthners Spezln hatte keiner in seinem Leben je freiwillig ein Buch gelesen, geschweige denn dass er eine Bibliothek besaß.

»So«, lächelte Kreuthner etwas verunsichert, »da willst du also mein Haus anschauen.«

»Ja. Wieso? Hast net aufg'räumt?« Michaela klimperte schelmisch mit ihren dunklen Wimpern. Dann sah sie ihn mit halb geschlossenen Augen an, und Kreuthner wurde es ganz anders.

»Muss nur noch was klären. Dann kann's losgehen.« Er winkte Harry Lintinger, dem Wirt der Mangfallmühle, der mit Fliege, Weste und einem Bowler auf dem Kopf hinter dem Tresen stand und sich heute Abend ganz dem Mixen von teuren Drinks aus preiswerten Zutaten widmete. »Machst der Michi noch an Sex on the Beach?« Harry nickte. Kreuthner legte seine Hand auf Michaelas Unterarm und sagte: »Bin gleich wieder da.«

Auf der Toilette wählte Kreuthner eine Nummer mit

dem Handy an. Der Anrufbeantworter meldete sich, und ein Mann namens Klaus Wartberg bat darum, eine Nachricht zu hinterlassen. Kreuthner beendete die Verbindung und schien zufrieden.

Zurück im Gastraum, frönten die *Hellsbells* ihrer wahren Berufung und rockten den Saal mit *You Shook Me All Night Long* von AC/DC. Auch Michaela war wieder auf der Tanzfläche, hatte die Hände über den Kopf gehoben und bewegte die Hüften im stampfenden Rhythmus. Kreuthner winkte ihr zu und versuchte zu signalisieren, dass sie demnächst aufbrechen könnten. Harry Lintinger hatte Michaelas Drink mittlerweile aus viel Tetrapack-Orangensaft, Eis, Obstler und einem undefinierbaren Fruchtsirup zusammengegossen. Zum Schluss kam die Glitzerpalme drauf.

»Du, Harry ...«, Kreuthner kam hinter den Tresen und stellte sich dicht neben den Wirt, um nicht schreien zu müssen, »... ich bräucht mal den Schlüssel vom Wartberg.«

»Wozu?« Lintinger stellte den Cocktail auf den Tresen.

»Kriegst die nächste Lieferung umsonst.« Kreuthner meinte den schwarzgebrannten Obstler, den er Lintinger gelegentlich verkaufte und der heute geballt zum Einsatz kam.

»Was willst denn mit dem Schlüssel?«

Kreuthner deutete in Richtung Tanzfläche, wo Michaela weiter die Hüften kreisen ließ und Kreuthner eine Kusshand zuwarf. Kreuthner erwiderte die Zärtlichkeit.

»Du tickst ja net richtig«, raunte Lintinger. »Der Wartberg ist doch da.«

»Na. Is er net. Die Lara hat g'sagt, er wollte wegfahren. Und er geht net ans Telefon.«

Lintinger sah Kreuthner skeptisch an. Klaus Wartberg war ein Mann in den Sechzigern, der in einem einsam gelegenen Haus wohnte, ein paar Kilometer von der Mangfallmühle entfernt. Lara Evers, eine junge Frau, die ab und zu in der Mangfallmühle bediente, kannte Wartberg. Wie gut sie ihn kannte und was die beiden miteinander hatten, wusste keiner genau. Aber Lara hatte einen Schlüssel zum Haus. Für zweihundert Euro hatte Lintinger ihre Erlaubnis bekommen, einen Nachschlüssel anzufertigen. Nicht dass Lintinger in das Haus einbrechen wollte. Aber sollte Wartberg, der anscheinend weder Freunde noch Familie hatte, eines Tages plötzlich verschwinden oder sterben, könnte man mit etwas Glück ein paar wertvolle Dinge aus dem Haus holen, ohne dass es einer mitkriegte.

»Bist sicher, dass er net da is?« Lintinger befüllte ein Cocktailglas mit Wermut sowie einem Schuss von Kreuthners Eigenbrand-Obstler und gab anschließend eine Kompottkirsche aus der Dose dazu.

»Um die Uhrzeit geht der doch noch ans Telefon, wenn er da ist.«

Lintinger stellte das Cocktailglas vor einer Indianersquaw auf den Tresen. »Einen Manhattan, die Dame!« Er überlegte kurz. Dass Wartberg weggegangen war, etwa zu einem Faschingsball, konnte man ausschließen. Wartberg ging abends nie weg.

»Zwei Kisten. Vierundzwanzig Flaschen.« Lintinger hielt Kreuthner den Hausschlüssel hin.

»Zwanzig.«

»Vierundzwanzig.«

Kreuthner sah zur Tanzfläche. Dort wurde Michaela gerade von Spiderman angetanzt. Kreuthner gab auf und ließ sich den Schlüssel aushändigen.

Jetzt musste er nur noch hinkommen zu Wartbergs Haus. Das war ohne Führerschein leider nicht so einfach. Aber es gab Lösungen: Kreuthners Blick fiel auf eine Gestalt, die am anderen Ende des Saales an einem Tisch saß: schwarzer Schlapphut, kreidebleiches Gesicht mit schwarz umrandeten Augen. Das geisterhafte Männlein saß vor einem Glas Bier mit Bierwärmer, hinter ihm an der Wand lehnte eine Sense …

3

»Schal-ten!« Der Zeiger des Tourenzählers näherte sich der Marke sechstausend, und Kreuthners Stimme klang ungeduldig.

»Mach ich ja!« Am Steuer des alten Audi A4 Avant saß Manfred Wallner, 86, mit Schlapphut und schwarzem Umhang. Die Oberkörper der Wageninsassen ruckten nach vorn und wieder zurück.

»Des is die Bremse, Herrschaftszeiten!« Kreuthner dirigierte Manfred vom Beifahrersitz aus.

»Das hab ich auch g'merkt. Bin ja net blöd. Die is jetzt weiter links wie früher.«

»Nein, die is da, wo sie immer war. Drückst jetzt endlich mal auf die Kupplung?«

Manfred musste seinen linken Fuß ziemlich strecken, um an das Pedal zu kommen. Deswegen und weil er dabei nach unten sah, stieß die Krempe seines Schlapphutes ans Lenkrad und schob sich über die Augen.

»Verflucht – i siech nix mehr!«

Kreuthner schob den Hut wieder nach hinten und griff ins Lenkrad, denn der Wagen hatte Richtung Straßengraben abgedreht. »Bleib auf der Kupplung. Ich schalt jetzt.«

Kreuthner legte die linke Hand an den Gangknüppel, nahm sie aber sofort wieder weg und drehte Manfreds Kopf in Richtung Windschutzscheibe.

»Du musst net auf meine Hand schauen, wenn ich schalte. Schau auf die Straß.« Kreuthner schaltete. »Gang is drin!«

Der Motor heulte auf.

»Lass die Kupplung los, aber lang …«

Kreuthners Satz wurde abgewürgt, der Wagen machte einen Satz nach vorn.

»Langsam!«

»Ja, ja.«

Kreuthner sah nach hinten. Michaela Hundsgeiger hielt den oberen Teil einer Sense umklammert und sah Kreuthner mit ängstlichen Augen an.

»Das wird schon«, sagte Kreuthner. »Er is nur a bissl aus der Übung.«

Kreuthner hatte Manfred am frühen Abend gebeten, ihn zur Mangfallmühle zu fahren. Dort fand der Striezelball statt, der berüchtigt war für seine Ausschweifungen vor allem erotischer Natur. Es hatte daher nicht viel Mühe gekostet, Manfred zu überreden. Schlapphut, schwarzer Umhang und die alte Sense aus dem Schuppen – schnell war das Boandlkramerkostüm improvisiert, und los ging die wilde Sause. Früher hätte Kreuthner keine Skrupel gehabt, auch ohne Führerschein zu fahren. Aber viel konnte er sich nicht mehr leisten im Polizeidienst. Da Manfred streng genommen nicht mehr in der Lage war, einen Pkw zu steuern, übernahm Kreuthner das Schalten und gelegentlich auch das Lenken, und so erreichten sie im Schneckentempo, aber lebend die Mangfallmühle. Jetzt steuerte Manfred den Wagen in Richtung des Wartbergschen Anwesens. Kreuthner hatte Manfred gefragt, ob er nicht Lust auf einen netten Abend zu dritt mit der Michaela hätte. Der genauere Ablauf dieser Veranstaltung blieb etwas nebulös. Aber Manfred hatte offenbar hochfliegende Erwartungen. Jedenfalls war Michaela sehr nach seinem Geschmack.

Der Audi näherte sich auf der verschneiten Nebenstraße einem einsam gelegenen ländlichen Anwesen.

»Ja Wahnsinn!«, sagte Michaela Hundsgeiger, als das Haus im Scheinwerferlicht auftauchte.

»Des is der derhaute Bauernhof von dir?« Manfred blickte mit starrem Blick nach vorn.

»Des is mein Haupthaus«, erklärte Kreuthner vom Beifahrersitz aus.

»Sein Haupthaus!« Manfred entließ ein hohes, heiseres Greisenlachen aus seinem bleich geschminkten Gesicht und drehte sich zu Michaela. »Is mir ja wurscht, wem des Haus g'hört. Hauptsach, mir drei ham an schönen Abend.«

»Schau auf die Straß, zefix!« Kreuthner griff zum wiederholten Mal ins Lenkrad und verhinderte, dass sich der Wagen in den Schneewall am Straßenrand bohrte.

Die Grundstückseinfahrt war offen. Das kam Kreuthner einerseits gelegen, denn er wusste nicht, ob der Hausschlüssel auch für das Tor passte. Andererseits irritierte es ihn. Wenn jemand für einige Zeit wegfuhr, wie Lara das von Wartberg behauptet hatte, machte er ja wohl das Tor zu. War Wartberg doch zu Hause? Und war das sein Motorroller, der neben der Haustür stand? Kreuthner klingelte, bevor er die Haustür aufschloss.

»Was klingelst denn? Is doch dein Haus«, fragte Manfred, der mit der Sense in der Hand hinter Kreuthner stand.

»Vorsichtsmaßnahme. Wenn Einbrecher im Haus sind.«

Manfred und Michaela sahen Kreuthner fragend an.

»Wenn ich einfach neigeh, san die überrascht, und

dann geraten s' in Panik und alles Mögliche kann passieren. Verstehts?«

Michaela nickte ein wenig besorgt. Manfred sah sich nervös um und murmelte, Kreuthner könne seiner Großmutter erzählen, dass das sein Haus sei. Kreuthner trat einen Schritt von der Eingangstür zurück und betrachtete die Fassade. Aber weder ging hinter einem der Fenster Licht an, noch hörte man etwas.

»Alles sauber.« Kreuthner steckte den Schlüssel ins Schloss und drehte ihn. Abermals musste er sich wundern. Die Tür war nur zugezogen, nicht abgesperrt.

»Hast gar net abg'sperrt?«, krächzte Manfred.

»Typisch Polizist«, scherzte Kreuthner in Richtung Michaela. »Ich vergess es immer wieder.« Dann betrat die seltsame Combo aus Wilderer, Sensenmann und Charleston-Girl in falschem Pelzmantel das Haus.

Kreuthner fingerte eine Weile an der Wand herum, bis er nach dem Öffnen der Tür den Lichtschalter gefunden hatte. »Dann mal rein in die gute Stube!«

Sie standen in einem langen Flur mit Garderobe, von dem mehrere Türen abgingen. Eine Tür führte in die Küche, eine andere ins Bad, was unverkennbar war, denn die Türen standen offen. Bei den anderen war weniger klar, wo sie hinführten. Kreuthner nahm Michaelas Kunstpelzmantel und hängte ihn an die Garderobe, wo bereits ein hellbrauner Herrenmantel hing. Manfred wollte seine Sachen lieber anbehalten.

»Dann mach ma's uns mal gemütlich.« Kreuthner öffnete Michaela beherzt die mittlere Tür. Doch befand sich dahinter weder das Wohnzimmer noch eine Bibliothek, sondern die Besenkammer.

Michaela sah Kreuthner verwirrt an.

Kreuthner knallte lachend die Tür zu. »War a Spaß.« Die nächste Tür traf es besser. Sie führte ins Wohnzimmer.

Nicht nur ein offener Kamin zierte den Raum. An den Wänden prangten überdies Bücherwände bis zur Decke. Michaela war entzückt. Auf dem Couchtisch waren allerdings zwei gebrauchte Whiskygläser und mehrere angebrochene Flaschen mit Spirituosen.

»Hab wieder net aufg'räumt. Sorry.«

Manfred, die Sense mit knochiger Hand umklammernd, äugte unter seinem Schlapphut im Raum umher und warf Kreuthner einen besorgten Blick zu. Ihm schwante, dass hier etwas nicht in Ordnung war. Michaela hatte sich inzwischen vor einem der Bücherregale aufgestellt.

»Mei is des schee! Hast die alle g'lesen?«

»Fast alle. A paar sogar zweimal.« Manfred prustete in die rechte Hand, die er sich vor den Mund hielt. »Ja! Is gut!«, fauchte ihn Kreuthner an und wandte sich wieder an Michaela. »Magst was trinken?«

»Gern. An Sex on the Beach«, sagte sie und verabschiedete sich zum Frischmachen ins Bad.

»Für mich a Bier«, sagte Manfred und ließ sich ächzend auf einen Sessel niedersinken.

Kreuthner sah Michaela hinterher, wie sie in ihrem Glitterkostüm im Flur verschwand. »Okay. Jetzt pass amal auf.« Kreuthner setzte sich zu Manfred auf die Sessellehne und senkte die Stimme. »Des hast ja bestimmt schon g'merkt, dass die Michaela scharf is auf mich.« Er wurde noch leiser und eindringlicher: »Da geht was heut Nacht!« Gevatter Tod schwieg und schien nachzudenken. »Und äh ... deswegen wär des super von dir, wenn du ... na ja, dich a bissl zurückziehen tätst. Da hättst echt was gut bei mir.«

»Du hast was von am Abend zu dritt g'sagt!« Manfred legte anscheinend wenig Wert darauf, bei Kreuthner was gutzuhaben.

»Was hast dir denn da vorg'stellt? Glaubst, die will dir was?«

Manfred machte eine vage Geste.

»Jetzt komm! Irgendwo muss man auch realistisch bleiben.«

Auf dem Weg zur Toilette kam Michaela an einer offenen Tür vorbei. Ein flüchtiger Blick genügte, um ein Bett zu erkennen. Sie hielt an, zögerte kurz und betrat das Zimmer. Es war dunkel, nur das Licht vom Gang fiel herein. Michaela betätigte den Schalter neben der Tür und staunte: Auch in diesem Zimmer gab es Bücherregale bis zur Decke. Oben an den Regalen waren längliche Lampen angebracht, um die Bücher zu beleuchten. Neben dem Bett drei Lamellentüren aus dunklem Holz. Eine Deckenlampe gab es nicht. Doch die Bücherleuchten und eine Nachttischlampe sorgten für angenehmes, einem Schlafzimmer angemessenes Licht.

Das Bett lag, bis auf den Teil, auf den das Licht der Nachttischlampe fiel, im Halbschatten. Michaela musste daher zweimal hinsehen, bis sie begriff, was sie sah: Die Bettdecke wölbte sich ungleichmäßig. Da lag etwas. Sie trat einen Schritt näher und sah graue Haare, die unter der Decke hervorschauten. Michaela entfuhr ein leiser, aber spitzer Schrei, mehr ein hochfrequenter Pfiff. Sie schlug die Hand vor den Mund.

»Dann musst mich wenigstens ihrer Mutter vorstellen.« Die Verhandlungen zwischen Manfred und Kreuthner waren noch im Gang. Kreuthner schüttete währenddessen verschiedene Alkoholika in ein großes Glas in der Hoffnung, einen akzeptablen Drink zu produzieren. Aber Whisky und Curaçao ergaben einen irgendwie ungesunden Farbton, und der Geschmack der Mischung stand dem Aussehen in nichts nach. Gerade überlegte Kreuthner, ob ein Schuss Angostura die Sache reparieren konnte, als er Schritte hörte.

»Pscht!«, sagte er zu Manfred. In der Tür glitzerte es. Michaela starrte Kreuthner an. Der Schrecken war ihr wie ins Gesicht gestanzt.

»Da … ist einer in deinem Bett.« Sie atmete flach, und ihr Kinn zitterte.

»Ah ja!?« Auch Kreuthner fuhr es gehörig in die Glieder, und sein erster Gedanke war, das Haus fluchtartig zu verlassen. Aber das hätte einen ziemlich uncoolen Eindruck auf Michaela gemacht.

»Wer is'n des?« Michaelas Stimme klang brüchig.

»Ich … ich überlege gerade, ob jemand zu Besuch kommen wollte.«

»Ich hab's ja g'wusst«, lamentierte Manfred leise und schob den Schlapphut noch tiefer in die Stirn.

Michaela stand ratlos in der Tür, sah Kreuthner an und erwartete offenbar eine Antwort auf die Frage, was jetzt passieren sollte.

»Is er aufg'wacht?«

»Glaub net. Wieso?«

»Jetzt fällt's mir wieder ein! Des ist der Onkel Willy. Der hat an Schlüssel.«

»Der schläft in deinem Bett?«

»Der is sehr … krank. Am Herz. Wir müssen a bissl leise sein und nach oben gehen.« Kreuthner hoffte, dass sich im ersten Stock irgendein Gästezimmer oder wenigstens eins mit Couch befand. Die Vernunft hätte geboten, möglichst schnell das Feld zu räumen, bevor der Hausherr sie entdeckte. Aber Kreuthner wollte auf keinen Fall die gute Chance vertun, Michaela ins Bett zu bekommen. Immerhin war Wartberg nicht aufgewacht, als sie das Schlafzimmer betreten hatte. Das gab Kreuthner Hoffnung, dass der Mann entweder einen gesunden Schlaf hatte oder betrunken war.

»Oh, verdammt!« Michaela hatte eine Hand unter ihrer Zwanziger-Jahre-Perücke am rechten Ohr.

»Was is?«

»Mein Ohrring. Ich glaub, der is mir im Schlafzimmer runtergefallen.«

»Ich hol ihn dir. Kein Problem.« Kreuthner drängte sich an Michaela vorbei hinaus in den langen Flur. Er ging auf Zehenspitzen, so gut ihm das mit den Wilderer-Bergstiefeln möglich war. Vor der offenen Schlafzimmertür blieb Kreuthner stehen und checkte die Lage. Es war ruhig dadrin. Kein Rascheln, Atmen, Husten oder Schnarchen. Der Raum war mit hochflorigem Teppichboden ausgelegt, was leises Betreten erleichterte. Kreuthner machte zwei Schritte über die Schwelle und verschwand in dem dunklen, nicht vom Flurlicht beschienenen Teil des Zimmers. Dort hielt er inne und gab seinen Augen Zeit, sich an die Lichtverhältnisse zu gewöhnen. Michaelas Ohrring lag auf der Bettdecke. Und unter der Bettdecke lag ganz offensichtlich jemand. Kreuthner konnte aber kein Gesicht sehen. Am oberen Ende der Decke schauten lediglich einige graue Haupthaare hervor.

Vorsichtig trat Kreuthner neben das Bett und hob den glitzernden Ohrring von der Decke, sehr langsam und darauf bedacht, kein Geräusch zu verursachen. Dann ging er noch einen halben Schritt weiter. Er war neugierig und wollte sehen, wer da unter der Decke lag. Es war ein älterer Mann. Vermutlich der Hausbesitzer Wartberg. Ein Zucken ging durch Kreuthner: Der Mann … sah ihn an. Die Augen standen offen und auch der Mund. Vorsichtig hielt Kreuthner den Handrücken vor die Nase des Mannes. Nichts, kein Hauch. Er war offensichtlich tot. In der Bettdecke entdeckte Kreuthner jetzt mehrere Löcher, auch lagen Federn im Raum herum.

»Hast ihn?«, flüsterte es mit einem Mal von hinten. Michaela stand in der Tür.

Kreuthner bedeutete ihr mit einer wedelnden Handbewegung wegzugehen und beeilte sich ebenfalls, das Schlafzimmer zu verlassen. Einen Augenblick später war er draußen auf dem Flur und zog die Schlafzimmertür hinter sich zu.

»Hier, der Ohrring.« Kreuthner reichte ihn Michaela, die ihn gleich anlegte.

»Ist das jetzt dein Onkel Willy dadrin?«

Kreuthner nickte, dachte aber nach. Der Mann im Bett war tot. Das erklärte auch, warum er bei ihrem Eindringen nicht aufgewacht war. War der Mann eines natürlichen Todes gestorben? Oder war hier ein Mord geschehen? Was waren das für Löcher in der Bettdecke? Wie auch immer – er müsste eigentlich die Polizei rufen. Aber dann konnte er sich die Nacht mit der Hundsgeigerin in die Haare schmieren. Wut und Verzweiflung wühlten Kreuthner auf. Er hätte heulen können. Einmal im Leben hatte er Glück. Die Frau, hinter der er so lange her war, wollte nachts zu ihm nach Hause! Und dann ging alles schief. Alles. Absolut alles! Konnte man die Polizei nicht erst in einer Stunde rufen? Nachdem man mit Michaela in den ersten Stock gegangen war? Dem Toten konnte es egal sein. Und überhaupt: Polizei rufen? Das hier war nicht sein Haus. Sie würden Fragen stellen, und Michaela würde erfahren, dass er sie angelogen hatte. Auch das sprach nach reiflicher Abwägung dafür … nun ja, das Beste aus der Sache zu machen.

»Ja, dann gemma nach oben, oder?« Kreuthner lächelte Michaela aufmunternd zu. Doch die stand unter Schock, und ihre Augen wurden jetzt so riesengroß, dass Kreuthner alles Weiß um die Iris sehen konnte.

»Und wer ist *das?*«, fragte Michaela.

Sie starrte auf einen Punkt in Kreuthners Rücken. Er drehte sich um.

Sie stand da wie ein Geist. Eine junge Frau in Jeans und Lederjacke, wirre Haare, orientierungsloser Blick aus verquollenen Augen. Kreuthner kannte sie. Es war Lara Evers. Die, die gesagt hatte, Wartberg sei weggefahren. In der Hand hielt sie eine Pistole.

»Lara«, sagte Kreuthner und ließ eine Pause, um ihre Reaktion abzuwarten. Es kam keine. Die junge Frau atmete heftig und in kurzen Stößen. »Bleib einfach ruhig.« Kreuthner bedeutete Michaela mit einer Handbewegung, dass sie weggehen sollte. »Lara – hörst mich?« Lara Evers starrte ihn an, aber es war nicht zu erkennen, ob sie Kreuthner tatsächlich wahrnahm. Dann, mit einem Mal, kam Leben in ihre Mimik. Sie riss die Augen auf, entließ einen markerschütternden Schrei, hob die Pistole – und schoss …

4

Der Streifenwagen, der Wallner abgeholt hatte, fuhr durch verschneite Wiesen und Waldstücke. Schon von weitem sah man die Blaulichter durch die Nacht zucken. Mehrere Einsatzfahrzeuge standen vor einem alten ehemaligen Bauernhaus, im Erdgeschoss weißer, an einigen Stellen abblätternder Putz, im ersten Stock dunkles Holz. Zwischen den Einsatzfahrzeugen Wallners eigener Audi A4 Avant.

Eiskalte Luft schlug Wallner entgegen, als er aus dem Wagen sprang. Er zog den Reißverschluss seiner Daunenjacke zu und ging mit schnellen, abgehackten Schritten zum Haus. In einiger Entfernung sah er seine Kollegin Janette Bode mit zwei Männern reden. Sie standen neben einem Wagen mit Rosenheimer Kennzeichen. Wallner schloss daraus, dass es die Kollegen vom Kriminaldauerdienst waren, die routinemäßig bei nächtlichen Gewaltverbrechen gerufen wurden. In dem Moment trat Schartauer aus der Tür und rief Wallner zu, er solle aufpassen und nicht außerhalb des von der Spurensicherung angelegten Trampelpfads herumlaufen. Wallner blieb vor Schartauer stehen.

»Ist es … Manfred?«, fragte er mit belegter Stimme.

»Manfred ist auf der anderen Seite.« Schartauer deutete um das Gebäude herum. »Wir haben ihn hinters Haus gebracht.«

Wallner wurde schwarz vor Augen. Gleichzeitig spürte er, dass etwas nicht stimmig war. In Schartauers Ton lag Verwunderung, eine Art akustisches Kopfschütteln: Als wenn's hier nicht schon genug Ärger gäbe, ist auch noch Manfred da. Das passte nicht zur Tragik der Umstände. Zum anderen konnte Wallner kaum glauben, dass sie Manfreds Leiche wegbrachten, noch bevor überhaupt eine vernünftige Untersuchung der Todesumstände begonnen hatte.

»Ihr habt … die Leiche bewegt?«

Verwunderung belebte Schartauers Mienenspiel. »Die Leiche?«

»Du hast gesagt, ihr habt Manfred hinters Haus gebracht.«

»Der *Manfred* ist doch net tot. Wie kommst denn da drauf?«

»Man hat doch einen alten Mann gefunden?«

»Ja. Aber des is wer anders.«

»Ah so? Gut.« Kurze Pause, Wallner musste seine Gedanken sortieren, durchatmen, Erleichterung rieselte durch seinen Körper. »Oder natürlich schlimm. Aber …« Wallner nahm die Brille ab und massierte seine Nasenwurzel. »Scheiße, ich bin völlig durch den Wind. Wieso ist mein Großvater hier?«

»Keine Ahnung. Frag ihn.«

Hinter dem Haupthaus lag ein kleines Wirtschaftsgebäude aus Holz mit Bundwerk im Obergeschoss. Die einstige Scheune des Hofes war zur Garage umgebaut worden. Vor dem Garagentor stand ein Rettungswagen. Darin saß eine junge Frau, die von einem Notarzt versorgt wurde. Zwei Polizisten standen anscheinend zur Bewachung daneben. Wallner sah sich um, konnte Manfred aber nicht entdecken. Fragend blickte er noch einmal zu Schartauer.

»Hinter dem Sanka! In der Garage!«

Wallner dankte und ging um den Notarztwagen herum. Mit einem Mal tauchten drei Gestalten wie aus einem Theaterstück vor ihm auf: ein Mann in Lederhose und Lodenkotze, Gamsbart am Hut; unter dem Hut schaute ein Kopfverband heraus. Neben ihm eine Frau mit Pelzmantel-Imitat, unter dem sie ein glitzerndes Paillettenkleid trug, an den Füßen Uggs, über der Schulter eine kleine Handtasche, in der zwei glitzernde Pumps steckten. Und schließlich – der Tod mit Sense in der Hand. Alle drei sahen Wallner an und schwiegen.

»Ich hab mir Sorgen gemacht«, sagte Wallner zum Sensenmann.

»Tut mir leid. Ich hab dir an Zettel hing'legt.« Manfred nestelte im Inneren seines schwarzen Umhangs. »Oder …?«

»Ich hab keinen Zettel gefunden. Wo hast ihn denn hingelegt?«

»Na, am Küchentisch …« Die knochigen Finger beförderten jetzt ein kleines quadratisches Stück Papier aus dem Umhang. »Also, ich wollt ihn hinlegen. Tut mir leid. In der Aufregung hab ich's vergessen.« Er hielt Wallner den Zettel hin. »Das wär draufgestanden.«

BIN AUF DEM FASCHING stand auf dem Papier. Und weiter: KANN LÄNGER DAUERN, WARTE NICHT AUF MICH. Wallner gab den Zettel zurück, Unglauben im Blick. »Du warst auf dem Fasching!??«

»Mir waren zusammen«, sagte Kreuthner. »A bissl die tollen Tage genießen.« Kreuthner lachte.

»Mir is kalt. Kann ich endlich gehen?«, wandte sich die Frau an Wallner. Offenbar vermutete sie, dass er bei der Polizei was zu sagen hatte.

»Hat man Sie schon befragt?«

»Ich hab mit der Dame von der Kripo gesprochen.«

Wallner versicherte sich, dass man ihre Adresse hatte, und ließ Michaela Hundsgeiger gehen. Dann wandte er sich an die beiden Männer. »Wir müssen reden.«

5

Berlin, Frühjahr 1996

Amtsgericht Moabit, Schöffengericht. Die Angeklagte Miriam Cordes war hübsch anzusehen. Sie hatte Sommersprossen und grüne Augen. Die Kurzhaarfrisur und das geblümte Kleid der jungen Frau waren eine Spur zu brav für das, was man ihr vorwarf: Besitz von vierhundert Gramm Kokain in Tateinheit mit Widerstand gegen Vollstreckungsbeamte und gefährlicher Körperverletzung. Der Blick der jungen Frau: ängstlich.

Im Zeugenstand ein Beamter der Drogenfahndung. Die Richterin befragte ihn zu einer Razzia, in deren Verlauf auch Miriam Cordes kontrolliert worden war. In ihrer Lederjacke waren vier Päckchen mit jeweils einhundert Gramm Kokain gefunden worden. Als man Cordes Handschellen anlegen wollte, leistete sie Widerstand und schlug mit der Faust auf einen Beamten ein. Er erlitt eine Schnittwunde im Gesicht, weil die Angeklagte einen großen Totenkopfring am Finger trug – weswegen die Staatsanwaltschaft sie wegen gefährlicher statt einfacher Körperverletzung angeklagt hatte.

Die Vorsitzende hatte ihre Befragung jetzt beendet. Die Staatsanwältin war mit dem Ergebnis im Wesentlichen zufrieden, hakte bei zwei, drei Details nach und ließ es dabei bewenden.

»Herr Verteidiger?«, sagte die Vorsitzende.

Dieter Sitting, ein Meter fünfundachtzig, volles Haar, ergrauende Schläfen, schwarze Anwaltsrobe, nickte und sah den Zeugen einige Augenblicke an wie ein Bildhauer einen Steinblock vor der Entscheidung, wo er den Meißel ansetzen soll.

»Sie sagten, die Angeklagte hatte das Kokain in ihrer Lederjacke?«, begann er seine Befragung.

Der Polizist nickte.

»Hatte sie die Jacke an?«

»Nein. Sie hing über der Lehne ihres Stuhls.«

»Woher wussten Sie, dass es ihr Stuhl war?«

Der Beamte machte ein Gesicht, als habe man ihn etwas vollkommen Absurdes gefragt, riss sich aber zusammen. »Da war ein Tisch mit einer Sitzbank und drei oder vier Stühlen. Wir haben nur die Angeklagte in dieser Sitzgruppe angetroffen, und da hing auch nur eine Jacke. Wessen Jacke sollte das sonst gewesen sein?«

»Vielleicht waren vorher andere Leute da gesessen.«

»Das ist in der Tat zu vermuten. Es waren etliche Gläser auf dem Tisch. Aber die anderen sind verschwunden, als die Razzia begann.«

»Es ging vermutlich ziemlich chaotisch zu.«

»Die Leute werden logischerweise nervös, wenn wir kommen.«

»Gut. Aber dann könnte die Jacke ja einer dieser anderen Personen gehört haben.«

»Also erstens: Wenn ich abhaue, nehme ich ja wohl meine Jacke mit.«

»Wenn da vierhundert Gramm Kokain drin sind, und die Polizei ist im Raum? Dann würden Sie die mitnehmen?«

Gelächter aus dem Publikum. Der Beamte wartete, bis es stiller wurde, und überging die Frage.

»Und zweitens: Als wir die Jacke untersucht haben, war die Angeklagte äußerst nervös. Wir haben ihr das Kokain vorgehalten und gefragt, woher sie es hat. Daraufhin hat sie weggesehen und geschwiegen.«

»Also hat sie nicht zugegeben, dass es ihres war.«

»Jeder in so einer Situation sagt doch sofort, wenn ihm das Koks nicht gehört. Jeder.«

»Gibt es diese Statistik irgendwo schriftlich?«

»Ich bitte Sie. Was würden Sie denn machen, wenn ich Ihnen Koks unter die Nase halte und es gehört Ihnen nicht?«

»Na ja, ich bin Strafverteidiger. Vermutlich würde ich gar nichts sagen.«

»Aber jeder, der nicht Strafverteidiger ist, schreit Zeter und Mordio, wenn man ihn falsch beschuldigt. Fragen Sie irgendeinen anderen Polizisten, fragen Sie Psychologen.«

»Danke für den Tipp. Aber das ist im Augenblick nicht geplant. Ich darf kurz zusammenfassen ...« Er wandte sich dem Gerichtstisch zu. »Die Polizei trifft die Angeklagte in dem Lokal alleine an einem Tisch mit mehreren Stühlen an. Sie ist im Übrigen nicht wie viele andere geflohen, was nach meiner Erfahrung eher dafür spricht, dass sie nichts verbrochen hat ...«

»Sie war einfach zu stoned, um wegzulaufen«, warf der Kripobeamte ein.

»Darf ich den Gedanken kurz zu Ende führen? Danke. An einem der Stühle hängt eine Lederjacke, in der sich vier Beutel mit Kokain befinden. Die Polizei fragt die Angeklagte, ob ihr das Kokain gehört. Und sie macht was? Sie macht von ihrem Recht Gebrauch, sich nicht zu äußern. Es ist allgemein anerkannt, dass

Schweigen in diesem Fall weder als Geständnis noch in sonstiger Weise negativ für die Angeklagte gewertet werden darf.«

Fassungsloses Kopfschütteln auf Seiten des Polizisten.

»Gibt es andere Hinweise, dass das Kokain im Besitz der Angeklagten war? Vermutlich nicht, sonst hätten Sie die sicher vorgetragen. Ich frage trotzdem: Fingerabdrücke etwa?«

»Die Plastikbeutel haben sich offenbar länger in der Innentasche der Jacke befunden. Durch das Stofffutter hatten sich die Fingerabdrücke so stark verwischt, dass sie nicht mehr verwertbar waren.«

»Fanden sich an der Jacke Fingerabdrücke der Angeklagten oder Haare?«

»Die ... die Jacke konnte nicht sichergestellt werden.«

»Oh – wie das?«

»Die Lage war sehr chaotisch. Während wir die Angeklagte befragten, brach am anderen Ende des Lokals eine Schlägerei aus. Wir mussten den Kollegen zu Hilfe kommen.«

»Keiner ist bei der Angeklagten geblieben?«

»Doch. Eine Kollegin. Aber die hatte genug damit zu tun, die Angeklagte zu bewachen. Was genau passiert ist, lässt sich nicht mehr rekonstruieren. Jedenfalls war am Ende die Jacke nicht mehr da.«

Sitting ließ ein paar Sekunden verstreichen, um dem Beamten Gelegenheit zu geben, sich zu rechtfertigen. Aber der Mann war erfahren und wusste, dass jedes weitere Wort die Sache verschlimmern würde. Schließlich sagte Sitting: »Gut. Dann halten wir das mal so fest: Es gibt keinen Beweis, dass die Jacke und damit das Kokain der Angeklagten gehörten. Und sie hat das auch nie zugegeben. Ich frage mich offen gesagt, auf welcher Grundlage die Anklage in dem Punkt fußt.«

Die Vorsitzende blickte zur Staatsanwältin, als würde sie eine ganz ähnliche Frage beschäftigen.

»Nun, ich bin durchaus der Meinung ...«, die Staatsanwältin würgte an ihrer Argumentation, der es jetzt ein wenig an Durchschlagskraft gebrach, »... dass die ... die Bewertung der ... gesamten Umstände den Schluss erlaubt, nein, sogar erzwingt, dass sich das Kokain im Besitz der Angeklagten befunden hat.« Sie nahm mit den Schöffen Blickkontakt auf in der Hoffnung, dass deren von keinem Jurastudium verdorbenes Urteilsvermögen ihr recht geben würde.

»Wenn Sie das so sehen«, sagte die Vorsitzende. Mehr nicht. Damit war quasi amtlich, dass die Anklage in ihrem wichtigsten Punkt verloren hatte.

Silvia Marek saß am Schreibtisch und tippte Zahlen in einen Taschenrechner, als Sitting die Kanzlei betrat. An der Art, wie er die Tür öffnete, merkte sie, dass er gute Laune hatte.

»Und? Wie ist es gelaufen?« Sie tippte weiter.

»Sechs Monate auf Bewährung. Das Kokain ist kein Thema mehr. Ich lad dich zum Mittagessen ein.«

»Von welchem Geld?«

»Geschäftsessen. Die Hälfte übernimmt der Staat.«

Sie blickte vom Taschenrechner auf und sah ihn an, wie man ein übermütiges Kind ansieht. »Der Staat übernimmt nur dann die Hälfte, wenn man Steuern zahlt. Das wiederum setzt einen Betriebsgewinn voraus. Den wir nicht machen.«

»Ach komm.« Er lächelte sie an. Silvia war vier Jahre jünger als er, hatte eine leicht nach oben gebogene

Nase und einen kleinen Mund, dessen Lippen die meiste Zeit des Tages zusammengepresst waren, sie konnte sich nur schwer entspannen. Die Brille war aus orangerotem Kunststoff, dazu trug sie ein Holzfällerhemd und Jeans. Das weite Hemd kaschierte die paar Kilo, die sie nach eigenem Dafürhalten zu viel auf Hintern und Oberschenkeln hatte. Silvia war seit sieben Jahren Sittings Anwaltssekretärin – seit er seine eigene Kanzlei gegründet hatte. Sie war zuverlässig und unermüdlich und hatte noch in keinem Jahr ihren gesamten Urlaub genommen, obwohl er sie dafür rügte. Ein paarmal waren sie abends essen gegangen, doch hatte Sitting nie den Versuch unternommen, ihr näherzukommen. Es war offensichtlich, dass Silvia nichts gegen einen solchen Versuch gehabt hätte. »Ich hab noch dreißig Mark. Wir gehen zum Thai.«

»Okay«, sagte Silvia, lächelte und sah auf ihre Schuhe. »Aber wir müssen etwas tun. Sonst können wir nächsten Monat die Miete nicht bezahlen.«

»Solange wir dein Gehalt bezahlen können, ist alles in Ordnung.« Sitting suchte Silvias Blick. Aber sie wich ihm aus. »Was ist?«

»Wir können mein Gehalt nicht mehr bezahlen. Seit drei Monaten schon nicht mehr.«

Sitting verstummte.

»Ist nicht so schlimm«, flüsterte Silvia. Es klang, als bereue sie, Sitting aufgeklärt zu haben.

Sitting suchte noch nach Worten, die schwer zu finden waren, als Silvias Blick von etwas angezogen wurde, das sich vor dem Haus abspielte. Sie stand auf und ging den einen Schritt zum Fenster.

»Was ist?«, fragte Sitting.

»Was macht denn der hier?«

Vor dem Haus hatte eine schwarze Limousine gehalten, ein Mann stieg aus dem Fond. Er trug Anzug und Krawatte. Das Fenster auf der Fahrerseite wurde heruntergelassen, und der Mann im Anzug sagte etwas zum Fahrer, woraufhin der Wagen wegfuhr. Der Mann im Anzug hingegen kam auf das Haus zu.

»Der will ja wohl kaum zu uns?«

Silvias Vermutung war begründet. Sie hatten keine Mandanten, die Anzug trugen. Es war rätselhaft, was der Mann hier im tiefsten Wedding zu suchen hatte. Als er unten außer Sicht war, klingelte es.

»Mach auf«, sagte Sitting. »Der Gerichtsvollzieher sieht anders aus.«

6

Es war ein Gesicht wie aus einem Leni-Riefenstahl-Film: blond, blass, kantiges Kinn und diese Gletscheraugen mit Fältchen in den Ecken, denn der Herr in den Vierzigern, der eben die Kanzlei betreten hatte, lächelte. Er machte das mit einem gewissen Charme, und dann sagte er: »Gregor Nolte ist mein Name. Ich würde gerne mit Herrn Sitting sprechen.«

»In welcher Angelegenheit?«

»Ich habe ein strafrechtliches Problem.«

Silvia machte ein Gesicht, als hätte Herr Nolte sie mit seinem Terminwunsch in eine schwierige Lage gebracht. »Da muss ich mal schauen«, sagte sie und tippte etwas in den Computer. Der Terminkalender lag neben ihr. Aber den wollte sie lieber nicht aufschlagen, er war so gut wie leer. Von Kolleginnen hatte sie gehört, dass einige Kanzleien die Termine jetzt am Computer verwalteten. Das würde Herrn Nolte sicher beeindrucken, jedenfalls mehr als der Blick in den armseligen Kalender. Nachdem sie eine Weile auf ihrer Tastatur geklackert hatte, griff sie zum Telefon. »Ich schau mal. Vielleicht können wir's einschieben.«

Fünf Minuten später – so viel Wartezeit schuldete Sitting seiner Selbstachtung – saß Herr Nolte im Büro des Anwalts, der drei alte, längst erledigte Akten auf seinen Schreibtisch gepackt hatte, um den Eindruck von Geschäftigkeit zu erwecken.

»Kaffee?«, sagte Sitting, nachdem man sich die Hände geschüttelt hatte.

»Nein danke. Ihre Sekretärin hat mir schon einen angeboten. Sehr freundlich.«

»Was kann ich für Sie tun?«

Nolte sah sich im Büro um. »Sie arbeiten alleine?«

»Im Augenblick noch. Ich habe vor, zwei oder drei Anwälte einzustellen.« Sitting stellte fest, dass er bei dieser dreisten Lüge nicht errötete, und war ein bisschen stolz auf sich. »Aber der Markt ist praktisch leergefegt. Da sind so viele in die neuen Länder gegangen ...«

»Ja, hab ich auch gehört. Da gab's ja vorher keine Juristen.«

»Jedenfalls keine, die mit westdeutschem Recht vertraut sind.« Sitting hob leicht bedauernd die Hände. »Sie haben Probleme mit der Polizei?«

»Ich hatte einen Verkehrsunfall. Und dabei ist leider jemand zu Tode gekommen. Es wird wegen fahrlässiger Tötung gegen mich ermittelt.«

Sitting nickte. Noltes Tonfall hatte etwas leicht Singendes, das Sitting keinem Dialekt zuordnen konnte. Und er sprach das T relativ weich, wie in Bayern oder Österreich. Gerne hätte er Nolte gefragt, wo er herkomme, empfand das im Moment aber als unpassend.

Sitting ließ sich von Nolte schildern, was passiert war, machte Notizen und erklärte, er werde zunächst Akteneinsicht beantragen. Nolte solle sich nicht zu sehr beunruhigen, bei Unfällen mit Todesopfern prüfe die Staatsanwaltschaft so gut wie immer, ob fahrlässige Tötung vorliege. Wenn das Opfer, wie Nolte es sage, ihm plötzlich vors Auto gelaufen sei, dann werde möglicherweise gar keine Anklage erhoben.

Nolte schien mit der Auskunft zufrieden, seine Beunruhigung über den Vorgang hielt sich in Grenzen. Da hatte Sitting schon anderes erlebt.

»Eine Kleinigkeit noch«, sagte Sitting, als Nolte sich bereitmachte zu gehen.

»Oh, natürlich!« Nolte hielt inne und griff in die Innentasche seines Jacketts. »Ihr Vorschuss.« Er förderte einen weißen Standardbriefumschlag zutage und legte ihn auf den Tisch.

»Das hatte ich gar nicht gemeint.«

»Ich dachte, Strafverteidiger arbeiten nur mit Vorschuss.«

»Nun – bei Mandanten, die im Gefängnis sitzen und auch sonst nicht den Eindruck machen, als würden sie Rechnungen bezahlen, stimmt das schon. In Ihrem Fall ist das etwas anderes.«

»Manchmal trügt der Schein.« Nolte lachte und deutete auf den Umschlag. »Sie müssen es zählen und quittieren.«

Sitting überlegte eine Sekunde, ob er den Vorschuss ablehnen sollte. Aber das wäre töricht. Er versuchte, den Umschlag so beiläufig wie möglich an sich zu nehmen, und zog das Geld heraus. Dem Umfang des Bündels nach mussten es zwanzig oder dreißig Scheine sein. Sitting bekam oft Bargeld von seinen Mandanten und hatte mittlerweile ein feines Gespür in den Fingern. Tausend, vielleicht zweitausend Mark würden es sein.

Als die Scheine ans Licht kamen, realisierte er nur ratenweise, was er in den Händen hielt. Zuerst bemerkte er, dass die Noten für Hunderter zu groß waren. Dann sah er den Limburger Dom und daneben von braunen Guillochen umrahmt die Zahl: Tausend. Fünfundzwanzig Tausendmarkscheine.

»Das ist zu viel«, sagte er. Die Höhe des Betrags machte ihn beklommen. Und es war ihm unangenehm. »Auf diese Summe werden wir nie kommen.«

»Vielleicht nicht mit dieser Sache. Aber ich habe

genug zu tun für einen Anwalt. Sie werden es sicher abarbeiten.« Nolte schickte sich an, das Büro zu verlassen. »Schicken Sie mir die Quittung einfach.«

»Warten Sie ... ich mach Ihnen die Tür auf.« Mehr bekam Sitting nicht heraus. Er war zu konsterniert. Hatte ihm Nolte gerade angeboten, ständig für ihn zu arbeiten?

In der Tür blieb Nolte stehen. »Was hatten *Sie* denn noch für einen Punkt?« Sitting schien sich nicht zu erinnern. »Sie sagten eben, Sie hätten noch eine Kleinigkeit – aber es war nicht der Vorschuss.«

»Ach so, das ... ja, ich ... ich wollte fragen, ob mich jemand empfohlen hat. Ich meine, warum geht jemand wie Sie zu einem Anwalt ...?« Sitting merkte, dass der Satz in die falsche Richtung führte.

»... wie Ihnen?«, schloss Nolte den Satz ab. »Ich war heute in der Gerichtsverhandlung. Ich weiß, was ein Pflichtverteidiger bekommt. Und ich habe noch nie jemanden gesehen, der für so wenig Geld so gute Arbeit abgeliefert hat.«

Als Nolte das Büro verlassen hatte, eilte Silvia zum Fenster. Der Fahrer öffnete Nolte gerade die Tür.

»Und?« Hoffnung und Neugier blitzten aus Silvias Augen. »Ich fand ihn sehr nett. Was wollte er denn?«

Sitting legte das Geld auf ihren Schreibtisch. »Nimm dir erst mal dein ausstehendes Gehalt.«

Silvia gingen die Augen über, als sie den Stapel Tausender sah. Sie fächerte ihn auseinander und sah Sitting mit offenem Mund an. »Das gibt's ja nicht! Was will der von dir?«

Sitting trat ans Fenster, sah Noltes Wagen hinterher und verschränkte die Arme vor der Brust. »Das wüsste ich auch gerne.«

7

Landkreis Miesbach, 1. Februar 2016

Wallner hatte mit Janette gesprochen, die als Erste vor Ort gewesen war. Sie sagte Wallner, was sie bis jetzt in Erfahrung gebracht hatte: Der Tote hieß Klaus Wartberg, war fünfundsechzig Jahre alt und wohnte allein in dem Haus. Kreuthner und seine Begleiter hatten die Leiche um etwa 23 Uhr 15 entdeckt. Todesursache waren, soweit man das derzeit beurteilen konnte, Pistolenschüsse in die Brust des Opfers. Auch eine Tatverdächtige war verhaftet worden: Lara Evers, neunzehn Jahre alt. Sie stand unter Schock und musste vom Notarzt behandelt werden. Nachdem mit einer Aussage von ihr nicht zu rechnen war, wurde sie ins Krankenhaus nach Agatharied verbracht, um sie auf Alkohol, Drogen und ihren Geisteszustand zu untersuchen. Kreuthner hatte sie mit der Tatwaffe in der Hand angetroffen und festgenommen. Was sich dabei genau abgespielt hatte, war noch etwas unklar. Jedenfalls hatte sich Kreuthner dabei eine Verletzung am Kopf zugezogen. Ebenso unklar sei, wieso Kreuthner und seine Begleiter sich in dem Haus aufgehalten hatten. Bislang hatte Janette lediglich mit Michaela Hundsgeiger gesprochen (während Kreuthner verarztet wurde). Und die stand gleichermaßen unter Schock wie unter Alkohol.

Der Polizeitransporter war mit einem Tisch und einer Sitzbank im Laderaum ausgestattet. Dort saßen der Wilderer und der Tod, schienen sich zu sammeln und auf Fragen vorzubereiten. Auf dem Tisch stand eine Thermoskanne, aus drei Pappbechern dampfte Kaffee. Der Motor lief – wegen der Heizung. Wallner war an sich sehr korrekt in Dingen des Umweltschutzes und führte jedes abgebrannte Streichholz der Biomülltonne zu. Wenn jedoch die Belange der Umwelt mit Wallners existenziellem Bedürfnis nach Wärme kollidierten, hatte Kälteschutz Priorität. Wallner saß auf einem Klappsitz, der neben dem Tisch angebracht war, verschränkte die Arme vor der Brust und sagte: »Ich höre.«

»Was genau?«, fragte Kreuthner.

»Ich würde sagen, du fängst am Anfang an. Wie kam es, dass ihr den Toten entdeckt habt?«

»Gute Frage«, sagte Kreuthner und rührte in seinem Pappbecher. »Also angefangen hat des alles in der Mangfallmühle. Mir waren da auf einem Faschingsball. Und da hab ich versucht, den Herrn Wartberg anzurufen.«

»Woher kanntest du ihn?«

»So richtig gekannt hab ich'n net. Ich hab die Lara Evers gekannt. Die wo g'schossen hat. Und die hat den Wartberg gekannt.«

»Und warum hast du Herrn Wartberg dann angerufen?«

»Der Harry Lintinger, also der Wirt von der Mangfallmühle – kennst'n ja eh –, der hat gesagt, er bräucht noch wen im Service, weil es is recht zugegangen. Und da hab ich g'sagt, ich schau mal, dass ich die Lara herbring. Die bedient öfter in der Mangfallmühle.«

»Ich versteh immer noch nicht, was Herr Wartberg damit zu tun hat.«

»Ich hab erst versucht, die Lara anzurufen. Da war aber nur die Box dran.« Kreuthner hatte die Zeit genutzt, um sich eine Geschichte auszudenken, die so nah wie möglich am wirklichen Geschehen war, und hoffte, dass sie nicht jedes Detail überprüfen würden. »Wenn die net drangeht, is sie oft beim Wartberg.«

Wallner sah zu seinem Großvater – der zuckte mit den Schultern.

»Also: Ich hab erst bei der Lara Evers angerufen, dann beim Wartberg. Und der is eigentlich immer da. Und deswegen hab ich mir gedacht, des is aber komisch. Da musst du mal vorbeischauen. Net dass was passiert is.«

Wallner blickte skeptisch drein. »Ist ja sehr fürsorglich.«

»Ich bin Polizist.«

Wallner sah wieder zu seinem Großvater. »Hast du das auch so mitbekommen?«

»Ich bin doch nur a alter Depp.« Manfred lachte heiser. »Ich krieg doch nichts mehr mit.«

»Daraufhin seid ihr hergefahren, um nach dem Rechten zu sehen?«

Kreuthner nickte.

»Soweit ich weiß, hast du im Augenblick keinen Führerschein.«

»Ich bin ja auch net g'fahren.«

Wallner war einen Augenblick lang verwirrt. »Die Frau?«

Kreuthner schüttelte den Kopf und deutete mit dem Daumen in Richtung Manfred.

»Wie bitte?!« Wallner starrte seinen Großvater fassungslos an.

»Ja und? *Ich* hab an Führerschein.«

»Hatten wir uns nicht geeinigt, dass du nicht mehr fährst?«

»Da hast du dich vielleicht geeinigt.«

»Du hast gesagt, du fährst nicht mehr Auto. Nachdem du den letzten Wagen geschrottet hattest.«

»Ich hab g'sagt: Mach dir keine Sorgen. Ich hab eh keine Lust mehr, Auto zu fahren. Das hab ich g'sagt.«

»Und was hat sich geändert?«

»Heut Abend hab ich wieder Lust gekriegt.«

Wallners Blick schwenkte zu Kreuthner. »Du weißt, dass er nicht schalten kann.«

»Hat er auch net müssen.«

»Wieso? Seid ihr die ganze Strecke im ersten Gang gefahren?«

Kreuthner und Manfred sahen sich an.

»Lasst gut sein. Was ist mit dieser Frau?« Wallner war bereits anständig genervt von den beiden.

»Des is die Lara Evers.«

»Die im Glitzerkostüm.«

»Ach die! Die heißt Michaela Hundsgeiger und … äh … also die is mit mir gekommen.«

Wallner schwieg in Erwartung einer Erklärung.

Kreuthner zuckte die Schultern. »Mei – die steht auf mich. Mir sind uns praktisch nähergekommen auf dem Faschingsball, und irgendwann hamma g'sagt, jetzt mach ma an Locationwechsel.«

»Ich hab gedacht, du bist wegen dem Wartberg von der Mangfallmühle weg. Jetzt sagst du, du wolltest einen Locationwechsel mit Frau Hundsgeiger machen. Wolltet ihr hierher?«

»Natürlich nicht. Mir wollten … zu mir nach Hause. Und da hab ich mir gedacht, auf dem Weg kannst ja beim Wartberg vorbeifahren. Das hamma dann auch g'macht. Und wie mir hier ankommen, steht des Einfahrtstor offen. Und ich denk mir: Is ja komisch – mitten in der Nacht.«

»Einfahrtstor offen …«, murmelte Wallner und nickte.

»Genau, und dann bin ich zur Haustür und klingel – und was glaubst? Keiner macht auf. Ich drück vorsichtig gegen die Tür, da is die nur angelehnt. Tja, und dann hamma den alten Herrn gefunden.«

»Und Lara Evers, die Frau mit der Pistole.«

»Ja. Die auch.«

»War die im Schlafzimmer bei der Leiche?«, fragte Wallner.

»Na, die is plötzlich hinter mir g'standen. Im Flur.«

»Das heißt, du hast nicht gesehen, dass sie den Mann im Bett erschossen hat?«

Kreuthner schüttelte den Kopf.

»Wie lange kennst du die Frau schon?«

Wieder zuckte Kreuthner mit den Schultern. »Die is vor zwei Jahren hergekommen und arbeitet wie g'sagt beim Lintinger Harry als Bedienung. Davor war sie in Regensburg, hat s' g'sagt.«

»Der Schartauer sagt, sie wär vorbestraft. Unter anderem wegen gefährlicher Körperverletzung.«

»Wundert mich net. Die is a recht a Wuide, verstehst? Vor allem wenn s' einen im Tee hat.«

»Du hältst es also für möglich, dass sie Wartberg erschossen hat?«

Kreuthner drehte die Handflächen nach oben. »Was weiß ich. Bin koa Psychologe.«

»Was ist mit dem Opfer? Klaus Wartberg?«

»Ob der Klaus heißt, weiß ich net. Die ham ihn immer nur Wartberg genannt. Von dem weiß ich eh nur, weil die Lara Evers öfter von ihm erzählt hat.« Das war nicht ganz korrekt. Harry Lintinger hatte sich ein bisschen umgehört und herausgefunden, dass der als irgendwie seltsam geltende Wartberg anscheinend Geld hatte, und dieses Wissen mit Kreuthner geteilt. Vermutlich wusste Lintinger noch einiges mehr über Wartberg, womit er seinen Freund bei der Polizei nicht belasten wollte. »Hat wohl Geld gehabt. Woher, weiß keiner. Ich weiß auch net, wo der her ist und wie lange der schon hier lebt. A Einheimischer war er nicht.«

»Und was hat dieses Mädchen mit dem Mann zu tun?«

»Die waren befreundet.« Wallner sah ihn ungläubig an. »Du – keine Ahnung, was des für a Freundschaft war.«

»Wir werden es rausfinden.« Wallner schenkte sich Kaffee aus der Thermoskanne nach. »Und wie hast du sie jetzt festgenommen?«

Kreuthner berichtete, wie Lara Evers beim unerwarteten Auftauchen des als Tod maskierten Manfred in Panik geraten war und versucht hatte, auf Manfred zu schießen, dabei aber nur ihn, Kreuthner, leicht am Kopf getroffen hatte. Durch den Rückstoß der Waffe, mit dem das Mädchen offenbar nicht gerechnet hatte, wurde die Pistole aus Lara Evers' Hand geschleudert und fiel zu Boden, wo sie von Kreuthner gesichert wurde. Michaela Hundsgeiger, deren Nervenkostüm ohnehin schon angeschlagen war, hielt den stark blutenden Streifschuss offenbar für einen Volltreffer in Kreuthners Kopf und erlitt einen Nervenzusammenbruch.

»Die hat auf dich geschossen?« Wallner sah seinen Großvater an, als suche er nach Einschusslöchern.

»Die hat halt denkt, ich bin der Tod. Des kannst dem armen Mädel net verübeln.«

»Oh Gott!« Wallner vergrub sein Gesicht in den Händen. »Da bin ich einmal ein paar Stunden nicht im Haus!« Plötzlich richtete er sich wieder auf, als sei ihm etwas eingefallen. »Apropos Haus: Kommen wir noch mal zurück zum Grund deiner Anwesenheit hier.« Wallner sah Kreuthner an. »Die Janette hat vorhin mit der Frau Hundsgeiger geredet. Die ist anscheinend der Meinung, das wär dein Haus.«

»Mein Haus?« Kreuthner lachte. »Nein, nein. Das hat die falsch verstanden. Vielleicht hat s' des net richtig mit'kriegt, dass ich zuerst noch woanders vorbeischauen hab wollen, bevor mir zu meinem Haus fahren. Und dann hat sie gedacht, das hier wär schon meins.«

»Angeblich hast du aber so getan, als wäre es dein Haus, und mit einem Schlüssel aufgesperrt. Und du wolltest für Frau Hundsgeiger einen Drink mixen.«

»Das hat die g'sagt oder wie?« Kreuthner wirkte glattweg fassungslos.

»Ja, das hat die gesagt.«

»Unter uns ...«, Kreuthner senkte die Stimme, »... die hat sauber was weggeschluckt in der Mangfallmühle. Keine Ahnung, was die noch alles eingeworfen hat. Mich tät's nicht wundern, wenn die gar nimmer zurechnungsfähig is.«

Wallner wandte sich an Manfred. »Und wie hast du das mitbekommen?«

»Ich hab mich aufs Fahren konzentrieren müssen. Da hab ich net mitgekriegt, was die jungen Leut reden.«

»Natürlich.« Wallner nahm sich vor, seinen Großvater zu dieser Sache noch einmal ins Gebet zu nehmen. Er ließ sich nur ungern verarschen.

Es klopfte an die Tür.

»Was gibt's?«, rief Wallner nach draußen, ohne aufzumachen, denn es war gerade einigermaßen warm im Wagen.

»Kommst du mal?«, vernahm er Janettes Stimme. »Ich würde dir gerne was zeigen.«

8

Eine Halogenlampe erleuchtete die Rückseite des Hauses. Janette deutete auf den Schnee vor den Fenstern, hinter denen das Wohnzimmer lag. Die Schneefläche war nicht glatt wie im Rest des Gartens, sondern körnig und uneben mit Brocken überall, als wäre eine Dachlawine niedergegangen.

»Siehst du den bröckeligen Schnee da?« Janette deutete auf die entsprechende Stelle.

Wallner trat ein paar Schritte vom Haus zurück und sah nach oben. »Eine Dachlawine war's nicht. Da ist noch alles oben.«

»Den Schnee hat jemand da hingeschaufelt.«

Wallner entdeckte die Schneeschaufel, die etwas weiter weg an der Hauswand lehnte. »Fragt sich, warum?«

»Um etwas zu verbergen«, sagte Janette.

»Und was?« Wallner kniete nieder, um sich den Schnee genauer anzusehen.

»Jemand ist zu dem Fenster da gegangen.« Janette deutete auf die Stelle. »Danach hat er seine Spuren verwischt. Warum?«

Wallner zuckte mit den Schultern. »Weil er nicht will, dass jemand sieht, dass er da war?«

»So was in der Art.«

Und wieder wurde Kaffee getrunken. Wallner hatte sein Quantum schon, aber die anderen drei brauchten mehr Koffein, um sich wach zu halten. Wallner, Janette sowie Oliver und Tina vom K3, der Abteilung für

Spurensicherung, hielten eine Lagebesprechung ab in dem gut geheizten Polizeitransporter. Wallner berichtete, was Kreuthner ihm erzählt hatte. Jetzt war die Frage, wie man weiter vorgehen sollte. Wallner überließ Janette die Leitung der Sitzung. Sie war zuerst vor Ort gewesen und hatte den besten Überblick.

»Lara Evers, die junge Frau mit der Pistole, ist natürlich unsere Hauptverdächtige. Sie ist übrigens wegen gefährlicher Körperverletzung vorbestraft. Vor zwei Jahren hat sie mal mit einem Messer zugestochen. Da war sie siebzehn. Habt ihr sie untersucht?«

»Ja. Auf Blut- und Schmauchspuren. Wir haben einige Proben von der Haut genommen. Und veranlasst, dass wir ihre Kleidung bekommen. Ich hab jemanden ins Krankenhaus mitgeschickt.« Oliver zapfte sich noch einen Kaffee aus der Thermoskanne. »Das wird aber vermutlich wenig bringen.«

»Wieso?«

»Weil sie die Pistole auf Kreuthner abgefeuert hat. Also werden wir in jedem Fall Schmauchspuren finden. Das heißt aber nicht, dass sie auf den alten Mann geschossen hat. Wenn wir bei ihr Blut des Opfers nachweisen, wär das schon besser. Aber sie – oder sagen wir mal vorsichtig: der Täter – hat durch die Bettdecke geschossen. Ich glaube nicht, dass da Blut durch den Raum gespritzt ist. Außerhalb des Bettes haben wir jedenfalls keins gefunden.«

»Vielleicht finden sie bei der KTU irgendwelche Partikel der Bettdecke«, schaltete sich Tina ein. »Die Schüsse haben einiges aufgewirbelt. Federn, Milbenkot, Textilfasern. Kann sein, dass da was an der Frau hängengeblieben ist.«

»Aber auch wenn sie nichts finden«, sagte Wallner, »heißt das nicht, dass Lara Evers unschuldig ist. Die

Pistole, die sie abgefeuert hat – war das die Tatwaffe?«

»Im Magazin fehlen fünf Patronen«, sagte Tina. »Vier stecken in Wartbergs Brust, eine in der Wand im Flur. Ich denke, das ballistische Gutachten wird bestätigen, dass es die Tatwaffe ist.«

»Wenn Lara Evers es nicht war, dann hat ein anderer geschossen, und sie hat die Pistole später an sich genommen«, sagte Janette. »Der Täter müsste die Waffe also am Tatort zurückgelassen haben. Kommt nicht oft vor, ist aber denkbar. In dem Fall stellt sich die Frage: Wer war der Unbekannte? Vielleicht der mit den Schneespuren?«

»Die Enkelin, die den Opa überraschen wollte?«, sagte Wallner.

»Wenn die Enkelin Schuhgröße 46 hat ...«

»Kann man feststellen, wie alt die Schneespuren sind?«

Tina blickte auf ihren Tabletcomputer. »Es hat heute Nachmittag gegen siebzehn Uhr aufgehört zu schneien. Die Fußspuren wurden also danach zugeschaufelt. Sonst wär eine Schicht Neuschnee drüber.«

»Hat der Rechtsmediziner schon was zum Todeszeitpunkt gesagt?« Wallner sah Tina an.

»Er sagt, es ist noch nicht so lange her. Höchstens drei Stunden. Also zwischen neun und elf.« Außer dem Rechtsmediziner war inzwischen auch ein Staatsanwalt aus München eingetroffen. Jemand vom Bereitschaftsdienst. Jobst Tischler, der eigentlich zuständige Staatsanwalt, würde das Ermittlungsverfahren morgen übernehmen.

»Gut. Morgen wissen wir mehr«, sagte Wallner. »Wer fährt zur Obduktion?«

Tina meldete sich. In diesem Augenblick klingelte

Wallners Handy. Das Gespräch war kurz, und Wallner wiederholte eine Wegbeschreibung, die ihm der Anrufer offenbar gegeben hatte. »Der Schartauer ist einen halben Kilometer von hier und sagt, er hätte einen Zeugen, den wir uns anhören sollten. Könnte mit den mysteriösen Schneespuren zusammenhängen.«

9

Die Bewohner der wenigen Häuser in der Umgebung hatte das große Polizeiaufgebot zu später Stunde neugierig gemacht. Sie waren infolgedessen wach und konnten befragt werden. In erster Linie sollten die Beamten, die von Janette ausgeschickt worden waren, herausfinden, wann Lara Evers zu Wartbergs Haus gefahren war und ob möglicherweise noch andere Personen oder Fahrzeuge bemerkt worden waren. Schartauers Recherchen hatten ein Ergebnis gebracht.

Simone Petzenberger war eine Frau um die fünfzig, sportliche Figur, blond gefärbte Haare und leidlich attraktiv. Sie arbeitete eigener Auskunft nach als MTA in Miesbach und wohnte mit Mann und Sohn in der gleichen Straße wie Klaus Wartberg. Ihr Haus hatte Petzenbergers Eltern gehört, die Mutter aber war vor einigen Jahren gestorben, und der Vater hatte ein Seniorenheim vorgezogen, um »unter Leuten« zu sein, wie Frau Petzenberger ihn zitierte. Ihre Aussage sei interessant, sagte Schartauer, der sie als Erster vernommen hatte, habe aber einen kleinen Haken, weshalb er Janette und Wallner gerufen habe.

»Also, Frau Petzenberger, können Sie uns noch einmal sagen, was Sie Herrn Schartauer erzählt haben?« Janette und Wallner standen im Wohnzimmer des Einfamilienhauses der Familie Petzenberger.

»Das mit dem Auto?«, fragte Frau Petzenberger.

»Ja, das mit dem Auto.«

»So um halb elf ist ein Auto die Straße hier entlanggefahren. In die Richtung, wo Herr Wartberg wohnt. Das ist mir komisch vorgekommen, weil von den Nachbarn normal keiner so spät nach Hause kommt. Die sind da schon alle im Bett.«

»Haben Sie erkannt, was das für ein Wagen war?«

»Nein. War ja dunkel.«

Janette trat an das große Wohnzimmerfenster. Im Schein einer Hoflaterne standen der Streifenwagen von Schartauer und der zivile Dienstwagen, mit dem Janette und Wallner gekommen waren. Dann das Einfahrtstor, dahinter die Straße. Durch das seitliche Wohnzimmerfenster sah man in der Ferne die Blaulichter der Polizeiwagen blinken.

»Haben Sie den Wagen hier durchs Fenster gesehen?«, fragte Janette.

»Ja genau.«

»Ist er bis zum Haus von Herrn Wartberg gefahren?« Janette deutete aus dem Seitenfenster auf die Blaulichter in der Ferne.

»Das weiß ich nicht.«

»Aber Sie haben den Wagen gesehen.«

»Ja.«

»Und er kam Ihnen verdächtig oder ›komisch‹ vor.«

»Wie ich schon sagte.«

»Und da schauen Sie nicht, wo er hinfährt?«

Simone Petzenberger zuckte hilflos die Schultern.

»Sie hat doch gar nichts gesehen«, meldete sich eine männliche Stimme. Wolfgang Petzenberger, Simones Mann, stand in der Küchentür. Die ergrauten Haare verdeckten die Ohren. Unter einem roten Poloshirt spannte sich Petzenbergers beachtlicher Bauch. Frau Petzenberger starrte ihren Mann giftig an.

»Is doch so.« Er wandte sich an Wallner. »Petzenberger. Ich bin der Ehemann. Sie leiten die Ermittlungen?«

»Frau Hauptkommissarin Bode leitet im Augenblick die Ermittlungen.« Er deutete auf Janette. »Mein Name ist Wallner.«

»Sehr erfreut«, sagte Janette, ohne Petzenberger ihre Hand anzubieten. »Wir unterhalten uns gerade mit Ihrer Frau. Wenn Sie uns vielleicht noch ein paar Minuten allein lassen.«

»Die hat doch nix gesehen.«

»Was geht dich denn das an?« Simone Petzenberger hatte die Hände in die Hosentaschen gesteckt.

»Weil ich keine Lust hab, dass es hinterher heißt, die Petzenbergerin hat der Polizei an Schmarrn verzählt.« Petzenberger drehte sich zu Janette, die er jetzt offenbar, wenn auch unwillig, als Autorität akzeptierte. »Das hat sie alles von unserm Sohn. Der erzählt seit Jahren Schauerg'schichten über den Herrn Wartberg.«

»Wie wenn du jemals mit ihm g'redt hättst.« Simone Petzenberger lachte abschätzig, in ihrer Miene paarte sich Verachtung mit einem Schuss Ekel.

»Haben Sie jetzt den Wagen gesehen oder Ihr Sohn?«

Simone Petzenberger verdrehte die Augen. »Mein Sohn.«

»Könnten wir dann mit dem reden?«

»Es geht ihm im Moment nicht so gut.«

»Ach Quatsch!«, grätschte Wolfgang Petzenberger dazwischen. »Der Lackl hat bloß keine Lust auf Polizei.«

»Ob er nun unpässlich ist oder bloß keine Lust hat«, mischte sich jetzt Wallner ein, »ein paar Fragen wird er sicher beantworten können.«

Norbert Petzenberger war einen Meter zweiundneunzig groß und wog inklusive Nerd-Brille und fettigem Haar hundertvierzehn Kilo. Das T-Shirt über dem massigen Oberkörper kündete von der Metallica Suicidal Tendencies Tour von 1993. Kreuthner kannte ihn aus der Mangfallmühle. Dort nannte man ihn den »Dude«. Aber Kreuthner war nicht mehr da. Janette hatte ihn nach Hause geschickt.

Norbert Petzenberger wohnte mit Mitte zwanzig noch im Haus seiner Eltern und verdiente seinen Lebensunterhalt angeblich mit dem Programmieren von Apps und anderen Internetdienstleistungen. Wallner hatte vage in Erinnerung, dass der junge Mann einmal wegen einer solchen Dienstleistung mit der Polizei zu tun gehabt hatte.

»Ich hab nichts gesehen.« Der Bursche, eine Hand am Türstock, füllte die Tür zu seinem Kinderzimmer komplett aus. Der Blick wanderte misstrauisch zwischen Wallner und Janette hin und her, die andere Hand führte eine Dose Red Bull Cola zum Mund.

»Ich weiß doch, dass du was gesehen hast«, versuchte es seine Mutter. »Schatz, du musst es der Polizei sagen.«

»An Scheiß muss ich.« Norbert Petzenberger drehte sich um, den Blick ins Kinderzimmer verdeckten nun die auf dem Kopf stehenden Tourdaten. Metallica hatte sie lustigerweise verkehrt herum aufdrucken lassen. Unmittelbar darauf fiel die Tür ins Schloss.

Simone Petzenberger sah die Kommissare leiderprobt an. »Er ist a bissl eigen.«

»Ich auch«, sagte Wallner und ging telefonieren.

Kreuthner war, wie Wallner erwartet hatte, noch wach und ging ans Telefon.

»Petzenberger? Klar kenn ich den. Warum?«

»Hat scheint's was gesehen und will's uns nicht sagen.« Wallner stand am Seitenfenster des Petzenbergerschen Wohnzimmers und sah zu den Blaulichtern, die einen halben Kilometer entfernt durch die Nacht zuckten. »Ich hab gedacht, du hast vielleicht eine Idee, wie … na ja, wie wir ihn knacken können.«

»Was willst wissen? Wie man ihn erpressen kann?«

»Was heißt erpressen …« Wallner suchte nach einem besseren Wort.

»Erpressen heißt: erpressen. Daumenschrauben anlegen, Folterwerkzeuge zeigen. Herr Staatsanwalt Tischler sagt dazu ›nötigen‹.«

»Ich will nur ein paar Hintergrundinfos, um … Zugang zu dem jungen Mann zu finden.«

»Du willst ihn erpressen.«

»Nein, ich will nur …«

»Du bist a Heuchler. A mieser, kleiner Heuchler.«

»Kann sein«, konzedierte Wallner. »Was qualifiziert ausgerechnet dich dazu, andere moralisch zu bewerten?«

»Ich will nur, dass du es sagst. Sag: Ich will den Petzenberger erpressen.«

»Was gibt dir das ab?«

»Sag's einfach.«

»Leo – so tief kann man doch nicht sinken, dass einen so was befriedigt!«

»Was weißt denn du, wie tief ich sinken kann!« Wallner hörte am anderen Ende der Leitung mehrere kräftige Schlucke, dann eine Art Schmatzen.

»Trinkst du gerade was?«

»Sag's!«

Wieder ein kräftiger Schluck. Wallner sah sich um. In der Küche, deren Tür offen stand, waren Simone

Petzenberger und Janette und unterhielten sich leise. Wolfgang Petzenberger stand vor dem Haus in der Einfahrt und rauchte eine Zigarette.

»Ja, Herrgott«, nuschelte Wallner ins Handy. »Ich will ihn erpressen.«

»Den ganzen Satz: Ich – will – Norbert – Petzenberger …«

»Jetzt mach mal 'n Punkt. Die Mutter steht neben mir!« Wallner flüsterte immer noch.

»Lass ma's gelten.« Kreuthner kicherte am anderen Ende der Leitung. »Also pass auf. Der Petzenberger is a Hacker. Der hockt oft mit noch drei andern G'stalten in der Mangfallmühle. Und mit seinem Vater hat er Dauerstress. Der tät ihn am liebsten rausschmeißen.«

»Das deckt sich mit meinen Beobachtungen.«

»Bis jetzt hat er anscheinend noch keinen Grund gefunden. Ich weiß aber aus sicherer Quelle, dass sich der Norbert mal in den Dienstaccount von seinem Vater gehackt hat.«

»Was macht der beruflich?«

»Der is am Landratsamt für Immissionsg'schichten zuständig. Das war damals a größeres Verfahren, ich glaub von der Papierfabrik. Egal. Jedenfalls war der Dude wegen irgendwas sauer auf seinen Vater und hat ihm alles rausgelöscht. Die Daten waren einfach weg. Alle. Das hat den Wochen gekostet, das alles wieder einzugeben. Und der Alte weiß bis heut net, wem er das zu verdanken hat.«

»Welche Papierfabrik?«

»Louisenthal.«

»Hast was gut bei mir.«

10

Wallner stand vor dem Zimmer des Dude und schob einen Zettel unter der Tür hindurch. Dann klopfte er.

»Ich weiß, dass Sie nicht mit uns reden wollen. Aber das wird sich ändern, wenn Sie den Zettel gelesen haben, den ich gerade unter Ihrer Tür durchgeschoben habe.«

Einige Sekunden geschah gar nichts. Dann hörte Wallner, wie Norbert Petzenberger seinen gewaltigen Körper auf ächzenden Dielen in Gang setzte. Als das Geräusch ganz nah an der Tür war, verstummte es, Stille, und weitere Stille. Dann durch die geschlossene Tür: »Was soll der Scheiß?«

»Muss ich *Ihnen* ja wohl nicht erklären.«

Ein Schlüssel drehte sich im Schloss, die Tür ging ein Stück auf, nur so weit, dass das breite Gesicht des Dude sichtbar wurde.

»Wenn Sie mich hereinbitten, haben wir mehr Privatsphäre.«

Petzenberger zog die Tür auf und ließ Wallner ins Zimmer. Der Raum war vollgestellt mit EDV-Equipment, an den Wänden Plakate der Matrix-Trilogie, das Bett ungemacht, eine aufgerissene Chipstüte thronte auf dem Kopfkissen, neben dem Bett leere Red-Bull-Dosen. Die vollen waren vermutlich in dem schwarzen Kühlschrank neben dem Scanner.

Petzenberger glotzte Wallner mit einer Mischung aus Sorge und Widerwillen an. Wallner nahm ihm den Zettel aus der Hand. Darauf standen in Wallners Handschrift die Worte »Immissionsschutz« und »Louisenthal«.

»Nicht dass der Zettel hier im Haus verlorengeht.« Wallner steckte ihn in die Innentasche seiner Daunenjacke.

»Ich hab keine Ahnung, was Sie damit meinen.« Petzenberger deutete auf Wallners Daunenjacke.

»Schön, dass Sie mir trotzdem die Tür aufgemacht haben.« Wallner zog den Zettel halb aus der Jacke. »Vielleicht kann ja Ihr Vater was damit anfangen?«

Der Dude grunzte und schlappte zu einem Bürosessel auf Rollen, in den er sich fallen ließ. »Was wollen Sie wissen?«

»Alles, was Sie wissen. Über Herrn Wartberg und was mit seinem Tod zusammenhängen könnte.«

»Die Polizei hat vor am halben Jahr an Rechner von mir beschlagnahmt. Den hätt ich gern wieder.«

Wallner hatte im Hinterkopf, dass ein Verfahren gegen Petzenberger anhängig war. Worum es ging, war ihm aber nicht präsent. Es handelte sich allerdings nicht um die Sache mit Petzenbergers Vater. Der hatte das anscheinend nicht angezeigt. »Sie kriegen Ihren Rechner wieder, wenn er nicht mehr gebraucht wird. Im Übrigen weise ich Sie auf Folgendes hin: Die Sache mit Ihrem Vater ist nach mehreren Paragraphen strafbar. Vor allem 303a und b Strafgesetzbuch. Noch wurde kein Strafantrag gestellt. Das könnte sich aber ändern, wenn Ihr Vater erfährt, wer ihm den Mist eingebrockt hat.«

Wallner zog einen Klappstuhl heran, stellte den darauf befindlichen Pizzakarton nebst gebrauchtem Pizzaschneider und Kaffeetasse auf den Boden und nahm gegenüber von Petzenberger Platz. Der hatte sich in seinem Bürosessel zurückgelehnt, Arme auf dem Bauch gefaltet, das Gesicht albern-trotzig verzogen.

Schließlich wandte er sich seinem Computer zu. Nach einigem Klicken erschien die Google-Seite auf dem Bildschirm. Petzenberger tippte »Klaus Wartberg« ein und deutete auf das Ergebnis. »Da, schauen S'!«

Wallner überflog die Ergebnisse der Suchanfrage.

»Nichts. Nur eine Hausverwaltung, wo der Inhaber Klaus mit Vornamen heißt und am Wartberg wohnt.« Petzenberger deutete auf den Bildschirm. »Das ist alles. Und ich hab wirklich gesucht.«

»Was schließen Sie daraus?«

»Dass Herr Wartberg ein komischer Vogel war. Jemand, der keine Spuren im Internet hinterlässt, ist heute irgendwie verdächtig, oder?«

»Es gibt viele ältere Menschen, die nicht in den sozialen Netzwerken sind.«

»Wartberg hat Geld gehabt. Der Wagen war bestimmt nicht billig.«

»Vermutlich nicht.« In Wartbergs Garage stand ein BMW X5. Wallner schätzte den Neuwert irgendwo zwischen sechzig- und achtzigtausend.

»Und er hatte ein großes Haus und hat nicht gearbeitet.«

»Woher wollen Sie das wissen?«

»Er hat das Haus fast nie verlassen.«

»Es gibt Leute, die arbeiten von zu Hause. Online zum Beispiel.«

»Wartberg nicht.«

»Ah ja?« Wallner sah Petzenberger auffordernd an. »Das können Sie mit Bestimmtheit sagen?«

Petzenberger antwortete nicht. Aber es war klar, dass er das konnte. Offenbar hatte er Wartbergs Computer gehackt.

»Gut, nehmen wir an, Wartberg hatte Geld. Worauf wollen Sie hinaus?«

»Jemand mit Geld taucht normalerweise irgendwo im Netz auf. Als Gesellschafter einer Firma, als Wohltäter oder weil sie ihm einen Orden anstecken. Aber Wartberg? Niente. Und glauben S' mir – ich hab gesucht.«

»Wir werden schon rauskriegen, wer der Mann war und womit er sein Geld verdient hat.«

»Vielleicht brauchen Sie mich noch. Und dann reden wir über meinen Rechner.«

»Sie beobachten also Wartberg seit einiger Zeit?«

Der Dude zuckte die Schultern.

»Was glauben Sie, wer er war?«

»Gibt einige Möglichkeiten: Kronzeuge im Zeugenschutzprogramm.«

»Da müssen Sie für Ihren Lebensunterhalt aber arbeiten.«

»Geheimagent im Ruhestand. Oder irgendwas ganz Abgefahrenes.«

»Sie laden sich zu viele schlechte Thriller runter. Bleiben wir mal bei den harten Fakten: Sie haben heute einen verdächtigen Wagen bemerkt und Ihrer Mutter davon erzählt?«

»Das war um 22 Uhr 29. Bin zwischendurch mal raus auf den Balkon. Und da hab ich ihn gesehen.«

»Wen genau?«

»Den Wagen. Ist gerade in dem Moment am Haus vorbeigefahren. In Richtung Wartberg.«

»Was war das für ein Wagen?«

»Keine Ahnung. Kombi, glaube ich. Ist nachts schwer zu erkennen.«

»Und warum kam Ihnen der Wagen verdächtig vor?«

»Na ja, es war Nacht. Und da hat man normalerweise Licht an, oder?«

»Sie meinen …«

»Der Wagen ist ohne Licht gefahren.«

Wallner hatte den Reißverschluss seiner Daunenjacke zugezogen und die Wollmütze aufgesetzt. Petzenberger stand im Metallica-T-Shirt neben ihm auf dem Balkon und schien nicht im mindesten zu frieren. Wallner fröstelte beim bloßen Anblick.

»Nein, nein, der ist nicht bis zum Wartberg gefahren.«

»Das konnten Sie sehen, obwohl er kein Licht anhatte?«

»Weil ich gesehen hab, dass er den Wagen abstellt. Dabei gehen die Bremslichter an. Ich denk noch, ist ja komisch. Bin dann zurück ins Zimmer und hab das Licht ausgemacht. Damit er mich nicht sieht.«

»Sie haben gesehen, dass ein Mann aus dem Wagen gestiegen ist?«

»Ob es ein Mann war, weiß ich nicht. Das kann man auf die Entfernung nicht sehen. Aber jemand ist ausgestiegen und zu Fuß weitergegangen. Zum Ende der Straße hin.«

Wallner sah angestrengt in die Richtung, in die Petzenberger gedeutet hatte. Zwischen verschneiten Wiesen zog sich die Straße in einer leichten Kurve durchs Gelände. An einigen Flecken war der Schneebelag abgefahren, und der darunterliegende Asphalt kam durch. Diese Flecken konnte man auch in der Dunkelheit erkennen. »Können Sie sagen, wo genau der Wagen gestanden ist?«

»Das muss die Abzweigung zum Kiermaier gewesen sein. Sonst gibt's keine Stelle, wo Sie den Wagen abstellen können, ohne dass er die Straße blockiert.«

Links und rechts der Fahrbahn waren Schneewälle,

nicht sehr hoch, aber doch so, dass man darin mit dem Auto stecken bleiben konnte. Wallner griff zum Handy.

»Wann ist der Fahrer zurückgekommen?« Wallner wählte eine Nummer.

»Keine Ahnung. Irgendwann ist es mir zu langweilig geworden. Da bin ich wieder an den Computer. Wie ich das nächste Mal rausgeschaut hab, war schon die Polizei da.«

Der Bereich um die Abzweigung, die Petzenberger genannt hatte, war mit Flatterband abgesperrt, und eine Baustellenlampe spendete gleißendes Licht. Tina und Oliver waren von Wallner gebeten worden, alles im Haus stehen zu lassen und sich vorrangig um die Spuren zu kümmern, die der unbekannte Wagen möglicherweise im Schnee hinterlassen hatte.

Die Spurensicherer fotografierten zunächst alles und konnten an einer Stelle im tieferen Schnee sogar die Silikonabformung eines nahezu perfekten Reifenabdrucks anfertigen. Allerdings war bereits mit bloßem Auge zu erkennen, dass die Abdrücke nicht von einem einzigen Wagen stammten. Aber man würde vermutlich durch genaue Analyse feststellen können, welche Reifenspuren zuletzt hinzugefügt worden waren.

Es war schon spät, als sich Wallner, Janette, Tina und Oliver noch einmal im Polizeitransporter zusammensetzten. Lust auf Kaffee hatte keiner mehr.

»Der Petzenberger meint, dass mit Wartberg irgendetwas nicht stimmt. Was wissen wir inzwischen über den Mann?«

Tina ging auf ihrem Tablet-Computer ein paar Fotos

durch von den Gegenständen, die sie untersucht und gesichert hatten. »Viel haben wir nicht über ihn gefunden. Es gibt einen Aktenordner mit ein paar Unterlagen. Er hat eine private Krankenversicherung. Sein Wertpapierdepot ist einige Millionen wert. Aber sonst? Keine Zeugnisse, Sporturkunden, Bescheinigungen über Wehr- oder Zivildienst. Nichts, was weiter als bis 2008 zurückreicht. Nur eine Geburtsurkunde.«

»Es gibt im ganzen Haus auch keine Familienfotos«, sagte Oliver. »Und in seinem Adressbuch steht niemand, der als Familienangehöriger gekennzeichnet ist. Wir müssen natürlich alle Kontakte durchchecken. Aber das ist schon sehr seltsam für einen Mann Mitte sechzig.«

»Das Einzige, was außer der Geburtsurkunde weiter zurückreicht, ist ein Ordner mit Zeitungsausschnitten.« Tina holte das entsprechende Foto auf den Bildschirm.

»Zeitungsausschnitte? Wovon?«

»In allen Artikeln geht es um eine Immobilienpleite in den neunziger Jahren. Die Firma, die bankrottging, hieß Schwarzwasser. Hat damals wohl für einiges Aufsehen gesorgt. Also zumindest in Berlin. Es sind hauptsächlich Berliner Zeitungen.«

Niemand konnte mit dem zwanzig Jahre alten Skandal etwas anfangen. Nur Oliver, der aus Berlin kam, erinnerte sich vage, dass da mal was war.

»Was wirst du machen?«, fragte Janette. »Soko?«

In Anbetracht der Tatsache, dass man die Täterin vermutlich bereits verhaftet hatte, wäre die Einberufung einer Sonderkommission mit dreißig Beamten etwas unverhältnismäßig. Aber Wallner spürte, dass an der Sache etwas faul war.

»Ich weiß noch nicht«, sagte Wallner. »Bevor ich das entscheide, muss ich mit dem Mädchen reden. Bin ich der Einzige, der ein komisches Gefühl hat?«

Die Runde schüttelte geschlossen die Köpfe. Wallner verabschiedete sie bis zum nächsten Tag und machte sich auf den Weg nach Hause. Manfred war vermutlich schon im Bett. Das Gespräch würde bis morgen warten müssen.

11

Wallner stand das zweite Mal in dieser Nacht vor seinem Haus. Wieder brannte kein Licht. Als er den Schlüssel umdrehte, kam ihm der Gedanke, dass sein Großvater vielleicht noch gar nicht zu Hause war. Wallner suchte nach Anzeichen für Manfreds Anwesenheit, fand aber keine. Die Autoschlüssel legte er in den Murano-Aschenbecher vor dem Garderobenspiegel. Das vertraute Klirren der Schlüssel im Glas, dann Stille. Wallner lauschte. Nur ein leises, aber deutliches Tacken zerteilte die Stille. Es musste die elektrische Wanduhr in der Küche sein. Wallner wunderte sich, dass sie bis in die Garderobe zu hören war. Sollte er Manfred wecken? Nein. So dringend Wallner auch reden wollte – es musste eben bis morgen warten.

Wallner machte Licht in der Küche und öffnete den Kühlschrank. Nach den Aufregungen des Abends brauchte er ein Bier. Nicht zu viel. Um acht musste er aufstehen. Er ließ die Kühlschranktür zufallen und griff nach dem Flaschenöffner, der an einer Schnur an der Seite hing. Schon als Wallner die Hand ausstreckte, war ihm, als wäre etwas verändert in der Küche. Und bereits in diesem Moment war klar, dass es keine Veränderung zum Guten war. Nicht bloß zum Schlechten, sondern zum regelrecht Bösen. Wallner schoss die Gänsehaut über Arme, Kopf und Rücken. Er kam sich vor wie in einem Horrorfilm. Die Szene, in der man sieht, wie sich der Untote dem ahnungslosen Opfer nähert. Wallner riss den Kopf herum. Ein unkontrolliert animalischer Schrei entfuhr ihm. Die Bierflasche glitt aus der Hand, fiel auf den Boden, rumpelte, zersprang nicht, kullerte über das Linoleum und rollte zum Kühlschrank, als wollte sie zurück ins sichere Kühlfach.

»Verdammt! Ich denk, du bist im Bett!« Unter der breiten Hutkrempe funkelte Wallner ein Totenkopf an. Manfred, immer noch im Sensenmannkostüm, saß auf der Eckbank am Küchentisch. »Wie alt bist du? Acht?« Wallner bückte sich, um die Flasche aufzuheben.

»Hast du gar keinen Humor nimmer? Es is Fasching.«

»Ja, ich hab's inzwischen mitgekriegt. Bier?«

»Weißbier.«

Wallner holte ein Weißbier aus dem Kühlschrank und schenkte es in Manfreds henkelbewehrtes Spezialweißbierglas, das ihm das Weißbiertrinken auch bei stärkerem Zittern ermöglichte. Er litt etwas unter Parkinson, der zum Glück nur langsam Fortschritte machte. Manfred hoffte, dass er ihn beim Wettlauf zum Grab nicht mehr überholen würde.

Nachdem Wallner das Weißbier eingeschenkt hatte, prosteten sie sich zu. »Aber eins musst zugeben – die Mask'n is super, oder?« Manfred kicherte in sich hinein.

»Schätze, das Abschminken dauert nicht lang«, sagte Wallner.

Manfreds Kichern steigerte sich daraufhin zu einem asthmatischen Fiepen, und fast schwappte ihm das Weißbier über.

»Freut mich, dass du so guter Stimmung bist. Und ich will sie dir auch gar nicht verderben. Aber ich würde – nachdem du noch auf bist – gerne über etwas anderes mit dir reden.«

»Ah ja! Jetzt kommt die Spaßbremse. Das seh ich schon an deinem G'sicht.«

»Sagen wir mal so: Ich war ziemlich durch den Wind, als ich's erfahren habe.«

Manfred nahm einen guten Schluck und stellte das Glas etwas wackelig und mit Wallners Hilfe auf den Tisch. Er betrachtete den am Glasrand zerlaufenden Schaum. »Das hört sich gar net gut an.«

Wallner atmete kurz durch. »Also: Ich war heute bei der Stefanie.«

»Na, bitte net! Is der Krebs wieder …?« Manfred brach mitten im Satz ab.

»Nein, nein. Mit der Olivia ist alles in Ordnung. Die Werte sind bestens. Aber es hat indirekt mit ihr zu tun …«

Manfred blickte Wallner besorgt an.

»Die Stefanie hat eine Mail bekommen. Besuch hat sich angekündigt. Und jetzt rat mal, von wem.«

»Keine Ahnung. Was weiß ich, wer die besucht.«

»Doch, den kennst du. Der Vater von Olivia hat erfahren, dass er eine Tochter hat, und möchte sie sehen.«

Manfred starrte Wallner mit offenem Mund an. »Wie … der Vater von …? Der … Ralf?«

»Jawohl. Ralf Wallner kommt nach vierzig Jahren zurück. Stark, oder?«

Manfred schüttelte kaum merklich den Kopf. Jemand anderer hätte es für Parkinsonsches Zittern halten mögen. Aber Wallner konnte das unterscheiden. Sein Großvater stand unter Schock. Manfreds Sohn Ralf, Wallners Vater, war vor vierzig Jahren als Ingenieur nach Venezuela gegangen. Ein halbes Jahr sollte es dauern. Ralf kam nie zurück. Schrieb erst einen Brief, dass es etwas länger dauern würde, dann gar nicht mehr. Aus dem Hotel in Caracas, in das ihn seine Firma einquartiert hatte, war er mit unbekanntem

Ziel ausgezogen. Den Job hatte er gekündigt. Viele Jahre gab Wallner die Hoffnung nicht auf, dass sein Vater eines Tages zurückkehren werde. Nach dem Abitur reiste er nach Venezuela und suchte am Orinoco nach ihm, denn da hatte ihn angeblich jemand gesehen. Doch der Vater blieb verschwunden. Irgendwann hatte Wallner seinen Frieden damit gemacht und nur noch selten an Ralf gedacht. Bis vor zwei Jahren Stefanie und ihre Pflegetochter Olivia in seinem Leben auftauchten. Olivias leibliche Mutter hatte in Venezuela Urlaub gemacht und Ralf kennengelernt, einen damals offenbar noch agilen Mann in den Fünfzigern, der ein Strandrestaurant betrieb. Erst zu Hause merkte die Frau, dass sie von ihm schwanger war. Unmittelbar nach der Geburt kam Olivia zu ihrer Pflegemutter Stefanie in die Nähe von Holzkirchen. Als Wallner im Rahmen einer Mordermittlung Stefanie kennenlernte und dabei herausfand, dass er eine Halbschwester hatte, war er versucht gewesen, ins Flugzeug zu steigen und seinen Vater zur Rede zu stellen. Das aber, so befand er, war die Demütigung nicht wert – ihm hinterherzulaufen wie ein verstoßener Hund.

»Ja dann … dann kommt er auch uns besuchen, oder?« Manfred hatte seine Sprache wiedergefunden.

»Davon hat er nichts gesagt.«

»Aber … wenn er nach all der Zeit herkommt, dann wird er ja net wieder fahren, ohne … das geht ja gar net.« Verwirrung und Verzweiflung mischten sich in Manfreds Gesicht.

»Nein. Das ist eigentlich nicht vorstellbar.« Wallner trank nachdenklich einen Schluck Bier aus der Flasche. »Der Stefanie hat er allerdings nicht gesagt, dass er auch uns besuchen will. Er hat nicht mal gesagt, dass er hier Verwandtschaft hat.«

»Das muss er ja auch net mit der Stefanie bereden. Der meldt sich schon noch.« Manfred klammerte sich an seinem Weißbierglas fest.

»Bestimmt. Er muss ja nur ins Telefonbuch schauen.« Wallner betrachtete das Etikett der Bierflasche, um seinen Großvater nicht ansehen zu müssen.

»Soso, da kommt er zurück nach so vielen Jahren.« Es sollte wohl beiläufig klingen, mit einem fatalistischen kleinen Lacher zum Abschluss. Aber Manfreds Stimme war belegt und schwankte bedenklich. Wallner konnte nicht länger wegsehen. Als er den Blick hob, geschah, was er befürchtet hatte. Er sah seinen Großvater das erste Mal weinen, seit die Großmutter ihn verlassen hatte. Und das war ein Vierteljahrhundert her.

12

Berlin, Sommer 1996

Gefällt mir«, sagte Gregor Nolte. Sein Blick wanderte behutsam über die Bürowand mit den neuen Regalen, die mit teuren juristischen Werken bestückt waren. Ein Teil der Wand war frei gelassen worden, so dass man die dunkelgrüne Farbe sehen konnte, in der sie gestrichen war. Dort hing eine Radierung von Horst Janssen in einem filigranen Rahmen. Sie war nicht billig gewesen. Doch das Bild hatte Sitting über alle Maßen gefallen, und er hatte es trotz gewisser Bedenken auf Kosten der Kanzlei gekauft. »Die Geschäfte gehen gut?«

»Ja, wir haben einige neue Mandate hereinbekommen.«

»Hoffentlich haben Sie noch Zeit für mich.« Nolte lächelte, seine gletscherblauen Augen direkt auf Silvia gerichtet.

»Machen Sie sich keine Sorgen. Für Sie haben wir immer Zeit.«

Nolte wusste vermutlich, dass der neue Reichtum hier allein ihm zu verdanken war. Sitting hatte in dem Verfahren wegen des tödlichen Autounfalls gute Arbeit geleistet und zwei Zeugen ausfindig gemacht, die der Polizei entgangen waren. Sie hatten gesehen, dass das Opfer, ein fünfunddreißigjähriger Mann namens Blasicz, ohne Vorwarnung vom Trottoir auf die Straße gelaufen war. Nolte hatte keine Chance auszuweichen. Das sah schließlich auch die Staatsanwaltschaft so. Das Verfahren wurde eingestellt. In der Folgezeit erteilte Nolte der Kanzlei immer mehr Aufträge. Sie betrafen vornehmlich seine Firma, die sich mit so unterschiedlichen Geschäften wie dem Import von russischem Tee bis hin zur Verwaltung von Immobilien befasste. Entsprechend vielfältig waren die juristischen Aufgaben: Vertragsstreitigkeiten, Vollstreckungssachen, Gesellschaftsgründungen und vieles mehr. In all das musste sich Sitting erst einarbeiten, denn er war Strafverteidiger und hatte mit Zwangsvollstreckungen oder Gesellschaftsverträgen seit dem Examen nichts mehr zu tun gehabt. Aber es lohnte sich. Nolte bezahlte einen Stundensatz von zweihundertfünfzig Mark.

Die Tür zu Sittings Büro wurde geöffnet. Miriam Cordes, die Sitting vor Gericht vertreten hatte, kam heraus, Sitting folgte.

»Ich weiß nicht, warum ich vergessen habe, ihn anzurufen. Ich bin da sonst immer sorgfältig und …« Cordes war ziemlich durch den Wind und sah auch so aus. Was vor Gericht noch eine biedere Kurzhaarfrisur gewesen war, hing jetzt strähnig an ihrem Kopf herab, und die Ringe um die Augen waren selbst durch Schminke nicht mehr zu kaschieren.

»Jetzt machen Sie sich mal nicht zu große Sorgen.« Sitting berührte den Arm der jungen Frau. »Ich ruf an und rede mit dem Mann, okay?«

»Das wär super, wenn Sie das machen würden. Ich hab nämlich immer ein ganz komisches Gefühl, wenn ich mit ihm reden muss.«

Sitting suchte kurzen Blickkontakt zu Nolte, signalisierte, dass er sich gleich um ihn kümmern würde, und begleitete die unablässig weiterplappernde Miriam Cordes zur Tür.

»Sie sollten Ihre Zeit nicht mit solchen Leuten verschwenden«, sagte Nolte, als sie in Sittings Büro gingen.

»Es ist mein Job.«

»Es ist Verschwendung.« Nolte nahm auf dem angebotenen Besucherstuhl Platz. »Ich rede nicht von Geld. Ich rede davon, dass Sie Ihre Energie vergeuden. Sie können so jemandem nicht helfen.«

»Ich muss es wenigstens versuchen.«

»Die Frau nutzt Sie aus. Sie hauen sie vor Gericht raus, und zum Dank macht sie Ihnen nichts als Ärger. Statt sich einen Job zu suchen und clean zu werden, dröhnt sie sich wieder zu und ruft ihren Bewährungshelfer nicht an. Oder was war das gerade?«

Sitting schwieg.

»Zahlt sie Ihnen was, wenn Sie den Bewährungshelfer anrufen?«

Sitting hatte hinter seinem Schreibtisch Platz genommen und stützte sich nach vorn auf die Tischplatte. »Schauen Sie, Herr Nolte – ich sage Ihnen nicht, wie Sie Ihren Job machen sollen. Und umgekehrt sollten wir das genauso halten.«

»Wie Sie meinen. Dann eben keine kostenlose Beratung mehr.« Nolte grinste. Irgendwie schien ihm Sittings Reaktion gefallen zu haben. »Reden wir über mein Anliegen.«

Sitting lehnte sich wieder zurück und zog einen Notizblock heran, auf dem er einen Kugelschreiber plazierte. Nolte schlug die Beine übereinander. »Einer meiner Mitarbeiter hatte eine handgreifliche Auseinandersetzung und sitzt im Gefängnis. Ich möchte, dass Sie ihn vertreten.«

»Wie heißt der Mann?«

»Alexander Schuchin. Er sitzt in der JVA Moabit. Wurde gestern Abend verhaftet. Ich konnte kurz mit ihm telefonieren. Er weiß Bescheid, dass Sie kommen.«

Sitting machte sich Notizen auf seinem Block.

»Was wissen Sie über die Sache?«

»Nicht viel. Schuchin ist mit jemandem in Streit geraten und hat sich mit dem Mann geprügelt – was sonst nicht seine Art ist. Eine Zivilstreife ist wohl auf die Schlägerei aufmerksam geworden und hat Schuchin verhaftet. Er sagt, es war Notwehr. Der andere hätte angefangen.«

»Der sagt vermutlich das Gleiche.«

»Das weiß ich nicht. Aber ich glaube, der andere Mann ist noch nicht vernehmungsfähig.«

Sitting zog erstaunt die Augenbrauen hoch, sagte aber nichts dazu. »Gut. Ich kümmer mich drum.«

»Vielen Dank. Für die Kosten komme ich natürlich auf.« Nolte holte einen weißen Briefumschlag aus der Innentasche seiner Jacke und legte ihn auf den Schreibtisch.

»Vielen Dank«, sagte Sitting, ohne den Umschlag anzurühren. »Das nächste Mal bitte überweisen. Ich bekomme noch Schwierigkeiten, wenn ich so viele Bareinzahlungen mache.«

Sitting bezog sich auf die erhöhte Sensibilität in Sachen Geldwäsche, die den Banken seit einigen Jahren gesetzlich vorgeschrieben war.

»Da bin ich ein bisschen altmodisch. Nur Bares ist Wahres.« Nolte lachte in sich hinein. »Nehmen Sie es diesmal noch so. Von mir aus müssen Sie es auch nicht auf Ihr Konto einzahlen. Ich kann das ja schlecht über die Firma laufen lassen.«

Sitting ging kurz der Gedanke durch den Kopf, die

Einnahme ganz unter den Tisch fallen zu lassen. Aber er wusste nicht, ob das Finanzamt prüfte, ob es zu jedem Verfahren eine Honorarnote gab. Wenn sie das taten, käme er in Erklärungsnöte.

»Vielen Dank jedenfalls.« Er nahm jetzt doch den Umschlag, sah aber nicht nach, wie viel drin war. Es war mit Sicherheit mehr als genug, so, wie er Nolte inzwischen kannte. »Kann ich noch was für Sie tun?«

»Ja, einen kleinen Gefallen, wenn Sie zu Schuchin gehen.« Nolte griff erneut in sein Jackett, diesmal auf der anderen Seite, und holte ein Handy mit Stummelantenne hervor. »Seien Sie so nett und geben Sie das Schuchin.« Er legte das Mobiltelefon auf den Tisch.

»Tut mir leid, das kann ich nicht. Häftlingen sind Telefone nicht erlaubt.«

»Das ist allerdings schlecht. Ich muss den Mann irgendwie erreichen. Er hat betriebliche Informationen, die ich von ihm brauche.«

»Ich könnte einen Antrag auf Ausnahmegenehmigung stellen. Aber ich bin mir sicher, dass sie den ablehnen.«

»Sie könnten das Handy doch einfach mitnehmen. Oder werden Sie kontrolliert?«

»Normalerweise nicht. Aber falls doch, kann mich das meine Zulassung kosten.«

»Wenn Sie kontrolliert werden, sagen Sie, es ist Ihr Handy.«

»Hören Sie …« Sitting schob das Handy zurück zu Nolte. »Es gibt Regeln, die ich als Anwalt zu beachten habe. Und dazu gehört, dass ich keine illegalen Dinge ins Gefängnis schmuggle. Das geht einfach nicht.«

»Aha«, sagte Nolte und nahm das Handy wieder an sich. »Es geht natürlich schon, wie ich Ihnen gerade erklärt habe. Sie … wollen es nicht tun.«

»Richtig. Ich will es nicht tun.«

Nolte betrachtete nickend und mit spitzem Mund das Telefon in seiner Hand. »Das ist sehr schade. Ich dachte, wir hätten eine vertrauensvolle Geschäftsbeziehung.«

»Die haben wir. Nur werde ich als Anwalt nichts tun, was verboten ist. Wenn ich meine Zulassung verliere, ist Ihnen als meinem Mandanten auch nicht gedient.«

»Wie ich Ihnen gerade erklärt habe, wäre es wirklich äußerst wichtig für mich.« Er stand auf und steckte das Handy ein. »Aber gut.« Nolte lächelte gezwungen und schien sehr enttäuscht von Sitting. »Vielleicht wollen Sie es sich ja noch mal überlegen. Ich bin bis heute vierzehn Uhr telefonisch zu erreichen. Schönen Tag noch.«

Nolte verließ das Büro, ohne Sitting die Hand zu geben, und verabschiedete sich nur unter Wahrung elementarster Höflichkeit von Silvia. Als die Tür ins Schloss fiel, erschien Sitting im Empfangsraum. Silvia sah ihn an, als wäre gerade eine Bombe detoniert. »Was war denn da los?«

Sitting hatte etwas beim Asiaten um die Ecke geholt, Reisnudeln mit Hühnerfleisch in Erdnusssoße. Die riesige Portion reichte erfahrungsgemäß für zwei, und Sitting hatte ohnehin keinen Appetit.

»Was, glaubst du, macht er, wenn du das Handy nicht ins Gefängnis schmuggelst?«

»Keine Ahnung. Ich hoffe, er sieht ein, dass das nicht geht.«

»Hatte ich nicht den Eindruck. Ich meine, dass der irgendwas einsieht. Warum bringt er's nicht selber hin?«

»Ist nicht so einfach, einen Besuchstermin zu kriegen. Er ist kein Verwandter.«

Eine Weile hing jeder seinen Gedanken nach. Sitting stocherte mit den Stäbchen in der weiß-blauen Reisschale, in die er seine Portion umgefüllt hatte, aß aber nichts.

»Du machst dir Sorgen«, sagte Silvia, »dass er geht.«

Sitting zuckte mit den Schultern. »Klar. Ich hatte gehofft, wir kommen aus den Schulden raus. Und jetzt bricht wieder alles zusammen.«

Er ließ die Stäbchen sinken. Silvia legte ihre Hand auf seine, und er ließ es zu.

»Wir werden auch das überstehen.« Sie drückte seine Hand, er erwiderte den Druck, sah sie aber nicht an. »Du bist ein hervorragender Anwalt. Das kriegen im Lauf der Zeit noch mehr Leute mit.«

»Sieben Jahre hat sich das nicht rumgesprochen. Außer bei irgendwelchen Ganoven, die nicht zahlen können.« Jetzt sah er sie an. »Ich hab's so satt, jeden Tag zu kämpfen.«

»Heißt das, du willst es tun?« Ihr Blick war besorgt. »Wenn sie dich erwischen, war's das.«

Er stand auf und ging zum Fenster. »Dann muss ich eben was anderes machen. Vielleicht sollte ich das sowieso. Zu Rüdiger in die Uckermark ziehn und Schafe züchten.« Rüdiger Ott war Sittings jüngerer Halbbruder.

»Nein. Das solltest du nicht. Anwalt sein ist dein Leben. Du warst früher immer glücklich, auch wenn's schlecht lief.«

»War ich das?«

Er dachte darüber nach und lächelte. Ja, er konnte sich keinen Beruf vorstellen, der ihn annähernd so glücklich machen würde. Er war der geborene Strafverteidiger. Nur konnte er sich nicht verkaufen. Er war kein Rolf Bossi. Er war einfach nur gut darin, Junkies und kleine Autodiebe zu verteidigen und hin und wieder einem jungen Burschen, der ausgerutscht war, wieder auf die Beine zu helfen. Er war gut darin, und das war gleichzeitig der Fehler. Er investierte zu viel Zeit in seine Fälle. Für das Geld, das ihm der Staat für eine Pflichtverteidigung zahlte, durfte er streng genommen nicht mal die Akte durchlesen. Er rechnete seine Honorare nie auf den Aufwand um. Aber vermutlich käme er bei McDonald's auf einen besseren Stundenlohn. Wenn er ehrlich war, funktionierte das Ganze nur, wenn die Kanzlei einen Sponsor hatte. Und genau das war Nolte. Er pumpte – aus welchen Gründen auch immer – großzügig Geld in Sittings Kasse. Wenn das aufhörte, ginge alles den Bach runter. Und: Auch Silvias Existenz hing an dieser Kanzlei.

Sollte er deswegen Prinzipien verraten, die ihm immer heilig gewesen waren?

»Ich nehme an, Herr Schuchin ist einfach wichtig für Nolte«, sagte er schließlich. »In vielen Firmen gibt es Einzelne, die über alles Bescheid wissen. Wo andere stundenlang suchen, weiß der sofort, worum es geht und wo der Vorgang ist.«

»Tja. Blöd, wenn so einer dann im Gefängnis sitzt.« Silvia schien wenig überzeugt von Sittings Theorie.

Er setzte sich wieder an den Tisch und kaute an einem Stäbchen herum. »Ich bin wohl nicht der Typ, der fünf gerade sein lässt. Ich bin … der Typ Prinzipienreiter.«

»Ich finde es gut, dass es Menschen wie dich gibt.«

»Danke.« Sitting lächelte bitter. Vielleicht sollte er doch was mit Silvia anfangen. Was sprach eigentlich dagegen? »Andererseits – ich hab nie verstanden, warum Menschen, für die die Unschuldsvermutung gilt, behandelt werden wie abgeurteilte Verbrecher. Und zum Beispiel kein Telefon benutzen dürfen, wenn man sie schon einsperrt.«

»So sind halt die Gesetze.«

Sitting lehnte sich in seinem Stuhl zurück und sah sich um. Sah die neuen Büromöbel, die Janssen-Radierung auf der grünen Wand, Silvias neuen Computer, den Sessel im Büro nebenan, dessen Leder sinnlich-seriös duftete, und die Bücherwände mit den BGH-Entscheidungen und der Juristischen Rundschau. Er war ein Mann von Prinzipien. Ja, aber es gab Menschen, die ihn brauchten. Menschen, die andernfalls von jemandem verteidigt würden, dem sie egal waren. Warum machte er sich wegen eines Handys ins Hemd? Er musste erwachsen werden. Die Welt war kein Mädchenpensionat.

»Ich könnte Karten für Bon Jovi bekommen. Möchtest du hin?«

Silvia war überrascht von dem Themenwechsel und erfreut über das Angebot. »Wahnsinnig gern!«

Sein Blick fiel auf die Wanduhr. Viertel vor zwei.

13

Miesbach, 1. Februar 2016

Der nächste Morgen war noch eisiger als die Nacht, die er ablöste. Wallner ging zu Fuß ins Büro, um warm zu werden. Wenn er sich bewegte, heizte sein Körper, saß er still, schien der Stoffwechsel jede Tätigkeit einzustellen, und es wurde kalt in Wallner. Manfred war beim Frühstück ungewohnt still gewesen. Die Heimkehr seines Sohnes beschäftigte ihn. Und sie beschäftigte auch Wallner. Eigentlich war er froh, dass ihn heute die Ermittlungen in dem Mordfall von seinen Grübeleien ablenken würden.

Gegen halb neun betrat Wallner die Polizeistation, was für seine Verhältnisse spät war. Gemessen an vier Stunden Schlaf jedoch früh. Wallner hielt nichts davon, müde zu arbeiten. Lieber fing er etwas später an und hatte einen klaren Kopf.

Gleich nachdem er seine E-Mails gecheckt hatte, rief Wallner im Krankenhaus Agatharied an. Lara Evers war jetzt in der geschlossenen psychiatrischen Abteilung untergebracht und konnte befragt werden.

Anschließend sprach Wallner mit Oliver, um zu erfahren, was die gesicherten Spuren ergeben hatten. Tina war bereits in München, um der Obduktion beizuwohnen. Dabei war auch die Anwesenheit von Staatsanwalt Jobst Tischler erforderlich, der sich deswegen erst für elf Uhr dreißig angekündigt hatte, dann aber sofort alles über den Fall hören wollte. Wallner beschloss, die Zeit zu nutzen und Lara Evers zu vernehmen, zusammen mit Kriminalhauptkommissar Mike Hanke, seinem dienstältesten Mitarbeiter. Doch musste er die Vernehmung kurzfristig verschieben, denn es erreichte ihn ein Anruf. Die Beamtin aus der Telefonzentrale sagte, ein Norbert Petzenberger wünsche Wallner zu sprechen wegen des Mordes letzte Nacht. Ob sie ihn durchstellen solle. Wallner bat darum.

»Mir ist noch was eingefallen«, sagte Petzenberger alias der Dude und klang dabei irgendwie arglistig, wie Wallner fand. »Hatte ich in der Hektik gestern ganz vergessen.«

»Das ist sehr schön, dass Sie da sofort anrufen«, sagte Wallner und war gespannt, was kommen würde.

»Sie werden's net glauben, aber ich hab gestern Nacht ein Foto gemacht von dem Wagen. Der Wagen, von dem ich Ihnen erzählt habe.«

»Das ist ja wunderbar. Können Sie es uns schicken?«

»Da gibt's leider ein Problem.« Wallner hatte sich schon gedacht, dass ein Haken dabei war. Vermutlich hatte sich Petzenberger dieses Schmankerl für die Polizei aufgehoben, um es möglichst teuer zu verkaufen.

»Was für ein Problem?«

»Ich hab das Foto an einen E-Mail-Account von mir geschickt und anschließend gelöscht. Leider komme ich an den Account net ohne weiteres ran.«

»Wieso kommen Sie nicht in Ihren E-Mail-Account?«

»Es ist nur einer von vielen Accounts, die ich habe. Natürlich jeder mit einem eigenen Passwort, und die wechsle ich auch regelmäßig, wie man das als verantwortungsbewusster User machen sollte. Mit einem Wort: Ich weiß das Passwort nicht mehr.«

»Ich dachte, Sie sind Hacker. Da kommen Sie nicht mal in Ihren eigenen Account?«

»Als Laie stellt man sich das immer ein bisschen zu einfach vor. Das läuft nicht so wie im Film.«

»Wie läuft's dann?«

Der Dude zögerte kurz, dann räusperte er sich und sagte: »Das Passwort ist auf dem Rechner, den die Polizei beschlagnahmt hat. Wenn ich den wiederhaben könnte …«

»Können Sie nicht. Er ist, wie Sie richtig erwähnten, beschlagnahmt.«

»Tja dann …«

»Es kommt Ihnen doch nicht auf einen mehrere Jahre alten Computer an, oder?«

»Nein. Mir geht's um das, was auf der Festplatte ist. Ich konnte kein Backup mehr machen.«

Wallner überlegte kurz. »Kommen Sie und fragen Sie nach Frau Bode. Die weiß Bescheid. Sie können unter Aufsicht eine Kopie der Festplatte machen. Und anschließend geben Sie uns das Foto.«

Am anderen Ende der Leitung war erst nichts zu hören, dann ein erfreutes: »Cool.«

Als die beiden Kommissare auf dem Krankenhausparkplatz aus dem Auto stiegen, rief Kreuthner an, der erfahren hatte, dass Wallner Lara Evers vernehmen wollte.

»Warum hast net Bescheid g'sagt? Da muss ich doch dabei sein.«

»Weil …?«

»Weil ich die Frau kenn. Die is schwierig. Wennst da net den richtigen Ton triffst, kriegst gar nix aus der raus.«

»Und du triffst den?«

»Wie g'sagt – mir kennen uns. Die vertraut mir.«

»Ah ja. Deswegen hat sie auch auf dich geschossen.«

»Da hat s' einen im Tee g'habt. Des darf man net überbewerten.«

»Halt dich vom Krankenhaus fern. Ich sag Bescheid, wenn ich dich brauche.« Wallner drückte das Gespräch weg.

»Ein Herzchen, der Leo.« Mike blätterte in einem Bericht. »Die Evers hat gestern zur Tatzeit sage und schreibe zwei Komma drei Promille gehabt.«

Das Fenster war vergittert und besaß keinen Griff. Insassen von geschlossenen Abteilungen nutzten Fenstergriffe gerne, um sich zu erhängen.

Wallner betrachtete die junge Frau, die ihm gegenübersaß. Sie wirkte anders als gestern Nacht, als er sie kurz im Notarztwagen gesehen hatte. Nicht so aufgebracht, dafür müde. Die Sedativa hatten ihre Arbeit offenbar noch nicht ganz beendet. Lara Evers saß auf dem Bett, die Kommissare auf zwei Klappstühlen, die nach dem Besuch wieder aus dem Raum entfernt würden.

»Sie heißen Lara Evers und wohnen in Gmund, Max-Obermayer-Straße 17, geboren 22. August 1997 in Berlin?«, begann Wallner die Vernehmung.

»Wenn Sie's eh schon wissen.«

»Nehm ich mal als ja.« Wallner holte aus seiner Daunenjacke ein Handy. »Ich würde unser Gespräch gerne aufnehmen. Dann gibt's keine Unklarheiten, was gesprochen wurde. Sie können eine Kopie der Audiodatei haben.«

Evers überlegte eine Weile. »Und wenn ich das nicht will?«

»Dann machen wir ein Protokoll«, sagte Mike. »Das ist dann halt nicht wortwörtlich das, was gesprochen wurde. Und nachdem wir das Protokoll gemacht haben, schreiben wir es so, wie wir das Gespräch verstanden haben.«

»Schalten S' des Ding ein.«

Wallner aktivierte die Aufnahmefunktion des Handys.

»Frau Evers, Sie stehen unter Verdacht, den Ihnen bekannten Klaus Wartberg getötet zu haben. Es steht Ihnen frei, mit uns zu reden. Sie können auch einen Anwalt hinzuziehen.«

»Kann mir keinen leisten.«

»In dem Fall bekommen Sie vom Staat einen gestellt.«

»Ja, so einen hab ich schon mal g'habt. Der hat in der Verhandlung net amal meinen Namen g'wusst.«

»Dann also keinen Anwalt?«

Evers schüttelte den Kopf.

»Sie sind bereit auszusagen?«

Evers bejahte mit einem Wimpernschlag.

»Schildern Sie uns einfach, was gestern Abend im Haus von Herrn Wartberg passiert ist.«

Lara Evers kniff die Augen zusammen, wie um die Ereignisse schärfer zu sehen, die ihr Gedächtnis anscheinend irgendwo an der oberen Zimmerwand vorbeispazieren ließ.

»Ich bin so um neun gekommen. Mit dem Roller. War ziemlich kalt in der Nacht. Ja … und dann, dann samma z'sammeng'sessen und ham g'redt. Im Wohnzimmer. Und getrunken. Harte Sachen, Wodka hauptsächlich.«

»Machen Sie das öfter?«

»Ich besuch ihn ab und zu.« Statt einer näheren Erläuterung schwieg Lara Evers und starrte an die Zimmerwand.

»Was haben Sie gemacht bei diesen Besuchen?«

»Geredet. Und getrunken. Er hat immer was dag'habt. Gutes Zeug.«

»Gestern haben Sie auch getrunken?«

»Oh ja.«

»Viel?«

Sie schürzte den Mund und nickte. »Mir ham ordentlich was g'schluckt. Der Klaus, also der Herr Wartberg, der hat sich echt die Kante gegeben.« Lara Evers hielt inne. Auf ihrer Stirn hatten sich Schweißtropfen gebildet. »Gibt's hier gar nichts zu trinken?« Sie sah sich um.

Wallner deutete mit dem Kopf auf einen Wasserkrug samt Becher, beides aus Kunststoff.

»Das mein ich nicht.« Evers' Blick wurde nervös und leicht aggressiv.

»Sie sind hier im Krankenhaus«, sagte Mike und goss Lara ein Glas Wasser ein. Sie trank es in einem Zug aus. Wallner betrachtete das Mädchen. Die Haut war noch glatt, wie bei einer Neunzehnjährigen zu erwarten. Und doch kündigten sich schon ein paar Falten an, um die Mundwinkel und auf der Stirn. Auch die Ringe um ihre Augen zeigten, dass sie wohl mehr erlebt hatte, als einem neunzehnjährigen Mädchen guttat. Wallner stellte sich vor, wie seine Tochter Katja, die er viel zu selten sah, mit neunzehn aussehen würde. Und es befiel ihn eine Traurigkeit, die in letzter Zeit öfter vorbeischaute. Irgendwie wurde er dünnhäutiger mit den Jahren. Sollte es nicht andersherum sein?

»Sie haben also zusammen getrunken.« Mike schreckte Wallner aus seinen düsteren Gedanken. »Wie ging's dann weiter?«

»Ich bin irgendwann eingeschlafen. Und dann …« Sie spielte mit dem Plastikbecher in ihrer Hand und machte eine Pause. Und in dieser Pause schien sie sehr genau zu überlegen, was sie den Kommissaren sagen würde. »Dann wach ich wieder auf. Weil … weil mich jemand anfasst.« Evers presste die Lippen zusammen und sah nach draußen. Vor dem vergitterten Fenster tanzten ein paar Zweige im Wintersturm. »Er war das. Fasst mir an die Brust. Während ich schlaf. Ich denk mir: Scheiße, der spinnt doch. Ich schlag ihm den Arm weg. Aber er hört net auf. Und wie ich nach ihm tret, packt er mich am Arm und schleift mich ins Schlafzimmer. Ich hab g'sagt, er soll aufhören. Aber der war so betrunken, der hat des gar net mit'kriegt. Und dann …« Sie starrte auf den hellgrauen Linoleumboden und machte den Mund auf, aber es folgten keine Worte. Es sah für Wallner so aus, als versuche sie, etwas monströs Kompliziertes auszusprechen, und fände den Einstieg nicht.

»Und dann …?«, half Mike.

»Weiß nimmer so genau. Kann sein, dass da die Pistole gelegen ist.« Sie sah Wallner direkt an. »Der wollt mich vergewaltigen!«

»Können Sie das näher beschreiben – wie Sie geschossen haben?« Wallner beugte sich nach vorne und stützte die Ellbogen auf die Knie. »Versuchen Sie, sich zu erinnern. Es ist wichtig, wie es genau abgelaufen ist.«

Lara Evers schloss die Augen und dachte nach. Man konnte ihr die Anstrengung ansehen. »Die Pistole, die war … auf dem Nachttisch. Ich hab sie genommen und abgedrückt.«

»Wie oft?«

Evers zögerte einen Moment. »Weiß nimmer. Des is

so schnell ganga. Und ich war auch ziemlich betrunken. Zweimal?«

»Sie haben die Pistole vom Nachttisch genommen und geschossen?«

Lara Evers nickte.

»Mussten Sie irgendwas machen, um zu schießen?«

Sie zuckte die Schultern.

»Entsichern?«

Lara Evers sah Wallner verständnislos an.

»Wissen Sie, wie man eine Pistole entsichert?«

»Wie g'sagt, ich kann mich nimmer genau erinnern. Es ging alles so schnell, und der Alkohol …«

Wallner schaute auf das Display seines Handys, um zu kontrollieren, ob die Aufnahme funktionierte.

»Aber Sie erinnern sich genau, dass Herr Wartberg Sie ins Schlafzimmer gezerrt hat?«

»Ja. Der hat mich ins Schlafzimmer gezerrt und wollte über mich herfallen. Ich hab g'schossen, dass er aufhört. Ich wollt ihn net umbringen.«

Wallner studierte Lara Evers' Gesicht. Gab sie etwas von sich preis? Nervosität, Übersprungshandlungen, Händereiben an den Oberschenkeln, irgendeine Unbedachtheit, die ihm sagte: Mädel, du lügst! Nein. Die Frau gab nichts preis. Vielleicht stimmte ihre Geschichte. Seine Erfahrung sagte Wallner aber, dass etwas an der Sache faul war. Die Frau log. Und zwar ohne Anzeichen von Nervosität. Wahrscheinlich log sie sich seit Kindesbeinen durchs Leben.

»Wie haben Sie Herrn Wartberg kennengelernt?«

»In Regensburg. In einer Kneipe. Ich hab da bedient, und eines Abends war er da, um was zu trinken. Da sind wir irgendwie ins Gespräch gekommen.«

»Hat er Sie angemacht?« Mikes Interesse an der Sache stieg.

»Net wirklich. Er war so der Onkeltyp.« Sie dachte noch einmal über die Frage nach. »Na, der hat mich net angemacht. Aber er hat mich ang'sprochen und geredet und geredet. Am nächsten Tag ist er wiedergekommen. Und auch die nächsten Tage. Und irgendwann sagt er: ›Willst net an den Tegernsee kommen? Ich besorg dir an Job.‹ Ich hab natürlich auch gedacht, was will der alte Sack von mir?«

»Wann war das?«, fragte Mike und kassierte einen Blick von Wallner: Nicht reinquatschen, solange jemand redet!

»Vor einem Jahr.« Evers machte eine Pause. »Oder zwei? Die Zeit vergeht so schnell.«

»Sie haben sich also gefragt, was Herr Wartberg von Ihnen will?«, versuchte Wallner sie wieder auf die Spur zu bringen.

»Ja logisch. Hab natürlich gedacht, der ist scharf auf mich. Aber nein … der hat mich nie angefasst. Hat's nicht mal versucht. War immer nett und hat mir den Arsch hinterhergetragen.«

»Bis gestern Nacht.« Dieses Mal war es Wallner, der unterbrach. Aber der Widerspruch war zu offensichtlich.

»Ja … bis gestern. Da ist er auf einmal ausgetickt. Was weiß ich … hat sich vielleicht was aufgestaut.«

Lara Evers verfiel in Schweigen.

»Bis gestern, sagen Sie, war Herr Wartberg nett zu Ihnen. Wie äußerte sich das?« Wallner schlug ein Heft auf und machte sich eine Notiz.

Beziehung Evers/Wartberg???

»Er hat mir manchmal Geld gegeben. Und wenn ich Probleme hatte, konnte ich immer zu ihm kommen. Hat sich alles angehört. Weiß net, warum er das gemacht hat.«

»War er einsam?«

»Kann sein. Freunde hat er, glaub ich, nicht gehabt. Ab und zu mit den Nachbarn geredet, mehr nicht. Vielleicht war's das.«

»Was?«

»Warum er nett war zu mir. Er hat sonst keinen gehabt.«

»Mochten Sie ihn?«

»Schätze schon. Kenn auch net so viele Leute. Da bist net wählerisch.«

»Was wissen Sie über Herrn Wartberg?«

»Er hat viel gelesen. Und jeden Monat ist er ins Konzert gefahren nach München. Ich auch mal. Fand's aber scheiße.«

»Klassische Musik?«

»Wenn das mit Geigen ist, dann war's klassische Musik.«

»Das war nichts für Sie?«

»Das erste Stück hat Zwölftonmusik geheißen. Kennen Sie das?«

Wallner verzog leicht das Gesicht. »Ja …?«

»Danach bin ich raus. Er hat gesagt, jetzt bleib halt. Das nächste ist besser. Aber verarschen kann ich mich alleine. Na, da bin ich nimmer mit.«

»Von was Herr Wartberg gelebt hat, wissen Sie nicht?«

»Der war reich. Keine Ahnung von was.«

Eine Viertelstunde später war klar, dass Lara Evers kaum etwas über den Mann wusste, den sie gestern Abend getötet hatte. Auch ließ ihre Konzentration nach, und sie schien jedes Interesse an dem Gespräch mit den Polizisten zu verlieren. Wallner entschied, die Sache an dieser Stelle zu beenden. Die wichtigsten Informationen hatte Lara Evers ihnen gegeben. Jetzt mussten sie das Gesagte mit den Fakten vergleichen.

»Nur noch eine Frage zum Schluss.« Wallner vergewisserte sich, dass die Vernehmung immer noch mit dem Handy aufgezeichnet wurde. »Sie bleiben dabei, dass Sie Herrn Wartberg gestern Abend getötet haben?«

Lara Evers zögerte.

»Weil er zudringlich wurde und Sie sich nicht anders zu helfen wussten?«

»Ja. Aber ich hab ihn net umbringen wollen. Ich hab nur g'wollt, dass er mich in Ruh lässt.«

Wallner nickte. »Gut. Das ist jetzt mal so aufgezeichnet.« Er schaltete das Handy aus und steckte es ein.

»Sollen wir jemanden verständigen? Oder wollen Sie mit jemandem telefonieren?«

Evers dachte einen Augenblick nach. Dann schüttelte sie den Kopf.

»Gar niemanden? Irgendeinen Verwandten? Freund? Anwalt?«

Evers schwieg. Wallner nahm es zur Kenntnis, und die Kommissare verließen den Raum. Als sie schon durch die Tür waren, rief Evers: »Kann der Leo herkommen?«

»Kreuthner?«, fragte Mike, durchaus verwundert, denn ihm war neu, dass Evers und Kreuthner sich näher kannten.

»Wir sagen ihm Bescheid.« Wallner wandte sich an Mike. »Vielleicht sagt sie ihm mehr als uns.«

Auf dem Weg nach draußen rief das Büro an. Der Staatsanwalt war aus München eingetroffen und erwartete, dass man ihn über den Ermittlungsstand in Kenntnis setzte.

14

Jobst Tischler kam geradewegs von der Obduktion des Leichnams, an der auch Tina teilgenommen hatte. Von ihr hatte Wallner schon erfahren, dass die Obduktion nichts Überraschendes erbracht hatte. Eine der vier Pistolenkugeln hatte Wartbergs Herz getroffen. Daran war er gestorben, und zwar am Vorabend zwischen zwanzig und dreiundzwanzig Uhr. Als Besonderheit war nur festgestellt worden, dass Wartbergs Gesicht Spuren einer Schönheitsoperation aufwies.

»Ich höre, es gab eine Verhaftung?«, sagte Tischler zur Begrüßung und räumte seine Aktentasche aus.

»Ja. Aber noch ist nicht ganz klar, ob wir die Richtige haben.«

»Ah ja? Da hab ich was anderes gehört, Herr Wallner.«

»Die Frau wurde am Tatort mit der mutmaßlichen Tatwaffe in der Hand angetroffen. Das ist richtig.«

»Sie hat auf einen Polizisten geschossen, der sie festnehmen wollte, und ist polizeibekannt gewalttätig. Was wollen Sie denn noch?«

Wallner ließ die Frage so stehen. Ihm war klar, dass Tischler in der Sache möglichst schnell einen Erfolg verbuchen musste. Denn zurzeit zog sich ein anderes Ermittlungsverfahren unangenehm in die Länge: Die gutaussehende Besitzerin eines Starnberger Nachtcafés war erschossen worden, und die Öffentlichkeit nahm regen Anteil an dem Fall. Leider konnte Tischler auch nach vier Wochen noch keinen Verdächtigen präsentieren, weshalb ihm seine Vorgesetzte, Oberstaatsanwältin Kessler, im Nacken saß.

Im Besprechungsraum waren außer dem Staatsanwalt und Wallner Tina und Oliver von der Spurensicherung sowie Mike Hanke und Janette Bode, Wallners Kripokollegen, anwesend.

»Herr Tischler ist euch allen bekannt«, eröffnete Wallner die Besprechung jetzt formell. »Umgekehrt gilt natürlich das Gleiche.« Trotzdem stellte er zur Sicherheit noch einmal alle Kollegen der Kripo Miesbach vor. Denn Tischler hätte keinen mit Namen ansprechen können. Polizisten unterhalb des Kripoleiters interessierten ihn nicht.

Anschließend gab Wallner einen kurzen Abriss der Geschehnisse des gestrigen Abends.

»Gut«, sagte Tischler. »Und was um alles in der Welt spricht jetzt gegen Lara Evers als Täterin?«

»Wenig. Zumal sie vor einer Stunde ein Geständnis abgelegt hat.«

Tischler sah Wallner überrascht an. »Also jetzt versteh ich gar nichts mehr.«

»Geständnisse sind schnell widerrufen.«

Tischlers Geste wirkte irgendwie fatalistisch und besagte: Was soll's – im Augenblick haben wir eins.

»Außerdem hat sie zwar die Schüsse auf Wartberg zugegeben. Behauptet aber, es sei in Notwehr gewesen.«

»Was genau soll da passiert sein?«

»Angeblich hat Wartberg sie ins Schlafzimmer geschleppt, um sie zu vergewaltigen. Sie hat sich gewehrt, die Pistole, die neben dem Bett lag, an sich genommen und auf Wartberg geschossen.«

»So, wie Sie die Leiche vorgefunden haben – sah das nach Kampf aus?«

»Nein. Es sah aus, als sei Wartberg im Schlaf durch die Bettdecke erschossen worden.«

»Und genauso hat es auch bei der Obduktion ausgesehen.« Tischler wandte sich an Tina. »Es gab doch weder Kampfspuren noch Abwehrverletzungen?«

Tina schüttelte den Kopf.

»Die Notwehrsituation hat sie wahrscheinlich erfunden«, resümierte Tischler. »Aber das werden wir ja im Prozess sehen. Wesentlich ist doch, dass sie zugibt, geschossen zu haben. Also noch mal: Was lässt Sie zweifeln?«

»Nicht nur die versuchte Vergewaltigung, sondern ihre ganze Geschichte ist unschlüssig. Wo hatte sie die Waffe her?« Wallner hatte sich Tischler zugewandt. »Sie selbst sagt, sie lag auf dem Nachttisch. Nun gut, das mag sein. Aber normalerweise lässt niemand eine Waffe rumliegen. Auf Wartberg ist abgesehen davon auch keine Waffe registriert. Nächster Punkt: Wir haben sie gefragt, ob sie die Pistole entsichert hat. Sie ist der Frage ausgewichen, und es war ziemlich klar, dass sie gar nicht weiß, dass man eine Pistole entsichern muss.«

»Wie konnte sie dann auf den Polizisten schießen?«, sagte Tischler.

»Da war die Pistole schon entsichert. Von demjenigen, der Wartberg damit erschossen hat.«

Tischler nestelte an seinem Smartphone herum und überlegte. Schließlich sagte er: »Warum dann das Geständnis?«

»Die Leute legen aus den seltsamsten Gründen falsche Geständnisse ab. Eine andere Frage finde ich persönlich interessanter: Warum sollte sie Wartberg umbringen?«

»Um ihn auszurauben?«

Mikes Handy klingelte, er checkte das Display.

»Sie hatte einen Schlüssel zum Haus. Sie konnte jederzeit mitnehmen, was sie wollte.«

Mike stand auf. »Da muss ich kurz rangehen. Sorry.« Er hielt das Handy hoch und verließ den Raum.

»In der Wohnung von Evers haben wir Sachen gefunden, die offenbar Wartberg gehörten«, sagte Oliver. »Vermutlich hat sie die geklaut. Die musste den Mann nicht umbringen, um ihn zu bestehlen.«

Tischler sah in die Runde. »Okay. Aber was ist dann an dem Abend passiert?«

»Lara Evers hat uns gesagt, sie und Wartberg hätten viel getrunken, und sie sei daraufhin eingeschlafen. Was das Mädchen anbelangt, bestätigt der Promillewert die Aussage. Sie hatte so um die zweieinhalb. Was hatte Wartberg?« Wallner hatte Tina angesprochen.

»Zwei Komma acht bis drei Komma zwei. Gut möglich, dass er sich ins Bett gelegt hat und sofort eingeschlafen ist. Oder bewusstlos geworden ist. Das trifft's bei drei Promille wohl eher. Nehmen wir an, in der Zeit ist jemand ins Haus gekommen und hat Wartberg erschossen. Lara Evers lag schwer betrunken in einem anderen Raum, und die Schüsse wurden durch die Bettdecke gedämpft. Kann sein, dass sie es gar nicht mitbekommen hat.«

»Und der Täter lässt die Pistole liegen, Evers wacht auf, nimmt sie an sich, schießt auf einen Polizisten und gesteht am nächsten Tag den Mord an Wartberg?« Tischler sah fragend in die Runde.

»Wir stehen ja erst am Anfang«, sagte Wallner. »Da ist sicher noch einiges aufzuklären. Nur der Vollständigkeit halber: Evers hat nicht auf den Polizisten, sondern auf einen ... sagen wir: Zombie geschossen und den Polizisten versehentlich getroffen.«

»Hatte sie Wahnvorstellungen?«

»Nein, der Zombie war echt.«

Wallner traf ein ausnehmend irritierter Blick von Tischler.

»Es handelte sich um meinen Großvater. Er war vorher auf einem Faschingsball.«

»Ich bin gerade etwas verwirrt. Aber ich hoffe auf den schriftlichen Bericht.«

»Ja. Ist etwas kompliziert. Ich sage nicht, dass Evers es nicht war. Ich sage nur, es gibt da ein paar Ungereimtheiten. Und die sollten wir nicht einfach so stehen lassen, sonst wird sich die Verteidigung draufstürzen. Vor allem sollten wir das Motiv der Beschuldigten klären.«

»Dieses Thema dürfte hiermit erledigt sein.« Mike kam zur Tür herein. Er hatte ein aus drei Blättern bestehendes Schriftstück in der Hand und hielt es für alle sichtbar hoch.

15

Mike zog einen Bürostuhl heran und nahm am Tisch Platz. Vor sich legte er das Schriftstück. Es trug den Briefkopf einer Anwaltskanzlei. Sie war nicht groß: Baumgärtel & Partner stand mittig gesetzt ganz oben. Am Seitenrand drei Namen. Hubert Baumgärtel und zwei Kollegen.

»Ist noch Tee da?«, fragte Mike und genoss es offenbar, für diesen Augenblick im Zentrum der Aufmerksamkeit zu stehen.

»Da steht die Kanne.« Tina deutete zur Tischmitte. »Schau rein, dann weißt du's.«

Mike lächelte Tina charmant an und zog die Thermoskanne zu sich. Das Gewicht gab Anlass zur Hoffnung, und tatsächlich wurde Mikes Tasse noch voll. Mit großer Sorgfalt packte er zwei Zuckerwürfel aus ihrer Papierummantelung und ließ sie in den Tee gleiten.

»Mach endlich. Oder ich nehm dir den Wisch weg.« Wallner sprach aus, was alle dachten.

»Ist ja gut.« Ein kräftiger Schuss Kondensmilch verlieh dem Tasseninhalt die Farbe von Gesundheitsschuhen. »Wartberg hat nicht viel telefoniert. Jedenfalls nicht im Festnetz. Und mit den Handydaten müssen wir uns gedulden, solange unsere Freunde vom LKA sich noch mit dem PIN-Code amüsieren. Ein paar Leute hat Wartberg aber vom Festnetzapparat angerufen. Unter anderem einen Herrn Rechtsanwalt Baumgärtel.« Mike deutete auf das Papier. »Der sitzt hier in Miesbach. Ich hab ihn heute Morgen kontaktiert, da war er in einer Gerichtsverhandlung. Eben kam der

Rückruf. Anscheinend hat Wartberg ihn wegen mehrerer Sachen konsultiert. Genaueres wollte Baumgärtel noch nicht sagen. Da muss er erst mal wegen seiner Schweigepflicht in sich gehen. Nur eins konnte er uns schon schicken: Wartbergs Testament. Das muss er ohnehin beim Gericht abliefern.«

»Das ist das Testament von Klaus Wartberg?« Tischler deutete mit leicht nervösen Fingern auf das Papier.

»Das ist nur das Anschreiben der Kanzlei.« Mike legte das oberste Blatt zur Seite. Darunter kam die Faxkopie eines handschriftlich verfassten Dokuments zum Vorschein. »Soll ich vorlesen?«

»Ja, natürlich. Worauf warten Sie?«

Mike setzte eine Lesebrille auf. Er ging auf die fünfzig zu. »Mein letzter Wille. Ist übrigens handgeschrieben. Wartberg wollte die Notarkosten sparen. Mein letzter Wille. Ich, Klaus Wartberg, geboren und so weiter, vermache mein gesamtes Vermögen, Klammer auf, genaue Aufstellung siehe Anlage, Klammer zu, Frau Lara Evers, derzeit, Klammer auf, Januar 2016, Klammer zu, wohnhaft in Gmund am Tegernsee, Max-Obermayer-Straße 17. Sollte Lara Evers vor dem Erbfall sterben, erben ihre sie überlebenden Kinder. Ich erkläre hiermit, dass ich weder Kinder noch andere lebende Verwandte in gerader Linie habe. Miesbach, 15. Januar 2016, Unterschrift.«

»Darf ich?« Tischler angelte nach dem Testament.

Mike verdrehte die Augen und schob das Papier zum Herrn des Ermittlungsverfahrens. »Natürlich dürfen Sie.«

Mit einer Geste des Triumphes hielt Tischler das Testament in die Luft. »Voilà! Das Motiv.« Sein Rundumblick blieb an Wallner hängen, der skeptisch dreinsah. »Das reicht Ihnen nicht?«

»Ich gebe ja zu, dass Mörder nicht immer die Hellsten sind. Aber jemanden umzubringen, unmittelbar nachdem er einen als Erben eingesetzt hat …«, Wallner machte ein Gesicht, als kaute er auf einer Limette herum, »… schon arg plump. Die Frau ist vielleicht skrupellos und lügt wie gedruckt. Aber sie ist nicht dumm.«

»Sie wissen, wie dummdreist Leute sind, die aus Habgier morden. Sie selber können mir wahrscheinlich aus dem Stand drei noch dümmere Beispiele nennen.«

»Vielleicht. Trotzdem …« Wallner sah einer Krähe zu, die vor dem Fenster im Winterwind schwebte. »Ich sag ja nicht, dass sie es nicht war. Aber irgendwas hakt da. Abgesehen davon gibt es Hinweise, dass gestern Abend noch jemand bei Wartberg im Haus …«

Wallners Handy klingelte. Er holte es aus seiner Hemdtasche. »Entschuldigung. Ich habe vergessen, es auszumachen.« Er sah kurz auf das Display, und sein Gesicht zeigte Verwunderung. »Das Krankenhaus …«

Tischlers Neugier war geweckt. »Gehen Sie ran.«

Wallner nahm den Anruf entgegen, und seine Augenbrauen schoben sich zusammen, während er lauschte. Was er hörte, schien ihm nicht zu gefallen. Tischler fragte Tina zischelnd, warum Wallner nicht auf laut stelle. Weil er das nie tue, klärte ihn Tina auf. Mit den Worten »Okay. Ihr kümmert euch drum und haltet mich auf dem Laufenden« beendete Wallner das Telefonat.

Kaum dass er es weggedrückt hatte, fragte Tischler: »Was wollten die?«

»Lara Evers ist offenbar – geflohen …«

16

Berlin, Sommer 1996

Sitting schwitzte, als er durch die Schleuse ging. Er fragte sich, warum. Es gab keinen Grund für Nervosität. Er hatte nur ein Handy dabei, sein eigenes hatte er im Wagen gelassen. Wenn sie Schuchin unmittelbar nach seinem Besuch filzten, wäre es allerdings schlecht. Machten sie so was? Wenn sie ihn, Sitting, selbst filzten, bestand nur Gefahr, wenn sie es beim Rein- *und* Rausgehen taten und feststellten, dass er sein Handy nicht mehr dabeihatte. Aber sie machten ja keine Liste von den Gegenständen, die er ins Gefängnis brachte. Oder doch? Oh Gott! Er musste dringend cooler werden. Ein bisschen mehr Chuzpe könnte wirklich nicht schaden.

Nichts passierte. Nur ein Kopfnicken des Beamten an der Schleuse. Sitting war schon oft an ihm vorbeigegangen. Das schafft Vertrauen. Sitting nickte freundlich zurück. Dann klackerten die Absätze seiner Schuhe über den grauen Terrazzoboden des alten Backsteinbaus. Geruch von Putzmittel lag in der Luft.

Alexander Schuchin, Mitte dreißig, bullig, mittelgroß, hatte dichtes, aschblondes Haar, kurz geschnitten, buschige Augenbrauen und einen Schorf an der Schläfe. Er sprach leidlich Deutsch mit slawischem Akzent. Schuchin war Weißrusse.

Wofür Schuchin in Noltes Firma zuständig war, entzog sich Sittings Kenntnis, und auch Nolte hatte sich bei dem Telefonat, das sie vor zwei Stunden geführt hatten, nicht näher darüber ausgelassen. Noch während er sich vorstellte, legte Sitting Stift, Block, einen Aktendeckel und sein Handy auf den Tisch. Am Ende würde er vergessen, das Handy einzupacken. Der Akku war voll. Zwar würde Schuchin kaum stundenlange Telefonate mit seiner Freundin führen, notfalls aber müsste Sitting zu einem späteren Zeitpunkt ein Ladegerät einschmuggeln.

»Ich werde umgehend Haftprüfung beantragen und Sie hier rausholen. U-Haft wegen Körperverletzung – das machen die nur, weil Sie Ausländer sind.«

Schuchin gab durch Kopfnicken zu verstehen, dass ihm diese Einschätzung gefiel.

»Erzählen Sie kurz, was passiert ist.«

Am Abend vorher habe ihn in einer Seitenstraße der Oranienburger ein Mann angepöbelt. Der Mann sei angetrunken gewesen oder unter Drogen oder beides. Jedenfalls habe er versucht, den Mann abzuwehren und eine körperliche Auseinandersetzung zu vermeiden. Aber der Kerl sei immer aggressiver geworden und habe irgendwann zugeschlagen. Da habe Schuchin zurückgeschlagen. Zufällig habe auf der Straße bei einem Haufen Sperrmüll ein alter Holzstuhl gestanden. Dem habe er das Bein abgeschlagen und sich damit zur Wehr gesetzt. Der Angreifer sei anders einfach nicht zu bremsen gewesen. Mitten in der Schlägerei hätten zwei Zivilpolizisten eingegriffen und die Sache beendet. Soweit er wisse, sei der andere ein polizeilich bekannter Drogendealer. Wenn der was anderes erzähle, sei das also wenig glaubhaft. Außerdem erfuhr Sitting zu seiner Überraschung, dass es einen Zeugen gab. Aus seiner Hosentasche zog Schuchin ein zusammengeknülltes Stück Papier mit einer Telefonnummer darauf und schob es zu Sitting über den Tisch. Angeblich hatte der Zeuge diesen Zettel Schuchin noch zustecken können. Sitting hätte gern gewusst, wie es Schuchin geschafft hatte, ihn ins Gefängnis zu kriegen, nahm den Zettel aber entgegen und fragte nicht. Näheres zu dem Zeugen wusste Schuchin nicht, er hatte den Mann noch nie zuvor gesehen.

Sitting grüßte den Mann an der Schleuse auf dem Weg nach draußen noch etwas freundlicher als beim Reinkommen. Die Nervosität hatte sich gelegt, er war nicht aufgeregter als sonst bei einem Besuch im Untersuchungsgefängnis, und die Frage, ob der Mann hinter der Glasscheibe sehen konnte, dass die Brusttasche des Jacketts flacher war als vor einer halben Stunde, jetzt wo kein Handy mehr den Stoff ausbeulte, fand Sitting schwerpunktmäßig unterhaltsam.

Im Wagen atmete er durch, und sein Blick fiel auf die neuen italienischen Lederschuhe, die er sich auf Silvias Anraten gekauft hatte. Der rechte Fuß zitterte ein bisschen, er drückte ihn fest auf den Wagenboden, doch das Zittern hörte nicht auf. Es war, als habe Sittings Angst sich in seinen rechten Fuß zurückgezogen, wo sie, von edlem Leder umschlossen, ungestört ihr Unwesen treiben konnte. Was machte Sitting so nervös? Dass er gerade einen kleinen Gesetzesverstoß begangen hatte? Er sah an der Mauer zu den vergitterten Fenstern hinauf, und es war ihm, als hätte er soeben einen schmalen, aber reißenden Fluss überquert. Jenseits davon lag ein finsteres Land. Schweigend stand der Fährmann auf seinem Kahn und sah ihn traurig an, und Sitting wusste, was der Fährmann wusste: Die Fähre würde ihn nie wieder zu den grünen Ufern auf der anderen Seite zurückbringen.

Es klingelte viermal, bevor jemand abhob und sich mit »Hallo?« meldete. Sitting hatte die Nummer auf Schuchins Zettel noch im Auto gewählt.

»Schönen guten Tag. Mein Name ist Sitting. Ich bin Anwalt, und ich vertrete einen Mann names Alexander Schuchin. Der Name wird Ihnen nichts sagen. Sie haben ihm gestern Abend einen Zettel mit dieser Telefonnummer zugesteckt.«

»Kann sein, ja …«

Sitting kam die Stimme vage bekannt vor, als hätte er schon einmal mit dem Angerufenen telefoniert. »Sie waren Zeuge der Auseinandersetzung?«

»Ja. Hab das alles gesehen. Der andere hat angefangen.«

»Und Sie wären bereit, das auszusagen? Notfalls auch vor Gericht?«

»Klar.« Die Antwort kam überraschend schnell.

»Können wir uns treffen?«

»Wann?«

»Ich bin in Moabit. Wo sind Sie gerade?«

»Wir können uns Kant Ecke Leibniz treffen. In 'ner halben Stunde?«

»Das geht. Wie erkenne ich Sie?«

»Sie kennen mich.«

Also doch, schoss es Sitting durch den Kopf. »Wie ist Ihr Name?«

»Vogt. Gerhard Vogt.«

Zunächst dachte Sitting an einen Zufall. Doch Umstände und Beteiligte legten einen ganz anderen Verdacht nahe, und ein brennendes Gefühl stellte sich unterhalb von Sittings Brustbein ein, als hätte ihn ein Schlag gegen den Solarplexus getroffen. Er atmete flach, und der Mund wurde trocken. Ja, in der Tat, er kannte den Mann …

17

Nolte hatte eigentlich keine Zeit für eine Besprechung, aber Sitting drängte. Es sei wichtig. Schließlich bot Nolte eine Besprechung in seinem Büro an – was ungewöhnlich war. Bis jetzt war Nolte immer in die Anwaltskanzlei gekommen.

Das Büro lag in einem noch nicht renovierten Altbau in Friedrichshain. Im Erdgeschoss war ein russisches Restaurant untergebracht. Ein Hinweis auf Noltes Firma fand sich auf dem Klingelschild nicht. Sitting fragte im Restaurant, das bis auf einen Tisch leer war. An dem Tisch saßen vier Männer und unterhielten sich auf Russisch, wie Sitting vermutete. Vielleicht war es auch Polnisch oder Bulgarisch – Sitting beherrschte keine dieser Sprachen. Die junge Frau hinter dem Tresen hatte ebenfalls einen Akzent. Nolte? Natürlich. Zweiter Stock. Ob sie Herrn Nolte kenne, fragte Sitting. Sicher. Ihm gehöre das Haus, sagte die Frau, und Sitting hatte den Eindruck, dass Ehrfurcht, Respekt, sogar ein wenig Angst in ihrer Stimme lagen. Aber womöglich interpretierte er da zu viel hinein.

Das alte Parkett knarrte, als Sitting von einer Mitarbeiterin, deren genaue Funktion verborgen blieb, in Noltes Büro geführt wurde. Es wirkte seltsam profan, als residiere hier der Abteilungsleiter der Buchhaltung, nicht der Geschäftsführer eines florierenden Unternehmens. Keine Fotos auf dem Schreibtisch, dafür ein hoher Papierstapel in der Ablage, obenauf eine Telefonrechnung, an den Wänden Aktenschränke und eine Straßenkarte von Europa. Sie war offenbar einige

Jahre alt und zeigte noch die Grenzen vor 1990. Sitting hätte Antiquitäten erwartet oder einen Designerschreibtisch, Kunst an der Wand oder eine Waffensammlung. Aber das hier? Es passte nicht zu Nolte, seinen feinen Anzügen und der Limousine mit Chauffeur.

»Tut mir leid, dass Sie sich herbemühen mussten. Aber ich bin heute zeitlich etwas knapp dran.« Nolte war wie immer freundlich und souverän und schien jede Sekunde alles im Griff zu haben.

»Kein Problem. Der Verkehr war nicht so schlimm.« Sitting nahm auf dem angebotenen Stuhl vor dem Schreibtisch Platz.

»Kaffee?«

»Nein danke. Hab mein Pensum heute schon erfüllt.«

»Gut.« Nolte legte die Hände gefaltet auf den Schreibtisch.

»Es geht um meinen neuen Mandanten. Herrn Schuchin. Sie hatten mich gebeten, mich darum zu kümmern.«

»Das Handy ist angekommen, habe ich gehört.«

»Ja. Aber das ist nicht das Problem.« Sitting war sehr aufgeregt und hatte sich auf der Fahrt überlegt, wie er das Gespräch führen würde. Freundlich, aber bestimmt. Grenzen aufzeigen. Eine rote Linie ziehen. Jetzt musste er reden und wusste trotzdem nicht, wie er es anfangen sollte. »Es hat sich eine Komplikation ergeben«, sagte er schließlich und realisierte im selben Moment, dass das dummes Zeug war. Erstens war es keine Komplikation, es war kriminell. Und es hatte sich nicht ergeben. Kriminelles ergibt sich nicht, es wird gemacht. Vorsätzlich. »Herr Schuchin hat mit einem Holzprügel auf jemanden eingeschlagen. Der

Mann liegt meiner Kenntnis nach im Koma. Aber es gibt einen unbeteiligten Dritten, der bezeugen kann, dass Herr Schuchin in Notwehr gehandelt hat.«

»Herr Schuchin ist ein seriöser Mann. Er würde nie grundlos auf jemanden einprügeln.«

»Mag sein. Das Problem an der Sache ist: Bei dem Zeugen handelt es sich um Gerhard Vogt.«

Nolte lehnte sich im Sessel zurück und legte seine weiterhin gefalteten Hände auf den Oberschenkeln ab. »Und?«

»Es ist der gleiche Gerhard Vogt, der in Ihrem Prozess ausgesagt hat.«

»Tatsächlich?«

»In der Tat.«

»Das nenn ich mal Zufall.«

»Ich würde es auch gerne Zufall nennen. Ich bin mir nur nicht sicher, was ein Gericht dazu sagen wird, wenn der Zeuge meines Mandanten vor ein paar Wochen auch der entscheidende Zeuge im Verfahren gegen seinen Arbeitgeber war?«

»Es wird nichts dazu sagen. Schon weil es zwei verschiedene Gerichte sind; das eine weiß wohl kaum, wer irgendwoanders in Berlin mal ausgesagt hat. Sie machen sich zu viele Gedanken.«

»Ich halte das trotzdem für keine gute Idee. Ich bin mir nämlich nicht sicher, was ich von einem Zeugen halten soll, der seine Dienste auf dem Markt feilbietet.«

»Was stört Sie daran? Der Mann ist zumindest gerichtserfahren. Da gibt es keine bösen Überraschungen.«

Sitting war einigermaßen erstaunt, wie offen Nolte zugab, Vogt gekauft zu haben.

»Schauen Sie«, Sitting knetete an seinem Daumen

herum, »ich kann mir die Zeugen in einem Prozess natürlich nicht aussuchen.«

Nolte breitete die Arme aus, als wollte er sagen: »Sehen Sie!«

»Wenn ich das Gefühl habe, dass ein Zeuge lügt – nicht meine Sache, das aufzuklären, solange es zugunsten meines Mandanten ist. Dafür ist der Staatsanwalt da. Nur – wenn es konkrete Anhaltspunkte gibt, dass mein Zeuge gekauft ist, dann habe ich ein Problem.«

»Gekauft! Sie behaupten, ich hätte Zeugen bestochen?«

»Nein. Ich sage nur, die äußeren Umstände deuten darauf hin, dass mit dem Zeugen etwas nicht stimmt. Wenn sich die Polizei näher mit Herrn Vogt beschäftigt, wüsste ich gerne, was mich dabei erwartet.«

»Nichts erwartet Sie. Die Polizei hat nämlich Besseres zu tun, als den Zeugen einer kleinen Schlägerei zu durchleuchten. Was genau ist Ihr Problem?«

»Mein Problem ist …« Sitting zögerte einen Augenblick. Noch konnte er zurückrudern. »Mein Problem ist, dass ich nichts tun werde, das ich weder mit meinem Gewissen noch mit meinem Berufsethos vereinbaren kann.«

Nolte nickte in sich gekehrt, die Fingerspitzen seiner Hände sorgfältig aneinandergelegt. »Gewissen … Berufsethos … interessant.« Mit einer ruckartigen Kopfbewegung richtete er seinen Blick auf Sitting. »Sie sprechen gerade über einen Ihrer Fälle, als gäbe es keine Schweigepflicht. Das können Sie mit Ihrem Berufsethos vereinbaren?«

Nolte hatte recht. Was Sitting hier machte, war strafbar.

»Sie haben mir den Fall vermittelt. Sie bezahlen mich.«

»Und deswegen dürfen Sie mir alles über Schuchins Zeugen erzählen? Ich bin ja kein Fachmann, aber …«

Nolte kannte sich ziemlich gut aus. Inzwischen wunderte Sitting das nicht mehr.

»Sie spielen hier den gesetzestreuen Anwalt. Aber haben Sie heute nicht ein Handy ins Gefängnis geschmuggelt?«

»Wozu Sie mich gedrängt haben.«

»Nein, nicht gedrängt. Ich habe Sie gefragt, ob Sie es Herrn Schuchin bringen können. Wenn das verboten ist, hätten Sie es mir sagen müssen.«

»Ich hab Ihnen sehr wohl …« Sitting verstummte. Das Gespräch war sinnlos. Jedenfalls solange er versuchte, logisch zu argumentieren. Sitting hatte die schlechteren Karten. Wenn man das Handy bei Schuchin fand – und das konnte Nolte jederzeit arrangieren –, gab es Ärger mit der Anwaltskammer. Vor einigen Jahren hatte es schon einmal ein standesrechtliches Verfahren gegen Sitting gegeben. Damals war es um einen gekauften Zeugen gegangen. Sitting hatte es geahnt, aber nicht gewusst. Als die Sache aufkam, versprach sich Sittings Mandant Vorteile davon, seinem Anwalt die Sache in die Schuhe zu schieben. Das Verfahren wurde letztlich eingestellt, weil der Mandant sich ins Ausland absetzte. Wenn Sitting sich noch einmal etwas zuschulden kommen ließe, würde seine Zulassung wackeln. Er konnte sich jetzt zwischen einem gekauften Zeugen und dem geschmuggelten Handy entscheiden. Der Zeuge war schlimmer, würde aber vermutlich nie ans Licht kommen. Der Preis dafür war ewige Abhängigkeit von Nolte.

»Okay«, sagte Sitting nach einigen Momenten des Abwägens. »Was wollen Sie von mir?«

Nolte lehnte sich nach vorn und lächelte. Sitting

hatte anscheinend begriffen, wo es langging. »Ich bin ein großer Bewunderer Ihrer Fähigkeiten, Herr Sitting. Ganz ehrlich. Man hat Sie bislang unterschätzt. Und das soll sich ändern. Sie werden für mich und meine Firma arbeiten und den Status bekommen, den Sie verdienen. Auch finanziell. Oh ja, Sie werden erfreut sein über die Verdienstmöglichkeiten, die sich Ihnen eröffnen.« Er blickte einen Moment zur Decke und legte die Fingerspitzen wieder aneinander. »Ihre Arbeit wird sich hauptsächlich mit … juristischen Dingen beschäftigen. Strafverfahren spielen leider eine gewisse Rolle in meinem Geschäft. Aber Sie werden auch diverse andere Aufgaben bekommen, Aufgaben, für die man jemanden mit Ihrer Seriosität braucht. Ich erwarte dabei Verhandlungsgeschick, Durchsetzungsvermögen und vor allem Loyalität. Die Wahrnehmung meiner Interessen, und das sollten Sie sich klarmachen, wird absoluten Vorrang vor allem anderen haben. Denn Sie bekommen eine Vertrauensstellung und Einblick in meine Angelegenheiten wie höchstens noch zwei andere Menschen auf diesem Planeten. Wenn ich merke, dass ich mein Vertrauen zu Recht in Sie gesetzt habe, werden Sie ein sehr angenehmes Leben führen. Eine Kanzlei am Ku'damm mit hübschen Sekretärinnen, ein teurer Dienstwagen und Vorzugsbehandlung in den Luxusrestaurants dieser Stadt.« Er schenkte Sitting einen verständnisvollen Blick. »Dass Sie ein paar Bedenken haben würden, war mir klar. Andernfalls wären Sie mir offen gesagt etwas unheimlich gewesen. Vielleicht hilft es Ihnen, wenn ich sage: Entweder Sie arbeiten für mich, oder Sie arbeiten gar nicht mehr als Anwalt. Sehen Sie also das Positive an Ihrem neuen Lebensweg.«

Sitting atmete durch. Die Katze war aus dem Sack.

Nolte brauchte einen Anwalt, der ihn selbst und seine Leute vor dem Gefängnis bewahrte, wenn ihre krummen Geschäfte aufflogen. Und es wurde von ihm erwartet, nicht zimperlich zu sein, wenn Zeugen bestochen oder bedroht wurden oder sonst eine Gaunerei notwendig war, um einen Prozess zu gewinnen. Was seine anderen Aufgaben anbelangte, so würde sich der Bogen von Kurierdiensten für Häftlinge bis zur Gründung von betrügerischen Firmen spannen.

»Dann weiß ich jetzt Bescheid«, sagte Sitting und erhob sich, um wieder an seine Arbeit zu gehen.

»Du siehst müde aus«, sagte Silvia, als Sitting um halb sechs in die Kanzlei zurückkam.

»Ja, war ein anstrengender Tag.«

»Nur anstrengend?«

Silvia spürte, dass etwas passiert war. Sitting war ein offenes Buch für sie. Das beunruhigte ihn einerseits. Andererseits gab es ihm ein Gefühl der Wärme. Ein Gefühl, das ihm im Lauf der Jahre, wie er sich eingestand, zum Bedürfnis geworden war. Er brauchte sie. Vor allem jetzt, da seine Welt einzustürzen drohte. Silvia war der einzige Mensch, dem er etwas bedeutete. Und das ließ ihn Zuneigung, wenn nicht gar Liebe für sie empfinden. Ihr einziger Makel war: Sie wollte eine Beziehung. Das war seit Jahren offensichtlich, und es störte ihn. Aber was genau störte ihn daran? War sie nicht gut genug für ihn? Würde er etwas verpassen, wenn er sie heiratete? Was denn? Dass sich ein Supermodel in ihn verliebte?

»Nein. Nicht nur anstrengend …« Sitting verstummte, ohne gesagt zu haben, was er sagen wollte.

»Ist es die Sache mit dem Handy?«

»Ja«, sagte Sitting und traf in diesem Moment die

Entscheidung, Silvia vor gewissen Dingen zu schützen. »Ich hab's ihm ausgeredet.«

»Echt? Er hat das akzeptiert?«

»Ich hab gesagt, es geht nicht und dass ich so nicht arbeiten kann. Ich hab schon gedacht, jetzt schmeißt er mir alles vor die Füße. Aber er hat's eingesehen.«

Silvia sah ihn an, Glück und Liebe lagen in ihrem Blick. »Ich kann dir gar nicht sagen, wie froh ich bin.« Sie war den Tränen nahe und hatte ganz offenbar das starke Bedürfnis, Sitting zu umarmen. Und da sie sich nicht traute, ging er einen Schritt auf sie zu und streckte ihr die Arme entgegen. Sie hielten sich lang und innig. Und als sie von ihm ablassen wollte, hielt er sie zurück, die Hände um ihre Hüften geschlungen, die weich waren und warm. Und sie behielt die Hände weiter um seinen Nacken gelegt und wartete, was kommen würde. Sein Mund kam auf sie zu, ihre Lippen berührten sich, und er war überrascht, wie weich und fest zugleich ihr Mund war.

»Wollen wir heute zusammen essen?«, sagte Sitting, nachdem sie sich lange geküsst hatten. Silvia nickte. »Bei mir ist aber nicht aufgeräumt«, sagte er.

»Bei mir schon.« Silvia lachte atemlos und legte ihren Kopf an seine Schulter.

18

Miesbach, 1. Februar 2016

Kreuthner war zum Dienst erschienen. Das hätte er nicht tun müssen. Er war verletzt worden. Zwar nicht im Dienst, aber irgendwie doch in dienstlicher Mission. Er hätte sich krankschreiben lassen können, keiner hätte es ihm verübelt. Und natürlich hatte Kreuthner das erwogen – aber letztlich verworfen. Zum einen war er noch nie krank gewesen. Selbst nach schwersten Alkoholexzessen trat er seinen Dienst an. Das verlangte sein ganz persönlicher Ehrenkodex. Außerdem gehörte diese Zuverlässigkeit zu den wenigen Punkten, die er zu seinen Gunsten anführen konnte, wenn ihn mal wieder jemand aus dem Polizeidienst entfernen wollte. Zweitens – was hätte er mit der freien Zeit anstellen sollen? Sein angekokeltes Anwesen auf Vordermann bringen? Dann lieber im warmen Büro sitzen. Und last, not least oder genau genommen am wichtigsten war: Er musste am Puls der Ermittlungen bleiben, um zu verhüten, dass sich die Dinge gegen ihn wendeten.

Aus diesem Grund erschien es Kreuthner wie eine Fügung des Schicksals, dass ihn Wallner bat, sich zu Lara Evers zu begeben. Die stand in diesem Augenblick ganz oben auf seiner Agenda. Mit Michaela Hundsgeiger hatte er schon gesprochen und ihr erklärt, dass sie an dem Abend einiges falsch verstanden hatte. Das sei nicht sein Haus gewesen und er habe das auch nie gesagt. Er habe nach einem Bekannten schauen wollen, deswegen seien sie da vorbeigefahren. Michaela war immer noch mit den Nerven am Ende und hatte am Vorabend so viel getrunken, dass sie sich an fast nichts erinnerte. Die Leiche und die schreckliche Frau mit der Pistole – das war ihr im Gedächtnis geblieben. Der Rest war verblasst. Wem sie diesen grauenhaften Abend zu verdanken hatte, war Michaela Hundsgeiger allerdings schon noch klar, und sie wollte Kreuthner nie wiedersehen. Was ihn kränkte. Aber zumindest war von dieser Seite nicht mehr viel zu befürchten. Wie die Dinge bei Lara Evers standen, wusste Kreuthner nicht. Sie war gestern Nacht recht verwirrt gewesen. Aber was hatte sie wirklich mitbekommen? Jetzt hatte er Gelegenheit, das herauszufinden.

»Habe die Ehre!« Kreuthner stand mit einer Umhängetasche über der Schulter vor Sennleitner. Der war als Wache vor dem Zimmer von Lara Evers postiert.

»Gib acht, dass sie dich net derschießt«, sagte Sennleitner. »Was hast'n in der Tasch'n?« Er klopfte gegen die Umhängetasche. Das dumpfe Klimpern voller Bierflaschen kam zurück.

»Passt was net?«

»Mir wurscht. Aber die Flaschen musst hernach alle wieder rausbringen. Wegen Suizidgefahr. Scherben, verstehst?«

»Is eh klar. Wie lang sitzt denn schon hier?«

»Seit neun. In 'ner halben Stund kommt der Greiner. Mir wechseln uns ab.«

Kreuthners Miene verdunkelte sich, als hätte jemand das Licht ausgeknipst. Greiner hatte ihn den Führerschein gekostet, und Kreuthner war mehr als eine Nacht wach gelegen und hatte finstere Gedanken gewälzt, wie er es Greiner vergelten könnte. Bis jetzt war er aber auf nichts Gutes gekommen.

»Ich schau, dass ich vorher draußen bin«, sagte Kreuthner und ließ sich von Sennleitner die Tür öffnen.

Lara Evers machte sich eher beiläufig an die erste Flasche Bier, als wollte sie nicht den Eindruck erwecken, es würde ihr etwas bedeuten.

»Und? Alles okay?«, fühlte Kreuthner vor.

»Geht so.« Sie zog jetzt ordentlich an, und der Alkohol schien sich wohltuend in ihrem Körper zu verbreiten.

Kreuthner sah ihr zu und wartete, bis sie das Bier wieder absetzte. Dann gab er ihr ein paar Sekunden Zeit, von sich aus etwas zu sagen. Das tat sie aber nicht. »Wenn du dich entschuldigen willst – tu dir keinen Zwang an.«

»Wofür?«

Kreuthner deutete auf seinen Kopfverband. »Du hast mir gestern fast an Kopf wegg'schossen.«

»Gestern?« Evers kniff die Augen zusammen und dachte nach. »Ach so! Im Haus vom Wartberg. Ja … sorry.«

»Is auch egal. Kannst dich nimmer richtig erinnern, oder?« Kreuthner betrachtete Lara Evers' Gesichtszüge sehr genau, denn bei der Frau musste man immer gewärtig sein, dass sie log. Sie schüttelte den Kopf. »Dass du im Haus warst, das weißt du noch? Und dass der Wartberg tot is.«

»Ja. Das weiß ich schon noch.«

»Wieso war der Wartberg überhaupts da? Du hast doch g'sagt, er is verreist.«

»Hab ich des g'sagt?« Sie sah Kreuthner angestrengt an. »Könnt sein, dass ich mich im Datum vertan hab. Vielleicht wär's nächste Woch g'wesen.«

»Na super.«

Lara stand auf, ging ein paar Schritte im Raum umher, wandte sich schließlich Kreuthner zu und musterte ihn, als suche sie Unreinheiten in seiner Gesichtshaut: »Kann ich dir was sagen, ohne dass du's weitererzählst?«

»Probier's aus.«

Lara Evers zögerte, biss sich auf die Lippen und verwandelte sich innerhalb weniger Sekunden in ein kleines Mädchen: »Ich glaub, ich hab Scheiße gebaut.«

»Das wissen schon alle. Das muss ich net weitererzählen.«

»Ich mein was anderes.« Kreuthner sah sie fragend an. »Ich hab der Kripo g'sagt, der Wartberg hätt mich vergewaltigen wollen. Und deswegen hätt ich ihn erschossen.«

»Klingt net so schlecht.«

»Es stimmt aber net.«

»Warum hast ihn dann erschossen?«

»Das weiß ich nimmer. Ich bin irgendwann aufg'wacht, und da hab ich die Pistole in der Hand g'habt. Aber ob ich ihn erschossen hab und warum – keine Ahnung.«

»Vielleicht hast ihn gar net erschossen.«

»Ja … vielleicht.« Sie sah Kreuthner ängstlich an. »Aber meinst, die glauben mir das?«

Kreuthner zuckte mit den Schultern und machte dazu ein Gesicht, das Lara Evers wenig Hoffnung ließ.

»Deswegen hab ich die G'schicht mit der Vergewaltigung erzählt. Das ist doch Notwehr. Da können die mich doch net einsperren, oder?«

»Kommt drauf an, ob sie dir beweisen können, dass deine G'schicht net stimmt. Was genau hast erzählt?«

Lara sagte es ihm.

Nachdem sie geendet hatte, blickte Kreuthner lange aus dem Fenster, leichtes Schneetreiben vor grauem Himmel. Dann wandte er den Blick wieder dem Mädchen zu. Lange saßen sie so und sahen sich an, und keiner sagte etwas. Kreuthner war sich ziemlich sicher, dass man Laras Aussage anhand der Spuren und des Obduktionsergebnisses als Lüge enttarnen würde.

»Ich hab richtig Scheiße gebaut, stimmt's?« Lara presste die Lippen aufeinander, ihr Kinn zitterte, und alsbald begannen die Tränen zu fließen.

Kreuthner rutschte auf seinem Stuhl hin und her, denn es war ihm sehr unangenehm, mit dem schluchzenden Mädchen in diesem abgesperrten Zimmer zu sitzen.

»Das wird schon wieder. Wenn du's net warst, dann finden die das raus.«

»Die finden gar nichts raus. Die finden nur raus, dass ich gelogen hab.« Die Tränen flossen, und die Worte purzelten Lara stoßweise aus dem nassen Gesicht. »Die glauben mir doch nichts mehr.«

Kreuthner wollte etwas Aufmunterndes erwidern. Aber es fiel ihm nichts ein. Sie hatte ja recht. Selbst wenn sie vorher nicht verdächtig gewesen wäre – jetzt war sie es auf alle Fälle.

Lara Evers hatte ihr Gesicht in den Händen vergraben und weinte und weinte. »Die stecken mich ins Gefängnis, oder?«

»Na ja …« Natürlich. Sie würde in U-Haft sitzen, bis der Prozess vorbei war, und dann noch sehr lange danach. »Ich will dir nichts vormachen. Ein bissl Knast wird's wohl werden. Du warst doch schon mal drin, oder?«

»Das pack ich net noch mal!« Sie zog die Nase hoch. Kreuthner fummelte aus seiner Uniformjacke ein

Papiertaschentuch und reichte es dem Mädchen. »Glaubst, des is lustig im Knast?« Sie wischte sich mit dem Taschentuch über die Augen. »Des is so scheiße, des kann sich einer wie du gar net vorstellen.«

»Ich kann dir im Augenblick auch net helfen.«

Lara Evers stand auf, ging zum Fenster ohne Griff und sah nach draußen. Man konnte bis zu den Bergen sehen, über denen die Wolken schnell dahinzogen. »Ich muss hier raus.« Sie drehte sich um und sah Kreuthner an. »Wie komm ich hier raus? Du hast doch bestimmt an Trick drauf?«

»Hier kommt keiner raus. Vor der Tür sitzt a Polizist.«

»Du kennst den doch. Kannst net was machen?«

»Was hast denn für Vorstellungen? Der wenn dich laufenlasst, der kriegt an Mordsstress. Das macht keiner.« An dieser Stelle hielt Kreuthner inne und dachte nach. Wenn Sennleitner das Mädchen entkommen ließ, gab's was auf die Mütze, und zwar ordentlich. Das würde er Sennleitner natürlich nicht zumuten wollen. Nach Sennleitner allerdings war Greiner dran. Da sahen die Dinge schon etwas anders aus …

»Was ist?«

Laras Stimme drang kaum zu Kreuthner durch. Denn in diesem Augenblick materialisierte sich ein Plan in seinem Kopf.

»Leo?«

Kreuthner drehte langsam den Kopf zu Lara Evers und musterte sie mit konzentriertem Blick. Das Mädchen war schlau und skrupellos und verfügte über ein ordentliches Maß an krimineller Energie, auch wenn sie im Augenblick aussah wie eine verheulte Elfjährige. Dass sie Wartberg umgebracht hatte, glaubte Kreuthner irgendwie nicht. Ihm war schon klar, dass man es den meisten Mördern nicht ansah. Aber sein Instinkt als Polizist, das Destillat aus fünfundzwanzig Jahren Erfahrung, sagte ihm: Dieser Mord ergab keinen Sinn. Dass sie sich mit der Vergewaltigungsgeschichte um Kopf und Kragen redete, sah schon eher nach Lara Evers aus. Da hatte sie ein bisschen zu schlau sein wollen und war in etwas hineingeraten, das sie für lange Zeit unschuldig hinter Gitter bringen konnte. War das sein Problem? Nicht wirklich. Aber wenn Kreuthner es richtig einschätzte, bot sich gerade die Gelegenheit, ihr zu helfen und gleichzeitig ein langgehegtes Vorhaben zu realisieren. »Hör auf zu heulen und setz dich«, sagte er schließlich. »Und jetzt spitz die Ohren.«

19

Kreuthner versicherte sich beim Abschied von Sennleitner, dass Greiner tatsächlich demnächst kommen würde. Sennleitner hatte nichts Gegenteiliges gehört und war leicht verwundert über die Frage. Kreuthner sagte, er wolle ihm einfach nicht über den Weg laufen.

Nachdem ihn ein Krankenpfleger aus der geschlossenen Abteilung herausgelassen hatte, ging Kreuthner zwei Stationen weiter und entdeckte auf einem Lageplan an der Wand die Kleiderkammer. Dort stieß er auf eine Putzfrau, die kaum Deutsch verstand und bei Kreuthners Anblick in eine Art Schockstarre fiel. Offenbar kam sie aus einem Land, in dem das bei der Begegnung mit Uniformierten ratsam war. Kreuthner war's recht. Er konnte in Ruhe einen weißen Kittel nebst Hose heraussuchen und in seiner Umhängetasche verstauen.

Zurück auf dem Gang, fiel Kreuthner ein Schild ins Auge, das den Weg in die Kardiologie, ins Darmzentrum oder zur Kinder- und Jugendmedizin wies. Letzteres schien Kreuthner für seine Zwecke am besten geeignet. In der Kinderstation öffnete er aufs Geratewohl einige Zimmertüren und behauptete, jemanden zu suchen, bis er auf einen elfjährigen Jungen mit beidseitigem Augenverband traf. Der Junge war alleine und einigermaßen erstaunt, als sich sein Besucher als Polizeimeister Tobias Greiner vorstellte. Er wolle nur sehen, ob es dem Jungen gutgehe, sagte Kreuthner. Beim Verlassen des Zimmers nahm Kreuthner die Sneakers mit, die neben dem Kleiderschrank standen.

Danach ging es ins Stationszimmer, wo ein Candy Crush Saga spielender Krankenpfleger saß, der auch dann nicht von seinem Handy aufsah, als Kreuthner den Raum betrat. Kreuthner stellte ein paar belanglose Fragen, nahm das Stethoskop an sich, das über einer Stuhllehne hing, sowie die Lesebrille, die er auf einem Sudokuheft entdeckte, und verabschiedete sich.

»Servus. Ich muss noch mal rein.«

»Ah so?«

»Die Bierflaschen sind noch drin.«

»Zefix, ich hab's dir doch extra g'sagt …« Sennleitner machte sich hektisch an der Tür zu schaffen.

Die Sportschuhe waren vier Nummern zu groß. Der elfjährige Bengel hatte tatsächlich schon Größe 43. Aber das konnte Lara Evers mit Klopapier ausgleichen. Im Tragen von geklauten Schuhen hatte sie Übung. Der Rest passte einigermaßen. Bevor Kreuthner, die leeren Flaschen in der Umhängetasche, ging, schärfte er Evers ein, unbedingt die Wachablösung draußen abzuwarten. Die würde in fünf Minuten stattfinden. Wenn sie nicht sicher sei, solle sie noch zehn Minuten zugeben.

Tobias Greiner war zweiunddreißig Jahre alt und hatte einiges vor im Polizeidienst. Er zeigte Einsatz und war unbestechlich. Das gefiel nicht jedem, aber seine Vorgesetzten waren ihm gewogen, und auf der Beförderungsliste stand er ziemlich weit oben. Wenn er sich keinen groben Schnitzer leistete, musste es demnächst so weit sein. Eines nicht so fernen Tages würde er dann Polizeihauptmeister und Kreuthners Vorgesetzter sein.

Tobias Greiner mochte Kreuthner nicht. Ein korrupter Säufer, der bei der Polizei nichts verloren hatte, das war Kreuthner in seinen Augen. Kam hinzu, dass Greiner in den Anfangsjahren immer wieder unter dem Spott des älteren Kollegen zu leiden gehabt hatte. Etwa wenn er mit den anderen nicht mittrinken wollte. Die Demütigungen hatten sich tief in seine Seele gegraben, und der Groll gegen Kreuthner war über die Jahre stetig gewachsen. In müßigen Augenblicken wie jetzt, da er einfach nur neben einer Tür sitzen musste, spielte er das Gespräch durch, in dem er Kreuthner seine Entlassung mitteilte. Es waren überaus köstliche Gedanken. Kreuthner hatte Schmiergeld angenommen und war dabei einem Agent Provocateur aufgesessen (den vielleicht sogar Greiner selbst beauftragt hatte, wer weiß, die Details waren noch nicht in Stein gemeißelt). Er würde Kreuthner sehr freundlich bitten, Platz zu nehmen, und ihn nach dem allgemeinen Befinden fragen, ihn also zunächst in trügerischer Sicherheit wiegen. Dann die scheinbar unverfängliche Frage nach besonderen Vorkommnissen in der letzten Zeit. Wahrscheinlich würde sich Kreuthner in seiner kindlichen Naivität gar nichts dabei denken. Na ja – vielleicht doch. Kreuthner war nicht dumm und hatte über Jahrzehnte einen Instinkt für Gefahren entwickelt. Ja, doch. Er würde bei dieser Frage Lunte riechen und nervös werden. Er, Greiner, hingegen würde an diesem Punkt des Gesprächs, wenn Kreuthner wepsig auf seinem Stuhl herumrutschte, ein retardierendes Moment einbauen, ein bisschen über die Arbeitsbelastung klagen oder über eine andere Belanglosigkeit schwatzen. Kreuthner würde auf glühenden Kohlen sitzen; die Ahnung, dass Ungemach bevorstand, würde ihm ein beißendes Gefühl im Magen bereiten. Und dann käme – aus dem Nichts heraus – die Frage, ob Kreuthner nicht einen Herrn Soundso kenne. Nein? Tatsächlich! Den habe er doch, wenn er, Greiner, das richtig gelesen habe (hier würde er in einer Akte blättern), gestern wegen Geschwindigkeitsüberschreitung herausgewunken und kontrolliert. Kreuthners versoffenes Gesicht würde blass werden, sein Blick ungläubig und gebrochen … Es klopfte. Greiner sagte: »Jetzt nicht«, denn er wollte bei diesem wichtigen Gespräch nicht gestört werden. Es klopfte wieder, und Greiner erwachte aus seinem Tagtraum. Er saß auf einem Plastikstuhl, ein Krankenhausgang, Geruch nach Desinfektionsmitteln, niemand zu sehen. Und es klopfte wieder, seitlich hinter ihm. Die Tür zu Lara Evers' Zimmer. Noch ein wenig benommen stand er auf und blickte durch den Spion. Im Zimmer stand eine Ärztin und sagte: »Würden Sie mich bitte rauslassen?«

Greiner öffnete die Tür, die Ärztin, die ihm relativ jung erschien, aber vielleicht war sie noch im Praktikum, trat heraus. Das Gesicht kannte er. Er musste sie schon einmal auf der Station gesehen haben.

»Ich hab gar net gewusst, dass jemand drin is.« Greiner sah die Frau leicht verwirrt an. Sie hatte eine Brille auf, trug einen weißen Kittel und ein Stethoskop um den Hals wie die meisten Ärzte. Ihre Sportschuhe waren riesig für eine Frau.

»Der Kollege vor Ihnen hat mich reingelassen. Hat er's Ihnen nicht gesagt?«

Greiner schüttelte den Kopf und lugte ins Zimmer.

»Wollen S' die Tür ewig auflassen?«, maulte die Ärztin. »Des is a geschlossene Station. Warum heißt die wohl so?«

Greiner beeilte sich, die Tür zuzumachen. Das fehlte noch, dass sich eine Ärztin über ihn beschwerte.

»Ich hab ihr ein Beruhigungsmittel gegeben.« Die Ärztin deutete mit dem Kopf auf die Zimmertür. »Sie schläft. Die nächsten zwei Stunden darf sie keiner wecken.«

Ohne auch nur Greiners Kopfnicken abzuwarten, rauschte die Ärztin ab, gab dem Krankenpfleger, der den Türbuzzer bediente, ein Zeichen und verließ die Station durch die Sicherheitsschleuse.

Durch den Spion sah Greiner, dass Lara Evers im Bett lag. Er nahm auf dem Plastikstuhl Platz und versuchte, den Handlungsfaden seines Tagtraums wieder aufzugreifen.

»... Hast du den Soundso nicht gestern kontrolliert?« Richtig, das war der Satz, der Kreuthners Untergang einleiten würde. Mit süffisanter Ironie würde Greiner ihn aussprechen. Oder nein – an dieser Stelle noch mit, sagen wir, scheinbar ernster Verwunderung. Das wäre besser. Verwundert, ja nachgerade besorgt würde er die Frage stellen. Und Kreuthners selbstgefälliges, dummes Gesicht würde schön langsam ...

20

Das gibt's doch nicht!« Tischler war um einen möglichst fassungslosen Gesichtsausdruck bemüht, nachdem Wallner die Nachricht von Lara Evers' Flucht verkündet hatte. »Ist die Frau denn nicht bewacht worden?«

»Wer is g'flohen?« Kreuthner stand in der Tür.

»Lara Evers.« Wallner winkte Kreuthner herein. »Warst du schon bei ihr?«

»Ja, ich komm grad vom Krankenhaus und hab gedacht, ich schau mal vorbei. Mei – hoffentlich is dem Greiner nix passiert. Hat's Verletzte gegeben?«

»Soweit ich weiß, nein. Greiner?«

»Der hätt sie bewachen sollen.« Kreuthner schüttelte den Kopf, wie um wirre Gedanken abzuschütteln. »Wie gibt's denn das? Ich mein, die Fenster sind vergittert, und die Tür kannst von innen auch net aufmachen. Wie kann man da fliehen?«

»Das würde mich allerdings auch sehr interessieren.« Tischler blickte pikiert im Raum umher. »Wo ist dieser Polizist?«

Wallner war als Leiter der Kripo Miesbach nicht Dienstvorgesetzter der Schutzpolizei. Das war Polizeihauptkommissar Dieter Höhnbichler. In dessen Büro versammelten sich jetzt er selbst, Greiner, Wallner, Tischler und Sennleitner sowie Kreuthner, der Lara Evers ja kurz vor der Flucht noch besucht hatte.

»Jetzt erzähl amal von vorn und eins nach dem anderen.«

Höhnbichlers beruhigende Worte waren durchaus angebracht, denn Greiner machte den Eindruck, als würde er gleich hyperventilieren. Die Flucht der ihm anvertrauten Frau machte ihm schwer zu schaffen.

»Ich hab vom Sennleitner übernommen. Und … also da waren keine besonderen Vorkommnisse. Hat er mir jedenfalls nicht gesagt.«

Höhnbichler blickte zu Sennleitner. Der schüttelte den Kopf.

»Und er hat mir auch nicht gesagt, dass da eine Ärztin in dem Zimmer drin is. Ich hab des einfach net g'wusst.«

Erneuter Blick zu Sennleitner.

»Da war keine Ärztin drin.«

»Ich hab sie doch gesehen.«

»Halt, halt, halt!«, griff Höhnbichler ein. »Schön der Reihe nach. Du hast also deinen Platz neben der Zimmertür eingenommen. Hast du in das Zimmer hineingesehen?«

»Ja. Durch den Spion. Die Frau Evers ist auf dem Bett gesessen. Dann hab ich mich auf den Stuhl gesetzt. Und nach a paar Minuten hat's geklopft, und da war eine Ärztin in dem Zimmer, die hat wollen, dass ich sie herauslass.«

»Die ham doch an Schlüssel«, warf Sennleitner ein. »Die können selber raus.«

»Ich … ich hab gedacht, vielleicht hat sie den Schlüssel vergessen. Kann ja passieren.«

»Sie haben also die Ärztin aus dem Zimmer gelassen und dann?«

»Dann ist die gegangen.«

»Hast du die Ärztin gekannt?«

»Jetzt net mit Namen. Aber das Gesicht hab ich gekannt. Ich hab die schon vorher auf der Station gesehen.«

»Hast dich denn überzeugt, dass die Festgenommene sich noch im Zimmer befand?«

»Ja.«

»Wie?«

»Ich hab durch den Spion geschaut. Da ist sie im Bett gelegen. Also, das hat jedenfalls so ausgeschaut. Ich hab ja nicht hineindürfen, weil die Ärztin hat gesagt, die Frau Evers schläft und darf net gestört werden.«

»Aber sie hat nicht geschlafen?«

»Nein. In dem Bett … also das war nicht die Frau Evers. Da hat jemand was unter die Decke gestopft, und das hat durch den Spion so ausgesehen, wie wenn jemand im Bett liegt.«

»Wie hat die Ärztin denn ausgeschaut?«, wollte Kreuthner wissen.

»Eins fünfundsechzig, blond, Brille …« Er überlegte kurz. »Ende zwanzig. Eigentlich eher wie Mitte zwanzig … oder noch jünger.«

»So schaut die Evers aus. Also bis auf die Brille.«

»Des war a Ärztin! So a Teil zum Abhören hat s' auch gehabt.«

»Ein Stethoskop?«

»Ja. Des war a Ärztin. Ganz sicher.«

Höhnbichler betrachtete Greiner mit einer gewissen Empathie. »Auf der Station gibt es zwei Ärztinnen, haben die uns gesagt. Die eine ist grauhaarig und sechsundfünfzig, die andere schwarzhaarig.«

»Dann war die von woandersher.«

»Tobias …«, Höhnbichlers Miene war jetzt sehr väterlich, »… die Ärztin, die du rausgelassen hast, das war die Frau Evers.«

Der Reflex, sich zu verteidigen, bewirkte, dass Greiner den Mund öffnete und seltsame Verrenkungen seines Unterkiefers vollführte, doch die Worte blieben aus. Denn es gab definitiv nichts, was man zu seiner Verteidigung hätte vorbringen können. Greiner hatte sich übertölpeln lassen wie ein Anfänger.

»Deswegen is dir das Gesicht von der Ärztin auch bekannt vorgekommen«, schloss Höhnbichler Greiners Hinrichtung ab und seufzte. Greiner schwieg, in sich zusammengesunken. Höhnbichler wandte sich an Kreuthner. »Du warst doch vorher noch bei ihr. Ist dir irgendwas aufgefallen?«

»Der Evers is aufgegangen, dass das mit dem Geständnis a Schmarrn war, und da hat sie Panik gekriegt.«

»Ja, das fällt denen oft hinterher ein, dass sie besser den Mund gehalten hätten«, sagte Tischler. »Aber aus der Nummer kommt sie nicht mehr raus.«

»Ich glaub ja nicht, dass sie's war.«

Tischler sah Kreuthner gelangweilt an. »Worauf gründet sich Ihr Glaube?«

»Ich irr mich selten.«

»Dann sollten Sie vielleicht Richter werden. Ist Ihnen außer Frau Evers' Unschuld noch etwas aufgefallen bei Ihrem Besuch?«

Kreuthner machte ein konzentriertes Gesicht, als rufe er sich das Erinnerte noch einmal plastisch vor Augen. »Da is a Lesebrille auf dem Tisch gelegen.« Er ließ den Satz im Raum schweben und schielte zu Greiner.

»Verdammt – die Brille! Die hat a Lesebrille aufg'habt. Ich hab mich noch gewundert, weil die so jung war. So eine trägt doch normal keine ...« Der Satz verebbte unbeendet, und Greiner schüttelte den Kopf über seine eigene Dummheit.

»In der Tat«, sagte Höhnbichler, und in seine Stimme hatte sich etwas Nörgelndes eingeschlichen. »Wenigstens ist es dir aufgefallen.«

»Des war a blöde Situation. Wer kommt denn da drauf, dass die sich wie a Arzt verkleidet. Damit kannst doch net rechnen. Wie soll die denn an das ganze Zeug drankommen?«

»Das werden wir alles im Disziplinarverfahren klären.« Höhnbichler sah Greiners Gesicht weiß wie Kalk werden. »Tut mir leid. Es war zwar keine Absicht von dir. Aber wir können das nicht einfach unter den Teppich kehren.« Greiner schien den Tränen nahe. »Die werden dich schon nicht gleich entlassen«, versuchte Höhnbichler, seinen Untergebenen zu trösten.

Aber deine Beförderung kannst du dir irgendwo am unteren Ende deines Rückens ganz tief reinstecken, dachte Kreuthner, und in seinem Herzen knallte ein kleiner Sektkorken. Dann ging er zu Greiner und legte ihm eine Hand auf die Schulter. »Kopf hoch. Jeder von uns hat schon mal an Scheiß g'macht. Wird schon wieder.«

Nach diesen Worten schwebte Kreuthner aus dem Raum. Es war ihm seltsam wolkig ums Herz, und von irgendwoher wehte der Duft von Flieder.

21

Lara Evers wurde zur Fahndung ausgeschrieben, und jeder Streifenpolizist im Landkreis hatte binnen weniger Minuten ihr Foto. Aber Evers' Vorsprung war groß. Über eine Stunde hatte es gedauert, bis sich bei Greiner (zwischen erquicklichen Entlassungsphantasien) Zweifel daran meldeten, dass eine Ärztin so erstaunlich jung aussehen konnte, dass sie eine Lesebrille trug und dass Sennleitner bei der Übergabe gar nichts von ihr gesagt hatte. Bis die Erkenntnis unabweislich wurde, dass generell so einiges komisch war an der Sache, und er noch einmal im Zimmer nachsah. Ausreichend Zeit für Lara Evers, die knapp drei Kilometer vom Krankenhaus bis zur Fehner Schmiede zurückzulegen. Von da aus waren es nur noch wenige hundert Meter auf einer kaum befahrenen Straße bis zu dem angebrannten Bauernhof. Kreuthner hatte ihr gesagt, wo die Schlüssel versteckt waren. Lara Evers war nicht mehr auffindbar.

Staatsanwalt Jobst Tischler hatte dennoch gute Laune. Denn er konnte schon einen Tag nach dem Mord die Täterin präsentieren. So was mochten die Medien. Wochenlang ermitteln und immer noch kein Täter in Sicht – da wurden die Journalisten unleidlich, und die Ermittlungsbehörden standen dumm da, wie bei dem Starnberger Mord. In so einem Fall musste Tischler durch zurückhaltende Interviewpolitik dafür sorgen, dass vorwiegend die Polizei als Ermittlungsbehörde wahrgenommen wurde.

»Ich fasse mal zusammen«, sagte Tischler und strich

liebevoll über die Kopie von Klaus Wartbergs Testament. »Wir haben eine Verdächtige, die mit der Tatwaffe in der Hand unmittelbar nach der Tat im Haus des Opfers angetroffen wird und bei ihrer Festnahme beinahe einen Polizeibeamten erschießt. Die Verdächtige ist geständig, behauptet aber, das Opfer habe sie angegriffen und sie habe sich mit der Pistole zur Wehr gesetzt, wofür es aber keine faktischen Anhaltspunkte gibt. Die gesicherten Spuren sprechen im Gegenteil dafür, dass das Opfer im Schlaf ermordet wurde. Und es gibt auch ein klares Motiv für den Mord: Die Verdächtige ist Erbin des offenbar nicht unbeträchtlichen Vermögens des Opfers.« Tischler sammelte seine Papiere ein, die Testamentskopie obenauf, und ließ den Stapel senkrecht auf die Tischplatte fallen. »Natürlich müssen wir noch die Laboruntersuchungen abwarten und die Beweise wasserdicht machen.« Was er meinte, war: die Frau wieder einfangen und die paar belanglosen Ungereimtheiten wegermitteln. Das würde er jetzt Wallner und seinen Dorfpolizisten überlassen.

Der Fall war für Tischler geklärt, und er schien wenig empfänglich für kleinliche Einwände. Wallner verzichtete deshalb darauf, Tischler mit den Hinweisen bekannt zu machen, nach denen am Tatabend noch ein Unbekannter am Wartbergschen Haus gesehen worden war, und schlug drei Kreuze, als der Staatsanwalt sich wieder nach München verabschiedet hatte. Jetzt konnte man wieder in Ruhe arbeiten.

Als Erstes organisierte Wallner die Einrichtung einer Sonderkommission. Dafür wurden Beamte aus Rosenheim und München benötigt. Bislang war er unsicher gewesen, ob er nicht mit seinen Leuten in Miesbach auskommen würde. Immerhin sah es da noch so aus, als hätte man die Täterin bereits verhaftet. Und hätte Lara Evers ein glaubwürdiges Geständnis mit schlüssigen Angaben zu Tathergang, Tatwaffe und Motiven abgegeben, wäre es auch dabei geblieben. Hier aber war einfach zu vieles ungereimt und klärungsbedürftig.

Für sechzehn Uhr setzte Wallner eine Besprechung mit den bislang eingesetzten Mitarbeitern an. Arbeitsziel war, bis dahin Hintergrundinformationen über das Opfer und Lara Evers zu recherchieren. Wallner begab sich inzwischen mit Mike zu Rechtsanwalt Baumgärtel, dessen Kanzlei zu Fuß nur einige Minuten entfernt in der Innenstadt lag.

Hubert Baumgärtel war Ende dreißig und betrieb die Kanzlei zusammen mit seiner Frau. Hubert Baumgärtel senior war vor zwei Jahren in Rente gegangen, hatte seine Zulassung aber behalten und war gelegentlich noch für die Kanzlei tätig, vorwiegend auf dem Gebiet des Erbrechts, denn darin hatte er im Landkreis über die Jahre eine gewisse Reputation erworben. Auch das Testament für Klaus Wartberg hatte er aufgesetzt, mit dem Mandanten gesprochen hatte allerdings sein Sohn.

»Die Leut denken immer, Erbrecht wäre was zum Einschlafen. Aber da kann ich Ihnen G'schichten erzählen, mein lieber Schieber!« Baumgärtel schüttelte den Kopf, als hätten sich unsägliche Erinnerungen aus seinem Gedächtnis gemeldet.

»Sie haben also das Testament für Herrn Wartberg gemacht«, versuchte Wallner, zur Sache zu kommen.

»Ja genau. Wissen S' übrigens, wer die Schlimmsten sind, wenn's ans Erben geht? Wissen S', wer des is?« Die Kommissare gestanden ihre Ahnungslosigkeit mimisch ein. »Die Angeheirateten! In der Familie – ja gut, da wird auch g'stritten, logisch. Irgendwann einigt man sich dann. Aber die Angeheirateten, die gar net dazug'hören zur Familie, die lassen net nach. Des sind die ü-bel-sten Hetzer.«

»Ach geh?«, sagte Mike, und Wallner hatte den Verdacht, dass er Baumgärtels Geschwafel tatsächlich interessant fand.

»Vor a paar Jahren, da war a Kollege von mir in einer Verhandlung am Landgericht. Harmlose Erbsache. Die Parteien waren sich im Prinzip einig. In dem Termin hätt nur noch der Vergleich geschlossen werden sollen. Und was meinen Sie, was passiert in der Verhandlungspause?«

Mike zuckte mit den Schultern. »Die ham 's Schlägern angefangen?«

»Noch besser: Der ander zieht auf ein Mal an Revolver, so a Riesenteil, fünfavierz'ger Smiss and Wesson, und schießt um sich. Zwei Tote. Fast hätt's meinen Kollegen erwischt. Der hat sich Gott sei Dank in an leeren Gerichtssaal flüchten können. Erbrecht! Da erlebst was.«

»Da war mal was in der Zeitung.« Wallner erinnerte sich vage. »Landshut?«

»Ja! Des war des! Wie im Wilden Westen.«

»Niederbayern halt«, steuerte Mike ein gängiges Klischee bei.

»Aber kommen wir doch zu Herrn Wartberg. Sie kannten ihn schon länger?«

»Mein Vater hatte vorher schon mal mit ihm zu tun. Eine Bausache. Nichts Großes. Aber so ist er wohl auf uns gekommen.«

Die Anwaltsgehilfin brachte ein Tablett mit Kaffee. Baumgärtel schenkte Mike und sich ein, während sie sich weiter unterhielten.

»Wissen Sie, ob er Verwandte hatte?«

»Angeblich nicht. Ich hab ihn gefragt, wegen der Pflichtteilsberechtigten. Also Eltern, Kinder, Enkel hatte er offenbar nicht. Ob's Geschwister, Neffen oder Cousinen gibt, das weiß ich net.«

»Na, jedenfalls keine, denen er was vererben wollte. Wissen Sie, aus welchem Grund er Lara Evers als Erbin eingesetzt hat?«

»Ich hatte den Eindruck, er mochte das Mädel und wollte ihr helfen, auf die Beine zu kommen. Offenbar tut sie sich a bissl schwer. Problematische Kindheit, Heimerziehung und so. Aber da hat er net viel dazu gesagt.«

»Hatten Sie den Eindruck«, Mike schenkte sich eine zweite Tasse Kaffee nach, »dass er an dem Mädchen sexuell interessiert war?«

»Da müsste ich erst mal prüfen, wie es mit meiner Schweigepflicht ausschaut. Aber die Antwort wäre ohnehin nein. Ich glaub, das waren mehr so väterliche Gefühle. Aber was da genau zwischen denen war, weiß ich natürlich net.«

»Wusste Frau Evers, dass sie erben würde?«

Baumgärtel dachte einen Augenblick nach. Dann schüttelte er sehr bestimmt den Kopf. »Kann ich mir net vorstellen. Der hat sehr genau gewusst, dass die junge Frau, sagen wir mal, psychisch etwas labil ist. Der hat nicht einmal eine Kopie für sich selbst haben wollen. Weil die sonst bei ihm zu Hause herumliegt, hat er gesagt. Und wer weiß, wer das dann liest.«

»Das hört sich so an, als wären bei ihm alle möglichen Leute ein und aus gegangen«, wunderte sich Wallner.

Der Anwalt zuckte mit den Schultern. »Kann sein.«

»Soweit wir wissen, lebte Herr Wartberg sehr zurückgezogen, und nur zwei Personen hatten einen Schlüssel zu seinem Haus: seine Putzfrau und Lara Evers.«

»Na ja – dann wollt er anscheinend net, dass Frau Evers etwas von ihrer Erbeinsetzung erfährt. Aber wie gesagt: alles nur Vermutungen.«

»Sagen Sie«, Wallner spielte versonnen mit seinem Kugelschreiber, »die Testamentserrichtung ist ja erst zwei Wochen her. Hatten Sie den Eindruck, dass es einen Grund gab, ausgerechnet jetzt ein Testament zu errichten?«

»Sie meinen, dass er mit seinem Tod gerechnet hat?«

»Zum Beispiel.«

»Gesagt hat er nichts. Es hat mich aber auch net gewundert. Der Mann war in den Sechzigern. Da macht man sein Testament.« Baumgärtel nahm einen Schluck Kaffee und ging noch einmal in sich. »Jetzt, wo Sie fragen, da erinner ich mich an einen Satz von ihm, der war a bissl merkwürdig. Ich hab so halb im Spaß gesagt: Da wird sie sich aber freuen, die junge Dame. Und er hat darauf gesagt – so mehr zu sich selber: Ja, ich hab da was gutzumachen.«

»Da haben Sie aber nicht nachgefragt?«

»Gott bewahre. Ich hab den Mann net in Verlegenheit bringen wollen.«

Wallner und Mike sahen sich an und waren sich einig. »Vielen Dank«, sagte Wallner. »Das war's von unserer Seite.«

»Dann hätte ich noch eine Frage an Sie, wenn Sie erlauben.«

»Natürlich. Um was geht's?«

»Eine unserer Damen ist seit zwei Tagen nicht zur Arbeit erschienen und geht auch net ans Telefon.

Auch E-Mails beantwortet sie nicht. Das ist sehr ungewöhnlich. Die Dame ist schon lange bei uns und wirklich sehr zuverlässig.«

»Wie heißt die Frau und wie alt ist sie?«

»Silvia Marek. Sie ist vor kurzem sechzig geworden.«

»Wir können mal schauen, ob die Frau einen Unfall hatte oder sonst bei uns aufgefallen ist«, sagte Mike. »Im Übrigen würde ich vorschlagen, Sie schicken jemanden zur Wohnung oder rufen bei einer Nachbarin oder beim Hausmeister an, dass die mal nachsehen.«

»Ja. Das sollte man wirklich tun«, sagte Baumgärtel und machte ein besorgtes Gesicht.

Um sechzehn Uhr trafen sich Wallner und seine Leute zu einer Besprechung, um die bisherigen Ergebnisse zu sichten und das weitere Vorgehen festzulegen. Janette hatte sich mit der Tatverdächtigen Lara Evers beschäftigt.

»Für ihre neunzehn Jahre hat die Frau eine ganz schön bewegte Lebensgeschichte.« Janette deutete auf eine vor ihr liegende Akte, in die sie immer wieder hineinsah. »1997 in Berlin geboren, Mutter war drogenabhängig und ist ein Jahr nach der Geburt gestorben. Das Kind kommt in ein Heim, wird mit zwei Jahren adoptiert, ein paar Monate später sterben die Adoptiveltern bei einem Autounfall, dann zu Pflegeeltern in Ingolstadt. Mit zehn Jahren von den Pflegeeltern wieder weg ins Heim. Angeblich war den Pflegeeltern die Belastung mit dem verhaltensauffälligen Kind zu groß. Das Jugendamt vermutete allerdings Missbrauch durch den Pflegevater und dass die Pflegemutter dem ein Ende machen wollte. Mit zwölf eine neue Pflegefamilie, diesmal in Eichstätt. Das geht völlig schief, sie läuft ständig weg. Mit fünfzehn ins Heim nach München. In dem Alter auch die erste Verurteilung wegen Drogenbesitz. Ein Jahr später Anklage wegen gefährlicher Körperverletzung. Sie hat mit einem Messer auf einen jungen Mann eingestochen, weil der angeblich ihr Handy geklaut hatte – was aber nie geklärt werden konnte. Seitdem ist sie polizeilich nicht mehr auffällig geworden. Was natürlich nicht heißt, dass sie in der Zeit nichts angestellt hat.«

»Wir haben in ihrer Wohnung fünfzig Gramm Gras gefunden«, meldete sich Tina, »und ein bisschen Koks. Außerdem waren da einige ziemlich wertvolle Stücke, die sie sich kaum gekauft haben dürfte: ein Mont-Blanc-Füller für um die tausend Euro, eine Kristallkaraffe und – man glaubt es nicht – eine Art Fabergé-Ei. Wir vermuten, dass sie die Sachen bei Wartberg geklaut hat. Vielleicht hat er sie ihr auch geschenkt.«

»Oder sie waren Bezahlung für geleistete Dienste«, ergänzte Janette.

»Gibt es da irgendwelche Hinweise?«, fragte Wallner. »Auf sexuelle Kontakte zwischen den beiden? Der Anwalt meint, das war eher ein Vater-Tochter-Verhältnis.«

»Wir haben nichts gefunden, was auf Geschlechtsverkehr hindeutet«, sagte Oliver, Tinas Kollege von der Spurensicherung. »Keine Kondome, kein Sperma, nichts.«

Anschließend berichtete Wallner von dem Gespräch mit Rechtsanwalt Baumgärtel und dessen Einschätzung, dass Lara Evers nichts von ihrer Erbeinsetzung wusste.

»Im Übrigen«, fuhr Wallner fort, »hatte Wartberg angeblich keine Kinder, und die Eltern leben wohl auch nicht mehr. Sind wir bei dem Thema irgendwie weitergekommen?«

Mike hatte die Recherche übernommen und einen Vorgang vor sich liegen. »Irgendwie schon. Ich hatte da einen bestimmten Verdacht, der sich heute bestätigt hat. Aber gehen wir der Reihe nach vor …«

22

Berlin, Sommer 1996

Der Haftprüfungstermin in der Sache Alexander Schuchin war eine heikle Angelegenheit. Das Opfer lag immer noch auf der Intensivstation. Schuchin hatte ihm mit dem Stuhlbein mehrere Gesichtsknochen sowie das linke Schlüsselbein zertrümmert. Sitting hatte beim Lesen des medizinischen Befunds ein flaues Gefühl im Magen. Was hatte den Mann dazu gebracht, derart auf sein Opfer einzudreschen? Was wäre passiert, wenn die Zivilbeamten nicht eingegriffen hätten? Für den Haftrichter wurden diese Fragen so beantwortet: Das Opfer war im Drogenrausch (der Bluttest hatte einiges an Kokain und Speed zutage gebracht) über Schuchin hergefallen. Der konnte sich nur durch massive Schläge des aggressiven Angreifers erwehren, der auch nach mehreren Treffern nicht von ihm ablassen wollte. Diese Schilderung wurde vom Zeugen Vogt, der angeblich zufällig des Wegs gekommen war, bestätigt. Das Opfer selbst konnte dem nicht widersprechen. Es war immer noch nicht vernehmungsfähig. Und so war nach Ansicht des Haftrichters allenfalls eine Verurteilung wegen Notwehrexzess zu erwarten, kein Grund, Schuchin in Haft zu behalten. Er verließ die Verhandlung als freier Mann.

Die Sache ließ Sitting nicht los. Er lag nachts in Silvias Bett, ihre warme Hand auf seiner Brust, ihr Atem an seinem Hals, im Laternenlicht an der Zimmerdecke tanzten die Blätter der Linde, die vor dem Fenster stand – und er dachte an den Mann auf der Intensivstation. Was steckte dahinter? Hatte Schuchin ihn umbringen wollen? Wenn ja, warum? War Nolte nur ein kleiner Gauner, dessen Leute sich auch mal mit anderen kleinen Gaunern prügelten? In was für Geschäfte hatte sich Sitting da hineinmanövriert? Seit der Sache mit dem Handy war ihm klar, dass Nolte weniger seriös war, als sein Äußeres vermuten ließ. War er ein veritabler Verbrecher? Sitting wäre den Fragen, die Noltes Verhalten aufwarf, gerne ausgewichen. Aber er konnte es nicht mehr.

Am nächsten Morgen starrte Sitting auf sein geköpftes Frühstücksei und sagte nichts. Er hatte keinen Hunger. Ihn quälte die Frage, wie sein Leben weitergehen sollte. Irgendwann merkte er, dass er auf das Ei starrte, und er blickte zu Silvia auf der anderen Seite des Tisches. In ihren Augen sah er große Sorge. Er lächelte, steckte den Löffel ins Ei und hielt inne.

»Ich hab's Nolte nicht ausgeredet ... die Sache mit dem Handy.«

Silvia nickte. Sie hatte es von Anfang an gewusst. Sitting erklärte ihr, auf welchen Deal er sich mit Nolte eingelassen hatte. Sie hörte zu, ließ ihn reden, unterbrach auch nicht, als er ins Stocken geriet. Sie war nicht entsetzt, enttäuscht oder fassungslos. Sie hörte zu, wie man eben jemandem zuhört, der einem eine große Dummheit beichtet und nicht weiterweiß. Als Sitting geendet hatte, sagte sie: »Das heißt, wenn du nicht für ihn arbeitest ...«

»… bin ich erledigt.«

»Falls er seine Drohung wahr macht.«

»Das macht er. Schon aus Prinzip. So jemand duldet nicht, dass man sich widersetzt.«

Silvia dachte lange nach, rührte Kondensmilch in ihren Kaffee, schaute aus dem Fenster und rührte weiter. Dann nahm sie den Löffel aus der Tasse, trank einen Schluck und sagte: »Du musst es tun.«

»Für Nolte arbeiten?«

»Nein. Kündigen. Gleich heute.«

»Das sagst du so leicht.« Er sah sie verzweifelt an. »Anwalt sein ist mein Leben.«

»Anwalt sein. Nicht Verbrecher. Er wird immer mehr von dir verlangen. Schon, damit du erpressbar bist. Du wirst nicht nur lügen und betrügen. Eines Tages will er vielleicht, dass du jemanden umbringst.«

»Silvia – das ist nicht die Mafia. Und selbst deren Anwälte bringen keinen um.«

»Du wirst jeden Tag der Handlanger eines Kriminellen sein. Jeden Tag wirst du schmutzige Dinge tun oder ihm dabei helfen. Entweder wirst du daran zerbrechen, oder du wirst dich dran gewöhnen. Ich weiß nicht, was schlimmer ist.« Ihre Augen waren groß und schwarz und feucht geworden. »Ich werde dich verlieren.«

Silvias Mund begann unkontrolliert zu zucken, und die ersten Tränen liefen ihre Wangen hinunter, tropften in den Kaffee. Sie wischte sie mit einer Hand aus dem Gesicht, schluchzte und wandte sich von Sitting ab. Der saß wie gelähmt am Küchentisch und sah durch Silvia hindurch. Sie hatte recht. Das Letzte, was ihm geblieben war, durfte er nicht auch noch wegwerfen: seine Selbstachtung. Sitting stand auf und ging zur Tür.

»Was hast du vor?« Sie klang ängstlich.
»Ich fahr zu ihm.«

Sitting fuhr nicht zu Nolte. Noch im Wagen erreichte ihn eine SMS. Nolte wünschte, mit ihm zu reden. Um neun in der Kanzlei. Seit dem klärenden Gespräch in Noltes Büro hatte sich auch der Umgangston geändert. Nolte fragte nicht mehr an, ob Sitting Zeit hatte, er legte einfach ein Treffen fest und erwartete, dass Sitting zur Verfügung stand. Hatte er andere Termine, musste er sie verschieben.

Nolte kam wie immer alleine. Der Fahrer wartete im Wagen. Silvia hatte den Vormittag freigenommen, um ein paar Dinge zu erledigen. Und so musste Sitting selbst die Kaffeemaschine bedienen. Nolte machte einen ausgesprochen aufgeräumten Eindruck. Er hatte Pläne.

»Diese drei Häuser will ich dazukaufen, dann gehört mir die halbe Straßenseite.« Er deutete auf ein Katasterblatt für die Straße in Friedrichshain, in der sich Noltes Büro befand. »Vielleicht kaufe ich noch die andere Seite dazu. Kostet im Augenblick fast nichts, sechshundert pro Quadratmeter. Dann muss man etwa sechs- bis achthundert in die Renovierung stecken. Und verkaufen kann ich für zweieinhalbtausend. Wenn die Gegend attraktiv ist. Die Russen schmeiß ich raus. Da kommt ein Italiener rein und dann noch ein paar nette Läden in den anderen Häusern. Das wird der nächste Prenzlauer Berg.«

»Kann sein. Aber die beiden Häuser hier«, Sitting deutete auf den Plan, »sind besetzt und sehen nicht besonders einladend aus.«

»Mit den Punks werde ich mich schon einigen.«

Sitting hatte eine vage Ahnung, dass es im Vorfeld

dieser Einigung einige Schwerverletzte unter den Hausbesetzern geben würde.

»Im Augenblick ist es wichtig, dass wir das Russenlokal loswerden. Und da kommen Sie ins Spiel.«

»Bevor wir weiterreden, sollten wir noch etwas klären«, sagte Sitting und schob seine Kaffeetasse von sich.

»Aha?« Nolte legte die Stirn in Falten. »Ich dachte, wir hätten neulich alles besprochen.«

»Ja, wir haben über einiges geredet. Aber es könnte sein, dass ich mich nicht klar genug ausgedrückt habe – wofür ich schon mal um Entschuldigung bitte.«

Noltes Augen verengten sich ein wenig, sehr wenig eigentlich, aber doch wahrnehmbar.

»Sie verlangen von mir Loyalität«, begann Sitting den schwierigen Teil der Unterredung. »Das ist Ihr gutes Recht. Als Ihr Anwalt erfahre ich Dinge, die vertraulich sind. Und was immer ich erfahre, unterliegt natürlich der anwaltlichen Schweigepflicht. In diesem Sinne werden Sie meine Loyalität uneingeschränkt haben. Sollte diese Loyalität von Ihrer Seite aber weitgehender gemeint gewesen sein, müssten wir klären, wie weit genau das gemeint war.«

»Ich verlange absolute Loyalität. Und ich denke, ich hatte das auch so gesagt.«

»Tut mir leid. An den Wortlaut konnte ich mich nicht mehr erinnern. Wie auch immer … wenn damit gemeint war, dass ich im Zweifel bereit sein sollte, etwas Illegales zu tun, dann …«

»Dann …?«

»Das würde die Grenzen meiner Loyalität eindeutig überschreiten. Ich bin dazu nicht bereit.«

»Hatte ich von Ihnen verlangt, etwas Illegales zu tun?« Nolte sandte flinke Blicke in alle möglichen

Ecken des Büros. Zum ersten Mal schien er ein wenig nervös zu werden.

»Nein, das haben Sie nicht. Jedenfalls nicht expressis verbis.« Sitting fiel Noltes Unruhe auf. »Hier befinden sich keine Mikrophone, falls Sie da Sorgen haben.«

»Schön. Dann können wir ja unbeschwert reden. Ich weiß offen gesagt nicht, auf was diese Unterhaltung hinauslaufen soll. Können Sie mich aufklären?«

»Ich will Ihnen nur klarmachen, dass ich zwar Ihr Anwalt sein kann, nicht aber Teil Ihrer – *Organisation*. Ich bin ethischen und rechtlichen Grundsätzen verpflichtet. Das Engagement für meine Mandanten hat gewisse Grenzen. Und ich hatte bei unserem Gespräch irgendwie den Eindruck, dass Sie eine solche Einschränkung stört.«

»Wenn dem so wäre?«

»Dann müssten wir unsere Zusammenarbeit … beenden.«

Nolte nickte und sah Sitting dabei mit gespieltem Erstaunen an. »Das ist ja starker Tobak zu dieser frühen Stunde.« Er beugte sich nach vorne. »Sie wollen die Zusammenarbeit mit mir wirklich beenden?«

»Nur wenn Sie auf bestimmten Forderungen, was meine Berufsausübung betrifft, bestehen. Aber so, wie ich Sie verstanden habe … nun, ich glaube, ich habe Sie richtig verstanden.«

»Möglicherweise nicht ganz. Und zwar, was die … nennen wir es: Abwicklung unserer Geschäftsbeziehung in diesem Fall anbelangt.«

»Oh doch. Auch diesen Teil habe ich durchaus verstanden.« Sitting umfasste seinen Kaffeebecher mit beiden Händen, als wollte er sich daran festhalten, und blickte auf die hellbraune Pfütze auf dem Tassenboden. »Wissen Sie, ich bin gerne Anwalt. Es ist das, was ich immer machen wollte und was ich am besten kann. Es wird weh tun, wenn ich meinen Beruf nicht mehr ausüben kann. Aber es wird keine Katastrophe sein. Eine Katastrophe ist es, wenn ich mir nicht mehr ins Gesicht sehen kann, ohne dass mir übel wird.«

»Sie unterschätzen die Anpassungsfähigkeit der menschlichen Psyche.«

»Kann sein. Kann sein, dass es mir eines Tages nichts mehr ausmacht, ein Verbrecher zu sein. Vermutlich hat selbst Al Capone gut geschlafen – ohne mich mit ihm vergleichen zu wollen. Aber ich will nicht so werden.«

Nolte legte den Kopf leicht nach hinten und sah Sitting an. »Ich schätze Menschen mit Prinzipien. Allerdings nur, wenn es intelligente Prinzipien sind. Ihre Prinzipien sind dumm und pseudoidealistisch. Sie haben Ihre Lebensziele um Lichtjahre verfehlt. Und jetzt klammern Sie sich daran, dass Sie Prinzipien haben. Prinzipien! Die Kirche hat Prinzipien, die Kommunisten hatten Prinzipien. Beide haben Millionen Menschen umgebracht im Namen dieser Prinzipien. Glauben Sie mir: Prinzipien haben keinen Wert. Sie sind Dreck. Geschwüre am Arsch der Menschheit.«

»Warum wollen Sie eigentlich, dass ich für Sie arbeite? Es gibt Massen von guten Anwälten, die für Geld alles tun würden.«

»Weil ich das so beschlossen habe. Und wenn ich was beschlossen habe, zieh ich es durch. Ist so ein Prinzip von mir.«

»Ja, es gibt solche und solche Prinzipien. Ihre gefallen mir einfach nicht.«

»Schade. Sehr, sehr schade.« Nolte stand auf. »Danke für den Kaffee.« Er hielt Sitting, der ebenfalls aufstehen wollte, die flache Hand entgegen. »Bleiben Sie sitzen. Ich finde hinaus.«

»Die nicht verbrauchten Vorschüsse bekommen Sie natürlich erstattet. Ich schicke Ihnen eine Abrechnung«, rief Sitting Nolte nach.

Der drehte sich in der Tür noch einmal um. »Ja bitte. Und tun Sie es bald – solange Sie noch können.«

23

Miesbach, 1. Februar 2016

Zunächst einmal gibt es im gesamten Haus keinen Hinweis auf Familienangehörige«, begann Mike sein Referat über die persönlichen Hintergründe des Mordopfers Wartberg. »Keinen Eintrag in seinem Adressbuch, jedenfalls niemanden, der Wartberg heißt. Und die paar anderen hab ich alle durchtelefoniert.« Vor Mike lag eine offene Akte, darin eine Liste mit Telefonnummern. »Da ist kein Verwandter dabei gewesen. Es gibt keine Familienfotos. Null. Auch in den Akten, die wir im Haus gefunden haben, taucht nichts auf. Es ist, mit anderen Worten, ziemlich merkwürdig.« Mike blätterte weiter in der Akte, sie war nicht sehr dick. Bei einem offiziell aussehenden Stück Papier hielt er inne. »Das Einzige, was auf Wartbergs Herkunft hindeutet, ist seine Geburtsurkunde. Die hat er damals bei der Gemeinde vorgelegt. Wartberg ist 2008 hierhergezogen, und zwar aus England. Da gibt es bekanntlich keine Meldepflicht, entsprechend auch keine Bescheinigung. Viele Gemeinden lassen sich in solchen Fällen die Geburtsurkunde vorlegen. So war es auch hier. Ich hab daraufhin in Gießen nachgefragt, wo Wartberg angeblich 1951 geboren wurde. Die konnten aber nichts finden. In dem Jahr ist in Gießen niemand geboren worden, der Klaus Wartberg heißt. In Gießen wurde noch nie jemand geboren, der so heißt. Auch die Eltern, die in der Geburtsurkunde angegeben sind, haben nie in Gießen gelebt.«

»Jetzt wird's aber langsam interessant«, sagte Tina. »Wir sollten die Geburtsurkunde mal untersuchen lassen.«

»Bereits passiert«, sagte Mike. »Ich hab mir heute Morgen schon gedacht, dass da was net stimmt, und hab das Teil ans LKA geschickt und gebeten, dass die a bissl Gas geben. Und was glaubst?« Er deutete auf die Mail in seinem Handy. »Des Ding is a Fälschung. Ziemlich gut gemacht, aber eindeutig keine echte Geburtsurkunde. Mit anderen Worten: Herr Wartberg ist wahrscheinlich gar nicht Herr Wartberg.«

Einige Sekunden war Schweigen im Raum.

»Also, der Mann hat eine andere Identität angenommen«, sagte Janette schließlich. »Wer macht so was?«

»Ich hab doch gestern Nacht mit Herrn Petzenberger gesprochen, dem Computerfreak«, sagte Wallner.

»The Dude?«

»Richtig, Mike. Der junge Mann hat sich mit seinem Nachbarn Wartberg sozusagen digital beschäftigt. Und ist ebenfalls zu dem Schluss gekommen, dass mit ihm was nicht stimmt. Er meinte, Wartberg wäre Agent oder in einem Zeugenschutzprogramm. Vielleicht hat er recht. Setzt du dich da bitte dran?«

Die Bitte richtete sich an Mike.

»Mach ich. Wird aber unter Umständen schwierig. Vor allem, wenn er Agent war.«

»Ich glaube, er war keins von beiden«, sagte Tina.

»Wieso?«

»In beiden Fällen bekommst du vom Staat eine neue Identität verpasst. Und zwar mit richtigen Papieren. Wenn die Geburtsurkunde von einer staatlichen Stelle ausgestellt wurde, dann hätten die vom LKA sie nicht als Fälschung enttarnt.«

»Guter Punkt«, sagte Mike. »Ich check's trotzdem mal.«

»Okay, du machst das. Was haben wir sonst noch im Haus von Wartberg gefunden?« Wallner sah Oliver und Tina an, die die Spurensicherung durchgeführt hatten.

»Wir haben uns den Aktenordner mit den Zeitungsausschnitten vorgenommen«, sagte Tina. »Die Ausschnitte betreffen alle eine Immobilienfirma namens Schwarzwasser. Genauer gesagt die Pleite der Firma 1997.«

»Was ist damals passiert?«

»Die Schwarzwasser GmbH gab es seit den siebziger Jahren. Sie war in Berlin ansässig und verwaltete einen größeren Bestand an Immobilien. An sich ein solides Unternehmen. Aber dann im Jahr 1996 hat Schwarzwasser eine andere Immobilienfirma namens AuGB gekauft. Und diese AuGB ist ein Jahr später, also 1997, spektakulär pleitegegangen und damit auch Schwarzwasser. An der AuGB war wohl schon beim Kauf einiges faul. Jedenfalls ist gegen einige Verantwortliche ermittelt worden.«

»Tauchen da Namen auf, die wir kennen? Wartberg zum Beispiel?« Wallner schrieb den Namen Schwarzwasser auf seinen Block.

»Wir haben noch nicht alles gelesen. Aber was ich bisher gesehen habe – nein. Was nicht verwundert, wenn Wartberg nicht sein richtiger Name ist.«

»Diese Firmenpleite hat ihn jedenfalls sehr interessiert«, schaltete sich Janette ein. »Also gibt es vielleicht eine Verbindung. Möglicherweise war er einer der Inhaber der Firma oder ein Geschädigter der Insolvenz. Da müsste man mal tiefer graben.«

»Wie lang ist das her mit dieser Firmenpleite?«

»97 war das.«

»Fast zwanzig Jahre.« Wallner malte Muster auf seinen Block. »Der Aufwand wäre ziemlich groß. Frage: Was bringt uns das?«

»Wir erfahren vielleicht, wer das Opfer war«, sagte Mike. »Und das wiederum gibt uns eventuell Informationen darüber, wer Wartberg ermordet hat – falls es Lara Evers nicht war.«

Wallner lehnte sich zurück und kaute an seinem Stift.

»Vielleicht bringt uns das hier weiter«, sagte Janette. Auf ihrem Tablet war ein Foto zu sehen. Sie schob das Tablet in die Tischmitte, damit alle es betrachten konnten. Das Foto zeigte einen Kombi von hinten. Der Wagen stand am Straßenrand in einer Art Bucht, die von niedrigen Schneewällen begrenzt wurde. »Das hat uns Herr Petzenberger vorhin geschickt.«

»Ist das nachts?«, wollte Tina wissen.

»Ja. Er hat ein Stativ und eine lange Belichtungszeit verwendet.«

Mike setzte seine Lesebrille auf und sah konzentriert auf den Bildschirm. »Das Kennzeichen kann man trotzdem nicht lesen.«

»Nein«, sagte Janette. »Aber ich hab das LKA gebeten, dass sie es durch ein Bildbearbeitungsprogramm laufen lassen.« Sie wischte das Foto zur Seite. Ein anderes Bild erschien. Es zeigte das Nummernschild in Vergrößerung. Etwas unscharf, aber lesbar.

»Wieso kann man den Anfang nicht lesen?« Mike zog das Tablet näher heran.

Janette holte mit einer Fingerbewegung noch einmal das erste Foto auf den Schirm. »Der Anfang des Kennzeichens wird von einem Schneebrocken oder so was in der Art verdeckt.« Sie deutete auf die entsprechende Stelle. »Immerhin haben wir AB 2371. Ich hab's mal rausgegeben. Pro Zulassungsstelle kann die Kombination ja nur einmal vergeben werden. Ich hoffe, wir haben nicht allzu viele Treffer.«

»Das Fabrikat ist ja erkennbar. Das schränkt die Sache deutlich ein«, sagte Mike.

»Ist ein dunkler Passat. Da bleiben möglicherweise ein paar übrig. Die müssen wir dann halt überprüfen.«

Wallner betrachtete nachdenklich das Foto mit dem unbekannten Wagen. »Es wird höchste Zeit für die Soko.«

24

Die Nacht war kalt und der Weg gefährlich, zumindest wenn man ihn mit dem Fahrrad zurücklegen musste. Von Miesbach bis Agatharied ging es an der B 307 entlang, dann rechts auf einer unbeleuchteten Landstraße bis zur Fehner Schmiede, und von da waren es noch einmal einige hundert Meter, bis am Fuß der Berge ein baufälliges Anwesen auftauchte. Aber der erste Eindruck täuschte. Das alte Bauernhaus existierte seit vielen Generationen, und es stand immer noch. Das sprach für die hervorragende Bausubstanz, denn keine dieser Generationen hatte sich um den Erhalt der Immobilie verdient gemacht. Vor fünf Jahren hatte Kreuthner das Gebäude von seinem Onkel Simon geerbt, einem unverbesserlichen Schwarzbrenner, der der Menschheit kaum mehr hinterlassen hatte als zwei Hektoliter Obstbrand. Sein Neffe hielt das Gewerbe in Ehren und verkaufte seine Destillate an die Mangfallmühle und diverse Abnehmer, die bereit waren, den hohen Fuselölanteil mit dem bayerischen Prädikat »rass« zu adeln.

Durch das jüngst ausgebrochene Feuer befand sich das Gebäude derzeit in einem besonders beklagenswerten Zustand. Mindestens die Wohnküche musste neu gestrichen werden. Eine Notwendigkeit, die Kreuthner wohl noch lange ignoriert hätte, aber der beißende Geruch kroch in die Kleider. Kreuthner war von Kollegen schon mehrfach auf diesen olfaktorischen Missstand angesprochen worden. Den Eimer weiße Wandfarbe aus dem Baumarkt hatte er auf dem

Gepäckträger des Fahrrads festgezurrt. Da stand er stabil, denn Kreuthner hatte ihn mit Gaffer Tape umwickelt. Das Fahrrad selbst war eine Eigenkonstruktion, die Kreuthner zusammen mit den Lintingers auf deren Schrottplatz zusammengebastelt hatte. Im Grunde handelte es sich um ein E-Bike, allerdings mit extra starkem Motor, der fünfzehn PS auf die Straße brachte und seine Energie aus zwei monströsen Akkus bezog, die links und rechts des Hinterrades in Satteltaschen angebracht waren und über hundert Kilo wogen. Achtzig km/h hatte Kreuthner damit schon geschafft. Eine technische Zulassung hatte das Gefährt nicht. Aber das war sein einziges Manko.

Der Duft von verbranntem Kaminholz lag in der Nachtluft, lange bevor Kreuthner am Haus anlangte. Ein Fenster war erleuchtet. Auf den Wiesen um das kleine, geduckte Anwesen lag Schnee, und Firnkristalle glitzerten im Mondlicht, dahinter ragte schwarz der Berg auf, wo es zur Gindelalm hinaufging.

Lara Evers hatte in dem kleinen alten Herd ein Feuer gemacht. Kreuthner war sich nicht sicher gewesen, ob sie das hinbekommen würde. Hatte sie aber, und es war wohlig warm in der Wohnküche. Nur der Gestank nach verkohltem Holz stand makelloser Gemütlichkeit noch im Weg.

»Zeit wird's«, sagte Lara, als Kreuthner den Raum betrat. »Ich bin am Verhungern. Wo hast'n die Fressalien?«

Kreuthner stellte den Farbeimer neben die Eckbank und ging zu einem graumetallenen alten Waffenschrank. Den Schlüssel trug er am Schlüsselbund. Als Kreuthner die Tür aufzog, konnte Lara sehen, dass sie aus drei Zentimeter dickem Stahl war. Innen war der Schrank mit Regalbrettern ausgestattet, denn Kreuthner verwahrte darin keine Langwaffen, sondern um die hundert Konservendosen unterschiedlichen Inhalts.

»Du bunkerst das Zeug im Tresor?« Lara stand neben Kreuthner und blickte staunend auf den Nahrungsmittelvorrat. »Gibt's hier Einbrecher?«

»Schlimmer. Ab und zu kommen Freunde vorbei.« Kreuthner entnahm dem Schrank eine Achthundert-Gramm-Dose und drückte sie Lara in die Hand. »Topf ist in der Spüle.«

»Ravioli?« Lara sah widerwillig auf das Etikett. »Das schmeckt wie Scheiße.«

»Da schau her, die Prinzessin hat Ansprüche. Aber gut. Dann mach ma a bissl an G'schmack dran.«

Während das Mädchen die Dose öffnete und den Inhalt in einen Topf kippte, öffnete Kreuthner den im oberen Teil des Waffenschranks untergebrachten Safe, der für die Munition gedacht war. Er enthielt ein Schälchen mit roten und gelben Schoten, die aussahen wie eingeschrumpelte Erdbeeren. Kreuthner nahm eine rote heraus und verschloss den kleinen Safe wieder.

»Was is des?«, wollte Lara wissen.

»Der G'schmack.« Kreuthner kicherte und förderte aus einer Schublade des Esstisches einen Latexhandschuh zutage, streifte ihn über die linke Hand und begann, die Schote mit einem Küchenmesser in kleinste Stücke zu zerhacken.

»Habanero!«, sagte Kreuthner mit Ehrfurcht in der Stimme, während er etwa ein Viertel der zerkleinerten Schote vom Hackbrettchen in den Raviolitopf schabte. Dann ließ er Lara am Rest riechen. »Und?«

»Frisch. Vanille.«

»Richtig. So muss er sein, der Habanero-Chili.«

»Scharf?«

Kreuthner rührte im Topf und lächelte Lara maliziös an. Sie lachte.

»Glaubst, ich halt des net aus?«

Als es eine Weile darin geblubbert hatte, nahm Kreuthner den Topf und stellte ihn auf den Esstisch. Aus der Schublade holte er zwei Esslöffel, einen gab er Lara. »Auf geht's!«

Lara stocherte unentschlossen in der Raviolipampe herum, lud schließlich eine der Teigtaschen samt Tomatensoße auf den Löffel, blies lang und kräftig drauf, dann steckte sie die Portion in den Mund. Kreuthner beobachtete sie interessiert.

»Geht so.« Sie kaute schnell und schluckte den Bissen hinunter.

Kreuthner sagte nichts und wartete.

»Boah!« Lara riss den Mund auf. »Hölle! Is des scharf.« Der Schweiß trat ihr auf die Stirn, die im Nu glänzte wie eingeölt. Die junge Frau stürzte zum Wasserhahn und ließ sich kaltes Wasser in den Mund laufen.

»Hilft nix«, informierte sie Kreuthner.

»Ich weiß, aber es brennt so.« Sie spuckte einen Schwall Wasser aus und hechelte: »Jetzt du!«

Auch Kreuthner fischte eine Teigtasche aus dem Topf und steckte sie in den Mund. Bereits beim Kauen, das er mit aufreizender Lässigkeit zu zelebrieren versuchte, wurde Kreuthners Gesicht rot, und der Schweiß brach aus allen Poren. Noch riss er sich zusammen, schluckte, ließ ein Mmmh! hören und sagte: »So guat kriegst es beim Italiener net, oder?« Ein letztes Lächeln, dann stürzte er zum Wasserhahn.

»Weg da«, schrie er Lara an und hängte sich unter die Leitung. Lara lachte, krümmte sich und hielt die

Hand vor den Mund. Es war nicht zu ergründen, ob Schweiß oder Tränen ihre Wangen netzten.

»Ja gottverfluchte Scheiße, is des scharf!« Kreuthner fächelte sich Luft zu. Auch der Hemdkragen begann nass zu werden. »He, was machst denn da?«

Lara war mit dem Brettchen an den Esstisch getreten und hielt es über den Raviolitopf. Drei Viertel der geschroteten Chilischote befanden sich noch auf dem Brett.

»Du bist a Wahnsinnige!«

»Sag feig!«

Kreuthner musste sich das Wasser aus dem Gesicht wischen. »Aber dann wird's auch gegessen.« Kreuthner prustete atemlos. »Ich warn dich! Wir gehen beide drauf.«

»Sag feig!«

»Feig.«

Die Chilis verschwanden im Topf. Lara rührte um, nahm ihren Löffel und deutete damit auf Kreuthner: »Gleichzeitig.«

Kreuthner nahm Aufstellung am Topf, jetzt doch etwas besorgt, ein kurzer Kicherer, dann steckte er den Löffel in den Pampf. »Ich geb dir an guten Tipp: Bei Schmerzen hilft am besten Fluchen.«

Wäre an jenem Abend jemand am Haus vorbeigefahren, er hätte höllenvereisende Flüche, dazwischen Schmerzensschreie und abermals sprachlichen Unflat vernommen. Der Unbekannte wäre vielleicht stehen geblieben und hätte verstört gelauscht, sodann festgestellt, dass die gröbsten der Flüche von einem Mädchen in die Nacht gegrölt wurden. Womöglich hätte er die Polizei gerufen oder wäre, falls unerschrocken genug, selbst eingeschritten, wäre da nicht zwischen den Flüchen immer wieder hysterisches Lachen zu hören gewesen, gefolgt von dem Satz: »Scheiß die Wand an, oana geht no!«

Eine Viertelstunde später lagen Kreuthner und Lara Evers auf dem Küchenboden und lachten sich die Seele aus dem Leib, und Kreuthner wiederholte mantraartig: »Des tut so weh, des tut so scheißweh.« Der Raviolitopf war leer und die beiden Feinschmecker nur um Haaresbreite an einem Kreislaufkollaps vorbeigeschrammt. Lara presste ihre Zunge an eine Bierflasche aus dem Kühlschrank.

»Wahnsinn! Scho lang nimmer so a Gaudi g'habt«, strahlte Kreuthner, und Lara Evers pflichtete ihm bei.

Nachdem die schmerzhaften Folgen der Capsaicin-Orgie abgeklungen waren, gingen Kreuthner und Lara zum gemütlichen Teil des Abends über und tranken Bier. Lara erzählte von ihrer Flucht aus dem Krankenhaus, Kreuthner berichtete von seinem Kollegen Greiner, den Lara mit ihrem Auftreten so beeindruckt hatte, dass er die Neunzehnjährige als Ärztin durchgehen ließ. Auch dieser Teil des Abends hatte seine heiteren Momente, und Kreuthner lehnte sich auf der Eckbank zufrieden zurück, die Bierflasche in der linken, die Zigarette in der rechten Hand. Lara legte noch ein Scheit in den Küchenofen, und den Raum füllte eine Griabigkeit aus, wie man sie sonst nur im Wirtshaus erlebt.

»Warum hast mich eigentlich rausgeholt aus dem Krankenhaus«, fragte Lara zwischen zwei Flaschen Bier.

»Mei – so halt.«

»So halt gibt's net. Jeder will was, wenn er was macht.«

»Möglich.« Kreuthner spähte in seine Flasche. Diese kleine Welt unter dem braunen Glasdom, in der es feucht und hopfig und nach Alkohol roch, faszinierte ihn seit jeher. Einmal eine Bierflasche von innen erleben – das wär was.

»Willst, dass ich mit dir ins Bett geh?«

Die Frage riss Kreuthner aus seiner wohligen Müdigkeit. »Du, versteh des bitte net falsch«, sagte er. »Hat nix mit dir persönlich zum tun. Aber ich hab's lieber a bissl ... reifer und griffiger.«

»Ah so?« Lara blickte an sich herab, und es war nicht zu leugnen, dass ihr Busen das T-Shirt kaum verbeulte.

»Die Hundsgeigerin, die wär's g'wesen. Aber des hast mir ja vermasselt.«

»Ich hab den Wartberg net erschossen.«

»Was stehst dann mit der Knarre in der Gegend umeinand? Mir waren so kurz«, er zeigte die Distanz mit Daumen und Zeigefinger an, »so kurz vorm Schnacksln. Und dann kommst du daher.«

Lara hielt sich an ihrer Bierflasche fest und schwieg. Kreuthner vermutete, dass Erinnerungen hochkamen.

»Und? Wie geht's jetzt weiter?«, fragte er.

Lara zuckte mit den Schultern. »Keine Ahnung. Ich hab überhaupt keinen Plan.«

»Aber ich.«

»Was denn?«

»Ich hab immer an Plan. Als Erstes musst du des Geständnis widerrufen. Sonst ermitteln die nur in deine Richtung.«

»Wie soll des gehen, wenn ich hier bin?«

»Schriftlich. Das mach ma nachert gleich. Wenn sich dann herausstellt, dass du unschuldig bist, kannst wieder auftauchen.«

»Wie stellt sich das raus?«

»Schätze, indem ich den Fall aufkläre.«

Lara sah ihn etwas unsicher an.

»Ich hab die letzten Jahre jeden verdammten Mord in diesem Landkreis aufgeklärt. Also überlass das einfach mir.«

Lara nickte. Kreuthners Souveränität schien ihr Hoffnung zu geben.

»So«, sagte Kreuthner, nahm einen Schreibblock aus der Schublade unter dem Esstisch, dazu einen Kugelschreiber und zog sich zwei Plastikhandschuhe über. Er riss ein Blatt vom Block und schob es Lara über den Tisch hin. »Schreib oben drüber groß: Widerruf.«

Lara Evers sah Kreuthner fasziniert, aber auch mit einer gehörigen Portion Skepsis an. »Du hast noch net g'sagt, was du von mir willst.«

Kreuthner lachte milde. »Nix. Ich will gar nix von dir. Bin einfach a netter Kerl, okay?« Lara wartete auf den Haken. »Wennst dich dabei besser fühlst, kannst mir natürlich an kleinen Gefallen tun.«

»Ah, doch!«

Kreuthner sah sich im Raum um. »Die Küch müsst g'strichen werden.« Er deutete auf den Farbeimer neben der Eckbank. »Farb hätt' ich da. Und wennst eh den ganzen Tag nix zum tun hast … des wär echt super.« Er lächelte Lara an und prostete ihr mit der Bierflasche zu.

»So schaut's aus!«

»Genau so schaut's aus. Und rechne mal damit, dass du's zweimal streichen musst. Vorher natürlich mit am nassen Schwamm den Dreck von der Wand wischen.« Lara sah mit einem Mal recht ernüchtert drein. »Und jetzt schreib: Widerruf!«

Lara schrieb, Kreuthner kontrollierte.

»Wieder schreibt man mit i-e.« Lara wollte korrigieren, aber Kreuthner winkte ab. »Lass so. Dann sieht man, dass es von dir is. Weiter im Text: Ich, Lara Evers, widerrufe hiermit mein Geständnis, weil es nicht wahr ist, was ich gesagt habe. Ich habe Herrn Klaus Wartberg nicht umgebracht.« Kreuthner wartete, bis Lara den Text auf das Papier gemalt hatte. »Das habe ich nur gesagt, weil ich ja eh keine Chance habe. Außerdem – jetzt pass auf!« Kreuthners Gesicht leuchtete in Vorfreude auf den kommenden Coup. »Außerdem haben mir die Ärzte Drogen gegeben, und ich habe mich bei der Vernehmung ganz schwummerig gefühlt. Das ist unfair und auch gegen das Gesetz.«

»Haha! Des is guat!« Lara hatte ihre Freude an diesem Teil des Textes.

Kreuthner stand auf und suchte in der Anrichte, bis er einen Briefumschlag gefunden hatte. »Unterschreiben, z'sammfalten, in den Umschlag stecken.«

25

Es gab wieder einmal Gulasch. Das war an sich nicht zu beanstanden. Manfreds Gulasch war zart und der Sud sämig von den vielen Zwiebeln, die er mit Geduld und Inbrunst schälte und schnitt, auch wenn es immer länger dauerte, je älter er wurde. Mehrere Stunden ließ er es auf kleiner Flamme köcheln, und am Ende kam ein halbes Päckchen süßer Paprika dazu. Es hätte perfekt sein können – hätten Manfreds Geschmacksknospen nicht altersbedingt geschwächelt. Wallner schüttete heimlich Sahne in seine Portion. Aber das hinterließ Spuren.

»Wieso schaut denn deins so hell aus?« Manfred beugte sich zum Teller seines Enkels und schob seinen eigenen daneben. »Da schau! Des gibt's doch net!«

Wallner zuckte mit den Schultern und löffelte weiter, als Manfreds gar nicht so schlechte Augen den Sahnebecher erblickten, den Wallner hinter dem Salz-und-Pfeffer-Set versteckt hatte. »Tust du da an Schlagrahm nei?«

»Nur ein bisschen. Es ist absolut perfekt, nur …«

»Was?«

»Für meinen Geschmack ein bisschen salzig. Mit der Sahne geht's.«

»Mit der Sahne geht's! Wieso vertragt's denn ihr junge Leit koa Salz nimmer?«

»Heute wird nicht mehr so viel gesalzen. Deswegen ist man es auch nicht mehr gewohnt. Es ist halt nicht gesund mit dem vielen Salz. Für die Nieren und den Blutdruck und alles.«

»Net g'sund! Meine Nieren san super in Schuss. Und weißt, warum? Weil die ihr Lebtag ham arbeiten müssen. Jeden Tag des viele Salz rausfiltern. Ein Organ, wo arbeitet, funktioniert auch. Viel denken ist gut fürs Hirn, Marathon laufen is gut fürs Herz, rudern fürs Kreuz.«

»Saufen für die Leber.«

»Eben! Und salzen is gut für die Nieren.« Manfred kippte einige beherzte Stöße aus dem Salzstreuer über sein Gulasch. Wallner hielt sich die Augen zu.

»Willst dich jetzt umbringen?«

»Werd du erst mal so alt wie ich. Dann darfst mir was über gesundes Essen erzählen.« Manfred kaute mit sichtlichem Behagen. Einer der Gründe, warum es in diesem Haus so oft Gulasch gab, war die zarte Konsistenz, die Manfred dem Fleisch durch langes und schonendes Kochen verlieh, so dass man es quasi mit der Zunge zerdrücken konnte. Der eine oder andere Zahn saß jetzt doch schon locker.

Eine Weile genossen sie still das Abendessen, jeder hing seinen Gedanken nach. Wallner fragte sich, ob seinen Großvater ähnliche Gedanken beschäftigten wie ihn selbst. Und so war es.

»Hat sich die Stefanie noch mal gemeldet?«, fragte Manfred zwischen zwei Löffeln, nahm einen Schluck Weißbier und tat so beiläufig, als habe er nach dem morgigen Wetter gefragt.

»Nein«, sagte Wallner, und der Löffel blieb auf dem Weg zum Mund stehen. Auch er hatte über Stefanie, genauer gesagt über den Besucher, der sich ihr angekündigt hatte, nachgedacht: Ralf Wallner, seinen Vater, Manfreds Sohn.

»Mhm.«

Warum tat sein Großvater so, als würde ihn das nur

am Rande interessieren? Es fraß ihn auf, das konnte Wallner sehen. Etwa an dem Löffel, der heute in Manfreds Hand stärker zitterte als sonst.

»Sie hat gesagt, sie würden heut telefonieren.«

»Aha.« Ein Löffel Gulasch. Kauen. »Vielleicht hat er noch net angerufen.«

Bestimmt hatte er schon angerufen. Wallner legte seinen Löffel auf den Teller und stand auf.

»Was is?«

»Ich will's jetzt wissen.«

Wallner ging in den Gang zum Telefon und wählte Stefanies Nummer. Nach einem Klingeln war sie dran.

»Ich dachte, ihr esst noch zu Abend. Da wollte ich nicht stören.«

»Das heißt, du hast schon mit ihm telefoniert?«

»Ja. Vor einer halben Stunde.«

»Und?«

»Im ersten Moment hab ich gedacht, du bist dran. Ihr habt genau die gleiche Stimme.«

»Echt?«

»Ja. Hat Manfred dir das nie gesagt?«

»Er redet nicht über Ralf.«

Manfred schaute bei der Erwähnung von Ralf aus der Küche herüber.

»Was habt ihr gesprochen? Kommt er?«

»Morgen Abend. Er macht einen wirklich netten Eindruck. Und freut sich sehr darauf, Olivia kennenzulernen. Ich denke, er wird dann auch bei euch vorbeischauen.«

»Hat er das gesagt?«

»Nein. Aber … wenn er das erste Mal seit vierzig Jahren wieder da ist, wird er ja wohl seine Familie … er hat sich noch nicht bei euch gemeldet?«

»Nein. Noch nicht. Aber kann ja noch werden.«

Wallner räusperte sich. »Hast du ihn nach mir gefragt?«

»Ich war mir nicht sicher, ob dir das recht ist.«

Wallner überlegte einen Moment. »Lass Manfred und mich aus dem Spiel. Entweder er meldet sich freiwillig oder …«

»Du glaubst allen Ernstes, er meldet sich nicht?«

»Ich weiß allen Ernstes, dass er sich vierzig Jahre nicht gemeldet hat. Ich nehme an, er hatte Gründe dafür. Und ich hab keine Ahnung, ob es diese Gründe noch gibt.«

»Was stimmt denn da nicht bei euch?«

»Das musst du ihn fragen. Nein, frag ihn nicht. Wenn, dann frag ich ihn. Tut mir leid, dass du da reingezogen wirst.«

»Nicht deine Schuld. Ich halt mich da raus, wenn du das möchtest. Aber ich werde auf keinen Fall Olivia briefen. Wenn sie ihren Vater nach dir fragen will, soll sie es machen.«

»Natürlich. Sie soll sich nicht verstellen.« Wallner atmete durch. »Was für ein Arschloch! Manchmal denk ich, es wär besser, wir würden uns tatsächlich nie mehr sehen.«

»Es wäre definitiv besser, du könntest loslassen. Kannst du aber nicht. Also wirst du ihn treffen müssen, um den Bann zu brechen. Ich darf zwar nicht mit Ralf über dich reden. Aber ein bisschen Magie wird ja erlaubt sein.«

»Aber kein Huhn schlachten oder so was. Das ist er nicht wert.«

»Wir hatten doch ausgemacht, dass du dich nicht über meinen Beruf lustig machst.«

»Ja, hatten wir. Fällt mir halt manchmal schwer. Aber du darfst gerne zaubern, wenn du möchtest.«

»Ende der Woche weißt du alles, was du seit vierzig Jahren wissen willst. So steht es in den Sternen. Und so wird es geschehen.«

»Hast was anderes erwartet?« Manfred und Wallner räumten Teller und Besteck in die Spülmaschine. »Der kommt net bei uns vorbei. Der will von uns nix wissen. Ich will ihn eh net sehen. Muss ich mich nur aufregen.«

Wallner klappte die Spülmaschine zu. »Sag mal – hab ich seine Stimme?«

»Was?«

»Die Stefanie sagt, wir hätten die gleiche Stimme.«

Manfred überlegte und musste sich dazu setzen. »Jetzt, wo du's sagst. Is mir nie aufgefallen.«

»Ich war ja acht, als er weggegangen ist. Da hatte ich noch nicht seine Stimme. Die hat sich halt über die Jahre verändert.«

»Ja. Wahrscheinlich hab ich's deshalb nicht gemerkt. Weil's so langsam gegangen ist.« Manfred sah Wallner an, als habe er soeben eine Narbe in seinem Gesicht entdeckt. »Des is wirklich die gleiche Stimme.« Er schüttelte lachend den Kopf. »Die gleiche Stimme.«

Das Telefon klingelte. Die beiden Männer sahen sich an und dachten das Gleiche.

»Wer ist denn das um die Zeit?«

»Glaubst … *er* is es?«

Es klingelte wieder. Wallner zögerte, in den Flur zu gehen. Ein drittes Klingeln. Schließlich gab er sich einen Ruck und ging zum Telefon, bevor sich die Box einschaltete. Die Handynummer auf dem Display kam ihm vage bekannt vor.

»Hier Tina«, sagte eine vertraute Stimme.

»Hallo, Tina, was gibt's?« Wallner sah zu Manfred. Der hatte die Entwarnung mitbekommen und zog sein Weißbier zu sich. Er sah ein bisschen enttäuscht aus.

»Ihr wart doch heute bei diesem Anwalt. Baumgärtel.«

»Richtig.«

»Da gab es eine Anwaltsgehilfin, die nicht mehr gekommen ist. Herr Baumgärtel hat vorhin den Hausmeister angerufen und gebeten, in ihrer Wohnung nachzusehen.«

»Und?«

»Jetzt stehen wir in der Wohnung der Frau. Ich denke, das möchtest du dir selber ansehen.«

26

Wallner musste nicht weit fahren. Die Wohnung, von der Tina gesprochen hatte, war in Hausham, mit dem Wagen nur ein paar Minuten von Miesbach entfernt. Sie lag im Parterre eines Mietshauses aus den siebziger Jahren. Davon gab es in Hausham mehr als anderswo im Landkreis. Hausham war einmal eine Arbeitergemeinde gewesen, und diesen Charakter besaß es immer noch ein bisschen. Die blaulichtblinkenden Polizeifahrzeuge boten eine interessante Alternative zum abendlichen Fernsehprogramm, weshalb sich ungeachtet der schneidenden Kälte viele Bewohner der Siedlung versammelt hatten, um der gruseligen Veranstaltung beizuwohnen. Ein rot-weißes Flatterband verschaffte den Beamten den nötigen Platz zum Arbeiten.

Wallner stellte seinen Wagen weit vor dem Tatort ab und ging den Rest zu Fuß. Die Kälte behagte ihm in gewisser Weise. Denn bei diesem Wetter war wenigstens jedem klar, dass ordentlich geheizt wurde und die Fenster zublieben. Auch die geliebte Daunenjacke konnte Wallner bei diesem Wetter tragen, ohne dass hinter seinem Rücken getuschelt wurde. Nicht, dass er da nicht drüberstand. Aber manchmal überkamen ihn Zweifel, ob er sich schon in seinen Vierzigern den Ruf profunder Schrulligkeit zulegen sollte.

Tina war dabei, Spuren zu sichern, als Wallner eintraf. Er wollte nicht in die Wohnung, denn da stand er den Spurensicherern nur im Weg. Deswegen bat er einen Uniformierten, Tina zu holen.

»Komm kurz rein und sieh es dir an. Ist vielleicht ganz interessant, es im Original zu sehen.«

Kurz reinkommen war so dahergesagt. Wallner musste sich dafür in einen weißen Overall der Spurensicherung zwängen, Handschuhe und Plastikfüßlinge überstreifen und die Kapuze über den Kopf ziehen. Er kam sich jedes Mal vor wie ein Astronaut.

»Du hast echt die Daunenjacke angelassen?«, begrüßte ihn Tina, als er durch die Wohnungstür trat. Der obere Teil von Wallner sah aus wie das Michelin-Männchen.

»Ja natürlich. Ihr lasst doch die Wohnungstür auf, wie ich euch kenne.«

»Komm rein und pass auf, dass du mit deinen Ballonärmeln nichts kaputt machst.«

Es war tatsächlich ziemlich eng in der Wohnung. Zwei Zimmer, Küche, Bad auf sechsundfünfzig Quadratmetern, ehemals Sozialwohnung, dann in Eigentum umgewandelt und privatisiert. Im Wohnzimmer hatte Tina eine Lampe aufgestellt, die gleißend weißes Licht in jede Ecke des Raumes presste. Vielleicht waren es die harten Schatten, die Wallner ans Weltall denken ließen.

Das Zimmer war gemütlich eingerichtet, soweit Wallner das bei dem Licht sagen konnte. Pflanzen, dunkles Holz, Teppiche, Flachbildfernseher, Ledercouch. Eine Wand war vollständig mit Bildern bedeckt: Petersburger Hängung, hatte Wallner mal irgendwo gelesen. Viele der Bilder waren Stiche von Berliner Gebäuden: Brandenburger Tor, Dom, Stadtschloss und vieles mehr.

Auf dem Boden lag ein umgekippter Hocker mit Metallfüßen, der eher aus der Küche zu stammen schien. Über dem Hocker ragte ein Haken aus der Decke, an dem früher wohl eine Lampe gehangen hatte. Jetzt hing dort ein kurzes Stück Hanfseil, vielleicht zwanzig Zentimeter, das an dem Haken mit einem Knoten befestigt worden war. Es brauchte nicht viel Phantasie, um sich auszumalen, was hier passiert war.

»Habt ihr die Leiche schon weggebracht?« Wallner war sehr erstaunt. Denn es war üblich zu warten, bis der Rechtsmediziner eingetroffen war, damit er sich selbst ein Bild von der Lage des Körpers machen konnte.

»Die Leiche war nicht hier.«

Wallner runzelte die Stirn. Tina gab ihm ein Zeichen, ihr zu folgen. Sie gingen zurück in den kleinen Flur und von dort in das Schlafzimmer. Auch hier eine helle Lampe mit Halogenlicht. Oliver stand neben dem Bett und verdeckte, was sich darin befand.

»Bleib bitte, wo du bist. Ich bin mit dem Bettvorleger noch nicht fertig.«

Wallner tat, wie ihm geheißen. Oliver kam zur Tür. Jetzt konnte Wallner sehen, dass im Bett eine Frau lag. Sie war bis zur Brust zugedeckt und anscheinend bekleidet, denn sie trug einen ockerfarbenen Wollpullover mit V-Ausschnitt. Das Alter der Frau konnte Wallner bei dem gespenstischen Licht und aufgrund der Tatsache, dass sie anscheinend schon einige Zeit tot war, schwer einschätzen. Gut zu sehen war das dunkle Mal, das der Strick an ihrem Hals hinterlassen hatte.

»Schieß los«, sagte Wallner.

»Die Frau heißt Silvia Marek, sechzig Jahre, Anwaltssekretärin in der Kanzlei Baumgärtel. Wir haben sie so gefunden. Warst du schon im Wohnzimmer?«

»Ja. Sie hat sich dort erhängt?«

»Das ist alles ziemlich seltsam. Erst mal: Ja, es sieht so aus, als hätte sie sich im Wohnzimmer erhängt.

Man sieht ja die Spuren des Seils. Aber dann ist sie irgendwie hier in das Bett gelangt. Keine Ahnung, ob bei dem Selbstmord was schiefgelaufen ist und sie sich noch selber ins Bett geschleppt hat. Oder jemand hat sie gefunden und ins Bett gelegt.«

»Oder jemand hat sie erhängt und ins Bett gelegt.«

»Das allerdings wäre die seltsamste Erklärung. Wenn ich einen Selbstmord vortäuschen will, lass ich das Opfer doch hängen.«

»War auch nur der Vollständigkeit halber. Bizarr ist jede der drei Möglichkeiten. Ich meine, wenn sie jemand gefunden hat, warum ruft er nicht die Polizei?«

»Keine Ahnung. Einen Abschiedsbrief haben wir bis jetzt auch nicht gefunden. Vielleicht doch ein Mord.«

»Wie lange ist sie schon tot?«

»Mindestens zwei Tage. Die Totenstarre ist fast vollständig gelöst.«

Wallner nickte und warf noch einen Blick auf die Tote. »Habt ihr Zweifel, dass es ein Suizid war?«

»Ist jedenfalls alles ziemlich merkwürdig. Und Tina hat noch was anderes entdeckt.«

»Kommst du mit raus. Dann zeig ich dir, was wir gefunden haben«, meldete sich jetzt Tina aus dem Flur. Wallner folgte ihr. Vor dem Haus stand zwischen anderen Einsatzfahrzeugen ein Transporter mit Schiebetür.

Im Inneren des Wagens befanden sich unter anderem ein Tisch mit zwei Sitzen und ein Regal, dessen Ablagebretter mit kleinen Stegen versehen waren, so dass nichts herausrutschen konnte. Es erinnerte in seiner Beengtheit an die Kajüte eines Segelbootes. Das Regal enthielt einige Gegenstände, die Oliver und Tina gesichert, in Plastiktüten verpackt und beschriftet hatten. Darunter auch das Handy der Toten und ihr Laptop.

»Handy und Computer sind passwortgeschützt?«, fragte Wallner.

»Ja, müssen wir nach München schicken. Setz dich.« Tina holte eine größere Plastiktüte aus dem Regal und entnahm ihr einen Aktenordner. Wallner (er trug noch den Schutzanzug und die Latexhandschuhe) öffnete ihn vorsichtig. Der Ordner enthielt, ähnlich wie Wartbergs Aktenordner, Zeitungsausschnitte.

»Kommt dir das bekannt vor?«, fragte Tina.

»Allerdings.« Wallner blätterte weiter. »Alles über diesen Schwarzwasser-Skandal?«

»Die Frau hatte die gleichen exotischen Interessen wie Herr Wartberg. Was interessiert sich eine Anwaltsgehilfin aus Hausham für einen Immobilienskandal in Berlin, der zwanzig Jahre her ist?«

»Die Antwort kriegen wir hoffentlich leichter als bei Wartberg. Es sei denn, die Frau ist auch wer anders, als sie vorgibt.«

»Sieht nicht so aus.« Tina holte einen weiteren in Plastik verpackten Aktenordner aus dem Regal und legte ihn vor Wallner auf den Tisch. »Das sind ihre persönlichen Unterlagen. Kranken- und Rentenversicherung, Geburtsurkunde, Zeugnisse und so weiter. Alles lückenlos vorhanden.«

Wallner fuhr mit dem Finger die Beschriftung der Trennblätter entlang und blieb bei der Rubrik *Bewerbungen* hängen. Zuoberst lag die Bewerbung bei der Kanzlei Baumgärtel aus dem Jahr 2004. Nach kurzem Blättern war Wallner beim Lebenslauf angelangt, in den er sich vertiefte.

»Hast du den gelesen?«

»Clemens – ich lese nicht alle Akten gleich am Tatort. Ich will nämlich irgendwann fertig werden.«

»War ja nur 'ne Frage.«

»Was steht denn drin?« Tina saß gegenüber und versuchte, das auf dem Kopf stehende Blatt zu entziffern.

»1956 in Neunkirchen geboren.«

»Wo ist das denn?«

»Saarland.«

»Wieso weißt du so was immer?«

»Weil die mal in der Bundesliga waren.«

»Echt?«

»In den sechziger Jahren. Borussia Neunkirchen. Klingelt's?«

Tina sah ihren Vorgesetzten verständnislos an. »Okay. Die Frau ist da geboren. Sonst was Interessantes?«

»Nicht wirklich. Realschulabschluss 1973. Dann Lehre als Anwaltsgehilfin in Saarbrücken, da auch erste Stelle …« Wallner scannte den Lebenslauf nach unten. »Aber dann wird's interessant. 1983 ist sie nach Berlin gegangen und von 1989 bis 96 hatte sie eine Anstellung bei einem Rechtsanwalt Sitting.« Er stutzte. »Siehe Anschreiben?« Wallner blätterte nach vorne und ging murmelnd das kurze Anschreiben der Bewerbung durch. »96 war doch diese Immobilienpleite, oder?«

»Ich glaube, die war 97.«

»Da schau her!«

Tina sah Wallner gespannt an.

»Für meine Tätigkeit bei Herrn Rechtsanwalt Dieter Sitting kann ich leider kein Zeugnis vorlegen, da Herr Sitting im Jahr 1996 plötzlich verschwand und seither vermisst wird.«

»Hört sich abenteuerlich an.« Tina zog eine Augenbraue hoch. »Denkst du, was ich denke?«

»Das wäre?«

»Wartberg. Der Mann mit der falschen Identität.

Was, wenn Rechtsanwalt Sitting 1996 untergetaucht ist?«

»Und hier als Klaus Wartberg wieder auftaucht?«

Wallner nickte stumm und starrte auf die Resopaltischplatte. »Aber was hat sich dann hier Bizarres abgespielt? Ich meine, erst sagt sie Baumgärtel, Sitting sei verschwunden. Und deswegen gibt's kein Zeugnis. Dann taucht Sitting unter falschem Namen in genau dieser Kanzlei auf, um sein Testament aufsetzen zu lassen? Hat sie den Mann wiedererkannt? Und wenn ja, was haben sie für eine Beziehung gepflegt?«

»Laut Obduktionsbefund hat Wartberg sich das Gesicht operieren lassen. Offenbar war das keine Schönheits-OP«, sagte Tina. »Vielleicht hat ihn Frau Marek nicht mehr erkannt.«

»Weiß nicht – die haben sieben Jahre jeden Tag intensiv zusammengearbeitet. Scheint ja ein Einzelanwalt gewesen zu sein.«

»Woraus schließt du das?«

»Wären es mehrere Anwälte gewesen, hätte ihr einer davon ein Zeugnis schreiben können.«

»Okay. Aber was hat das mit dem Wiedererkennen zu tun?«

»Wenn ich sieben Jahre praktisch jeden Tag mit jemandem zusammen bin, dann kenne ich seine Stimme, seine Art, sich zu bewegen, seine Gesten. Schwer vorstellbar, dass sie überhaupt nichts gemerkt hat.«

»Vielleicht hat er sich ja zu erkennen gegeben. Oder er hat bewusst Kontakt zu ihr aufgenommen. Wartberg ist 2008 hergezogen. Und Marek?«

Wallner blätterte im Ordner.

»Mietvertrag«, sagte Tina.

Anerkennend deutete Wallner mit dem Zeigefinger auf seine Mitarbeiterin und schlug das entsprechend beschriftete Trennblatt auf. »Beginn des Mietverhältnisses: 1.4.2006. Das heißt, Silvia Marek war vor Wartberg hier.«

»Wenn Wartberg wirklich ihr ehemaliger Arbeitgeber Sitting war, dann wäre das schon ein dicker Zufall, wenn sie sich ausgerechnet hier wieder begegnen. Elf Jahre nachdem Sitting plötzlich verschwunden ist.«

»Oder es war eben kein Zufall.« Wallner gingen sichtlich viele Dinge auf einmal durch den Kopf. »Richtig Sinn macht das aber nicht, oder?«

Tina zuckte mit den Schultern. »Warum bringt sie sich um, und unmittelbar danach wird er ermordet?«

»Keine Ahnung. Ich halte alles für möglich«, sagte Wallner. »Nur eins nicht: dass es da keinen Zusammenhang gibt.«

27

Berlin, Herbst 1996

Sitting hatte Nolte die Stirn geboten und seine anwaltlichen Dienste aufgekündigt. Welchen Preis würde er dafür bezahlen?

Die Tage vergingen zäh. Sitting hatte wenig zu tun, denn er hatte länger keine Mandate mehr als Pflichtverteidiger angenommen. Nolte hatte ihm keine Zeit dafür gelassen. Und so sortierten sie Unterlagen für die Steuer, hefteten Akten ab und warteten auf die Post. Am dritten Tag kam ein Schreiben von der Anwaltskammer. Silvia legte es Sitting sofort auf den Schreibtisch. Er sah sie an, wog den Brief in seiner Hand. Er war dünn.

»Mach doch auf«, sagte Silvia und klang leicht atemlos.

»Was machen die in so einem Fall?« Sitting ging davon aus, dass Nolte ihn mit dem geschmuggelten Handy in Schwierigkeiten bringen würde. »Erst mal eine Gelegenheit zur Stellungnahme? Oder laden die mich zu einem Gespräch vor?«

»Wird da nicht zuerst von der Polizei ermittelt?« Silvia starrte auf den Brief in Sittings Händen. Sitting zuckte mit den Schultern. »Jetzt mach den verdammten Brief auf.«

Sitting atmete durch und suchte nach dem Brieföffner. Silvia zog ihn aus dem Stiftebecher und reichte ihn Sitting. »Also dann …« Langsam trieb er den Öffner durch das Papier, dann zog er das Schreiben halb heraus und setzte noch einmal ab.

»Gib her!« Silvia nahm ihm den Brief aus der Hand und entfaltete ihn. Ihr angstvoller Blick huschte über den Text, suchte nach Reizwörtern wie Anhörung, JVA, Verstoß gegen das Standesrecht. Schließlich ließ sie das Schreiben sinken.

»Was denn?« Sitting war aufgestanden und streckte die Hand aus. Sie gab ihm den Brief.

»Du hast den Kammerbeitrag für dieses Jahr nicht bezahlt.«

Sitting warf einen flüchtigen Blick auf den Text und ließ das Blatt auf den Schreibtisch fallen. Sie sahen sich an, erleichtert, aber nicht sehr. Das Unheil würde noch kommen.

»Verdammt!« Sitting trat ans Fenster. Die ersten Bäume der Allee färbten sich gelb. »Ich hab schon überlegt, ob ich mich selber anzeigen soll.«

»Warum nicht?«

»Wenn ich zugebe, dass ich das Handy ins Gefängnis geschmuggelt habe, dann belaste ich Schuchin. Und ich breche gleichzeitig meine Schweigepflicht. Das wäre dann gleich der nächste Verstoß.« Er schüttelte den Kopf. Dann ging er ins Vorzimmer zum Garderobenständer und nahm seine Jacke vom Haken.

»Was hast du vor?«

»Ich muss über mein verkorkstes Leben nachdenken.«

Kurz darauf fiel die Tür ins Schloss.

Der Sommer hatte sich noch einmal zurückgemeldet. Ein kalter Schwall ging Sitting aus der Hofdurchfahrt nach, als er auf die Straße trat, doch ein milder Hauch blies die Kälte fort und wehte wie Seide um den Hals. Erste Blätter lagen auf den Gehsteigen und raschelten bei jedem Schritt. Tausend Gedanken schwirrten gleichzeitig durch seinen Kopf, und ein schweres Gewicht lag ihm auf der Brust. Das Schlimmste war die Ungewissheit. Was würde Nolte unternehmen? Wenn man ein Verfahren gegen sich am Hals hatte, konnte man sich darauf einstellen und sich wehren. Im Augenblick musste er warten und warten und warten. Sollte er bei Gericht Bescheid geben, dass er wieder als Pflichtverteidiger zur Verfügung stand? Sitting stieg in einen Bus, der des Weges kam, und ließ sich durch die Stadt fahren.

Er beobachtete die Straßenszenen aus dem Busfenster. Die Menschen schienen aufgekratzt und lebhaft, Mädchen mit Spaghettiträgern und Jungs in kurzen Hosen spielten noch einmal Sommer. Vorgestern waren es acht Grad gewesen. Jetzt war es wie im Juli. Nur das Sonnenlicht war schräg und nördlicher und verriet, dass der Winter bald da sein würde. In der Nähe des Savignyplatzes verließ Sitting den Bus und schlenderte zu Fuß weiter. Vielleicht sollte er diesen Tag noch genießen und dann einen Schlussstrich ziehen. Was würde ihm bleiben außer Schulden, wenn er die Anwaltszulassung verlor? Er konnte zu einer Versicherung als Sachbearbeiter gehen. Aber mit welchem Gehalt als gescheiterter Jurist über vierzig?

Am Savignyplatz saßen sie draußen. Alle. Ein letztes Mal in diesem Jahr. Noch einmal Wärme tanken für den Winter. Hier war der Italiener, in dem er sich manchmal mit Miriam Cordes getroffen hatte. Er ließ den Blick über die Terrasse gleiten. Alle Tische waren besetzt. Abrupt blieb sein Blick hängen, wanderte noch einmal zurück. Was war das denn? Da saß … Miriam Cordes. Mit einem mindestens siebzigjährigen Mann, der auf sie einredete, lachte, sie lachte auch, er berührte sie am Arm, nahm ihre Hand, sie erwiderte die Berührung, und dann küsste er ihre Hand, leicht, mit einem gewissen Charme, hätte man sagen können, wären da nicht diese fünfzig Jahre Altersunterschied gewesen. Sitting kannte den Mann und versuchte, sich zu erinnern, woher. Wahrscheinlich hatte er irgendetwas mit Cordes zu tun. Der Staatsanwalt war's nicht, und auch nicht der Bewährungshelfer. Das waren beide keine weltmännischen Typen gewesen und auch viel zu jung. Die Verhandlung! Der Mann hatte im Zuschauerraum gesessen. Sitting hatte sich immer gewundert, woher Cordes das Geld für die Drogen hatte. Sie wurde offenbar von einem Sugar-Daddy gesponsert. Vielleicht sogar von mehreren. In diesem Moment sah Miriam Cordes in seine Richtung, und er sah, dass ihr Blick für den Bruchteil einer Sekunde an ihm hängenblieb. Schnell wandte sie sich ab, entzog dem alten Mann aber die Hand. Kein Zweifel, sie hatte ihn erkannt, und es war ihr unangenehm. Wahrscheinlich hätte sie ihn anständig bezahlen können, statt auf mittellosen Junkie zu machen. Sitting lachte kurz in sich hinein. Es spielte keine Rolle mehr.

Er verließ den Savignyplatz und ging die Kantstraße hinunter, auf der Südseite, die im Schatten lag; die Sonne war ihm zuwider geworden. Selbst hier saßen die Menschen draußen. Sitting ging an ihnen vorbei und immer weiter, bis er an ein Lokal gelangte, vor dem keine Tische standen. Er betrat den Gastraum, der dunkel war, holzgetäfelt mit Messing an der Bar, vielen Bildern und Flaschen an der verspiegelten Wand.

»Sie haben gar keine Tische draußen«, sagte er zu dem Mann hinter dem Tresen.

»Dit hammse richtig erkannt. Wieso is dit besser, im Freien zu saufen? Ha ick noch nie verstanden.«

»Seh ich ähnlich«, sagte Sitting und setzte sich auf einen Barhocker. »Ich fang mal mit einem Whisky an.«

Als Sitting nach einer Stunde nicht zurück war, fing Silvia an, sich Sorgen zu machen. Seit Tagen ging es Sitting nicht gut. Er war nervös, blass, abwesend und schlief kaum. Er redete davon, dass er etwas ganz anderes machen würde, wenn Nolte ihn wegen der Sache mit dem Handy anschwärzen sollte, schmiedete Pläne für einen Whiskyladen und suchte in der Zeitung bei den Gewerbeimmobilien nach etwas Passendem. Aber Silvia hatte das Gefühl, dass dieser Optimismus aufgesetzt war. In Wirklichkeit war Sitting gelähmt. Er hatte Angst. Angst vor der Zukunft. Angst vor dem Ruin.

Sie rief auf seinem Handy an, aber es war ausgeschaltet. Er hatte sich noch nicht so richtig daran gewöhnt, dass er immer erreichbar sein sollte. Da war er altmodisch. Trotzdem – es machte sie unruhig. Gegen halb zwei klingelte es an der Tür.

Davor standen zwei Männer, einer um die vierzig, einer etwa Mitte zwanzig, sie trugen Bomberjacken und Cowboystiefel, der jüngere hatte eine kleine Sporttasche umhängen: die wenig vertrauenerweckende Klientel, die man als kleiner Strafverteidiger im Wedding eben hatte. Silvia war daran gewöhnt. Die meisten der finster aussehenden Gestalten entpuppten sich als erstaunlich gehemmt, wenn sie beim Anwalt waren.

»Tut mir leid. Herr Sitting ist im Augenblick nicht da«, informierte sie die Besucher, nachdem sie sie eingelassen hatte. »Es wäre generell besser, Sie würden vorher anrufen. Sonst kommen Sie vielleicht umsonst.«

»Wann kommt er wieder?« Der ältere Mann sprach fließend Deutsch mit osteuropäischem Akzent.

»Das weiß ich nicht. Er ist leider nicht auf dem Handy zu erreichen. Sie können natürlich gerne warten. Aber ich kann Ihnen nicht sagen, wie lang es dauern wird.«

Die Männer sahen sich an. Sie nickten nicht, sie sagten nichts, es schien, als versicherten sie sich stumm, dass sie wie geplant weitermachen würden. Oder hatten sie es ohnehin nicht anders erwartet? Silvia konnte das Verhalten der Männer nicht deuten. Aber es war unheimlich. »Am besten, Sie lassen mir Ihre Telefonnummer da. Herr Sitting meldet sich dann, wenn er wieder da ist.«

»Wir warten«, entschied der ältere Mann.

»Sie dürfen in Herrn Sittings Büro Platz nehmen.« Silvia deutete auf die Tür zum anderen Zimmer.

Der Wortführer sah sich in Silvias Büro um und entdeckte zwei Besucherstühle, dazwischen stand ein gläserner Tisch mit einem alten *Stern* und einem noch älteren *Spiegel* darauf. »Wir sitzen lieber hier.« Ohne Silvias Einverständnis abzuwarten, setzten sich die Männer. Silvia murmelte, das sei ihr auch recht, was nicht stimmte, ging an ihren Schreibtisch und tat so, als würde sie etwas am Computer erledigen. Tatsächlich spielte sie Patience und sah ab und an zu den Männern hinüber, nur aus den Augenwinkeln, ohne den Kopf zu drehen.

»Wenig Betrieb«, stellte der Ältere fest, während der Junge in seiner Sporttasche kramte. Silvia hätte gern gewusst, was darin war, aber sie konnte es von ihrem Platz aus nicht sehen.

»Es müssten gleich zwei Mandanten kommen.« Es schien ihr eine gute Idee, zu signalisieren, dass sie nicht die ganze Zeit allein sein würden. Sie hoffte, dass die beiden irgendwann die Geduld verlieren und wieder gehen würden. Aber die machten nicht den Eindruck. »Und der restliche Nachmittag ist auch ziemlich voll, wie ich gerade sehe. Vielleicht versuchen Sie es einfach morgen noch mal.«

Der ältere Mann sah Silvia stumm an, die Augen halb geschlossen. Du kannst mir viel erzählen, sagte der Blick. Silvia war, als läge ein zentnerschwerer Grabstein auf ihrer Brust. Die Luft schien immer weniger zu werden im Raum.

»Können Sie die Gardine vormachen.« Silvia sah den älteren Mann erstaunt an. »Meine Augen sind empfindlich. Vertragen kein Licht.«

»Kein Problem.«

Nun ja – das war eben schon ein Problem, wie Silvia merkte, als sie am Fenster stand. Im Haus gegenüber saßen bei dem warmen Wetter Leute auf dem Balkon und konnten geradewegs in ihr Büro sehen. Das hatte sie oft gestört. In diesem Augenblick aber schien es ihr wie der letzte Schutz gegen diese beiden Männer, was auch immer sie vorhatten. Sie zögerte, als sie den Vorhangstoff in der Hand hielt. Wie sollte sie erklären, dass sie den Vorhang nicht zumachen wollte? Ihr fiel nichts ein. Der Vorhang ging zu.

Es war nicht viel dunkler als vorher, denn der Vorhang war aus hellem Baumwollstoff. Nur etwas gedämpfter. Die Männer schienen das mit Befriedigung zur Kenntnis zu nehmen. Silvia setzte sich wieder an den Computer.

»Danke«, sagte der empfindliche Mann mit eigentümlicher Verzögerung.

»Gerne«, sagte Silvia und überlegte, wie sie der bedrückenden Situation entkommen könnte.

»Möchten Sie einen Kaffee?«

Der Jüngere nickte, der Ältere schloss sich ihm an.

»Ich hol Ihnen welchen von der Bäckerei an der Ecke.« Silvia stand auf und kam hinter dem Schreibtisch hervor.

»Nicht nötig«, sagte der Ältere.

»Ist überhaupt kein Problem. Ich mach das gern. Wollte eh mal kurz … in die Bäckerei.«

»Nicht nötig!« Der Ältere stand auf und stellte sich vor die Eingangstür, der Jüngere griff in die Sporttasche und verursachte dabei ein hölzernes Klackern, dem Ton eines Xylophons nicht unähnlich.

Sitting hatte mehrere Gläser Whisky getrunken. Nicht den hochwertigen Lagavulin, den er bei sich zu Hause vorrätig hielt und in geringen Dosen zu sich nahm, sondern den Allerweltswhisky, den sie hier in der Kneipe verkauften. Der Wirt hatte gesagt, wie er hieß, Sitting hatte es wieder vergessen. Je mehr er trank, desto unbedeutender kamen ihm seine Probleme vor. Er musste nicht als Anwalt arbeiten und auch nicht als Versicherungssachbearbeiter. Im Grunde war die Kanzlei ein Mühlstein am Hals. Er musste die Sache mit Nolte als Chance begreifen. Vielleicht sollte er wirklich zu seinem Bruder Rüdiger in die Uckermark ziehen. Nein, das war zu spießig. Er würde was richtig Großes machen. Er würde nach Antigua gehen und dort eine Bar betreiben. Eine kleine. Nur für Insider, ganz relaxed. Nur die Einheimischen und ein paar Ausländer, die schon lange da unten wohnten, das würden seine Gäste sein. Auch bei Weltumseglern würde sich das Lokal bald herumsprechen. Jeder hätte interessante Geschichten zu erzählen, und Musik würden sie auch machen. Seine alte Gibson Les Paul musste er unbedingt mitnehmen und die alte Marshall-Box mit integriertem Verstärker.

Sitting schlenderte leicht durch die Straßen der Stadt, die seit wenigen Jahren wieder Weltstadt war, ein lauer Nachmittag im Frühherbst. Gerade hatte er entschieden, in die Karibik zu gehen. Und Silvia würde er mitnehmen. Mittags würden sie mit den Gästen auf der (vermutlich hellblau gestrichenen) Veranda sitzen und Bier trinken. Im Schaukelstuhl, den zerfransten Panamahut halb übers Gesicht gezogen, würde er dösen, Heineken trinken und aufs verandahellblaue Meer blicken. Mein Gott, was hatte er die letzten Jahre vergeudet. Endlich würde sein Leben anfangen. Sitting war trunken-euphorisch, als er wieder vor der Kanzleitür stand. Er brauchte ein bisschen länger, um den Schlüssel ins Schloss zu stecken, und hoffte, dass er keine allzu lange Fahne vor sich hertrug.

»Silvia – ich hab einen Entschluss gefasst«, sagte Sitting, als er die Tür aufschloss. Aber Silvia war nicht an ihrem Platz. Das war das Erste, was er sah. Auch der Computerbildschirm war nicht auf dem Schreibtisch, sondern lag davor, das Glas zerbrochen. Es dauerte einige Momente, bis er realisierte, was sich vor seinen Augen auftat. Der Boden war von Aktenordnern und Papieren bedeckt, einer der Besucherstühle lag auf dem Schreibtisch, der andere auf dem Splitterhaufen, der vom Glastisch übrig war, alles, was nicht an der Wand festgeschraubt gewesen war, hatte man heruntergeschlagen, die Janssen-Radierung war in mehrere Teile zerrissen. Sitting war mit einem Schlag hellwach und nüchtern. Mit zitternden Beinen schritt er über die zerstreuten Akten. Die Tür zu seinem Büro stand halb offen. Dort sah es noch schlimmer aus. Der Schreibtisch lag auf der Seite, und selbst die Wandregale waren umgekippt worden. Er rief Silvias Namen. Sie antwortete nicht. Stattdessen spürte er, wie ihm sein eigener Puls den Hals zuschnürte, sein Magen verklumpte, und ihm wurde schwindelig. Als er einen Schritt weiterging, sah er einen der roten Lederpumps, die sie getragen hatte, verwaist auf einem braunen DIN-A4-Kuvert, daneben sein Füller und einige Büroklammern. Langsam schob Sitting die Tür ganz auf. Sie wurde durch herumliegendes Papier gebremst und kam schließlich zum Halt. Sitting zögerte. Er hatte eine Höllenangst vor dem, was ihn erwartete, und kämpfte, um sich nicht zu übergeben. Noch nie in seinem Leben hatte eine solche Angst von seinen Eingeweiden Besitz ergriffen. Es war, als wäre alles in seinem Inneren gefroren. Das hier galt ihm. Er hatte mit einigem gerechnet. Aber nicht mit dieser Gewaltorgie.

»Silvia …?« Seine Stimme war belegt. Es blieb still im Raum. Nur von der Straße draußen hörte er leise ein Auto vorbeifahren. Erst jetzt bemerkte er, dass alle Vorhänge zugezogen waren. Nicht ein Irrer war hier Amok gelaufen. Das musste das Werk von Profis sein, von Männern, deren Beruf die Gewalt war. Er hielt den Atem an und sah nach, was hinter der Tür auf dem Boden lag.

28

Miesbach, 2. Februar 2016

Die ersten Stunden des Vormittags verbrachte Wallner damit, die Kollegen von der Sonderkommission mit allem zu versorgen, was sie benötigten.

»Wir ermitteln jetzt in eine völlig neue Richtung, oder wie darf ich das verstehen?«, meldete sich bereits gegen zehn Uhr Staatsanwalt Tischler. Wallner hatte ihm eine Mail geschickt. Tischler klang angefressen.

»Die Dinge haben sich geändert. Wir haben gestern die Leiche einer Frau gefunden, die möglicherweise eine jahrzehntelange Verbindung zu dem Toten hatte, der, wie wir jetzt wissen, unter falscher Identität gelebt hat«, sagte Wallner, während er seine Post durchging. Dabei ließ er die Tatsache unter den Tisch fallen, dass die Entscheidung für die Soko schon gestern gefallen war.

»Wie bitte?«

»Bei Herrn Wartberg handelt es sich nicht um Herrn Wartberg, sondern möglicherweise um einen ehemaligen Anwalt namens Dieter Sitting, der vor zwanzig Jahren in Berlin spurlos verschwunden ist.«

»Zugegeben – seltsam. Und?«

»Dieser Anwalt hatte wahrscheinlich einen guten Grund abzutauchen, und das wirft ein völlig anderes Licht auf den Mord an ihm.«

»Ich höre immer nur vielleicht, wahrscheinlich,

möglicherweise. Sind Sie sicher, dass die Steuergelder für die Soko gut angelegt sind? Ich darf daran erinnern, dass wir eine geständige Täterin haben.«

In diesem Moment fiel Wallner ein in kindlicher Handschrift verfasster Brief auf, den jemand auf seinen Schreibtisch gelegt hatte. Er war mit Lara Evers unterschrieben.

»Herr Wallner? Sind Sie noch dran?«

»Ja. Entschuldigung. Ich war kurz abgelenkt.«

»Wir waren beim Thema geständige Täterin.« Tischler klang immer ungehaltener.

»Tja, das Thema können wir zu den Akten legen. Unsere Täterin hat widerrufen, wie es aussieht.«

Um halb elf Uhr vormittags hatten sich alle Beamten eingefunden, und Wallner konnte die erste Soko-Sitzung abhalten. Da die Kripo Miesbach nur aus fünfzehn Beamten bestand und die andere Arbeit weitergehen musste, wurden auswärtige Kollegen geschickt, um auf die benötigten fünfundzwanzig Soko-Mitarbeiter zu kommen.

Die meisten Kollegen, auch die auswärtigen, saßen im T-Shirt im Raum. Es hatte sich bis München herumgesprochen, dass der Leiter der Kripo Miesbach eine grundsätzlich andere Vorstellung vom Begriff *Raumtemperatur* hatte als seine Mitmenschen. Ganz hinten hatte ein junger Beamter in Flanellhemd und Pullover Platz genommen, der sich gerade mit dem Finger durch den Kragen fuhr und die Backen aufblies. Schließlich zog er den Pullover aus und sagte zu niemandem im Besonderen: »Können wir mal das Fenster aufmachen?« Gedämpftes Lachen kam zurück, jemand sagte »Scherzkeks«.

Wallner begrüßte die Soko und entschuldigte Staatsanwalt Tischler, der wegen dringender Verpflichtungen in München unabkömmlich war. Das Bedauern der Soko-Mitarbeiter hielt sich in Grenzen. Wallner brachte die Versammlung auf den Stand der Ermittlungen und übergab das Wort an Tina, die eben erst aus München zurückgekommen war, wo sie der Autopsie von Silvia Mareks sterblicher Hülle beigewohnt hatte.

»Die Leiche hat etwa achtundvierzig bis zweiundsiebzig Stunden in der Wohnung gelegen. Also in dem Bett. Den Fortschritt der Verwesung kann man relativ gut einschätzen, weil wir wissen, welcher Temperatur die Leiche ausgesetzt war. Die Heizung war nämlich die ganze Zeit aufgedreht. Aber für die genaue Todeszeitbestimmung müssen wir die histologische Untersuchung abwarten. Sicher ist jedenfalls, dass die Frau *vor* dem Mord an Klaus Wartberg gestorben ist. Todesursache war Sauerstoffmangel im Gehirn infolge der Abklemmung der arteriellen Gefäße im Hals, also der Arteria carotis und der Arteria vertebralis. Das ist typisch für das sogenannte Erhängen durch kurzen Fall. Das Opfer stand vor dem Erhängen auf einem Stuhl. Tatwerkzeug war ein Hanfseil. Davon haben wir aber nur noch den Teil, der am Deckenhaken festgemacht war. Der Teil, den die Tote um den Hals hatte, ist verschwunden. Herr Wallner hat ja schon gesagt, dass jemand die Tote abgeschnitten und in ihr Bett gelegt hat.« Tina machte eine kurze Pause. »Damit kommen wir zur Frage Selbstmord oder Mord. Es gibt keine Hinweise auf Fremdeinwirkung, zum Beispiel Fesselmale an den Händen, Kampfspuren oder dass das Opfer unter Drogen gesetzt wurde. Ganz ausschließen kann man es trotzdem nicht. Der Täter könnte das Opfer etwa mit einer Waffe gezwungen haben, sich auf den Stuhl zu stellen und den Strick um den Hals zu legen. Aber wenn wir Ockhams Rasiermesser zum Einsatz bringen und uns für die plausibelste Möglichkeit entscheiden – dann war's Selbstmord. Interessant war im Übrigen, dass die Frau etliche Brüche erlitten hat.«

»Also doch ein Kampf?«, warf einer ein.

»Die Brüche sind schon älter. Aber sie stammen vermutlich von Gewalteinwirkung. Insbesondere einige im Gesicht.«

»Das bedeutet?«

»Wir wissen es nicht. Vielleicht bekommt es noch einmal Bedeutung. Wichtig ist im Augenblick: Ob Suizid oder Mord – jemand muss in den letzten Tagen bei Frau Marek in der Wohnung gewesen sein. Das heißt, wir müssen die Nachbarn befragen und checken, ob es irgendwo Videokameras gibt.« Tina sah kurz auf ihre Notizen. »Das war's von meiner Seite.«

»Vielen Dank, Tina«, sagte Wallner. »Kommen wir noch einmal zu unserem ersten Fall zurück: Klaus Wartberg. Ich sagte ja vorhin, dass Lara Evers, unsere Hauptverdächtige, ihr Geständnis widerrufen hat.« Er blätterte in seinen Unterlagen, fand aber nichts. »Hast du diesen Brief von der Evers?« Die Frage ging an Janette.

Sie entnahm ihrer Akte ein Blatt Papier. »Hier ist die Kopie. Das Original hab ich ans LKA geschickt. Vielleicht hast du es deswegen nicht.«

»Danke.« Wallner nahm die Kopie entgegen. »Wir haben das mal nach unseren Möglichkeiten abgecheckt und mit Schriftproben aus Lara Evers' Wohnung verglichen.« Er sah dabei zu Janette. Die nickte.

»War nicht leicht«, sagte sie. »Hier und da eine Unterschrift und Notizen auf Post-its. Die Frau ist keine Vielschreiberin.«

»Umso erstaunlicher, dass sie Widerruf richtig geschrieben hat«, warf Mike ein.

»Ja«, sagte Janette. »Und zwar als einziges Wort.«

Die Stimmung im Saal schwenkte ins Heitere.

»Interessant, wer da alles lacht«, sagte Wallner. »Ich sage: Wer frei ist von Schuld, der werfe den ersten Stein.« Es wurde daraufhin deutlich ruhiger. »Das war's fürs Erste. Hat noch jemand Fragen?«

Ein Kollege aus München meldete sich: »Eins hab ich noch nicht verstanden: Wenn das bei dieser Frau Suizid war – was geht das uns dann an?«

»Nun – wir wissen nicht, ob wir mit Lara Evers wirklich die Mörderin von Wartberg haben. Falls sie es nicht ist, müssen wir herausfinden, wer Wartberg in Wirklichkeit war. Andernfalls werden wir kaum erfahren, wer ein Motiv hatte, ihn umzubringen. Und Silvia Marek ist möglicherweise der Schlüssel zu Wartbergs Vergangenheit. Wir haben in beiden Wohnungen Hinweise auf einen Berliner Immobilienskandal in den Neunzigern gefunden.«

Wallners Handy leuchtete auf. Er hatte es auf leise gestellt, aber nicht ausgeschaltet. Oliver hatte eine WhatsApp geschickt. Der Text lautete: »Bin noch mal in die Wohnung von Marek. Du glaubst nicht, was ich da gefunden habe. Ruf mich an.«

Wallner war ohnehin am Ende der Sitzung angelangt und wünschte den Kollegen gutes Gelingen. Dann begab er sich in sein Büro und bat auch Tina, Janette und Mike dazu. Er rief Oliver auf dem Handy an, sagte ihm, wer noch da war, und stellte auf laut.

»Hallo zusammen«, sagte Oliver. »Wenn das so ist, können wir ja skypen. Dann kann ich euch das Teil zeigen. Ist echt geil.«

29

Dit is echt der Hammer«, grinste Oliver in die Kamera. »Ick weeß och nich, aber irgendwie hat man ja manchmal so ’n Gefühl. Und das hatte ich heute nach dem Mittagessen. Als wenn wir was Wichtiges übersehen hätten. Mir ist nämlich was aufgefallen, was anscheinend allen anderen entgangen ist, sogar Sherlock Wallner.«

»Mir ist was entgangen?«, meldete sich der Angesprochene.

»Nur ’ne Kleinigkeit. Hätte dir aber auffallen können.«

»Mir fällt fast alles auf.«

»Tatsächlich?«, kam es leicht verzerrt aus dem Computer.

»Ich weiß natürlich nicht, welches der vielen Dinge, die mir aufgefallen sind, du meinst. Vielleicht …«, Wallner dachte kurz nach, »… die Rauchmelder?«

»Was ist mit den Rauchmeldern?«

»Nun, der Rauchmelder im Wohnzimmer sah anders aus als die anderen Rauchmelder in der Wohnung und im Treppenhaus. Was ungewöhnlich ist, weil man in solchen Wohnanlagen ja meistens die gleiche Sorte Rauchmelder einbaut. Aber ich bin natürlich davon ausgegangen, dass ihr die Rauchmelder gecheckt und nichts Ungewöhnliches gefunden habt.«

Im Computer herrschte Schweigen, und man konnte auf dem Bildschirm mitverfolgen, wie Olivers verschmitzt-zufriedener Gesichtsausdruck kippte. »Ist jemand so nett und knallt diesem pedantischen kleinen Streber eine?«

»Sehr gerne«, sagte Mike in die Kamera des Computers. »Bevor der in den Feierabend geht, wird er anständig vertrimmt. Verlass dich drauf.«

»Sag ich's euch nicht immer wieder? Es hat seine Gründe, dass ich euer Chef bin und nicht umgekehrt.« Wallner schob Mike zufrieden lächelnd von der Kamera weg. »Oliver – hör auf zu hyperventilieren. Ich hab das mit dem Rauchmelder gestern Abend zwar gesehen, mir aber auch nichts weiter dabei gedacht. Was ist jetzt damit?«

»Also erst mal hab ich bei der Hausverwaltung angerufen und gefragt, wann sie die Rauchmelder eingebaut haben. Das war erst 2014. Und die haben natürlich für die ganze Siedlung das gleiche Modell gekauft. Nächste Frage war, ob seitdem Rauchmelder ausgetauscht wurden. Da konnte sich keiner dran erinnern. Dann hab ich die Nachbarin von Frau Marek angerufen. Und *die* konnte sich an die Auswechslung erinnern. Beziehungsweise hat Marek sie mal gefragt, ob bei ihr auch der Rauchmelder ausgewechselt worden war. War aber natürlich nicht.«

»Jetzt komm mal zur Sache«, mahnte Wallner.

»Halt die Füße still, Alter. Auch andere Menschen haben ein Recht auf ihre Show.« Das Bild auf dem Computer geriet in Bewegung. Oliver trug das iPad, von dem aus er skypte, durch Silvia Mareks Wohnzimmer. Dann kam sein Gesicht wieder auf den Schirm. Dieses Mal nicht frontal, sondern von unten. »Über mir, wie ihr seht, der Rauchmelder an der Decke. Und dit is – wie von dem Mann, der glaubt, qua Begabung unser Chef zu sein, richtig bemerkt wurde – 'ne andere Bauart. Vor allem hat er diesen auffallend großen Schlitz, den die anderen nicht haben. Moment, ich leg euch mal auf den Boden.« Das Bild auf dem

Computer zeigte jetzt die Decke des Wohnzimmers aus der Froschperspektive. Neben der Deckenlampe befand sich der Rauchmelder. Olivers Hosenbein kam ins Bild, Oliver streckte sich nach oben und hantierte an dem Melder, man hörte ein hohles Knuspern. Dann wurde das iPad wieder aufgenommen, und Oliver hielt die Kameralinse an den Rauchmelder, von dem jetzt die Abdeckung entfernt war. »Und was sehen wir da?«

»Irgendwelches dunkles Zeug«, sagte Wallner. »Was wird das schon sein. Eine Kamera? Mikro?«

»Ja, du Schlaumeier. Dieses ist ein Mikrophon. Und zwar ein ziemlich professionelles.« Oliver hielt die Kamera des iPad noch näher an den Rauchmelder und schob seinen Zeigefinger vor das zu begutachtende Objekt. Dann ein kurzes Wackeln, und Olivers Gesicht war wieder von vorn zu sehen, bildfüllend. »Das bedeutet, die Frau wurde möglicherweise über Monate hinweg abgehört.«

»Wie wird das Signal übertragen?«, wollte Mike wissen.

»Keine Ahnung. Janette? Ist doch dein Fachgebiet.«

»Halt das Tablet noch mal hin«, sagte Janette und nahm vor dem Computer Platz. Dort erschien erneut das Innenleben des Rauchmelders. »Da ist ja allerhand drin. Du hast nichts angefasst, oder?«

»Gott bewahre. Wie heißt das bei euch im Komödienstadl – da tat i mi ja d' Sünden fürchten.«

»Gut. Das sollten die Jungs vom LKA machen. Das Dumme ist, dass der Betreiber des Mikros jetzt weiß, dass wir es entdeckt haben.«

»Eher nicht. Denn ich hab hier den ganzen Strom abgeschaltet, und dit Teil hängt anscheinend am Stromnetz.«

»Ziemlich sicher sogar. Sonst musst du ja alle paar Wochen in die Wohnung und die Batterie wechseln«, sagte Janette.

»Aber kommen wir zum Signal zurück. Entweder gibt es ein Netzwerk in der Siedlung und damit einen Empfänger für die Signale der Kamera. Oder der Betreiber des Mikros ist weiter weg – dann besteht die Möglichkeit, dass es wie ein Handy funktioniert, mit SIM-Karte, über die Tonsignale auf ein anderes Handy oder einen Rechner geschickt werden.«

»Redest du mit dem LKA? Vielleicht kann ja heute noch einer rauskommen. Das wäre mir ganz lieb. Sonst müsste ich die ganze Nacht einen Polizisten da hinstellen, damit das Teil nicht von seinem Eigentümer wieder abgeschraubt wird.«

»Ich schau, was ich tun kann.«

»Oliver – du hast gehört, Janette telefoniert mit dem LKA. Ihr schließt euch kurz. Du bleibst entweder da, bis jemand aus München eintrifft. Oder du stellst jemanden zur Bewachung vors Haus.«

Mike, der in der Zwischenzeit den Raum verlassen hatte, weil er eine Mail ausdrucken wollte, tauchte jetzt wieder auf und hielt den Ausdruck einer Liste in der Hand. »Die Autokennzeichen sind da!«

Wallner beendete die Skype-Konferenz mit Oliver, und alle Anwesenden scharten sich um Mike. Er hatte eine Beamtin der Soko damit betraut, deutschlandweit abzufragen, an wen Kennzeichen mit dem Ende AB 2371 vergeben worden waren, und dann die dunklen Passats herauszusuchen. Das Ergebnis waren insgesamt vier Fahrzeughalter. Zwei in Niedersachsen, einer in Berlin und ein Münchner.

»Axel Baum?« Janette nahm das Blatt an sich und zeigte auf den Namen. Es war der Halter aus München.

Genauer gesagt war der Wagen auf eine Axel Baum GmbH zugelassen. »AB 2371. AB für Axel Baum.« Janette schien zufrieden mit diesem Erkenntnisgewinn, verharrte aber in einer nachdenklichen Pose, als wäre da noch mehr.

Inzwischen hatte Mike die Axel Baum GmbH bei Google eingegeben. »Des is a Privatdetektei in München.«

Durch Janette ging mit einem Mal ein Ruck. »Jetzt weiß ich wieder, wo ich den Namen schon mal gelesen hab: Das war in einem der Zeitungsausschnitte über die Schwarzwasser-Pleite. Der hatte auch irgendwie damit zu tun: Axel Baum!«

30

Die Büros befanden sich im Lehel, einem innerstädtischen Bezirk Münchens mit vielen Altbauten aus dem neunzehnten Jahrhundert. Die Detektei Baum residierte allerdings in einem schmucklosen Fünfziger-Jahre-Bau, in dem sie zwei Stockwerke belegte. Wallner und Mike hatten einen Termin mit Herrn Baum und tranken Espresso aus dem Automaten, während sie darauf warteten, vorgelassen zu werden.

Axel Baum war Mitte fünfzig, muskulös mit leichtem Bauchansatz, und seine Berliner Herkunft war für den aufmerksamen Gesprächspartner noch zu hören.

»Wie kann ich Ihnen helfen?«, eröffnete Baum das Gespräch.

»Wir würden uns gerne mal die Reifen von Ihrem Passat ansehen«, sagte Mike.

»Von welchem? Wir haben fünf.«

»Der mit AB 2371.«

»Sagen Sie mir, warum Sie das interessiert?«

»Den Wagen hat man vorletzte Nacht in der Nähe eines Hauses gesehen, in dem jemand erschossen wurde. In der Gegend von Miesbach.«

Wallner beobachtete Baums Reaktion. Es gab freilich keine. Keine Nervosität, kein Griff an die Nase oder ans Ohr, nicht einmal ein leichtes Zucken im Gesicht. Der Mann hatte sich im Griff.

»Nehmen wir an, es war unser Passat. Möchten Sie dann wissen, wer ihn gefahren hat?«

»Zum Beispiel.«

»Ich arbeite ja grundsätzlich eng mit der Polizei zusammen. Aber das scheint mir jetzt ein Fall zu sein, in dem wir selbst … unter Verdacht stehen. Ist das so?«

»Ihnen muss ich das ja nicht erklären. Wer immer den Wagen gefahren hat, gehört zum Kreis der Verdächtigen in dem Mordfall. Was nicht heißt, dass er unser Hauptverdächtiger ist. Aber wir müssen natürlich recherchieren, was er in der Nähe des Tatortes zu suchen hatte.«

»Das verstehe ich. Dann will ich Ihnen mal weit entgegenkommen und verraten, dass ich den Wagen vorletzte Nacht selbst gefahren habe.«

Sowohl Mike wie auch Wallner waren von Baums plötzlicher Offenheit durchaus überrascht. Wallner bemerkte immer noch kein Anzeichen von Nervosität, außer vielleicht, dass Baum mit dem Ende seiner graublau gestreiften Krawatte spielte. Sie war an Unauffälligkeit nicht zu übertreffen, aber das war in diesem Metier wohl beabsichtigt.

»Verraten Sie uns auch, was Sie um die späte Stunde in unserer ländlichen Gegend zu tun hatten?«

»Ich war beruflich unterwegs. Ich sollte etwas für einen Klienten herausfinden.«

»Könnten Sie etwas konkreter werden?«

»Es hatte mit Klaus Wartberg zu tun. Ich nehme an, das ist der Mann, der vorgestern Nacht ermordet wurde.«

»Ja, er wurde ermordet«, sagte Mike. »Und zwar etwa zu der Zeit, als Ihr Passat dort gesehen wurde. Was würden Sie sich an unserer Stelle fragen?«

»Meine Aufgabe bestand nicht darin, Herrn Wartberg zu ermorden.«

»Sondern?«

»Zu beobachten und bestimmte Dinge herauszufinden.«

»Nämlich?«

»Das geht jetzt zu weit.«

»Und für wen Sie etwas über Herrn Wartberg herausfinden sollten …?«

»Tut mir leid.«

»Sie wissen, dass Sie als Privatdetektiv kein Zeugnisverweigerungsrecht haben.«

»Natürlich. Und Sie wissen, dass ich der Polizei keine Fragen beantworten muss. Das ist reines Entgegenkommen meinerseits.«

»Na ja …« Mike verschränkte die Arme vor der Brust. »Mit dem Staatsanwalt müssen Sie reden.«

»Nein. Muss ich in diesem Fall auch nicht. Sie sagen ja selbst, dass ich Tatverdächtiger bin. Also hab ich das Recht zu schweigen.«

»Gut.« Wallner machte eine beschwichtigende Geste. Baum war Profi und kannte seine Rechte. »Versuchen wir, konstruktiv zu bleiben. Ich sage Ihnen jetzt mal, wie wir auf Sie gekommen sind, wenn es Sie interessiert.«

»Absolut. Ich bin ganz Ohr.«

»Herr Wartberg, das Mordopfer, hat sich in besonderer Weise für einen Immobilienskandal interessiert, der etwa zwanzig Jahre zurückliegt. Schwarzwasser – das sagt Ihnen was?«

»Ja.«

Wallner wartete kurz ab, ob Baum von sich aus mehr dazu sagen würde. Es kam aber nichts.

»Was war Ihre Rolle in dieser Sache?«

»Ich habe für Klienten Verkaufsverhandlungen geführt.«

»Für die Verkäufer der AuGB?«

Baum nickte.

»Warum beschäftigt jemand einen Detektiv für Verkaufsverhandlungen?«

»Die Klienten hatten mich eigentlich wegen einer anderen Sache engagiert. Es hat sich dann so ergeben. Die Dinge hingen zusammen.«

»Können Sie uns das näher erklären?«

»Ich rede ungern über Aufträge und Kunden. Das gehört sich nicht in meinem Beruf.« Er warf die Spitze seiner Krawatte von sich und legte die Finger aneinander. »Herr Wartberg hat sich also für die Schwarzwasser-Insolvenz interessiert. Und da sind Sie auf meinen Namen gestoßen?«

Mike übernahm jetzt. »Um ehrlich zu sein: Wir sind einigermaßen erstaunt, dass jemand, der mit dieser Schwarzwasser-Geschichte zu tun hatte, genau in der Nacht vor Herrn Wartbergs Haus steht, in der er ermordet wird. Was hatten Sie da zu schaffen?«

Baum überlegte eine Weile, wägte offenbar Vor- und Nachteile einer Aussage ab. Schließlich schüttelte er den Kopf. »Tut mir leid. Das kann ich Ihnen nicht sagen.«

»Ich spekuliere einfach mal«, sagte Wallner. »Es gibt starke Anhaltspunkte dafür, dass Herr Wartberg nicht Herr Wartberg war, sondern jemand anderer. Nämlich der Rechtsanwalt Dieter Sitting. Derselbe, der vor zwanzig Jahren plötzlich verschwand. Derselbe, der damals als Bevollmächtigter von Schwarzwasser die AuGB gekauft hat. Und die Verkaufsverhandlungen haben Sie mit ihm geführt.«

»Wenn Sie es sagen.« Baum dachte kurz nach und sagte dann: »Natürlich hab ich damals mit Sitting verhandelt. Steht ja in allen Akten.«

»Das Ergebnis des Deals war letztlich die Schwarzwasser-Pleite.«

»Sagen wir: Der Firmenkauf stellte sich für Schwarzwasser im Nachhinein als schlechtes Geschäft heraus.«

»So schlecht, dass die Staatsanwaltschaft gegen Sitting ermittelt hat.«

»Die Grenzen zwischen schlechter Geschäftsführung und Untreue sind oft fließend. Hinterher ist man immer klüger.«

»Wurde eigentlich nie gegen Sie ermittelt? Ich meine, Sie haben die Verkäufer in diesem Deal ja vertreten.«

»Man hat mich zu der Sache vernommen. Aber ich konnte damals die bilanziellen Feinheiten gar nicht beurteilen. Ich bin nur ein einfacher Detektiv. Während Sitting Anwalt war und Einblick in alle relevanten Unterlagen hatte. Die Verkäufer haben nichts verheimlicht. Sitting hat die Risiken in den Büchern entweder nicht gesehen oder absichtlich ignoriert.«

»Wie dem auch sei ...«, Mike lehnte sich zu Baum hinüber, »... einige Leute haben dabei viel Geld verloren. Hat einer von denen Sie beauftragt, herauszufinden, wo Sitting steckt?«

Baum schwieg.

»Wollte Ihr Auftraggeber Sitting zur Rechenschaft ziehen?« Mike sah Baum provozierend an. Der wich Mikes Blick nicht aus.

»Nehmen wir an, mich hätte einer der Geschädigten beauftragt, dann hätte er kaum Sittings Tod gewollt.«

»Sondern?«

»Geld.« Baum spielte wieder nachdenklich mit seiner Krawattenspitze. »Ich weiß nicht, was Herr Wartberg auf dem Konto hatte. Aber es könnte einiges gewesen sein.«

»Hatte Sitting sich an der Firmenpleite bereichert?«

»Vielleicht, vielleicht auch nicht. Mehr als Mutmaßungen kann ich Ihnen nicht liefern. Also lass ich's lieber.«

Eine Weile saßen sich die Kommissare und der Detektiv gegenüber, warteten, dachten nach. Wallner ergriff als Erster wieder das Wort.

»Es wäre wirklich hilfreich für alle, wenn Sie uns etwas zu Ihrem Auftrag …«

Baum hob beide Hände in einer entschieden verneinenden Geste und würgte Wallner damit ab.

»Dann vielleicht wenigstens das: Was glauben Sie – war Wartberg in Wahrheit Sitting?«

»Vielleicht. Er hat anscheinend kaum Fehler beim Untertauchen gemacht, und er hat sein Aussehen verändert. Ist also schwierig nachzuweisen. Als Zeichen meiner Kooperationsbereitschaft gebe ich Ihnen jetzt eine Telefonnummer.« Baum zückte sein Handy und rief die Liste mit den Kontakten auf das Display, dann entnahm er einer kleinen silbernen Box auf seinem Schreibtisch eine Visitenkarte, schrieb eine Nummer aus der Handyliste auf die Rückseite und schob sie den Kommissaren über den Tisch. »Das ist die Nummer von Rüdiger Ott. Der Halbbruder von Sitting. Der kann den Toten vielleicht identifizieren.«

Wallner nahm die Karte und betrachtete die Telefonnummer. »0034 ist was noch mal?«

»Spanien. Er lebt auf Mallorca.«

»Danke. Sehr entgegenkommend.« Wallner steckte die Karte ein. »Sie hoffen, auf die Weise zu erfahren, ob Wartberg wirklich Sitting war?«

Baum zuckte lächelnd mit den Schultern.

»Nicht von uns«, sagte Mike.

31

Berlin, Herbst 1996

Silvias Gesicht war kaum zu erkennen unter all dem Blut, die Hände hatten sie ihr auf den Rücken gefesselt. Sittings Kopf wurde heiß, denn der Schock trieb ihm das Adrenalin in sämtliche Kapillaren, und der Knoten im Magen erstickte ihn fast. Mit einer Hand fasste er an ihren Hals, versuchte, unter der dunkelroten Schmiere die Schlagader zu ertasten. An der Augenbraue und auf der Lippe klafften Platzwunden, auch die Nase schien gebrochen und blutete immer noch. Er spürte einen schwachen Puls und zuckte erschrocken zurück, als sie röchelte. Silvia musste durch den Mund atmen, die Nase war vom Blut verstopft.

Das Neonlicht ließ den graugrün melierten Fußboden noch blasser aussehen, als er ohnehin war. Sitting klammerte sich an die verchromten Beine des Stuhls, auf dem er saß, sah immer wieder zu der Tür, aus der irgendwann ein Arzt kommen würde, um zu sagen, wie die Operation verlaufen war. An der Wand gegenüber hing der Druck eines Swimmingpoolbildes von David Hockney, hellblaues Wasser mit Sprungbrett. Es sollte die Besucher wohl von den Gedanken an den Angehörigen ablenken, der gerade auf dem OP-Tisch lag. Zwei Stunden waren bereits vergangen, in denen kein Arzt gekommen war. Sitting bestand nur noch aus Angst. Angst, was der Arzt sagen würde, Angst vor dem ersten Gespräch mit Silvia, Angst vor dem, was ihn draußen erwartete. Nolte wollte ihn zu seinem Sklaven machen. Und es gab nichts, was er dagegen tun konnte. Eine unbändige Wut staute sich in Sitting und der Wunsch, Nolte zu vernichten, ihn zu erschießen, ihn mit einer Machete zu zerstückeln oder mit einem Knüppel zu erschlagen. Doch war ihm bewusst, dass er gegen Nolte so viel ausrichten konnte wie ein Kind gegen einen Schwergewichtsboxer. Er würde sich fügen, und wenn er versuchte zu fliehen, würde Nolte ihn aufspüren und ihm eine grausame Lektion erteilen. Und wenn er Sitting nicht bekommen konnte, würde er sich an Silvia halten.

Etwas rührte sich auf dem Gang. Sitting sah zur Tür. Aber niemand in weißem Kittel war zu sehen, stattdessen kamen zwei Männer in Straßenkleidung auf ihn zu.

»Dieter Sitting?«, sagte der eine. Er trug ein graues Jackett und ein weißes Hemd ohne Krawatte, sein Begleiter Jeans und Holzfällerhemd. »Siebert, Kripo.« Der Mann hielt Sitting einen Dienstausweis vor die Nase. Sitting nickte müde. Das Krankenhaus war seiner Meldepflicht nachgekommen.

»Sie haben eine Frau Silvia Marek hergebracht?«, begann der Jacketträger die Vernehmung.

»Ich habe einen Notarztwagen gerufen. Der hat sie hergebracht.«

»Wie stehen Sie zu Frau Marek?«

»Sie ist meine Angestellte. Ich bin Anwalt, Frau Marek ist meine Sekretärin.«

»Also Sie sind nicht Ehemann, Lebensgefährte oder Ähnliches?«

Was wohl mit »Ähnliches« gemeint war? Zuhälter?

»Nein«, sagte Sitting mit für die Beamten kaum merklicher Verzögerung.

»Wissen Sie, wie Frau Marek die Verletzungen zugefügt wurden?«

Sitting dachte kurz nach, ging seine Optionen durch. Schließlich sagte er: »Heute Nachmittag ist jemand in die Kanzlei eingedrungen und hat offenbar auf Frau Marek eingeschlagen und die Kanzleiräume verwüstet. Es passierte in meiner Abwesenheit. Ich habe Frau Marek ohnmächtig auf dem Boden vorgefunden.«

»Haben Sie eine Idee, wer das getan haben könnte?«

»Ich bin Strafverteidiger. Es gibt Dutzende von Ex-Mandanten, denen ich so etwas zutrauen würde.«

»Sie glauben also, das richtete sich nicht gegen Frau Marek persönlich?«

»Ich weiß es nicht. Kann sein … oder auch nicht. Ich habe nicht die leiseste Ahnung.«

»Gab es in letzter Zeit Ärger mit Mandanten? Ein verlorener Prozess, jemand, der sich schlecht vertreten fühlte? So was passiert ja nicht aus heiterem Himmel.«

Sitting tat, als denke er nach, und schüttelte den Kopf. »Ich habe relativ wenige Prozesse geführt in letzter Zeit. Und die, die ich gemacht habe, gingen ganz gut aus für meine Mandanten.« Er sah zum Neonlicht an der Decke und schüttelte noch einmal den Kopf. »Nein. Aktuell würde ich da niemanden verdächtigen wollen.«

»Vielleicht eine Sache, die schon länger her ist«, schaltete sich das Holzfällerhemd ein. »Jemand, der vor kurzem aus dem Gefängnis gekommen ist und sich an seinem Verteidiger rächen will.«

Dieses Mal dachte Sitting tatsächlich nach. Vor einem Monat war ein Mandant nach sechs Jahren entlassen worden, schwerer Raub mit Todesfolge. Er nannte den Polizisten den Namen. Er sagte ihnen nicht, dass sich der Mann ins Ausland abgesetzt hatte. Das würden sie selbst herausfinden.

»Wollen Sie die Sache anzeigen? Ich meine die Sachbeschädigungen in Ihrer Kanzlei, Hausfriedensbruch?«

»Wahrscheinlich«, sagte Sitting und sah zu der Tür, hinter der irgendwo der OP lag. »Aber ich hab gerade andere Sorgen.«

»Sind Sie Angehöriger?« Ein relativ junger Arzt stand vor Sitting.

Er überlegte und wollte die Sache nicht komplizierter machen, als sie war. Silvia hatte Eltern im Saarland, aber die hatte er noch nicht verständigt. Er wollte erst wissen, wie es ihr ging.

»Ich bin ihr Verlobter«, sagte Sitting und fürchtete, dass der Arzt darin ein Problem sehen könnte. Aber der Mann war froh, dass das geklärt war, und hatte nicht die Absicht, Ärger zu machen.

»Die Operation war den Umständen entsprechend erfolgreich.« Im Mienenspiel des Arztes konnte Sitting weder Freude noch Erleichterung entdecken. »Es gab mehrere Frakturen im Schädelbereich. Unter anderem sind Knochensplitter ins Gehirn eingedrungen. Die nächsten Tage werden zeigen, wie ihr Körper die Verletzungen verarbeitet.«

»Das heißt …«

»Dass im Augenblick alles offen ist. Wir versuchen unser Bestes. Aber mehr kann ich Ihnen zum gegenwärtigen Zeitpunkt leider nicht sagen.«

32

Bayerisches Voralpenland,
2. Februar 2016

Rüdiger Ott war ein freundlicher Mann, der die Gelassenheit des Lebenskünstlers ausstrahlte. Auf Mallorca war es im Augenblick zwanzig Grad wärmer als in Oberbayern, und er saß auf der Terrasse seines kleinen Hauses in der Nachmittagssonne. Wallner hingegen war mit Mike im Dienstwagen unterwegs auf der Rückfahrt von München nach Miesbach.

»Ich habe Ihre Nummer von Herrn Baum«, sagte Wallner, nachdem er sich vorgestellt hatte. »Sie kennen ihn?«

»Ja. Er hat mich mal kontaktiert wegen meines Halbbruders Dieter.«

»Deswegen rufe ich an.«

»Ich fürchte, da kann ich Ihnen nicht weiterhelfen. Ich habe ihn seit Jahren nicht mehr gesehen und weiß nicht, wo er sich aufhält.«

»Das wollen wir auch nicht von Ihnen wissen.«

»Was dann?«

»Vor ein paar Tagen wurde die Leiche eines Mannes gefunden, der etwa im Alter Ihres Halbbruders sein dürfte. Einiges spricht dafür, dass er es ist. Aber wir wissen es nicht. Das heißt, wir bräuchten jemanden, der ihn identifizieren kann.«

»Oh …«, sagte der Mann am anderen Ende der Leitung und ließ eine kleine Pause entstehen. »Ich bin Ihnen natürlich gerne behilflich. Muss ich dazu nach Deutschland kommen?«

»Ich würde sagen, ich schicke Ihnen erst mal ein Foto.«

»Haben Sie meine Mailadresse?«

»Die müssten Sie mir noch verraten.«

Wallner notierte sich Rüdiger Otts Mailadresse, rief Tina in Miesbach an und bat sie, ein Foto des toten Klaus Wartberg an Ott zu mailen. Fünf Minuten später klingelte Wallners Handy.

»Er könnte es sein. Aber nur vom Foto ist es schwierig«, meldete sich Rüdiger Ott.

»Hat er sich so verändert?«

»Oh ja. Ich hab ihn nur ein einziges Mal seit 1996 gesehen. Das war hier auf Mallorca. Vor etwa fünf Jahren. Da spricht mich jemand am Strand an. Ich denk mir noch: Komisch, die Stimme kommt mir irgendwie bekannt vor. Und dann sagt der: Ich bin's. Dieter. Das war tatsächlich mein Bruder. Aber er sah nicht mehr aus wie mein Bruder.«

»Er hatte sich das Gesicht operieren lassen?«

»Richtig. Hat man an der Leiche irgendwas in der Richtung festgestellt?«

»Man dachte erst, es wäre eine Schönheitsoperation gewesen. Es wurden Spuren von Haut- und Knochenimplantaten festgestellt. Nase, Kinn und Lippen sind anscheinend verändert worden.«

»Der Mann auf dem Foto könnte Dieter sein. Aber um das mit Bestimmtheit zu sagen, muss ich ihn leibhaftig vor mir sehen.«

»Ich muss erst klären, ob wir die Flugkosten übernehmen. Das kann ein bisschen dauern.«

Am spanischen Ende der Leitung war es einige Augenblicke still. Dann sagte Ott: »Passen Sie auf – ich wollte ohnehin nach Deutschland fliegen, um ein paar Dinge zu erledigen. Ich kann das auch vorziehen. Mit ein bisschen Glück bekomme ich einen Last-Minute-Flug. Dann wird's auch nicht so teuer.«

»Das wäre großartig.« Wallner hörte, wie Ott etwas trank. Er stellte sich die südliche Nachmittagssonne und ein Glas Campari Soda vor. Aus dem Wagenfenster hingegen war die A8 zu sehen, links und rechts davon ein Streifen Schnee, dann der Hofoldinger Forst, finster hinter leichtem Schneetreiben. »Wie Sie wissen, ist Ihr Bruder 1996 verschwunden. Hat er sich damals bei Ihnen gemeldet?«

»Nein. Ich hab das erst mit einiger Verzögerung erfahren. Ich konnte ihn nicht mehr erreichen. Also hab ich in der Kanzlei angerufen. Da war einige Zeit noch ein Anrufbeantworter dran. Irgendwann hat mich seine Sekretärin zurückgerufen. Aber das war schon Wochen später.«

»Frau Marek.«

»Ja. Ich glaube, so hieß die. Kurz darauf habe ich eine Mail von Dieter bekommen. Er schrieb nur, dass es ihm gutgeht und er sich länger nicht melden wird. Das war's. Ich hab die Mail zurückverfolgen lassen. Er hatte sie von einem Internetcafé in Mexico City geschickt.«

»Dieses Treffen vor fünf Jahren – ist Ihr Bruder länger geblieben?«

»Ein paar Stunden. Er machte einen gehetzten Eindruck und hat gesagt, die würden wahrscheinlich auch mich beobachten. Aber nach so langer Zeit – das war dann doch etwas unwahrscheinlich.«

»Wen meinte er mit *die?* Die Polizei?«

»Das weiß ich nicht genau. Aber ich glaube, eher nicht.«

»Das heißt, er hat Ihnen nicht gesagt, warum er untergetaucht ist?«

»Er hat gesagt: Je weniger du weißt, desto besser. Kurz danach ist der Kontakt ganz abgebrochen.«

»Vielleicht fällt Ihnen ja noch was ein, bis wir uns sehen. Andere Frage: Besitzen Sie zufällig noch Gegenstände Ihres Bruders? Gegenstände, an denen DNA-Spuren sein könnten? Eine Bürste, Kleidung? Irgendetwas in der Art?«

»Ich schau mal. Vielleicht finde ich was.«

»Wenn Sie was finden: Bitte in eine Plastiktüte stecken und mitbringen.«

»Mach ich.«

Wallner dankte für das Gespräch und gab seiner Hoffnung Ausdruck, dass man sich bald sehen werde.

Zurück in Miesbach, suchten Wallner und Mike zum zweiten Mal die Kanzlei Baumgärtel auf.

»Es is a Tragödie«, murmelte Herr Baumgärtel und war recht bleich im Gesicht. »Ich hätt früher was unternehmen müssen.«

»Das hätte nichts geändert. Zu dem Zeitpunkt, als Sie sie das erste Mal vermisst haben, war sie bereits tot.« Wallner meinte eine gewisse Erleichterung in Baumgärtels Blick festzustellen.

»Sie wird uns nicht nur als äußerst kompetente Mitarbeiterin fehlen. Es ist auch menschlich ein schrecklicher Verlust.«

»Was war sie für ein Mensch?«, griff Mike den Faden auf.

»Nun ja – eher still. Kompetent, wie gesagt. An ihrer Arbeitsleistung war nie etwas auszusetzen. Sie …«, Baumgärtel dachte nach, wie er den schrecklichen menschlichen Verlust in Worte fassen konnte. »… sie war relativ verschlossen. Freundlich, aber nicht redselig. Wir haben sie alle sehr geschätzt.«

»Hatte sie auch mit Herrn Wartberg zu tun?«

»Die Damen haben normalerweise keinen geschäftlichen Kontakt zu unseren Mandanten. Sie bitten sie herein und fragen, ob sie etwas trinken möchten. Vielleicht redt man auch mal übers Wetter, wenn grad a paar Minuten Zeit sind. Ja – wahrscheinlich ist sie dem Herrn Wartberg begegnet.«

»Hat sie mal gesagt, dass sie depressiv ist, oder andere Dinge, die auf eine Depression schließen lassen?«

Baumgärtel schüttelte den Kopf.

»Hatte Frau Marek eine Beziehung?«

»Sie meinen mit einem Mann?«

»Von mir aus auch mit einer Frau. Ich meine eine feste Partnerschaft.«

»Also wenn, dann habe ich nichts davon mitbekommen.«

»Hatte sie Freunde?«

Der Anwalt zuckte die Schultern. »Sie war im gleichen Fitnessstudio wie ich. Da hat sie natürlich Leute gekannt. So, wie man sich halt im Fitnessstudio kennt. Man hat hallo gesagt und sich übers Wetter unterhalten.«

»Was wissen Sie von Frau Mareks Vergangenheit?«

»Sie kommt ursprünglich aus dem Saarland. Verheiratet war sie, soweit ich weiß, nie.«

»Hat sie erzählt, dass sie einige Jahre in Berlin war?«

»Ja. Das war bei diesem Anwalt, der dann plötzlich verschwunden ist.«

»Hat sie etwas über ihre Berliner Zeit erzählt?«

»Von dem Anwalt hat sie erzählt. Ich hatte den Eindruck, sie mochte ihn sehr. Das war immer so … wie soll ich sagen, sie hat dann so ein Leuchten in den Augen gehabt. Wer weiß …« Er zögerte kurz. »Vielleicht war sie in ihn verliebt.«

»Und dieser Anwalt war eines Tages auf einmal nicht mehr da?«

»Ja.« Herr Baumgärtel sammelte seine Gedanken. »Wir haben mal über den Mann geredet. Ich hab gefragt, ob er von selbst verschwunden ist oder ob ihm was passiert ist. Sie hat sehr ausweichend geantwortet und … wollte wohl nicht drüber reden. Irgendwas war da ganz offensichtlich …«, er suchte nach einem passenden Ausdruck, »… nicht in Ordnung, sag ich mal.«

»Sagt Ihnen die Schwarzwasser-Affäre etwas?«

»Nein, nie gehört.«

»Überlegen Sie. Vielleicht hat Frau Marek das mal erwähnt?«

Als Antwort kam ein sehr bestimmtes Kopfschütteln.

»Gut«, sagte Wallner und betrachtete den Block mit den kargen Notizen auf der weißen Resopalplatte. »Letzte Frage.« Wallner lehnte sich etwas nach vorn. »Hat Frau Marek mal erwähnt oder durchblicken lassen, dass sie verfolgt wird?«

»Nein. Das bestimmt nicht. Aber ich erinnere mich jetzt an etwas anderes: Vor ein paar Tagen noch war sie bester Laune. Deswegen ist mir das auch so unverständlich, dass sie sich umgebracht haben soll. Sie war wirklich ganz aufgeräumt und hat Pläne für die Zukunft gemacht. Ich weiß noch, dass sie mich nach Brasilien gefragt hat, weil meine Frau und ich da vor zwei Jahren in Urlaub waren. Anscheinend wollte sie verreisen.«

Wallner schrieb *Brasilien – Reise geplant? In Unterlagen Marek nachsehen* auf seinen Block und legte den Stift etwas ratlos daneben. Er sah Mike an, doch der hatte auch keine Fragen mehr.

»Bringt uns das bei Wartberg weiter?«, fragte Mike, als sie die Kanzlei verlassen hatten. Es war mittlerweile dunkel geworden, und sie standen in der eiskalten Luft auf einem Parkplatz der Miesbacher Innenstadt.

»Wird sich erweisen. Ich schau jetzt erst mal nach unserer Hauptverdächtigen. Gibst du mir mal den Laborbericht zu dem Widerruf?«

»Ich komm natürlich mit. Das lass ich mir nicht entgehen.« Mike grinste vor Vorfreude und hielt ein Stück Papier in die Luft, das er aus seiner Jacke geholt hatte. »Nehmen wir meinen Wagen?«

»Meinetwegen«, sagte Wallner und sah auf den kleinen grünen Sportwagen hinunter. »Hat er Heizung?«

33

Eine Wand war bereits gestrichen, als Kreuthner abends mit dem E-Bike nach Hause kam. Es war die Wand, an der der Küchenherd stand. Allerdings hatte auch der Küchenherd Farbe abgekriegt.

»Den musst du abkleben«, sagte Kreuthner und betrachtete die weißen Spritzer, die das schmutzig silberne Ofenrohr sprenkelten und sich im Augenblick ordentlich einbrannten. Lara hatte eingeschürt. Draußen vor dem Fenster lauerten minus zwölf Grad.

»Den kann man net abkleben, wenn er heiß is. Ich lass bei der Kälte doch net den Ofen ausgehen.«

Kreuthner seufzte und machte sich ein Bier auf.

»Wissen die jetzt, dass ich es nicht war?«, fragte Lara.

»Die haben den Widerruf von deinem Geständnis bekommen. Dafür hab ich gesorgt. Schaut ganz gut aus. Sie ham a Soko eingesetzt.«

»Wieso is des gut?« In Laras Gesicht war eher Sorge als Erleichterung.

»Weil das heißt, dass die auch in andere Richtungen ermitteln. Sonst bräuchten s' keine Soko mit dreißig Mann.«

»Und wie lang muss ich noch hierbleiben?«

»Auf alle Fälle so lange, bis die Küch g'strichen is.« Kreuthner schaute im Raum umher und versuchte sich vorzustellen, wie die Küche vollständig gestrichen aussehen würde. Ja, dann wär's wieder richtig gemütlich.

Sie schwiegen eine Weile, und Lara zerlegte eine

Streichholzschachtel in ihre Bestandteile. Dabei dachte sie nach. »Leo?«, sagte sie schließlich.

»Ja?«

»Ich muss irgendwie an Geld kommen.«

»Wieso?«

»Jeder muss an Geld kommen.«

»Wie wär's mit Arbeiten?«

»Mach ich doch.« Sie deutete auf die gestrichene Wand. »Aber dafür krieg ich ja nichts.«

»Des is koa Arbeit net. Du tust mir an G'fallen, weil ich dir auch einen tu. Weil ich riskier ja meinen Arsch für dich. Wennst a Geld willst, musst es dir verdienen.«

»Aber net mit Kellnern. Du hast doch bestimmt a paar Tricks drauf, wie's auch anders geht.«

»Ich hab gar nix drauf.«

»Der Lintinger Harry sagt, von dir könnt man was lernen. Du wärst der größte Gangster im ganzen Landkreis.«

»Das sagt der Harry?«

»Hm.«

»Der is doch net ganz dicht. Ich bin Polizist.«

»Des is ja des Coole. Dass du a Bulle bist, aber total link. So will ich auch werden.«

Kreuthner setzte sich gerade an den Tisch, schob seine Bierflasche ein wenig von sich und legte die Fingerspitzen beider Hände aneinander. »Ich sag dir jetzt mal was: Ich hab früher Autos geknackt. Das war, bevor ich Polizist geworden bin.«

»Cool. Zeigst mir, wie des geht?«

»An Scheiß zeig ich dir. Ich hab's nämlich aufgegeben, weil ich kein' Bock hab auf Knast. Hast du Bock auf Knast?«

»Wer hat schon Bock auf Knast.«

»Meine halbe Verwandtschaft war schon im Knast. *Des* san die Gangster, net ich. Und ich lass net zu, dass du so wirst wie die.«

»Des kann dir doch wurscht sein, wie ich werd.«

»Des is richtig. Aber jetzt bist hier bei mir, und da hab ich die Verantwortung.«

»Was für a Verantwortung? Ich bin neunzehn.«

»Ja, neunzehn und nur Scheiß gebaut. Das wird jetzt mal anders.«

Lara sah Kreuthner mit offenem Mund an.

»Heute Abend fangen wir mit deiner Ausbildung an«, sagte Kreuthner und nickte, wie um sich selbst seiner Absichten zu versichern.

»Ausbildung?«

»Ich bring dir ein ehrbares Handwerk bei. Da hast du dein Leben lang was davon.«

Die Werkstatt im ehemaligen Stall hatte es noch schlimmer erwischt als die Wohnküche. Denn hier war das Feuer ausgebrochen. Der Destillierapparat hatte vergleichsweise geringen Schaden genommen. Die kupferne Brennblase steckte in einem gemauerten Ofen, war also gut gegen Feuer isoliert. Auch Steigrohr und Kühler waren aus Metall und damit relativ hitzebeständig.

Der erste und zugleich schweißtreibendste Teil von Laras Ausbildung war das Verfüllen der Obstmaische aus schweren Fässern in die Brennblase. Einige der Maischefässer hatte Kreuthner vor dem Feuer retten können, ebenso wie etliches von dem bereits gebrannten Schnaps. Dennoch – die Verluste wogen schwer.

Es war nach einem arbeitsreichen Destilliervorgang am späten Abend gewesen. Kreuthner hatte es sich mit einem Glas frisch gebranntem Mischobstler neben der Destille gemütlich gemacht. Genauer gesagt war es das fünfte oder sechste Glas. Der Brand war ihm dieses Mal außergewöhnlich süffig geraten. Um den Griabigkeitsfaktor an die Grenze des Machbaren zu treiben, hatte sich Kreuthner eine Zigarette angezündet und das Streichholz, das er erloschen glaubte, in den Aschenbecher geschnippt. Zwei Dinge waren dabei falsch gelaufen. Erstens: Das Streichholz war noch nicht erloschen. Zweitens: Es landete nicht im Aschenbecher, der auf einem Hocker stand, sondern prallte an dessen Rand ab und fiel zu Boden. Kreuthner hatte wie erwähnt schon einiges verkostet, infolgedessen beim Abwurf des Streichholzes zwei Aschenbecher gesehen und sich für den falschen entschieden. Dass ein brennendes Streichholz nichts auf dem Holzfußboden zu suchen hatte, war Kreuthner klar, und er griff hastig nach unten. Die halbkreisförmige Bewegung seines linken Arms erfasste auf dem Weg zum Streichholz die Obstlerflasche, und ihr Inhalt, der zu sechzig Prozent aus Äthylalkohol bestand (plus einem Prozent Methanol), ergoss sich auf den Boden und über das Streichholz. Zu Kreuthners Erstaunen rückte nach wenigen Minuten die Feuerwehr an. Ein Nachbar hatte sie alarmiert. Dadurch wurde zwar einerseits das vollständige Abbrennen des Hauses verhindert. Die Verwüstungen durch das Spritzwasser waren dennoch enorm.

Die Ofenklappe unter der Brennblase stand offen, und ein kleines Feuer aus dünnen Holzscheiten loderte in der Brennkammer. Kreuthner und Lara saßen vor der Ofentür auf Campingstühlen und hatten weitere dünne Holzscheite griffbereit.

»Wichtig is, dass es gleichmäßig brennt. Deswegen

muss die ganze Zeit nachgelegt werden. Net zu viel auf einmal.« Lara hatte ein Scheit in der Hand. »Jetzt kannst wieder eins reintun.«

Lara legte das Holz in die Brennkammer und stocherte es mit einem Kaminhaken in die ideale Position. »Ich hab denkt, des is verboten?«

»Brennen? Ja spinnst du! Brennen is a uraltes Handwerk. Das ist natürlich erlaubt – wenn du eine Erlaubnis hast.«

»Und? Hast eine?«

»Ja sicher. Ich hab die Brennerei von meinem Onkel Simon geerbt, und der hat immer schon gebrannt.«

»Und dein Onkel, hat der a Erlaubnis g'habt?«

»Davon geh ich aus. Sonst hätt er's ja net tun dürfen.«

»Hast ihn gefragt?«

»Wieso hätt ich den fragen sollen? Wenn dein Vater Bäcker is, dann fragst ihn doch auch net, ob er Bäcker g'lernt hat.«

»Stimmt.« Lara legte noch ein Scheit nach. »Zahlst du auch Steuern? Da ist doch Steuer drauf.«

»Bis jetzt hat's Finanzamt noch nichts haben wollen.«

Lara sah Kreuthner zweifelnd an.

»Ja, hinterhertragen tu ich ihnen das Geld nicht.« Durch die verrußten Scheiben sah Kreuthner jetzt ein Licht, das kurz aufzuckte, dann wieder verschwand. Er ging zu dem beschlagenen Fenster und spähte in die Nacht. Ein Wagen kam auf das Haus zugefahren. Kreuthner trat nach draußen. »Mach weiter«, sagte er zu Lara, bevor er die Tür schloss.

Sie waren in Mikes Spitfire gekommen. Der Wagen hatte unbestreitbar seine Vorzüge. Etwa den Farbton Java

Green (sehr selten). Und ein Hardtop. Dennoch nicht das bequemste Fahrzeug im Februar. Kreuthner wartete bereits vor dem Haus, während die beiden gesetzten Herren sich aus dem britischen Sportcoupé schälten.

»Ja so eine Überraschung.« Kreuthner schaute kurz zur Stalltür, dass die auch wirklich geschlossen war. »Was verschafft mir die Ehre?«

Wallner zog den Reißverschluss seiner Daunenjacke bis übers Kinn. »Mei – so ein schöner lauer Abend. Da haben wir gedacht, schauen wir mal beim Leo vorbei.«

»Und plaudern über die letzten Ermittlungsergebnisse«, ergänzte Mike. »Stören wir dich bei irgendwas?«

»Bin grad a bissl im Stress. Muss renovieren. Hier hat's doch gebrannt.«

»Wissen wir«, sagte Mike. »Kabelbrand, sagt die Feuerwehr.«

»Ja, es is a Kreuz mit die alten Leitungen.«

»Gehen wir rein?« Wallner fröstelte.

»Aber nur kurz. Ich muss dann …«, er deutete auf den Stall, »… weitermachen.«

»Der Laborbericht ist da.« Wallner legte ein Schriftstück auf den Küchentisch. Sie hatten Platz genommen, das angebotene Bier aber abgelehnt. Kreuthner hatte seine Gäste so plaziert, dass sie mit dem Rücken zu der Tür saßen, die in den ehemaligen Stalltrakt führte. Denn in der Tür war eine Glasscheibe, und man konnte in den Stall hineinsehen. Allerdings war der Brennkessel, an dem sich Lara Evers aufhielt, von der Küche aus nicht zu sehen.

»Die haben den Brief untersucht, den Lara Evers uns geschickt hat. Wo sie das Geständnis widerruft.« Mike spielte mit seinem Wagenschlüssel. Der Anhänger bestand aus einem abgerundeten Dreieck, an dessen oberer Breitseite der Schriftzug *Triumph* stand, darunter war der Union Jack in die Spitze des Dreiecks gezwängt. »Ich hab an Spezl bei der KTU. Deswegen ist es schneller gegangen.«

»Aha. Und? Ist der Brief von ihr?«

»Ja, ja. Aber das haben wir anhand von Schriftvergleichen schon vorher gewusst. Interessanter ist die Frage, wo der Brief herkommt und wie er zur Polizei gelangt ist.«

»Mit der Post?«

»Nein. Den hat jemand nachts eingeworfen.« Mike klappte den Laptop auf, den er mitgebracht hatte. Darauf war jetzt ein Video zu sehen. Es stammte von der Kamera, die über dem Briefkasten des Polizeipräsidiums angebracht war. Es war Nacht und zunächst niemand zu sehen. Dann tauchte sehr plötzlich aus dem toten Winkel eine Gestalt auf, die ihr Gesicht nicht in die Kamera drehte, obwohl sich das im natürlichen Bewegungsfluss des Briefeinwerfens eigentlich hätte ergeben müssen. Die Person wusste also, dass eine Kamera installiert war und wo sie sich befand.

»Da erkennt man doch gar nichts.« Kreuthner deutete auf den Bildschirm.

»Das Gesicht nicht«, sagte Mike und hielt das Bild an. »Aber da unten hat der Unbekannte eine Stiefelspur hinterlassen.« Mike vergrößerte einen Ausschnitt des Standbildes. Der Briefbote war über den schneebedeckten Parkplatz gekommen, im Profil seiner Winterstiefel hatte sich Schnee angesammelt. Und der hatte sich von der rechten Stiefelsohle wieder gelöst und war als Gittermuster auf der Betonplatte vor dem Briefkasten zurückgeblieben. Kreuthner schielte auf seine Stiefel unter dem Tisch.

»Wollt's jetzt alle Stiefel im Landkreis untersuchen?«

»Wird nicht nötig sein. Wir haben noch das hier.« Wallner strich den Laborbericht glatt und betrachtete das Schriftstück durch den unteren Bereich seiner Bifokalbrille. »Die haben das Briefpapier gründlich untersucht. Es war ein kariertes Blatt, von einem Schreibblock gerissen.«

»So ein Block wie der da.« Mike zog den Schreibblock, der auf dem Tisch lag, an sich und schlug ihn auf. »Genau so ein kariertes Papier.«

»Aha. Das haben die tatsächlich im Labor rausgefunden?« Kreuthner war um einen möglichst fassungslosen Gesichtsausdruck bemüht. »Wundert mich nicht, dass es schnell gegangen is.«

»Die haben sogar noch mehr herausgefunden«, fuhr Wallner fort. Kreuthners Blick wurde von dem Fenster in der Stalltür angezogen. Dort tauchte Lara Evers' Gesicht auf. Kreuthner gab ihr mit einer grimmigen Grimasse zu verstehen, dass sie verschwinden sollte.

Mike drehte sich um, aber im Fenster war niemand mehr zu sehen. »Ist da noch jemand?«

»Wer soll da schon sein?« Kreuthner rupfte Wallner den Laborbericht aus der Hand. »Was ham die jetzt rausgefunden?«

»Lies selber. Auf dem Briefpapier waren ungewöhnlich hohe Spuren von Äthanol, Methanol, Ruß …«

»Carbonsäureester«, half Kreuthner mit Blick auf den Bericht aus. »Acetale, Aldehyde und Verbrennungsrückstände aller Art. Klingt wie a Chemiefabrik.«

»Das Labor kommt zu einem anderen Schluss.« Wallner nahm den Bericht wieder an sich und blätterte auf Seite drei. »Die Rückstände deuten auf einen

Brand unter Beteiligung größerer Mengen von selbstgebranntem Alkohol hin.« Er schob das Papier über den Tisch. Die Stelle war gelb markiert.

Kreuthner zuckte mit den Schultern. Gleichzeitig nahm er im Augenwinkel Lichtschwankungen im Fenster zum Stalltrakt wahr. »Und was schließt's ihr daraus?«

»Ja, was schließen wir daraus? Kann es sein, dass du hier vor kurzem ein Feuer hattest?«

»Ihr verdächtigt's ja wohl net mich! Jetzt wird's aber hint höher wie vorn!«

Wallner gebot Kreuthners aufkommender Empörung mit einer Handbewegung Einhalt. »Wir haben noch einmal Lara Evers' Flucht aus dem Krankenhaus analysiert. Entweder hat der Sennleitner ihr die Arztklamotten besorgt – oder der, der als Letzter bei ihr im Zimmer war. Und das warst du. Mit einer großen Tasche. Und tatsächlich hat dich jemand kurz vor Lara Evers' Flucht in der Kleiderkammer des Krankenhauses gesehen. Wir sind auf dem Weg hierher noch mal in Agatharied vorbeigefahren. Die Dame hat dich aus zehn Polizistenfotos ausgewählt. Und einem Buben hat ein Polizist nach einer Augenoperation die Schuhe gestohlen.«

»Hat er den Polizisten erkannt?« Kreuthner schlug sich die Hand vor die Stirn. »Mei, ich Depp! Augen-OP! Wahrscheinlich hat er nix sehen können.«

»Richtig. Aber der Polizist war so nett, ihm seinen Namen zu sagen.«

»Ah ja?«

Mike grinste Kreuthner an. »Da hast es a bissl übertrieben. Über den Greiner kann man viel sagen, aber hirnamputiert is er nicht.«

»Und wenn du glaubst, dass wir das decken – nein,

werden wir nicht. Das ist eine Straftat.« Wallner war sichtlich angefressen. »Diesmal hast du die rote Linie überschritten, mein Freund.«

Inzwischen konnte Kreuthner den Blick nicht mehr von der Tür abwenden, denn die Lichtverhältnisse dahinter änderten sich dauernd und hektisch. Oder anders gesagt: Es flackerte.

»Schaust so beunruhigt«, sagte Mike.

»Überhaupt's net.« Kreuthners Blick klebte an der Tür. »Wieso soll ich der Evers bei der Flucht helfen? Für so blöd könnt's net amal ihr mich halten.«

»Keine Ahnung. Freundschaftliche Verbundenheit? Geld? Irgendeinen Grund wird's schon geben. Können wir mal deine Schuhsohlen sehen?«

»Mach dich net lächerlich«, sagte Kreuthner und starrte weiter gebannt auf die Tür.

Auch Mike und Wallner drehten sich jetzt um. Die Lichtspiele, die durch das Türfenster zu sehen waren, hatten an Intensität enorm zugenommen. Es war, als sähe man an Wänden und Gegenständen den Widerschein eines riesigen Kaminfeuers.

»Sag mal – brennt's da?« Wallner war sichtlich beunruhigt.

»Das schaut nur so aus.« Kreuthner widerstand seinem heftigen Verlangen aufzuspringen. »Ich hab den Werkstattofen eing'schürt. Die Klappe is noch offen, damit's besser zieht.«

»Sieht so aus, als könnte man sie wieder zumachen.«

In dem Augenblick, in dem Mike das sagte, schlug eine riesige Flamme horizontal durch den Raum nebenan. Mehrere weitere Flammeneruptionen folgten.

»Mistpritsch'n, hinterfotzige!«, schrie Kreuthner, sprang auf und rannte Richtung Feuer. Mike und Wallner rannten ihm hinterher.

Dieses Mal war Kreuthner besser gerüstet als beim letzten Brand. Man lernt ja dazu. Ein Feuerlöscher hing an der Wand, den Kreuthner sich jetzt griff. Gleichzeitig schrie er Wallner und Mike zu, wo sich im Raum Eimer mit Wasser und Löschsand befanden. Überdies gab es einen kleinen Stapel Decken, die dazu bestimmt waren, kleinere Flammenherde zu ersticken.

Vor dem Ofen mit der Brennblase loderte der Boden bläulich, was auf Alkohol schließen ließ, und einige Gegenstände hatten bereits Feuer gefangen. Beherzt rannte Kreuthner mit dem Feuerlöscher im Arm auf den Brandherd zu, riss den Sicherungszapfen heraus, zielte mit dem Schlauch auf die Flammen und drückte den Griff. Eine erbarmungswürdige Menge weißen Schaums blubberte daraufhin aus dem Schlauch.

»Wo hast denn den her?«, schrie Mike, der mit einem Wassereimer herbeieilte.

»Vom alten Lintinger. Hat g'sagt, der wär wie neu, der Ruach, der meineidige.« Kreuthner versuchte, das Ablaufdatum am Feuerlöscher zu finden.

»Schmeiß ihn weg und pack mit an!«, rief ihm Wallner zu, während er einen Eimer Sand über den Brandherd verteilte.

An einigen Stellen im Raum hatten sich durch Funkenflug eigenständige Brandnester gebildet. Denen rückten die drei Männer jetzt mit den Löschdecken zu Leibe.

Als sie nach zehnminütiger Brandbekämpfung sicher sein konnten, dass sich nichts mehr regte, gingen sie zurück in die Küche und setzten sich erschöpft an den großen Tisch. Kreuthner machte drei Bier auf und gab jedem eins.

»Das hast davon«, sagte Mike, nachdem er einen

kräftigen Schluck genommen hatte. »Jetzt hat s' dir die Bude angezündet.«

»Wo ist sie überhaupt?« Wallner sah Kreuthner fragend an.

»Keine Ahnung. Vorhin war sie noch dadrin.« Kreuthner deutete auf die Tür zum Stalltrakt. Durch das Fenster war immer noch Rauch zu sehen. »Des war bestimmt a Versehen.«

»Ziemlich sicher nicht.« Mike suchte mit hektischen Blicken den Tisch ab.

»Was ist denn?«

»Meine Autoschlüssel. Ich hab die vorhin auf dem Tisch …«

Mike sprang auf und lief nach draußen. Kurz darauf hallte ein markerschütternder Fluch durch die Nacht.

34

Berlin, Herbst 1996

Zwei Tage nach dem Überfall auf Silvia erhielt Sitting einen Anruf von Schuchin. Er erkundigte sich, ob es Neuigkeiten in seinem Verfahren gebe. Es gab keine. Schuchin nahm es wortlos zur Kenntnis und sagte: »Kommen Sie heute um zwei zum Chef. Er hat was mit Ihnen zu besprechen.«

Nolte war aufgeräumt und freundlich wie eh und je. Er dankte Sitting für sein Kommen, machte ein bisschen Small Talk und kam dann zu einigen juristischen Dingen, als sei nichts geschehen. Sitting spielte mit, verhalten höflich, tat ebenfalls, als wäre in der Zwischenzeit nichts passiert, und versuchte, sich auf Noltes juristische Anliegen zu konzentrieren. Als sie alles besprochen hatten, räumte Sitting seinen Anwaltskoffer ein und überlegte, ob er etwas sagen sollte. Aber letztlich empfand er es als nachgerade erfreulich schmerzlos, einfach weiterzumachen. Er hatte nichts zu gewinnen. Nichts würde für ihn herauskommen, wenn er ihn auf den Überfall ansprach, außer die Bestätigung, dass Nolte ihn in der Hand hatte und nach Belieben demütigen konnte. Sitting reichte Nolte, der ihn zur Tür begleitet hatte, die Hand, Nolte drückte sie fest und nicht unangenehm und sah Sitting in die Augen.

»Es tut mir sehr leid, was Ihrer Sekretärin zugestoßen ist. So etwas passiert leider manchmal, wenn man sich mit Verbrechern einlässt. Aber das ist nun mal Ihr Beruf. Richten Sie Frau Marek bitte gute Besserung von mir aus.«

Sitting nickte. Stumm. Ergeben. In der Hoffnung, endlich gehen zu können.

»Ich werde meine Leute bitten, dass sie in Zukunft ein Auge auf Sie und Ihre Mitarbeiter haben. Dann dürfte so etwas nicht mehr vorkommen.« Nolte lächelte.

»Danke«, sagte Sitting und wusste: Er war im Staub unter Noltes Füßen angekommen. Tiefer, dachte er sich, konnte er nicht mehr sinken – und wurde eines Besseren belehrt.

»Ach, warten Sie!« Nolte legte eine Hand auf die Schulter des Anwalts. »Fast hätte ich es vergessen. Kommen Sie bitte noch mal rein.«

Er ging zurück in sein Büro. Sitting folgte ihm, und der Knoten in seinem Magen begann wieder zu schmerzen.

»Nehmen Sie Platz.« Nolte ging zu einem kleinen Wandsafe, entnahm ihm einen Briefumschlag und legte ihn vor Sitting auf den Tisch. »Ich möchte, dass Sie nächste Woche nach Sankt Petersburg fliegen. Es gibt dort einen Investor, der sich an unserer künftigen Stadtentwicklungsgesellschaft beteiligen möchte. Sie müssen einen Vorvertrag aushandeln.«

»Tut mir leid. Ich bin Strafverteidiger. Internationales Gesellschaftsrecht ist eine ganz andere Welt.«

»Keine Sorge. Es gibt einen Anwalt vor Ort, der sich bestens auskennt. Sie sollen nur ein Auge drauf haben und notfalls Auskunft zur deutschen Rechtslage geben.« Nolte setzte sich wieder und deutete auf den

Briefumschlag. »Und diesen Brief abgeben. Das ist sehr wichtig. Er darf auf keinen Fall in andere Hände gelangen. Sie müssen ihn persönlich übergeben.«

»Okay …« Sitting betrachtete den Brief. »Er ist offen.«

»Ich habe nichts dagegen, wenn Sie den Inhalt kennen. Sie sind mein Anwalt.« Sitting überlegte, ob das eine Einladung war, hineinzusehen. »Schauen Sie ruhig rein«, beantwortete Nolte die Frage.

Der Brief bestand aus einem einzigen Blatt Papier, enthielt weder Anrede noch Absender noch Fließtext. Nur vier russische Namen standen untereinander, drei Männer, eine Frau, neben jedem Namen das Wort »jetzt«, gefolgt von einem Doppelpunkt, dann jeweils ein weiterer Name, am Ende die zugehörigen Anschriften. Sitting sah Nolte an, und ihm war klar, dass es besser war, wenn er nicht wusste, was diese Namensliste bedeutete.

»Sie fragen sich bestimmt, was es mit dieser Liste auf sich hat«, sagte Nolte.

»Ich muss sie nur übergeben.«

»Als Anwalt sollten Sie wissen, was Sie übergeben.« Sitting schwieg. »Bei der Auflösung der Sowjetunion herrschte einiges Chaos. Das haben viele Leute genutzt, um sich illegal zu bereichern. Unser Geschäftspartner wurde damals von einigen seiner Mitarbeiter bestohlen. Und zwar um etliche Millionen Dollar. Die hätte er gerne zurück, und er möchte die Schuldigen zur Rechenschaft ziehen, was bislang daran scheiterte, dass die Leute untergetaucht waren. Vier der Diebe konnte ich ausfindig machen. Sie leben, wie Sie sehen, heute unter falschem Namen in Deutschland. Es ist ein kostenloser Service von uns und fällt unter vertrauensbildende Maßnahmen. Unser Freund in Sankt Petersburg wird es uns mit sehr vorteilhaften Vertragskonditionen danken. In Russland honoriert man, wenn einem jemand einen Gefallen tut.«

Das alles hatte Sitting nicht wissen wollen. Jetzt wusste er es. Die nächste Frage sollte er besser nicht stellen. Es hätte ihm ein kleines moralisches Schlupfloch gelassen. Aber das war auch schon egal. Er wollte wissen, woran er war. »Sollte man die Liste nicht der Polizei übergeben? Ich meine, es sind Kriminelle, wahrscheinlich werden sie mit Haftbefehl gesucht.«

»Unser Mann in Sankt Petersburg legt keinen Wert auf die Polizei. Er möchte die Angelegenheit selbst regeln.«

»Verstehe«, sagte Sitting und steckte die Todesliste in die Innentasche seines Jacketts. »Wann soll ich fliegen?«

»Nächste Woche Donnerstag. Haben Sie einen Safe, wo Sie den Brief aufbewahren können?«

»Ja. Und ich glaube, Ihre Leute haben ihn sogar ganz gelassen.«

Noltes Mundwinkel zuckte nur unmerklich.

Nach dem Gespräch fuhr Sitting zwei Ecken weiter, parkte am Straßenrand und atmete durch. Was passierte hier gerade? Es gab keinen Grund, warum ausgerechnet er diesen Brief übergeben musste. Das konnte Schuchin machen oder sonst einer von Noltes Leuten. Wahrscheinlich konnte man ihn sogar mit der Post schicken. Der einzig plausible Grund war: Sitting sollte an der Ermordung von vier Menschen beteiligt werden. Dass keiner der vier die Übergabe der Liste lange überleben würde, daran hatte er wenig Zweifel. Zwar wusste Sitting immer noch nicht, was für eine Rolle Nolte in der Unterwelt spielte. Aber er war mit Sicherheit kein Komparse.

Was tun? Zur Polizei gehen? Sitting hatte nicht den geringsten Beweis, dass die Leute ermordet werden sollten. Die Leute auf der Liste warnen? Ja, das wäre eine Option. Und gleichzeitig sein eigenes Todesurteil. War es überhaupt entscheidend für ihren Tod, dass er die Liste übergab? Nein, Nolte brauchte ihn nicht dafür. Wenn Sitting es nicht tat, würde es sofort ein anderer tun. Sein Handeln war nicht wirklich kausal für das, was es auslöste.

Noch war Sitting klar genug im Kopf, dass er seine Argumentation durchschaute. So konnte sich jeder KZ-Wächter rechtfertigen.

Sitting griff in sein Jackett und holte den Umschlag hervor. Er spürte mit einem Mal ein übermächtiges Bedürfnis zu wissen, wer die Leute waren. Als er das Blatt aus dem Umschlag zog, hielt er inne. Nein, das wäre fatal. Wenn er ihre Namen kannte, verwandelten sie sich in Menschen aus Fleisch und Blut. Er durfte nie mehr einen Blick auf diese Liste werfen.

Das Büro war aufgeräumt. Sitting hatte die Frau aus Kroatien, die sonst seine Wohnung putzte, gebeten, die Kanzlei in Ordnung zu bringen. Ob das bei all den vertraulichen Unterlagen, die auf dem Boden lagen, aus standesrechtlicher Sicht in Ordnung war, kümmerte ihn nicht mehr. Sitting warf die Post auf den Tisch. Es waren in der Hauptsache Rechnungen. Das Schreiben eines Notars stach heraus. Es enthielt die Einladung zu einer Testamentseröffnung. Ein Mann namens Herbert Augustin war letzte Woche gestorben, und der Notar beabsichtigte, sein Testament zu eröffnen. Was Sitting mit der Sache zu tun hatte, ging aus dem Schreiben nicht hervor. Er kannte den Erblasser nicht. Und dass ihm ein Unbekannter Geld vermachte – unwahrscheinlich. Er überlegte, ob Augustin ein früherer Mandant war, konnte sich an den Namen aber nicht erinnern.

Die Sache ließ ihm keine Ruhe, und er rief den Notar an.

»Das kann ich Ihnen leider erst am Freitag sagen, Sie wissen ja, wie es läuft.« Der Kollege war verbindlich, aber etwas zugeknöpft.

»Ich hab am Freitag schon einen Termin«, log Sitting, um wenigstens etwas zu erfahren. »Ist es erforderlich, dass ich persönlich erscheine?«

»Doch, das wäre in jedem Fall sinnvoll. Vielleicht können Sie Ihren Termin ja verschieben.«

Was um alles in der Welt erwartete ihn bei dieser Testamentseröffnung?

35

Landkreis Miesbach, 2. Februar 2016

Er hatte den ganzen Tag gewartet und das Haus beobachtet, in dem das Mädchen sich versteckt hielt. Die Warterei strapazierte die Nerven. Mehr als einmal hatte er überlegt, ob er nicht einfach hinfahren, reingehen und abdrücken sollte. Aber das war ihm tagsüber zu riskant. Das Haus lag zwar einsam, aber nicht so einsam, dass nicht ab und zu jemand vorbeifuhr. Und solange sie sich in dieser angekokelten Ruine aufhielt, war sie nicht gefährlich. So wartete er bei laufendem Motor und hochgedrehter Heizung auf eine Gelegenheit. Das Mädchen müsste irgendwie verschwinden. Das wäre auch für die Polizei die plausibelste Erklärung. Die Frau war geflüchtet und irgendwo im Ausland untergetaucht.

Als der Polizist nach Hause kam, wollte er schon seine Zelte abbrechen. Die würden sich besaufen und dann ins Bett gehen. Da konnte eigentlich nicht mehr viel passieren. Er wartete trotzdem. Die beiden machten sich alsbald im ehemaligen Stall zu schaffen und zündeten ein Feuer an. Auch das war nicht sehr aufregend, und gerade als er heftig gähnen musste und sich nach einem Bett sehnte, sah er Scheinwerferlicht auf der Straße. Ein englischer Sportwagen näherte sich dem Haus. Aus diesem Kinderauto stiegen tatsächlich zwei erwachsene Männer, beide über eins achtzig. Er fragte sich, wer diese Clowns wohl waren, und setzte das Fernglas an. Der eine war der Chef der örtlichen Kripo, den anderen kannte er nicht. Der unverhoffte Besuch vertrieb schlagartig jede Müdigkeit. Die Situation konnte gefährlich werden. Die Polizei suchte nach der jungen Frau, und jetzt tauchte der Kripochef ausgerechnet in ihrem Versteck auf. Das war nicht gut. Doch musste er notgedrungen die Entwicklung der Ereignisse abwarten.

Nach ein paar Minuten kam Leben in das Haus. Im Stall flackerte es, der Hausbesitzer und die beiden Besucher gerieten in helle Aufregung und stürzten sich in die Brandbekämpfung. Währenddessen kam das Mädchen aus dem Stall heraus, ging zum Küchenfenster, lugte ins Haus, und als sie sah, dass niemand in der Küche war, schlüpfte sie hinein, kam nach wenigen Sekunden wieder heraus und stieg in den Wagen.

Wie von der Tarantel gestochen fuhr die junge Frau davon und machte dabei nicht den Eindruck, als habe sie das Auto im Griff. Immer wieder brach der Wagen aus, einmal schrammte sie sogar an einer Schneewand entlang, brachte das Fahrzeug aber wieder unter Kontrolle. Für ihn selbst gestaltete sich die Fahrt sehr anstrengend, denn er wollte kein Licht anmachen. Zum Glück war die Nacht klar und der Halbmond hell. Erst als sie die Staatsstraße erreichten, schaltete er die Scheinwerfer ein. Der grüne Spitfire bog nach links Richtung Gmund ab, die Fahrerin gab ordentlich Gas, und er hatte Mühe dranzubleiben. Hinter Ostin riss der Sichtkontakt dann ab. Der Sportwagen verschwand hinter der Kuppe, von der es zum Tegernsee hinunterging. Als er die Anhöhe erreichte, sah er keinen Wagen mehr. Das war seltsam, denn die Straße, die sich in zwei sanften Kurven den Berg hinabwand, lag offen vor ihm. Er hätte den Spitfire sehen müssen. So groß war der Vorsprung nicht gewesen. Er fuhr bis zum Verkehrskreisel in Seeglas hinunter, umrundete ihn einmal vollständig und konnte auch hier in keiner Richtung einen Wagen sehen. Auf dem Rückweg entdeckte er das Loch in dem kleinen Schneewall am Straßenrand, kurz nach der kleinen Abzweigung, die zum Gmunder Friedhof führte. Da war ein Wagen durchgebrochen, was er vorhin wohl in der Hektik übersehen hatte. Er fuhr in die Seitenstraße, stellte den Wagen ab und stieg aus. Etwas weiter unten in einer Wiesenmulde lag der Spitfire auf der Seite. Die junge Frau stand daneben. Offenbar war sie gerade aus dem Wagen geklettert. Sie wirkte orientierungslos.

Der Spitfire war in der langen Kurve ins Rutschen geraten. Lara hatte gebremst. Das hatte den Wagen manövrierunfähig gemacht. Wie ein Puck war er geradeaus weitergeschlittert, hatte die kleine Schneewand durchbrochen, danach kam eine Böschung, nicht hoch, aber ausreichend, um sich anderthalb Mal zu überschlagen. Der Wagen lag jetzt auf der Beifahrerseite, gestützt von dem Schnee, den er auf dem Weg nach unten zusammengeschoben hatte. Lara hatte sich vor der Abfahrt trotz aller Eile angeschnallt, und das hatte ihr vielleicht das Leben gerettet. Nur ihr Kopf war gegen den Seitenholm der Windschutzscheibe geprallt. Danach hatte es seine Zeit gedauert, bis sie das Seitenfenster heruntergekurbelt hatte und aus dem Wagen geklettert war. Sie stand jetzt in der kalten Winternacht auf einem Schneefeld. Drei Autos waren mittlerweile vorbeigefahren, ohne anzuhalten. Von der Staatsstraße aus konnte man den Spitfire offenbar nicht sehen. Jetzt kam ein Wagen vom See heraufgefahren, wurde langsamer, bog in die Seitenstraße ab und wurde für Lara sichtbar. Es war ein dunkler Kombi. Jemand stieg aus, ging zum Straßenrand und sah zu ihr hinunter.

»Kann ich Ihnen helfen?«, rief eine männliche Stimme.

»Alles okay. Danke. Ich brauch keine Hilfe«, rief Lara zurück. Im gleichen Moment kamen ihr Zweifel, ob das nicht etwas voreilig war.

»Soll ich Sie irgendwohin bringen? Ins Krankenhaus oder nach Hause?« Der Mann stand immer noch da.

Lara wollte weg. Und zwar schnell, denn man war vermutlich schon hinter ihr her. Warum nicht mit dem Mann fahren? Sie stapfte durch den Schnee auf ihn zu und erklomm den kleinen Abhang. Der Mann reichte ihr am Ende eine Hand und zog sie auf die Straße. Er hatte einen kurzen Wintermantel an, graue Haare, war groß. Sie schätzte ihn auf Ende fünfzig. Vielleicht sogar älter.

»Das wäre sehr nett. Wenn Sie mich wo hinbringen könnten.«

»Ist Ihnen was passiert? Sind Sie verletzt?« Der Mann musterte sie.

»Nichts passiert. Hab mir nur den Kopf angeschlagen.« Lara merkte, dass ihr kalt wurde.

»Ich kann Sie ins Krankenhaus bringen. Ist ja nicht so weit.« Er deutete in Richtung Hausham. Die Fahrt nach Agatharied würde nur ein paar Minuten dauern.

»Nicht nötig«, sagte Lara.

Ein Wagen kam auf der Staatsstraße vorbei. Lara sah kurz hin. Aber auch dieser Fahrer schien den Unfall nicht bemerkt zu haben.

»Ich müsste zu einem Freund. Ist nur ein paar Kilometer weg.«

»Kein Problem. Wo genau ist das?«

Er ging zu seinem Wagen und öffnete ihr die Beifahrertür. Als das Mädchen an ihm vorbeiging, fasste er sich an den Wintermantel. In der linken Innentasche konnte er den Lauf spüren. Jetzt aber war erst mal wichtig, dass sie diesen Ort verließen, bevor die Polizei kam.

»Das ist im Mangfalltal«, sagte die junge Frau beim Einsteigen. »Kennen Sie die Mangfallmühle?«

Nein, die kannte er noch nicht. Und er bezweifelte, dass er da hinfahren würde.

36

Wallner und Mike standen vor Kreuthners Hof und starrten auf den Platz, auf dem bis vor kurzem Mikes Spitfire gestanden war. Wallner hatte gerade die Schutzpolizei angerufen und sie darüber informiert, dass Lara Evers erneut geflohen war (ohne dabei Kreuthners Rolle zu erwähnen) und dass sie nach einem grünen Spitfire Ausschau halten sollten. Kreuthner kam jetzt mit Bierflasche aus dem Haus und machte eine bedauernde Geste.

»Bist du eigentlich noch zu retten? Das ist Strafvereitelung im Amt. Was um alles in der Welt hat dich geritten?«

»Des is nur Strafvereitelung, wenn sie den Wartberg erschossen hat. Aber die war des net.«

»Sie ist und bleibt Tatverdächtige. Und zwar unsere einzige.«

Mike verdrehte die Augen. »Wenn die mir die Gangschaltung schrottet! Das zahlst du. Ich sag's dir!«

»Warum tust du das?« Wallner sah Kreuthner verständnislos an.

»Mei – ich kenn sie schon a Zeitlang. Die is net unrecht. Aber die braucht einen, wo schaut, dass sie auf an anständigen Weg kommt.«

»Da ist sie bei dir ja genau richtig. Hast du ihr gerade gezeigt, wie Schwarzbrennen geht?«

»Kannst mich ja anzeigen.« Kreuthner nahm einen Schluck aus der Flasche.

»Genau das werde ich diesmal auch tun. Ich bin's nämlich endgültig leid!«

In diesem Moment klingelte Wallners Handy. Es war Schartauer. Das Gespräch dauerte nur kurz. Dann legte Wallner auf und wandte sich an Mike. »Sie haben den Spitfire gefunden.«

»Na, Gott sei Dank! Und?«

»Es klang, als müsstest du sehr tapfer sein.«

Sie waren von der Unfallstelle aus in Richtung Gmund gefahren. »Wollen Sie die Polizei anrufen wegen des Unfalls?«, sagte der grauhaarige Mann.

»Nein. Ist ja nichts weiter passiert. Ich hol den Wagen morgen ab.« Der Mann erhob keine Einwände und nickte. »Wissen Sie, das ist gar nicht mein Wagen.«

»Nein?«

Sah der Mann sie komisch an? War das ein Lächeln?

»Nein«, sagte Lara. »Er gehört meinem Freund.« Der Mann nickte wieder. »Wir haben uns gestritten. Er rastet immer aus, wenn er was getrunken hat. Da vorne müssen wir links den Berg runter.«

Der Mann fuhr wie von Lara angegeben und sagte: »Das tut mir leid. Wird er … gewalttätig?«

»Ja. Er schlägt mich. Die Beule hier …«, sie deutete auf die Blessur, die sie sich beim Unfall zugezogen hatte, »… das war er.«

»Das heißt, Sie sind vor Ihrem Freund geflohen?«

Lara nickte und wischte sich eine Träne aus dem Auge. »Es tut mir leid. Ich wollte Sie nicht damit belästigen. Unten an der Hauptstraße dann rechts und nach der Brücke wieder rechts.«

Sie waren im Zentrum von Gmund angekommen. Nach der Brücke ging es ins Mangfalltal.

»Sie sind nicht von hier?«

»Nein«, sagte der Mann. »Ich mach ein paar Tage Urlaub.«

»Mit der Familie?«

»Ich bin alleine hier. Hab ein sehr schönes kleines Ferienhaus gemietet. Am Spitzingsee.«

»Oh, das ist sicher schön. Fahren Sie Ski?«

»Ja. Nicht mehr so oft wie früher. Manchmal geh ich auch langlaufen. Ist ja heute so voll auf den Pisten.«

»Das ist wahr.«

Lara musterte den Mann von der Seite. Womit er wohl sein Geld verdiente? Er strahlte etwas Vornehmes aus. Mietete für sich allein ein Ferienhaus. Die meisten Leute, die alleine reisten, würden wohl ins Hotel gehen. Aber vielleicht wollte er seine Ruhe haben. Sie fuhren durchs nächtliche Mangfalltal, an einem Sägewerk vorbei, überquerten noch einmal den Fluss, dann kam linker Hand die kleine Büttenpapierfabrik.

»Darf ich Sie was fragen?«

»Natürlich.«

»Ich hoffe, das kommt jetzt nicht falsch rüber. Ich hab nur gedacht, ob Sie …« Lara zögerte. Jetzt nichts Falsches sagen.

»Ja?«

»Ist vielleicht keine gute Idee.«

»Sie brauchen eine Bleibe für die nächsten Tage? Ist es das, was Sie fragen wollten?«

Lara forschte im Gesicht des Mannes nach einer Haltung. War er genervt, abweisend? Hatte er komische Ideen, was er mit einer Zwanzigjährigen in seiner einsamen Hütte anstellen würde? Es war weder das eine noch das andere. Er sah sie kurz an, und sein Gesicht war freundlich, ermutigend und ohne Anzeichen von Schlüpfrigkeit.

»Ich weiß, das ist ein bisschen viel verlangt. Aber ich dachte, vielleicht ist in dem Ferienhaus noch ein Zimmer frei. Ich … ich kann auch kochen.«

»Das ist natürlich ein Angebot.« Der Mann lachte. »Wenn ein schönes Abendessen nach dem Skifahren auf mich wartet. Nein, im Ernst. Das wäre kein Problem. Das Haus ist groß. Sie können gern ein paar Tage bleiben.«

»Das wär wirklich super. Nachdem jetzt noch der Wagen von meinem Freund kaputt ist …«

»… braucht er wahrscheinlich einige Zeit, um sich wieder zu beruhigen, meinen Sie?«

Lara nickte.

»Sie sollten den Kerl verlassen. Das wird nicht besser. Glauben Sie mir.«

Der Mann stoppte den Wagen.

»Wollen Sie immer noch zur Mangfallmühle?«

»Ja. Ich brauch was von da.«

Kreuthner hatte nach Laras Flucht sofort Harry Lintinger angerufen und ihm mitgeteilt, dass das Mädchen möglicherweise in Kürze bei ihm auftauchen würde. Er solle sie erst mal bei sich in der Wohnung verstecken. Lintinger war wenig begeistert.

»Ich mach mich strafbar, wenn ich der helf«, erklärte er in larmoyantem Ton.

»Ja, des wollen mir natürlich net, dass du dich strafbar machst«, sagte Kreuthner giftig. »Is des so strafbar wie an Nachschlüssel von am fremden Haus machen und an Freunde verleihen?«

»Jetzt wirst aber unfair.«

»Schrei mich net an und hör gut zu. Mir beide, mir wollen doch zwei Dinge nicht: dass dem Mädel was passiert. Und dass die Polizei deine Bude auf den Kopf stellt. Und das eine hängt halt mit dem anderen zusammen. Ist doch net so schwer.«

Lintinger sagte noch etwas, das wie meineidige

Drecksau klang. Kreuthner gab zur Antwort, er sei Lintinger sehr dankbar und werde baldmöglichst selbst vorbeischauen.

Als Wallner und Mike endlich von einem Streifenwagen abgeholt worden waren, setzte sich Kreuthner auf sein E-Bike und rauschte mit 80 km/h durch die eisige Nacht. Ohne den Integralhelm, den er trug, hätte es ihm vermutlich die Nasenspitze weggefroren.

Auf dem Parkplatz der Mangfallmühle bat Lara den Mann, der sie hergefahren hatte, in die Wirtschaft zu gehen und den Wirt zu holen. Kurz darauf kam er in Begleitung von Harry Lintinger wieder. Lara war inzwischen ausgestiegen und stand zwischen den Autos, immer die Eingangstür im Blick.

»Der Leo hat schon angerufen. Glaubst, des is a gute Idee, wennst bei mir bleibst?«

»Keine Sorge. Hab schon was anderes.« Lintinger nickte erstaunt und sah kurz zu dem grauhaarigen Mann. »Aber ich brauch a Handy.«

»Mein Handy?«

»Du hast doch zwei.« Lintinger hatte ein anonymes Zweithandy, um Geschäftsgespräche zu führen, die möglicherweise strafrechtlich relevant waren.

»Des is prepaid. Und da is nimmer viel drauf.«

»Is wurscht. Ich lad's auf.«

Lintinger hatte die Hände in die Hosentaschen gesteckt und die Arme eng an den Körper gepresst, es war kalt. Er trat missmutig von einem Bein aufs andere, und schließlich sagte er: »Muss ich erst suchen. Komm mit.«

Sie betraten durch den Hintereingang das Gebäude und gingen in den ersten Stock, wo sich Lintingers Wohnung befand. Der grauhaarige Mann sagte, er könne einen Kaffee vertragen, und ging in den Schankraum.

In dieser kalten Februarnacht waren alle Miesbacher Polizisten auf der Jagd. Lara Evers, des Mordes verdächtig, war zum zweiten Mal entkommen. Das kratzte auch an der Polizeiehre. Wenn man nicht zur überregionalen Lachnummer werden wollte, mussten sie die Frau finden. Insbesondere *ein* Polizist hatte gute Gründe, das Mädchen wieder einzufangen.

»Das gibt's ja wohl net.« Greiner schüttelte den Kopf. Gerade war die Meldung eingegangen, dass man Mikes Wagen gefunden hatte. »Klaut die dem Hanke 's Auto.«

»Eine hinterfotzige Bitch, ha?« Sennleitner, der auf dem Beifahrersitz des Streifenwagens saß, schlug Greiner vergnügt auf den Oberschenkel. »Aber wem sag ich des.«

Greiner entfuhr nur ein leises Knurren, und er blickte finster auf die nächtliche Landstraße. »Wo will die hin? Was glaubst?«

»Das weiß ich doch net.«

»Wo tätst denn du hinwollen, wenn du sie wärst?«

»Nach Hause geht ja net. Zu Verwandte – is a bissl riskant. Da schaut die Polizei zuerst nach.«

»Außerdem hat die keine Verwandten. Also – wo geht die hin?«

Sennleitner zuckte stumm die Schultern. »Die hat öfter in der Mangfallmühle bedient. Sonst weiß ich auch nix über sie.«

Greiner bremste, fuhr in die nächste Seitenstraße und wendete den Wagen.

Lara Evers' Ankunft in der Mangfallmühle sollte eigentlich geheim bleiben. Als sie jedoch vom Parkplatz zum Seiteneingang ging, hatte Josef Schinkinger, allgemein Schinkinger Joe genannt, aus dem Fenster gesehen, weil sich draußen etwas bewegte. Als Stammgast kannte er Lara und staunte nicht schlecht, sie zu sehen. Jeder hier wusste, dass die Polizei sie wegen Mordes suchte. Das hatte ihr viel Sympathie eingetragen. Denn die meisten Stammgäste der Mangfallmühle hatten auch schlechte Erfahrungen mit der Polizei gemacht.

Als Kreuthner mit dem Integralhelm unterm Arm den Schankraum betrat, raunte ihm Schinkinger zu, die Kleine sei oben. Kreuthner war etwas verwundert, dass das bereits allgemein bekannt war, dankte aber und begab sich zu der Tür, die ins Obergeschoss führte. Dabei kam er an einem Mann um die sechzig vorbei, der Kaffee trank und nicht aussah, als sei er von hier. Fremde fielen auf in der Mangfallmühle.

Sie saßen sich gegenüber, Kreuthner in einem Sessel mit Brandlöchern, in dessen Ritzen vermutlich etliche Kippenreste vor sich hin moderten, und Lara auf einer Couch. Lintingers herumliegende Unterwäsche hatte sie in einer Ecke zusammengeschoben. Eine Weile betrachteten beide wortlos den Teppichboden, dessen vorherrschende Farbe ein dunkles Brandlochbraun war.

»Tut mir leid wegen dem Feuer.«

Kreuthner nickte.

»Is viel passiert?«

»Geht so.« Kreuthner rollte mit den Augen, griff sich unter den Hintern und holte eine Gabel aus dem Sessel, an deren Zinken prähistorische Fleischreste hafteten. Er warf sie auf den Haufen Unterwäsche. »Warum kommst net wieder mit?«

»Is ja nimmer sicher bei dir.«

»Die kommen net zweimal.«

»Glaubst?«

Kreuthner zuckte mit den Schultern. »Wo willst denn sonst hin?«

»So a Typ hat g'sagt, ich kann a paar Tage bei ihm wohnen. Hat a Ferienhaus hier irgendwo.«

»Was für a Typ?«

»Is so in dem Alter vom Klaus. Ganz nett eigentlich.«

»Die Silberpappel, wo unten am Tresen hockt?«

Lara nickte.

»Des g'fällt mir net.«

»Muss dir auch net g'fallen. Is ja allein meine Sache.«

»Du kennst den doch gar net.«

»Hast a Kipp'n?«

Kreuthner gab ihr eine Zigarette und steckte sich auch eine an. »Bietet dir an, dass du bei ihm wohnen kannst. Der Typ is sechzig und du zwanzig. Was glaubst denn, was der vorhat?«

Lara rauchte, den Ellbogen der Zigarettenhand in die andere Hand gebettet, und betrachtete Kreuthner mit spöttischem Blick. »Du regst dich ja richtig auf.«

»Ich … ja, ich reg mich auf, weil du dabei bist, dass du an Scheiß baust, und ich werd des net …« Der weitere Verlauf des Satzes war Kreuthner noch nicht so ganz klar.

»Ja?« Sie lächelte und zog dabei die Augenbrauen hoch.

»Des is kein Spaß. Des is g'fährlich, was du machst. Du verschwindst, und keiner weiß, was mit dir is.«

»Machst dir etwa Sorgen?« Laras spöttischer Blick hatte einen wärmeren Ton bekommen.

»Ich mach mir keine Sorgen. Geht mich ja nix an. Ich will bloß net, … dass d' an Scheiß baust.«

Lara lehnte sich nach vorne. »Also machst dir doch Sorgen.«

Kreuthner zögerte ungewöhnlich lang für seine Verhältnisse. »Ich?« Er sah sie an. Sie war jung und hatte Sommersprossen auf der Nase und eine kleine Lücke zwischen den oberen Schneidezähnen. Die Art, wie sie rauchte, hatte etwas wahnsinnig Erwachsenes, und es erstaunte Kreuthner, dass ein Kind so erwachsen rauchte. Ja, sie war ein Kind und sollte nicht mit einem sechzigjährigen Mann in ein Haus gehen, das Kreuthner nicht kannte. Das alles hätte er ihr in diesem Moment gerne gesagt. »Nein, ich mach mir keine Sorgen. Geht mich nix an und is mir wurscht. Okay?«

Laras Gesicht wurde wieder ernst. Sie drückte ihre Zigarette auf einem Unterteller aus, sah von Kreuthner weg zur Tür und sagte nichts mehr.

»Was is jetzt?«

»Nix.« Laras Kinn zitterte ein wenig. »Hättst net einfach … ja sagen können?«

Kreuthner wusste darauf nichts zu erwidern. Auch Lara schwieg und kratzte sich am Kopf, und eine Träne lief ihr die Wange hinab. Das machte Kreuthner beklommen. Zum einen wusste er nicht, was er falsch gemacht hatte und ob es überhaupt an ihm lag, und zweitens machten ihn weinende Frauen immer hilflos. Hinzu kam dieses Gefühl, dass es vielleicht das letzte Mal war, dass er das Mädchen sah. Der Gedanke schnürte ihm die Kehle zu.

»Rufst mich mal an.« Kreuthner räusperte sich. »Nur dass ich weiß, dass alles in Ordnung ist.«

Lara nickte und wischte sich die Tränen aus den Augen.

In diesem Moment hörte man Lärm und laute Stimmen von unten aus dem Gastraum. Irgendetwas ging dort vor sich. Sie sahen sich an. Kreuthners Handy klingelte. Es war Harry Lintinger.

»Du kommst mal besser runter«, sagte er. Im Hintergrund hörte man jemanden streiten.

37

Greiner war mit wachsamem Blick in die Gaststube der Mangfallmühle eingetreten. Hinter seinem Rücken grüßte Sennleitner mit dezenter Handbewegung in die Runde. Er kannte nicht wenige der Gäste, denn auch er verkehrte hier regelmäßig.

»Servas!« Greiner baute sich vor Harry Lintinger auf, der hinter dem Tresen Bier zapfte. »Alles klar?«

»Alles wunderbar.« Lintinger stellte Biergläser und Schnäpse auf ein Tablett. »Was darf's sein?«

»A Auskunft wär net schlecht.«

»Mir san a Wirtschaft, net Wikipedia.« Den Spruch hatte Lintinger vom Dude gelernt, und er fand ihn cool. Obwohl er keine Ahnung hatte, was Wikipedia war.

»Samma heut a bissl g'schnappig drauf, ha?« Greiner sah sich im Lokal um. Am Stammtisch saßen Schinkinger Joe und drei seiner Kumpane, darunter Johann Lintinger, Schrottplatzbesitzer und Vater des Wirts, dazu mehrfach und angeblich unschuldig wegen Hehlerei vorbestraft. Auch der Rest der Belegschaft machte den Eindruck, als stünde er der Polizei reserviert gegenüber.

Greiner schätzte die Lage ab. Hilfe war von niemandem zu erwarten. Nur ein grauhaariger Herr um die sechzig machte einen einigermaßen seriösen Eindruck. Die anderen würden wahrscheinlich aktiv Ärger machen, wenn's rundging. Sein Blick fiel auf einen Tisch mit vier jungen Leuten, die Laptops vor sich hatten. Es waren der massige »Dude«, ein langer, dürrer

Mensch, der sich Sheldon nannte, ein Kleiner, Agiler mit einem Zinken wie Cyrano de Bergerac und Geißbocklache, der auf den Spitznamen Spock hörte. Und Franzi, ein verhuschtes Mädchen mit einer mittelgroßen Eisenwarenhandlung im Gesicht, die jemand mal als moppelige Cousine von Lisbeth Salander beschrieben hatte. Die vier bildeten den sogenannten Mangfall Hacking Council und nutzten das freie WLAN des Wirtshauses – das sie Harry Lintinger selbst eingerichtet hatten. Auch von dieser Seite kamen feindliche Blicke. Aber die Nerds würden kaum handgreiflich werden.

»Mir suchen a flüchtige Mörderin«, wandte sich Greiner an Lintinger.

»Ich hab gedacht, ihr habt's die verhaftet«, grinste Lintinger.

»Irgenda Depp hat die auskemma lassen!«, rief Schinkinger Joe hinter seinem Kartenblatt hervor und erzeugte eine ausgesprochen heitere Stimmung im Saal.

»So bled musst erst amal sei«, feixte der alte Lintinger, dann sagte er: »Der Hund hockt drauf« (was eine Schafkopfansage war) und klatschte die Schellen-Neun auf den Tisch.

Greiner versuchte, das alles zu ignorieren, und hielt sich an den Wirt. »Ich frage Sie hiermit offiziell: Hält sich die gesuchte Lara Evers in diesem Gebäude auf?«

Lintinger deutete mit einer kreisenden Armbewegung auf die Gäste. »Schaun S' Eahna um.« Lintinger reckte seinen Hals nach oben. »Hamma hier eine Lara Evers?« Außer ein paar prustenden Lachern kam wenig zurück. Lintinger machte eine Geste zu Greiner, die ausdrückte, dass er alles in seiner Macht Stehende getan hatte.

»Ich kann mich umschauen? Dann haben Sie sicher nichts dagegen, wenn ich mir die restlichen Räume des Hauses ansehe.«

Lintinger sah Greiner verunsichert an. Natürlich hatte er was dagegen, war sich aber nicht im Klaren, wie er sich verhalten sollte. Da trat Schinkinger Joe neben Greiner an den Tresen.

»Ich nehme an, Sie haben einen Durchsuchungsbeschluss, auf dessen Grundlage Sie das Gebäude zu durchsuchen gedenken.«

Greiner sah Schinkinger genervt an. »Ich red mit ihm, okay.« Er deutete auf Lintinger.

»Ich bin sein Rechtsbeistand.«

»Ah ja? Sie schaun gar net aus wie a Anwalt.«

»So kann der Schein trügen. Ich bin in der Tat Jurist.«

»Drei Semester Jura hat er studiert!«, rief Johann Lintinger vom Kartentisch aus und lachte heiser.

»Halt doch deine verdammte Papp'n, wennst koa Ahnung hast«, rief Schinkinger zurück. Dann wandte er sich wieder Greiner zu. »Also: Durchsuchungsbeschluss, oder ihr schleicht's euch wieder!«

»Ich brauch keinen Durchsuchungsbeschluss. Des nennt man Gefahr im Verzug.«

Kreuthner kam durch die Tür, die ins Treppenhaus führte, in den Gastraum. Sofort traf sich sein Blick mit dem von Greiner.

»Ja habe die Ehre! Was macht's denn ihr hier?« Kreuthner ging auf die Kollegen zu und begrüßte sie per Handschlag. Dann wandte er sich an Lintinger. »Jetzt ruck amal an Kaffee umme für die Kollegen.« Er nahm auf einem Barhocker Platz. »Was führt euch her?«

»Lara Evers. Die ist schon wieder geflüchtet.«

»Ah geh? Hattet's ihr die wieder eing'fangen g'habt?«

Kreuthner testete, wie viel Greiner über die Hintergründe der Flucht wusste. So, wie er Wallner einschätzte, hatte der nur die absolut nötigen Informationen rausgegeben.

»Der Hanke hätt s' fast erwischt. Und dann hat s' ihm seine Kist'n gestohlen.«

Während sich die Polizisten am Tresen unterhielten und Lintinger Kaffee servierte, rumorte es im Hintergrund ein wenig.

»Sachen gibt's«, sagte Kreuthner.

»Ja, ja, Sachen gibt's.« Greiner bedachte Kreuthner mit einem Blick, der an Geringschätzung nicht zu überbieten war. »Ich hab mich zum Beispiel g'fragt, wie die Evers an die Arztklamotten kommen is. Warst du net der Letzte bei ihr im Zimmer?«

»Jetzt Obacht, gell! Des is Beamtenverleumdung.«

»Is des Verleumdung, ja?«

»Wennst es net beweisen kannst, is es Verleumdung. Langt dir ein Disziplinarverfahren net?«

Greiner schob die Kaffeetasse von sich, ohne getrunken zu haben, und wandte sich an den Wirt. »Jetzt hör ma auf mit dem Schmarrn. Ich will den Rest des Gebäudes anschauen.«

»Da geht's lang«, sagte Kreuthner und deutete auf die Tür zum Treppenhaus. Allerdings stand vor der Tür jetzt der Stammtisch, an dem Schinkinger, Johann Lintinger und ihre zwei Spezln Schafkopf spielten. Lintinger saß direkt im Türrahmen, als sei er bei der Errichtung des Hauses mit eingebaut worden. Greiners Miene verfinsterte sich, und er ging mit langsamen Schritten auf den Tisch zu.

»Was soll das?«

Die vier am Tisch waren intensiv in ihr Kartenspiel vertieft.

»Am Fenster zieht's«, sagte Schinkinger. »Tät spielen, wenn's recht is. An Wenz.«

»Tun S' den Tisch weg. Des is a polizeiliche Anweisung.«

»Sie«, sagte Schinkinger, während er den Eichel-Unter ausspielte, »befinden sich auf Privatgrund und haben hier gar nichts anzuweisen.« Er drehte sich zum Tresen. »Harry – sollen wir den Tisch wieder wegtun?«

»Na, na. Passt schon!«, rief der Wirt.

Greiner blickte zu Sennleitner. Aber von dem war keine Unterstützung zu erwarten. »Ihr werdet's euch noch umschauen«, drohte Greiner in die Runde. Beim Hinausgehen gab er Sennleitner ein Zeichen, ihm zu folgen. Der sandte Kreuthner einen entschuldigenden Blick und verließ ebenfalls die Wirtsstube.

Auf dem Parkplatz sah man Greiner in das Funkgerät des Streifenwagens sprechen.

»Was macht er denn?«, fragte Schinkinger, der sich neben Kreuthner und Lintinger ans Fenster gestellt hatte.

»Der ruft Verstärkung.«

»Hey! Razzia!«, rief Schinkinger gut gelaunt in die Runde.

Kreuthner sah sich sehr nachdenklich um, und als sein Blick den Tisch mit den Nerds vom Mangfall Hacking Council streifte, hatte er eine Eingebung.

»Ich bräucht zwei Wagenheber und a paar Leut, wo sich nix scheißen.«

Etwa drei Viertel der Gäste fühlten sich von dem Aufruf angesprochen.

Sieben Minuten später standen zwei weitere Streifenwagen auf dem Parkplatz vor der Mangfallmühle.

Greiner hatte den Oberbefehl übernommen und leitete die Durchsuchung des Hauses. Selbst Schinkinger und seine Schafkopfkumpane leisteten keinen Widerstand mehr. Der eine oder andere hatte noch eine Bewährung am Laufen, und da wollte man nicht allzu viel riskieren. Fast kam es Greiner etwas zu glatt vor, wie sie sich jetzt Zutritt verschaffen konnten. Zwei Polizisten behielten das Haus von außen im Auge, vier Mann durchkämmten das Gebäude.

Kreuthner hatte die Zeit genutzt, um einen Schlachtplan zu entwerfen und die Beteiligten in Stellung zu bringen. Dann war er nach oben zu Lara gegangen und hatte nach einem Versteck gesucht. Harry Lintingers Wohnzimmer war vollgestellt mit alten Möbeln und übersät von gebrauchten Kleidungsstücken und Geschirr in wenig appetitlichem Zustand. Das angrenzende Schlafzimmer beherbergte nur eine Matratze auf dem Boden, so dass man nicht unter ein Bett kriechen konnte (was ohnehin kein raffiniertes Versteck war), und das Bad gab auch nichts her. Den Speicher würden sie in jedem Fall durchsuchen, und Keller gab es keinen. Aber es gab den alten Kühlschrank in Gastronomiegröße, der in der Wohnzimmerecke stand. Getränke befanden sich nicht darin, die hatte Lintinger ja in der Wirtschaft unten. Schnittwurst gab es hingegen in ausreichenden Mengen, denn Lintinger hatte nachts, wenn er aufwachte, Hunger auf Salami oder Cervelat und keine Lust, deswegen die Treppen hinunterzugehen. Also setzte Kreuthner das Mädchen in den Kühlschrank und machte, dass er wieder nach unten kam.

Greiner persönlich inspizierte die Privaträume von Harry Lintinger. Im Wohnzimmer machte er zwei alte Kleiderschränke auf, er klopfte gegen Wände und schaute hinters Sofa. Lara wurde langsam die Luft knapp in ihrem Kühlschrank. Als Greiner schon weitergehen wollte, entdeckte er auf einem dreckigen Teller mehrere in Papier eingeschlagene Portionen Schnittwurst. Er nahm sie verwundert in die Hand – sie waren überraschend kalt. Noch einmal ließ er seinen Blick durch den Raum schweifen, bis er am Kühlschrank hängenblieb. Wieder betrachtete er die Wurst in seiner Hand, dann ging er auf den Kühlschrank zu. In diesem Moment hörte er von draußen jemanden schreien: »Hierher! Schnell!! Die haut durch's Fenster ab!« Noch während Greiner Richtung Treppenhaus stürzte, rief die gleiche Stimme: »Halt! Stehen bleiben! Polizei!« Dann folgte ein Warnschuss.

Greiner und Sennleitner kamen gleichzeitig aus dem Wirtshaus gelaufen. Ein weiterer Kollege deutete in Richtung Wald. »Die is ausm Klofenster. Auf geht's!«

Sechs Polizeibeamte jagten durch den nächtlichen Winterwald, stapften durch Schnee, stolperten über Baumwurzeln, stürzten und halfen sich gegenseitig auf. Die junge Frau lief, was sie konnte, war aber deutlich langsamer als ihre Verfolger, die ihr mit Taschenlampen hinterherleuchteten. Keine Minute dauerte die Hatz, dann hechtete ein junger Polizist sie in Footballmanier von hinten an, umklammerte ihre Füße, und die junge Frau sank wie eine Bahnschranke in den Schnee. Unmittelbar darauf waren zwölf Hände damit beschäftigt, die Flüchtige zu bändigen, ihr Handschellen anzulegen und sie auf die Beine zu stellen.

»So, Madel! Hast denkt, du kannst uns noch mal verarschen«, sagte der junge Kollege, der die junge Frau zu Fall gebracht hatte.

Greiner hingegen war auffallend still. Er sah zu Sennleitner. Auch der hatte Lara Evers ja im Krankenhaus bewacht. »Is die des?«

Sennleitner schüttelte den Kopf. »Die is größer und blond. Und hat net so viel G'lump in der Lätsch'n.« Gemeint waren die Metallstecker.

Vom Gasthausparkplatz hörte man, wie ein Wagen gestartet wurde.

»Die ham uns verarscht!«, stellte Greiner fest und rannte zurück in Richtung Mangfallmühle. Die Kollegen hinterher.

»He, ihr Penner!«, schrie ihnen Franzi hinterher. »Nehmt's mir die Handschellen ab, zefix!«

Als Greiner und seine fünf Kollegen auf dem Parkplatz ankamen, hatten sich sämtliche Gäste vor dem Wirtshaus versammelt, um dem folgenden Schauspiel beizuwohnen.

Zuerst bestiegen der jüngste Polizist und sein Kollege ihren Wagen, denn sie waren am schnellsten zu Fuß. Beim Einsteigen war irgendetwas anders als sonst. Aber in der Hektik fehlte die Zeit, darüber nachzudenken. Rechts hinter ihnen wurden jetzt die Türen des Fahrzeugs von Benedikt Schartauer und dessen Kollegen aufgerissen. Schartauer schnallte sich mit präzisen, zügigen Bewegungen an und drückte auf den Startknopf. Auch Schartauer hatte den Eindruck, dass etwas nicht stimmte. Wenn er es recht bedachte, hatte der Wagen auf der Fahrerseite nicht nachgegeben, auf der Beifahrerseite schon. Noch bevor er darauf kam, was das bedeuten könnte, hörte er von draußen tosende Lachsalven, die durch die Wagenfenster nur geringfügig gedämpft wurden. Die Gäste der Mangfallmühle hatten ganz offensichtlich Spaß, etliche bogen sich vor Lachen, und der alte Johann Lintinger verpasste Schinkinger Joe einen Prankenschlag auf die Schulter, dass der das Gleichgewicht verlor und zu Boden fiel. Dies alles der Eindruck einer Sekunde. Links vor sich konnte Schartauer den Anlass für die Gaudi sehen: Der Wagen der jüngeren Kollegen bewegte sich nicht von der Stelle, obwohl der Motor aufheulte und der Kollege am Steuer seinen Oberkörper nach vorne drückte in dem sinnlosen Versuch, den Wagen anzuschieben. Da war etwas schiefgelaufen, dachte Schartauer. Aber er konnte sich jetzt nicht um die Kollegen kümmern, sondern musste dem flüchtigen Mädchen hinterher. Also gab er Gas. Schartauers Wagen bewegte sich im Gegensatz zu dem der Kollegen. Und zwar machte er einen Satz nach vorn, sackte dann auf der Fahrerseite nach unten, und Schartauer verlor die Kontrolle über die Lenkung, während der Wagen scharf nach links zog, bis er nach wenigen Metern seitlich in den anderen Streifenwagen krachte. Der wiederum durch den seitlichen Aufprall von den Ziegelsteinböcken gestoßen wurde, auf die man ihn gesetzt hatte, und – der Kollege gab gerade Vollgas – mit großer Wucht nach vorne schoss, wo er, bevor der Fahrer auf die Bremse treten konnte, die Kühlerhaube in einem großen Stapel Brennholz versenkte.

Kreuthner hielt sich im Hintergrund, erhielt aber anerkennendes Schulterklopfen von Schinkinger, der sich aufgerappelt hatte, fiepsende Geräusche von sich gab und immer wieder die Tränen aus den Augen wischen musste. Das halbseitige Aufbocken von Schartauers Wagen war eine derart brillante Idee gewesen, dass diese Technik bald in weiten Bevölkerungskreisen unter der Bezeichnung »Aufkreuthnern« bekannt wurde.

Inzwischen hatte das Finale begonnen: Greiner und Sennleitner hatten als Letzte ihr Fahrzeug bestiegen und mit großer Verwirrung mitbekommen, was für seltsame Kapriolen die beiden anderen Streifenwagen vollführten. Da sie die Situation in der Eile nicht genau einschätzen konnten, startete Greiner kurzerhand den Wagen und fuhr los, zumal beim Einsteigen keine Besonderheiten registriert worden waren. Als sich der Wagen allerdings in Bewegung setzte, begannen die Auffälligkeiten. Greiner konnte das Steuer kaum halten, es eierte und wurde hin- und hergerissen. Der Wagen fuhr zwar einigermaßen geradeaus, aber so, als würde er dabei von einem Riesen hin- und hergeschubst. Draußen hob nachgerade ein Orkan der Heiterkeit an. Man musste es von außen sehen, um das Schauspiel in seiner ganzen Komik würdigen zu können. Zwar waren noch alle Räder am Wagen, doch hatte man sämtliche Schrauben entfernt, so dass die Reifen wilde Eierbewegungen vollführten. Das Ganze sah aus wie ein Auto für einen Clown im Zirkus. Alle Zuschauer, die noch nicht vor Lachen auf die Knie gesunken waren, stimmten das Zwergenlied »Heiho, heiho …« an. Und als Greiner und Sennleitner schließlich die Straße erreichten, löste sich das erste Rad vom Wagen, was die Stabilität nicht verbesserte. Greiner bremste, stieg aus dem Wagen und begutachtete den Schlamassel. Johann Lintinger war Schinkinger Joe mittlerweile um den Hals gefallen und schluchzte: »I schiff mi o, he!«, während sich Kreuthner weise im Hintergrund hielt. Als ihn Sennleitners genervter

Blick traf, machte Kreuthner eine entschuldigende Geste, die seinem Spezl bedeutete, dass er den leider unvermeidlichen Kollateralschaden bedauerte.

Schartauer versuchte, die Kollegen im Landkreis per Funk auf den flüchtigen Wagen anzusetzen. Aber weder konnte er eine Beschreibung des Fahrzeugs abgeben, noch waren Streifenwagen verfügbar. Alles, was sich in der Nähe aufgehalten hatte, war auf diesem Parkplatz versammelt und nicht mehr fahrtüchtig. Greiner hätte am liebsten alle Anwesenden verhaftet. Aber ihm war klar, dass man ohne Zeugen niemandem etwas anhaben konnte. Und der Einzige, dem er zugetraut hätte, gegen diese Verbrecherbande auszusagen, war der seriös wirkende grauhaarige Herr von vorhin. Nur war der nirgends mehr zu sehen.

An diesem Abend versuchte Kreuthner mehrfach, Lara auf Lintingers Handy anzurufen. Aber sie ging nicht dran. Und das beunruhigte Kreuthner.

Sie waren am Spitzingsee mit seinen lichterglitzernden Hotels vorbeigefahren und weiter in die Berge hinein – Lara und der nette ältere Herr, der ihr, ohne Fragen zu stellen, bei der Flucht vor der Polizei geholfen hatte. Lara war noch nie in dieser Gegend gewesen. Es war ein Skigebiet, und sie fuhr nicht gerne Ski. Von der Straße war nach einiger Zeit ein Weg abgezweigt, er führte zu einem Ferienhaus.

Er zeigte ihr das Zimmer, in dem sie schlafen würde, das Bad und was sie sonst noch wissen musste. Als er seinen Mantel an die Garderobe hängte, schlug ihm die Pistole darin gegen den Arm. Er versteckte sie im Bücherregal. Das Mädchen war gerade auf der Toilette. Als sie wiederkam und ihn ansah, spürte er einen Stich. Irgendwoher kannte er die Augen. Es musste sehr lange her sein, dass er sie gesehen hatte. Doch er kam nicht darauf. Auch nicht, als sie sich ins Bett verabschiedete und sich noch einmal zu ihm umdrehte.

Bis spät in die Nacht saß er im Wohnzimmer, trank Bier und dachte nach. Warf einen Blick zu den Büchern, hinter denen die Pistole wartete. Musste es sein? Oder gab es eine andere Lösung?

38

Berlin, Herbst 1996

Vor der Testamentseröffnung rief Sitting etliche befreundete Rechtsanwälte an, um sich nach Herbert Augustin, dem Erblasser, zu erkundigen. Bei einem Kollegen in einer Wirtschaftskanzlei hatte er schließlich Erfolg. Augustin, so die Auskunft, war Alleingesellschafter der Schwarzwasser GmbH gewesen. Die Firma besaß Immobilien, die aus dem ehemals privaten Besitz der Familie Augustin stammten und vor zwanzig Jahren in der GmbH zusammengefasst worden waren. Nach der Wende waren etliche Objekte in Ostberlin und Brandenburg dazugekommen. Auch mit diesen Informationen konnte Sitting nichts anfangen. Wirtschafts- und Immobilienrecht waren ihm weitgehend fremd. Er hatte in der Vergangenheit nur gelegentlich damit zu tun gehabt und musste jedes Mal einen Rechtspfleger beim Grundbuchamt anrufen, um sich die juristischen Dinge erklären zu lassen.

Am letzten Septembertag hielt der Herbst Einzug in Berlin. Kalter Wind und Regenschauer entvölkerten die Terrassen vor den Restaurants, und Sitting hatte sich eine Wollmütze aufgesetzt. In der Charité war der übliche Arzt nicht da. Seine Vertretung musste erst in der Akte nachsehen. Silvia ging es unverändert, sie war noch nicht aufgewacht. Er durfte zu ihr und sich ans Bett setzen.

Vorsichtig nahm er ihre Hand, bemüht, keine der Schläuche und Drähte zu berühren, durch die sie mit diversen Maschinen verbunden war. Ihr Gesicht war zu zwei Dritteln von Verbänden bedeckt, in der Nase steckte ein Schlauch für den Sauerstoff. Ihre Hand war warm. Das erschreckte Sitting, auch wenn er nicht recht sagen konnte, warum. Er richtete innerlich ein paar Worte der Entschuldigung an Silvia, drückte ihre Hand und brach in leises, aber heftiges Weinen aus, das eine Viertelstunde anhielt. Und als ihm klarwurde, dass die bewusstlose Frau in diesem Krankenhausbett der einzige Mensch auf der Welt war, der ihm überhaupt Trost spenden konnte, wurde seine Verzweiflung noch größer. Drei Stunden verbrachte er an Silvias Seite, und in manchen Augenblicken empfand er eine wunderbare Ruhe und hatte den Wunsch, sich neben sie zu legen und zu sterben.

Am Nachmittag fuhr Sitting in die Kantstraße und suchte das Lokal, in dem er sich ein paar Tage zuvor betrunken hatte. Er bestellte Whisky und trank bis zum frühen Abend. Anschließend fuhr er in die Kanzlei, warf die Post auf einen Haufen mit anderen ungeöffneten Briefen und legte sich auf die Couch in seinem Büro.

Am nächsten Morgen wachte Sitting so spät auf, dass er vor der Testamentseröffnung nicht mehr nach Hause fahren konnte. Mit zerknittertem Jackett, unrasiert und vermutlich eine straffe Fahne vor sich hertragend, lief er im Notariat ein. Die Sekretärin stellte ihm ungefragt einen Kaffee hin und fragte, ob er eine Alka-Seltzer haben wolle. Sitting nickte.

Während er im Besprechungszimmer sein Glas Alka-Seltzer trank, wurden eine Frau und ein Mann hereingeführt, beide um die dreißig, die sich als Regina und Marc Augustin vorstellten. Dann kam der Auftritt des Notars. Er war etwas jünger als Sitting, sein Einkommen dafür vermutlich etwas höher. Er gab jedem die Hand, setzte sich und legte eine lederne Mappe auf den Tisch.

»Tut mir leid. Wir sind noch nicht vollzählig.« Der Notar sah auf seine Armbanduhr.

Die Anwesenden nickten, blickten ebenfalls auf ihre Uhren und stierten auf die lederne Mappe. Der Notar plauderte über den Kälteeinbruch und dass man vor ein paar Tagen noch draußen sitzen konnte, was aber keinen interessierte. Schließlich hörte man ein Klingeln an der Kanzleitür. Die Anspannung stieg, der Mann und die Frau sahen sich an, dann zur Tür, die jeden Moment aufgehen musste. Tatsächlich kamen jetzt Schritte näher, die Tür wurde geöffnet, und eine stark geschminkte junge Frau in einem Wollkleid betrat den Raum. Durch Sitting ging ein Ruck. Mit einem Mal wurde ihm klar, wo die Verbindung zum Erblasser war.

»Testamentseröffnung, bin ich hier richtig?«

»Ja. Das ist hier«, sagte der Notar. »Sie sind Frau Cordes?«

»Ja«, sagte die junge Frau und bemerkte erst jetzt, dass Sitting am Tisch saß. »Hallo! Das ist ja eine Überraschung!«

Der Anwalt und seine ehemalige Mandantin begrüßten sich. Dann begann der formelle Teil der Zusammenkunft. Der Notar ließ sich die Ausweise der Anwesenden zeigen und erklärte, dass Herbert Augustin, der Erblasser, ihn gebeten habe, ein Testament aufzusetzen und zu beurkunden. Des Weiteren, dass diese Eröffnung nicht im rechtlichen Sinne nötig sei. Das

Testament werde anschließend ohnehin dem Gericht vorgelegt, das die weiteren Schritte einleite. Aber der Erblasser habe diese gewissermaßen traditionelle Testamentseröffnung gewünscht. Endlich wurde die Mappe aufgeschlagen, und es befand sich in der Tat ein amtlich aussehendes Schriftstück darin, das jetzt mit geübter Notarstimme verlesen wurde.

Nach den einleitenden Floskeln wurde es interessant: »... bestimme ich zur Alleinerbin meines Vermögens Frau Miriam Cordes, wohnhaft zum Zeitpunkt der Errichtung dieses Testaments: Bergmannstraße 92, 10961 Berlin.« Das Gesicht von Marc Augustin versteinerte, und die Miene seiner älteren Schwester entglitt vollständig ihrer Kontrolle. »Mein Vermögen besteht im Wesentlichen aus den unveräußerlichen Gesellschaftsanteilen an der Schwarzwasser GmbH. Aus den Erträgen dieser Gesellschaft soll Miriam Cordes jeden Monat achttausend Mark erhalten. Der überschießende Betrag ist auf das in der Anlage zu diesem Testament erwähnte Konto einzubezahlen. Zum Testamentsvollstrecker und Treuhänder über dieses Konto bestimme ich Herrn Dieter Sitting, Rechtsanwalt, wohnhaft derzeit Lüderitzstraße 60, 13351 Berlin. Ich erteile Herrn Sitting hiermit im Übrigen Generalvollmacht für sämtliche Angelegenheiten, die mein Vermögen betreffen. Vor allem wird er das Stimmrecht in der Gesellschafterversammlung der Schwarzwasser GmbH nach pflichtgemäßem Ermessen ausüben sowie meine Nachfolge als Geschäftsführer dieser Gesellschaft antreten.« Es folgten Bestimmungen für den Fall, dass Sitting das Amt ausschlagen würde oder nicht antreten könnte oder irgendwann während der auf zwanzig Jahre angelegten Amtsausübung seine Aufgaben nicht mehr erfüllen könnte.

»Gibt es irgendeinen Grund, warum Sie uns hierhergebeten haben?«, unterbrach Marc Augustin den monotonen Lesefluss des Notars.

»Dazu kommen wir gleich. Wenn Sie mich bitte die Verlesung beenden lassen.« Nach einigen weiteren Sätzen eher technischer Natur wurde es wieder interessant: »Meiner Nichte Regina und meinem Neffen Marc vermache ich mein gesamtes bewegliches Vermögen laut Anhang 2 zu diesem Testament, soweit es sich zum Zeitpunkt meines Todes in meinem Eigentum befindet.« Der Notar unterbrach sich hier selbst, vermutlich um den Geschwistern Augustin zuvorzukommen. »Es handelt sich im Wesentlichen um zwei Kraftfahrzeuge, einen Mercedes und einen Porsche, außerdem um Antiquitäten, Geschirr, einige Bilder und etwas Schmuck. Ihr Onkel schätzte den Wert des Vermächtnisses auf etwa einhundertfünfzigtausend Mark.« Regina Augustin sah den Notar ungläubig an. »Ihr Onkel hat in letzter Zeit viel für karitative Zwecke gespendet. Unter anderem seine Gemäldesammlung bis auf ein paar weniger bedeutende Werke.«

»Das ist doch wohl ein schlechter Witz!«, rief Marc Augustin. »Hundertfünfzigtausend! Die Firma ist dreißig Millionen wert.«

Der Notar sah sich nicht veranlasst, etwas dazu zu sagen, und fuhr mit der Verlesung fort. »Der Anspruch auf das Vermächtnis wird für beide Vermächtnisnehmer verwirkt, falls ein oder beide Vermächtnisnehmer dieses Testament anfechten sollten.«

Marc Augustin nickte mit Wut in den Augen, den Unterkiefer vorgeschoben, als habe er diese perfide Klausel kommen sehen. Seine Schwester flüsterte ihm zu, dass sie sich das nicht gefallen lassen dürften.

»Im Anhang zu diesem Testament befinden sich

zwei Gutachten, die bescheinigen, dass der Erblasser zum Zeitpunkt der Testamentserrichtung uneingeschränkt testierfähig war. Die Gutachter sind ordentliche Professoren der Freien Universität Berlin beziehungsweise der Ludwig-Maximilians-Universität in München.«

Auch Miriam Cordes war verwirrt. Sie lehnte sich zu Sitting hinüber und flüsterte: »Hat er dreißig Millionen gesagt?«

39

Miesbach, 3. Februar 2016

Der Himmel über Miesbach war blassblau an diesem Februarmorgen, und die Bergspitzen leuchteten in der aufgehenden Sonne. Aufmerksam überwachte Wallner die Kaffeezubereitung durch Manfred. Wenn er nicht hinsah, konnte es passieren, dass Manfred einen Löffel des Kaffeepulvers schnell wieder aus dem Filter entfernte. Das war so ein Reflex der Sparsamkeit. Heute bekam er keine Gelegenheit, denn Wallner hatte die Kaffeekanne stets im Blick, obwohl er mit den Gedanken woanders war. Aber das traf auch auf seinen Großvater zu. Sie saßen am Küchentisch, jeder sein Frühstücksei vor sich, aber keiner wollte es anrühren. Sie warteten auf einen Anruf. Und obwohl sie darauf warteten, fuhr beiden der Schreck in die Glieder, als das Telefon klingelte. Sie sahen sich an, und Wallner sagte: »Willst du?«

Es klingelte wieder. Manfred schüttelte den Kopf.

Es war Stefanie, Olivias Mutter, die an diesem Morgen wie verabredet anrief. Das Gespräch mit Wallner dauerte nicht lang. Am Ende des Telefonats fragte Wallner, wie das Hotel heiße, und schrieb den Namen auf einen Zettel.

Manfred sah seinen Enkel nicht an, als der aus dem Flur kam, sondern starrte auf sein Frühstücksei.

»Er war gestern bei Stefanie und Olivia.« Wallner

setzte sich an den Tisch und behielt den Zettel in der Hand. »Ist wohl lange geblieben und dann in sein Hotel zurückgefahren.«

»Aha.«

»Er …« Wallner musste noch einmal ansetzen. »Er fliegt heute Mittag wieder.«

Manfred nickte kaum merklich, sein Blick war eingefroren. »Fliegt wieder …«

»Ja.« Wallner atmete durch. »Und nein, er hat kein Wort über uns verloren. Und niemand hat ihn darauf angesprochen. Er hat so getan, als gäbe es uns nicht.«

»Hat wohl seine Gründe«, sagte Manfred mit brüchiger Stimme.

»Weißt du was?« Wallner sah seinen Großvater wütend an. »Es ist mir auch egal. Dann soll er bleiben, wo der Pfeffer wächst. Ich hab seit vierzig Jahren keinen Vater. Und ich brauch auch keinen.«

Manfred schüttelte den Kopf. Dann lachte er. Es war zumindest der Versuch eines höhnischen Lachens. »Mir geht er net ab, der Kaschper. Meint er vielleicht, mir laufen ihm noch nach?«

Wallner zerknüllte den Zettel mit der Hoteladresse und warf ihn in den Mülleimer. Mit verschränkten Armen sah er aus dem Fenster. Wieder ein beißend kalter Morgen. Manfred versuchte, einen Schluck Kaffee zu trinken, doch er zitterte stark heute, mehr als sonst, schien es Wallner. Er fasste mit an, brachte die Tasse zur Ruhe, und Manfred trank.

»Der verdammte Parkinson.« Manfred betrachtete seine bebenden Hände.

»Besser wird er nicht«, sagte Wallner. Dann schwiegen sie wieder.

»Findst auch, dass wir ihm net nachlaufen sollen« Manfred starrte in seinen Kaffee, und seine Lippen bewegten sich, als sagte er noch andere Dinge, nur ohne Stimme. Und mit einem Mal wirkte er auf Wallner unheimlich klein und zerbrechlich. Mit einem Mal sah Manfred aus, als sitze er vor der Tür zur Ewigkeit, müde vom Leben, bereit zu gehen. Doch etwas hielt ihn noch. Etwas war noch nicht erledigt.

Der Frühstücksraum des Gasthofes war gleichzeitig der Gastraum der angegliederten Wirtschaft. Sehr bayerisch, renoviert, mit Marmorsäulen und Malereien an der Gewölbedecke. Ralf Wallner war ein Mann in den Sechzigern, der sich gut gehalten hatte, einer, dem die Falten standen und die tropische Bräune, die sich selbst im deutschen Winter lange hielt. Wallner hatte seinen Vater fast vierzig Jahre nicht gesehen. Dennoch erkannte er ihn sofort unter den Frühstücksgästen.

»Ist hier noch frei?«, sagte Wallner.

Sein Vater schien irritiert. Ringsum gab es freie Tische. »Bitte sehr.«

Wallner hängte seine Daunenjacke über die Stuhllehne und setzte sich. Er holte kein Brot, keine Wurst, keinen Kaffee. Er saß nur seinem Vater gegenüber und sah ihm beim Essen zu.

»Du fliegst heute schon wieder?«, sagte er schließlich.

Ralf Wallner erstarrte und ließ die Semmel sinken. Sie sahen sich in die Augen. Diese Augen hatten Wallner schon bei seiner Halbschwester Olivia seltsam berührt. Es waren seine eigenen Augen.

»Clemens?«

Wallner nickte. Ralf ließ den Kopf auf die Brust fallen und sank in sich zusammen. Wallner wartete, bis sein Vater ihn wieder ansah.

»Siehst gut aus«, sagte Ralf schließlich etwas ungelenk.

»Danke. Das kann ich zurückgeben. Machst echt was her für dein Alter.«

Ralf wand sich auf seinem Stuhl. »Woher wusstest du, dass ich hier ...?«

»Von Stefanie.«

»Ihr kennt euch?«

»Ja. Ich hab vor drei Jahren durch Zufall erfahren, dass Olivia meine Halbschwester ist.«

Ralf lachte etwas hilflos in sich hinein. »Wie komm ich eigentlich auf die Idee, dass ihr euch nicht kennt?«

»Aber ist am Ende des Tages egal. Jetzt sitzen wir jedenfalls hier.«

»Ja«, sagte Ralf leise, sah kurz zu Wallner, dann wieder auf den Tisch. »Keine Ahnung, was man in so einer Situation sagt.« Ein schmerzvolles Lächeln zuckte über sein Gesicht. »Tut mir leid? Klingt irgendwie ... komisch. Oder?«

»Versuch's mit einer Erklärung.«

Ralf zögerte, als denke er darüber nach, ob es Sinn machte, eine Erklärung abzugeben. Schließlich sagte er: »Die gibt es. Aber ... sie wird dich nicht befriedigen.«

Er drehte lange den Kaffeelöffel zwischen seinen Fingern und war offenbar bemüht, die Dinge in eine verständliche Reihenfolge zu bringen. »Das Ganze hat«, er atmete noch einmal durch, »im Grunde mit dem Tod deiner Mutter angefangen. Hast du noch Erinnerungen an sie?«

Wallner schüttelte den Kopf.

»Natürlich nicht. Du warst zwei Jahre alt. Hat man dir gesagt, wie sie gestorben ist?«

»Sie wurde beim Schwimmen von einem Boot angefahren und ist ertrunken.«

»Das ist die offizielle Version.«

»Und die inoffizielle?«

»Es gab kein Boot. Deine Mutter ist nicht bei einem Badeunfall gestorben. Sie hat sich das Leben genommen.« Ralf ließ den Satz im Raum schweben. Frühstücksgeklapper von Messern und Tellern drang Wallner ins Ohr. Er war verwirrt.

»Und … warum?«

Ralf zuckte die Schultern. »Heute würde man sagen, sie hatte Depressionen. Aber so was gab's damals nicht. Also musste es einen anderen Grund geben. Und der war ich.«

»Das heißt?«

»Sie haben mir die Schuld gegeben. Ich hätte deine Mutter ständig betrogen. Deswegen hätte sie sich umgebracht.«

Wallner schwieg und wartete.

»Ja. Ich hab sie betrogen. Zweimal. Ich war achtzehn, als ich sie kennenlernte. Neunzehn, als du auf die Welt gekommen bist. Zwanzig, als wir geheiratet haben.«

»Hättest du sie geheiratet, wenn sie nicht schwanger gewesen wäre?«

Ralf dachte einige Augenblicke nach. »Nein. Wahrscheinlich nicht. Es war mir schnell klar, dass etwas nicht stimmte. Sie hat oft ganze Tage im Bett verbracht und kaum was geredet. Einmal war sie verschwunden. Drei Tage. Jemand hat sie dann am Ross- und Buchstein gesehen, wie sie vor einer Felswand stand, und sie angesprochen. Wahrscheinlich hat er ihr das Leben gerettet.« Ralf zuckte die Schultern. »Ich war noch jung und bin damit nicht klargekommen. Und natürlich hab ich mich gefragt, ob ich der Grund für ihre Verzweiflung bin. Ich wusste ja nicht, dass es eine Krankheit ist, die man behandeln muss. Wenn sie stundenlang geweint hat, hab ich gedacht, ich hab was falsch gemacht.«

»Hast du auch schöne Erinnerungen an sie?«

»Ja.« Ralf sah irgendwo in die Ferne, Richtung Fenster. »Wenn es ihr gutging, war sie ansteckend fröhlich. Wir hatten viel Spaß. Sie hatte dunkle, sanfte Augen, und sie hat alle zum Lachen gebracht ...« Er legte den Kaffeelöffel sorgsam auf die Untertasse. »Mein Vater hat sie vergöttert. Kannst dir ja vorstellen. Ist er immer noch hinter den Frauen her?«

Wallner lächelte. »Hat sich nicht wirklich gelegt.«

Ralf presste die Lippen zusammen, und sein Blick wurde melancholisch. »Ja. Sie war ein fröhliches Mädchen – an den guten Tagen. Aber es ging ihr immer seltener gut. Ich hab damals studiert und war tagsüber in München. Und sie mit dir hier in Miesbach. Vielleicht hat sie auch das runtergezogen. Dieses Eingesperrtsein.«

»War sie auch depressiv, wenn du da warst?«

»Oh ja. Irgendwann wurde es so schlimm, dass ich Angst hatte, nach Hause zu kommen.« Er nickte nachdenklich. »Na ja – wenn dir in so einer Situation eine andere Frau über den Weg läuft ...«

Auch Wallner nickte, es war ja nicht schwer zu verstehen.

»Willst du einen Kaffee?«

Ralf machte sich daran, die zweite, noch unbenutzte Kaffeetasse auf dem Tisch aus dem Kännchen zu befüllen. Wallner wehrte mit der Hand ab.

»Ich bin kein Hotelgast.«

Ralf sah seinen Sohn an und lachte. »Von Manfred hast du das sicher nicht.«

»Was?« Wallner war irritiert.

»Dieses Korrekte. Das hast du von Karin.« Er lachte

noch einmal. »Nein, ich find das gut – Prinzipien haben. Ich hab es in den letzten Jahren zu schätzen gelernt.« Er füllte Wallners Tasse. »Sie schütten den Kaffee nachher sowieso weg. Also mach dir keinen Kopf.«

Wallner gab seinen Widerstand auf und bediente sich auch an Milch und Zucker. »Du wolltest mir noch erklären, warum du dich neununddreißig Jahre nicht gemeldet hast.«

»Ja ... die Zeit vergeht.« Ralf lehnte sich zurück. »1971 ist deine Mutter gestorben. Und das hat mir Manfred nie verziehen. Jeden einzelnen Tag hat er mich spüren lassen, dass ich sie auf dem Gewissen habe. Eine Bemerkung, ein Blick oder einfach nur, indem er auf eine Frage nicht geantwortet hat. Sechs Jahre ging das so. Ich hatte mich fast dran gewöhnt. Und dann kam Venezuela.« Er machte eine Pause, schob die Krümel auf seinem Teller mit dem Finger zusammen. »Du kannst dir das vielleicht nicht vorstellen, wie das ist, wenn dich nach sechs Jahren plötzlich niemand mehr anklagend ansieht. Wenn du einfach ganz normal leben kannst und sich dein Magen nicht verkrampft, wenn du abends vor deiner Haustür stehst. Da ist mir erst klargeworden, in was für einem Gefängnis ich gelebt hatte. Und nach dem halben Jahr hab ich mir gesagt: Ich will nicht zurück. Das tu ich mir nicht mehr an.« Er sah Wallner besorgt an. »Kannst du das wenigstens ansatzweise verstehen?«

»Denke schon.« In Wallners Stimme schwang großer Zweifel mit. »Aber warum hast du nie versucht, Kontakt mit mir aufzunehmen?«

»Wie hätte ich mit dir Kontakt aufnehmen sollen? Mit einem Achtjährigen. Heimlich – hinter dem Rücken meiner Eltern?«

»Du bist mein Vater. Wer hätte dich dran hindern sollen, mich zu besuchen? Oder mich mitzunehmen?«

Ralf schwieg. Es gab nichts zu erwidern.

»War die Angst vor Manfred so groß? Du warst erwachsen.«

Ralf sah zum Büfett, eine Bedienung ging vorbei, er lächelte sie mechanisch an. »Im Verhältnis zu deinen Eltern wirst du nie erwachsen. Um ehrlich zu sein – ich hatte eine Scheißangst vor meinem Vater. Und je länger ich weg war und mich nicht gemeldet hatte, umso schlimmer wurde die Situation. Nach zwei Jahren hab ich das erste Mal daran gedacht, dich zu holen. Aber dann hab ich's immer wieder rausgeschoben. War immer ungünstig. Gerade umgezogen, neuen Laden aufgemacht, Beziehung in die Brüche gegangen. Irgendwann ist der Point of no Return erreicht. Du kannst nach zehn Jahren nicht plötzlich auftauchen und sagen: Ich will mein Kind wiederhaben.«

»Nach zehn Jahren – da war ich achtzehn. Vielleicht hätte ich mich gefreut, dich wiederzusehen.«

Ralf kniff die Lippen zusammen und nickte. »Wahrscheinlich. Ich … ich hab's einfach nicht mehr hingekriegt.«

»Was meinst du mit ›nicht hingekriegt‹?«

Ralf blickte starr durch Wallner hindurch. »Ich weiß es nicht. Es war mir einfach … unangenehm. Vielleicht hab ich dich und Manfred als Einheit gesehen. Ich hab keine wirkliche Erklärung.«

Sie schwiegen eine Weile, Ralf knetete ein Zuckertütchen, Wallner starrte zu Boden und hing den vielen Gedanken nach, die ihm im Kopf herumgingen.

»Ich hab mich geschämt«, sagte Ralf schließlich. »Ich hab mich geschämt, dir gegenüberzutreten. Du hättest mich verachtet.« Er sah zu Wallner. »Oder?«

»Mit achtzehn? Vielleicht. Ich weiß es nicht.«

»Klar. Ich hätte es rausfinden müssen. Aber ich war zu feige.« Er schüttelte den Kopf. »Es ist wirklich so irrational. Ich meine, was hätte im schlimmsten Fall passieren können? Dass mich mein Sohn verachtet? Aber es wäre einen Versuch wert gewesen.« Ralf warf das Zuckertütchen auf den Frühstücksteller. »Es hat keinen Sinn, Gründe zu suchen. Es gibt keine Rechtfertigung.«

»Mir ist schon geholfen, wenn ich's verstehe.«

Ralf nickte. Zeit verging. Der Frühstücksraum leerte sich, und die Tische wurden abgedeckt. »War es schlimm, ohne Vater aufzuwachsen?«

Wallner zuckte mit den Schultern. »Schlimm war, auf dich zu warten.«

»Wie lang hast du denn gewartet?«

»Ein paar Jahre. Kinder sind hartnäckig im Warten.«

Ralf atmete durch. »Ich hab mir damals eingeredet, ein Achtjähriger vergisst schnell.«

»Wenn du tot gewesen wärst – wahrscheinlich. Aber es wusste ja niemand, ob du noch lebst.« Wallner betrachtete das Gesicht seines Vaters. Es war von einigen langen Falten durchzogen. Aber das stand ihm. »Hast du Kinder? Ich meine, außer Olivia und mir.«

»Wissen kann man das ja nie als Mann. Aber – nein. Wahrscheinlich nur euch beide.«

»Nett, die Kleine, nicht wahr?«

»Ja. Sehr süß … Irgendwann hattest du mich dann abgehakt?«, lenkte Ralf das Gespräch wieder auf das ursprüngliche Thema.

»Irgendwie schon. Und irgendwie auch nicht.« Wallners Gesichtsausdruck wurde nachdenklich. »Nach dem Abi war ich am Orinoco.«

Ralf sah Wallner erstaunt an. »Warum?«

»Jemand hat erzählt, er hätte dich da gesehen.«

»Hättest an die Küste fahren sollen. Vielleicht wären wir uns über den Weg gelaufen. Ich war meistens im Tourismusgeschäft tätig.«

»Hast du Kontakt zu Karin? Du weißt, dass sie Manfred verlassen hat?«

»Ja. Anfang der Neunziger. Ich hab damals ihre Schwester kontaktiert.«

»Tante Renate?«

»Ja. Renate.« Ralf sagte nichts weiter.

»Ja und?«

»Na ja, seitdem hab ich wieder Kontakt zu deiner Großmutter.«

Wallner sah seinen Vater auf eine Weise an, dass Ralf sich zu einer näheren Erklärung genötigt sah. »Sie wollte nicht, dass ich mich bei Manfred melde. Er hatte es in ihren Augen nicht verdient.«

Wallner schwieg. Seine rechte Hand schwebte unschlüssig über dem Tisch, als sei er im Begriff, etwas zu sagen, das er mit Gesten unterstützen wollte. Er blickte Ralf in die Augen, aber er sah ihn nicht wirklich. Denn Wallner war in seine Gedanken versunken. Seit fast fünfundzwanzig Jahren hatte sein Vater Kontakt zu Wallners Großmutter. Auch Wallner hatte sporadischen Kontakt zu ihr. Und nie hatte sie ein Wort über Ralf gesagt. Wallner fühlte sich betrogen. Fünfundzwanzig Jahre lang betrogen.

»Okay«, sagte Wallner mit leicht belegter Stimme. »Ich schätze, du musst zum Flughafen.«

»Clemens!« Ralfs Blick war eindringlich, fast flehend geworden. »Ich weiß, dass ich Furchtbares angerichtet habe. Und ich kann's nicht wieder ungeschehen machen. Und wenn du jetzt gehst und das war's – ich würde es verstehen.«

Wallner sagte nichts. Aber offenbar hatte er die Absicht, genau das zu tun.

»Wir könnten aber auch noch mal von vorn anfangen. Oder es zumindest versuchen. Deswegen müssen wir nicht tun, als sei nichts gewesen. Aber ... vielleicht uns einfach mal kennenlernen.«

Wallner lehnte sich nach vorn und legte die Unterarme auf den Tisch. »Weißt du, warum ich heute gekommen bin?« Ralf schwieg. »Wegen Manfred. Dein Vater ist sechsundachtzig, und ich habe ihn im Leben nur zweimal weinen sehen. Das erste Mal, als ihn Karin verlassen hat. Das zweite Mal vor ein paar Tagen, als er erfahren hat, dass du nach Miesbach kommst.«

Ralf schluckte.

»Ich möchte, dass er dich noch einmal sieht.«

Ralf atmete tief ein, und sein Gesicht zeigte, dass ihn die Aussicht auf ein Treffen mit Manfred nicht mit Vorfreude erfüllte.

»Ja, Manfred ist manchmal schwierig. Und es fällt ihm schwer, Gefühle zu zeigen. Aber die Gewissheit, dich nicht mehr zu sehen, bevor er stirbt – das würde ihm das Herz brechen.«

Ralf mied Wallners Blick und saß in sich zusammengesunken auf seinem Stuhl. »Okay. Ich mach's.« Er holte sein Handy hervor und rief den Terminkalender auf. »Pass auf: Ich fliege heute noch nicht nach Venezuela. Ich muss nach Holland und da ein paar Dinge erledigen. Nächsten Mittwoch geht's zurück. Und da hab ich einen Zwischenstopp in München. Ich könnte für drei Stunden nach Miesbach kommen.«

Wallner dachte über das Angebot nach.

»Ich weiß, drei Stunden sind lächerlich. Aber vielleicht ein Anfang ...« Ralfs Blick war bittend und etwas ängstlich.

»Um wie viel Uhr?«

»Um zwei?«

Wallner nickte und stand auf. »Du weißt, wo wir wohnen.« Auch Ralf stand jetzt auf. »Bezahlst du den Kaffee?«

Ralf lachte. »Ja, mach ich.«

Die beiden Männer standen sich gegenüber. Wallner war nur ein wenig größer als sein Vater. Keiner schien ein Schlusswort zu finden. Schließlich sagte Wallner: »Ist vielleicht eine ganz gute Idee – dass wir uns mal kennenlernen.«

Sie gaben sich die Hand zum Abschied und spürten dabei, dass diese Geste doch etwas steif geraten war. Zögerlich umarmten sie sich. Nicht lange und etwas halbherzig, jedenfalls von Wallners Seite. Schließlich gab Ralf Wallner einen Klaps auf den Rücken und sagte: »Wir sehen uns.« Er wirkte erlöst.

40

Am späten Vormittag machte Wallner seine Runde bei den Soko-Mitarbeitern, schüttelte Hände, erkundigte sich nach dem Gang der Recherchen und beantwortete Fragen. Inzwischen waren DNA-Spuren aus der Wohnung von Silvia Marek ausgewertet worden. Sie gehörten einer männlichen Person und fanden sich unter anderem an einem Glas in der Spülmaschine. Die Nachbarn sagten aus, Frau Marek habe in letzter Zeit gelegentlich Besuch gehabt. Einer meinte sich zu erinnern, dass es ein Mann gewesen war, der Frau Marek besucht hatte. Doch sicher war er sich auch darin nicht. Im Grunde gab es nur *eine* Gewissheit in diesem Punkt: Der unbekannte Besucher war definitiv nicht Klaus Wartberg gewesen. Mit dessen DNA war die Spur aus Mareks Wohnung bereits verglichen worden. Inzwischen waren auch die Angehörigen von Silvia Marek ausfindig gemacht und verständigt worden. Verwandte in direkter Linie hatte sie nicht mehr. Eine Cousine aus Saarlouis hatte zugesagt, nach Miesbach zu reisen, um der Polizei Fragen zu beantworten.

Danach bat Wallner Mike in sein Büro. Mike brachte ihm einen Kaffee mit.

»Drei Löffel Zucker und ordentlich Milch. Bitte sehr.« Mike stellte Wallners Tasse auf den Schreibtisch und nahm auf einem Bürosessel Platz. »Mir ein Rätsel, wie man das gute Zeug mit Milch und Zucker verhunzen kann.« Für sich selbst hatte Mike einen tiefschwarzen Kaffee dabei.

»Mir macht im Gegenteil deine Vorliebe für schwarzen Kaffee Sorgen.« Wallner rührte noch einmal um, obwohl Mike das angeblich schon getan hatte.

»Ist das ungesund?«

»Vor allem für andere. Wo hab ich's denn?« Wallner suchte etwas in seiner Ablage. »Ah, da! Hab's mir extra ausgedruckt.« Er nahm den Ausdruck eines Internetartikels zur Hand, in dem einige Stellen gelb markiert waren. »Da haben Forscher herausgefunden, dass – ich zitiere – eine Vorliebe für bitteren Geschmack mit bösartigen Charakterzügen in Zusammenhang steht.«

»So ein Quatsch.«

»Ich konnte es auch kaum glauben. Aber jetzt ist es ja wissenschaftlich bewiesen: Du bist ein narzisstischer Psychopath, der nur an sich denkt und über Leichen geht. Lies selber.« Wallner schob das Papier über den Schreibtisch.

»Narzisstisch akzeptiere ich«, sagte Mike und warf einen flüchtigen Blick auf den Artikel. »Und bei Leichen sind wir gleich beim Thema.«

»Wartberg.«

»Genau. Der Bruder hat vorhin angerufen. Er ist bereits auf dem Weg nach Miesbach.«

»Das ging ja schnell.«

»Er hat gestern Abend noch einen Last-Minute-Flug bekommen. Die Balearenflüge sind um die Jahreszeit wohl nicht ausgebucht. Er dürfte also in Kürze hier sein. Wenn wir mit ihm gesprochen haben, kann er mit Tina nach München fahren und seinen Bruder in Farbe und 3D anschauen.«

»Sag mal – gestern soll wieder was mit Greiner gewesen sein.« Wallner goss sich einen Extraschuss Milch in den Kaffee nach. »Hast du da was Genaueres gehört?«

»Er wollte die Mangfallmühle durchsuchen. Wegen Lara Evers.«

»Hat er echt gedacht, die ist da?«

»Angeblich war sie auch da. Allerdings hat sie keiner von unseren Leuten gesehen. Aber die Evers konnte fliehen, weil sie die Polizei haben auflaufen lassen.«

»Wer?«

»Na ja, das ganze G'schwerl, was da verkehrt. Der Leo soll übrigens auch da gewesen sein.«

Wallner griff zum Telefon. Da Kreuthner mangels Führerschein Innendienst machen musste, war er immer greifbar. »Servus, Leo, hier ist der Clemens. Hast du mal einen Augenblick?«

Drei Minuten später saß Kreuthner mit eigener Kaffeetasse in Wallners Büro. Wallner und Mike inspizierten den Inhalt der Tasse.

»Magst du deinen Kaffee auch am liebsten schwarz und ohne Zucker?«, fragte Wallner.

»Eigentlich überhaupts net. Ich trink ihn normal mit viel Milch und Zucker. Aber morgens, find ich, macht er schwarz am besten wach. Is wie kalt duschen.«

»Womit erwiesen wäre«, Mike lehnte sich in seinem Bürosessel wohlig zurück, »dass auch Milch und Zucker nicht vor bösartigen Charakterzügen schützen.«

»Was meint er?« Kreuthner blickte zu Wallner.

»Keine Ahnung, was er da wieder quatscht. Du kennst ihn doch.« Wallner bat mit einer Geste um Nachsicht für Mike. »Lasst uns zur Sache kommen. Was war da gestern Abend in der Mangfallmühle?«

»Vorher hätt ich noch a Frage: Hast mich jetzt eigentlich wegen der Lara Evers hing'hängt?«

»Ich denk noch drüber nach.« Wallners Zorn hatte sich wieder gelegt, und die Fluchthilfe hätte für

Kreuthner definitiv das Ende seiner Polizeikarriere bedeutet. Hinzu kam, dass Wallner immer größere Zweifel an Lara Evers' Schuld hatte. »Also: Mangfallmühle – gestern Abend.«

»Mei – schlimm war des. Ganz schlimm. Das hat mir echt leidgetan für die Kollegen. Aber da hat sich der Greiner a bissl überschätzt.«

»Und du konntest auch nichts tun, um das Debakel zu verhindern?«

»Schwierig. Des san ja alles hartgesottene Verbrecher da. Da kommst du nicht so leicht dagegen an. Natürlich hab ich gesagt: Hört's auf mit dem Schmarrn. Aber wenn die erst mal in Fahrt sind …«

»Du hast die Kollegen auch nicht warnen können?«, sagte Mike.

»Ich wollte ja. Aber des ging alles so schnell. Ich hab das gar net richtig mitbekommen.«

»Verstehe …« Wallner schwenkte den letzten Kaffeerest in seiner Tasse umher. »Und war jetzt Lara Evers in der Mangfallmühle?«

»Also, meiner Kenntnis nach nicht. Aber ich war ja nicht im Gastraum.«

»Der Greiner sagte, du wärst in den Gastraum gekommen, als er da war.« Mike lächelte Kreuthner mit einem Schuss Provokation an. »Und zwar nicht von draußen.«

»Okay, okay. Ich hab vergessen zu erwähnen, dass ich kurz beim Schiffen war. Hab net g'wusst, dass ihr euch für solche Details interessiert.«

»Die Tür, wo du reingekommen bist, sagt der Greiner, führt nicht zu den Toiletten.«

»Was soll denn das Verhör?! Der Greiner hat mal wieder Scheiße gebaut, net ich. Gefahr im Verzug soll des gewesen sein. Absolut lächerlich.«

»Pass auf«, sagte Wallner. »Du bestehst also weiter darauf, Lara Evers zu helfen. Wenn sie den Mord begangen hat, ist das Strafvereitelung im Amt. Dann fliegst du endgültig. Ich will nur, dass dir das klar ist. Da ist einfach eine Grenze überschritten.«

»Ihr habt's doch alle möglichen anderen Spuren. Es is eh a Witz, dass der Haftbefehl noch net aufgehoben is.«

»Lara Evers«, sagte Mike, »ist nach wie vor die einzige konkrete Verdächtige, die wir haben. Und der Tischler wird den Teufel tun und den Haftbefehl aufheben.«

Wallners Telefon klingelte. »Ja? … Ah, bestens. Bringt ihn bitte zu mir ins Büro.« Er legte auf und wandte sich an Mike. »Der Halbbruder von Dieter Sitting ist da.« Zu Kreuthner sagte er: »Schaff das Mädel wieder her. Sonst seh ich echt schwarz für dich.«

Rüdiger Ott war Anfang sechzig und hatte trotz der Jahreszeit ein wenig Sonnenbräune im Gesicht.

»Ein bisschen Sonne ist immer auf Mallorca«, sagte er. »Diese kalten, bleigrauen Winter hier könnte ich nicht mehr aushalten.«

»Ich werde leider hier gebraucht«, sagte Wallner. »Sonst wäre ich schon längst irgendwo im Süden. Ich kann gut verstehen, wenn Sie ein Problem mit der Kälte haben. Umso höher rechnen wir es Ihnen an, dass Sie hergekommen sind.«

»Ich bitte Sie. Es geht um meinen Bruder. Wo kann ich ihn denn sehen?«

»Sie müssten mit unserer Kollegin nach München fahren. Da kommen Sie vermutlich gerade her.«

»Kein Problem. Gibt es einen Verdacht, wer es gewesen sein könnte?«

»Wir hatten gehofft, von Ihnen ein paar Hinweise zu bekommen. Offenbar hat sich Ihr Bruder vor jemandem versteckt. Und vermutlich nicht vor der Polizei. Die Straftaten, die er damals begangen hat, sind verjährt.«

»Es gab da natürlich diese Frau, die er mit der Geschichte ruiniert hat. Miriam Cordes hieß sie, glaube ich.«

»Was hatte die mit Schwarzwasser zu tun?«

»Soviel ich weiß, gehörte ihr die Firma, die er in den Ruin getrieben hat.«

»Schwarzwasser?«

»Ja. Sie hatte die Firma von einem Herrn Augustin geerbt, und mein Bruder war der Testamentsvollstrecker.«

»Cordes mit C?«

Ott nickte. Wallner schrieb sich den Namen auf. Er kam ihm bekannt vor, nur wusste er nicht, wo er ihn schon mal gehört oder gelesen hatte. »Sie wissen nicht, wo sie zu erreichen ist?«

»Nein. Ich hatte nie mit ihr zu tun. Keine Ahnung, wo die Frau inzwischen lebt. Aber man könnte es ihr nicht verübeln, wenn sie Dieter gehasst hat. Sie hat durch ihn alles verloren.«

»Gab es noch jemanden, der ein Motiv hätte, Ihren Bruder umzubringen?«, sagte Mike. »Er war ja Strafverteidiger. Manche geben ihrem Anwalt die Schuld, wenn sie ins Gefängnis müssen.«

»Das mag sein. Aber davon weiß ich nichts. Wir hatten auch zu seiner Zeit als Anwalt sehr wenig Kontakt. Seine damalige Sekretärin könnte Ihnen sicher mehr sagen. Marek hieß die.«

»Frau Marek lebt leider nicht mehr«, sagte Wallner. »Fällt Ihnen sonst jemand ein, der Ihren Bruder damals gekannt hat?«

Ott kratzte sich am Kopf und sah aus dem Fenster. »Höchstens dieser Detektiv. Baum heißt der.«

»Der von Ihnen wissen wollte, wo Ihr Bruder sich aufhält?«

»Ja. Er hat mich vor einer Woche oder so angerufen.«

»Was genau wollte er von Ihnen wissen?«

»Nur, ob ich wüsste, wie er Dieter erreichen kann. Er hat wohl damals mit ihm diesen Schwarzwasser-Deal ausgehandelt. Vielleicht hat er noch andere Dinge mitbekommen.«

Eine halbe Stunde später wurde Rüdiger Ott von Tina abgeholt, die mit ihm nach München fahren sollte. Ihr übergab er einen Schal seines Halbbruders, den er aus Mallorca mitgebracht hatte. Sitting hatte ihn bei seinem einzigen Besuch im Haus des Bruders vergessen. Tina wies Ott noch einmal darauf hin, dass der Anblick der Leiche eines Angehörigen oft verstörend wirke. Aber Ott wollte selbst Gewissheit haben nach all den Jahren und bekundete seine Entschlossenheit, die Identifizierung vorzunehmen.

Kurz nachdem Ott das Haus verlassen hatte, tauchte Kreuthner in Wallners Büro auf.

»Sag mal«, Kreuthner deutete auf den Parkplatz vor dem Polizeigebäude, »da is so a Typ mit der Tina weg'fahren. Wer war denn das?«

»Das war Rüdiger Ott.«

»Der wo vielleicht der Halbbruder vom Wartberg ist?«

»Genau der. Warum?«

Kreuthner zögerte einen Moment. »Weil – der war gestern Abend auch in der Mangfallmühle.«

Wallner zog die Augenbrauen hoch. »Aha? Wann war das?«

»So zwischen acht und neun. Als die G'schicht mit dem Greiner passiert ist.«

»Angeblich ist er gestern Abend von Mallorca nach München geflogen.« Die Blicke der Männer trafen sich. »Du glaubst, da stimmt was nicht?«

Kreuthner zuckte die Schultern. Er konnte Wallner schlecht sagen, dass Lara Evers mit Ott weggefahren war. Einen Augenblick lang schwankte er, denn er hatte Angst um das Mädchen. Schließlich sagte er: »Keine Ahnung. Ich kann ja mal checken, ob das mit dem Flug stimmt.«

»Ja, mach das mal.« In Wallners Kopf blinkten einige Warnleuchten auf. Es konnte nicht schaden, Ott ein wenig auf den Zahn zu fühlen. Vielleicht war er ja wirklich mit einem Abendflug gekommen. Wenn er aber gelogen hatte, dann fragte sich: Warum?

»Und die Telefonnummer vom Ott bräucht ich«, sagte Kreuthner. »Nur dass ich sie erkenn, falls die irgendwo auftaucht.«

»Okay. Aber du rufst den Mann nicht an, ist das klar?«

»Absolut. Kannst dich auf mich verlassen.«

Wallner sah Kreuthner mit der bei ihm gebotenen Skepsis an. Aber Kreuthner hatte in der Tat nicht vor, Rüdiger Ott anzurufen. Die Nummer brauchte er für andere Zwecke.

Wallner dachte darüber nach, ob ihm an Ott irgendetwas aufgefallen war, kam aber auf nichts Konkretes. Der Mann kommt abends mit der Maschine aus Mallorca und fährt dann ausgerechnet in die Mangfallmühle, um noch was zu trinken? Dieser Zufall war zu bizarr, um einer zu sein.

»Hab grad mit Berlin telefoniert«, riss ihn Oliver

aus seinen Gedanken. Der stand in der Tür und machte einen gut gelaunten Eindruck.

»Berlin? Mit wem?«

»Mit dem ollen Ristmann. Alter Kumpel von der Kripo. Der hat mich damals zum Bergsteigen gebracht. Ohne den wär ich jetzt nicht hier.«

»Ach der.« Wallner erinnerte sich vage, Ristmann mal getroffen zu haben.

»Und wie's der Zufall will, hat der damals in Berlin gegen Herrn Rechtsanwalt Dieter Sitting ermittelt und freut sich drauf, einen bayerischen Kollegen in Berlin zu begrüßen.«

41

Berlin, 3. Februar 2016

Wallner bekam einen Flug um elf. Daher schlug Ristmann vor, zusammen zu Mittag zu essen. Der Berliner Kollege war ein großer Freund bajuwarischer Lebensart und wählte ein Lokal in Charlottenburg, in dem Tegernseer Bier vom Fass ausgeschenkt wurde. Auch die Einrichtung des Lokals war einer bayerischen Wirtschaft nicht unähnlich. Wallner hätte vielleicht gerne mal ein Eisbein mit Erbspüree gegessen. Aber Kriminalhauptkommissar Ristmann freute sich wie ein Kind auf den Wirtshausausflug, und Wallner wollte ihm den Spaß nicht verderben. Er bat Ristmann nur, einen Platz möglichst weit weg von der Tür zu belegen, falls er zuerst eintreffen sollte.

In der Tat war Ristmann bereits da und hatte einen Tisch im hintersten Eck belegt. Das heißt eine Hälfte eines für zehn Leute ausgelegten Tisches. Am anderen Ende saß eine Gruppe australischer Touristen, mit denen sich Ristmann schon angefreundet hatte.

»Dit is Bayern!«, schwärmte er aufgekratzt und sichtlich im Wirtshaushimmel angekommen. »Keene fünf Minuten da, schon kennste dit halbe Lokal. Wunderbar.«

Wallner setzte sich, nickte den Australiern zu und hielt einen Begrüßungsplausch mit Ristmann, der begeisterter Bergsteiger war. Schließlich kam man zum eigentlichen Anlass des Treffens, und Wallner schilderte, was man in Miesbach bislang herausgefunden hatte.

»Und Sie glauben, der Tote ist Sitting, der Anwalt?«

»Das ist eine Möglichkeit. In dem Zusammenhang interessiert uns natürlich, warum Sitting 1996 so plötzlich von der Bildfläche verschwunden ist.«

»Sitting war die zentrale Figur im sogenannten Schwarzwasser-Skandal. Der Ordner mit den Zeitungsausschnitten, den Sie bei dem Toten im Haus gefunden haben, deutet ja darauf hin, dass er die Sache weiter mitverfolgt hat.«

»Was hat der Mann gemacht?«

Ristmann nahm sich eine Breze aus dem Brotkorb und biss ein Stück ab. »Das war so: 96 ist der Alleingesellschafter der Schwarzwasser GmbH gestorben, ein gewisser Herbert Augustin. So, und der hat sein Vermögen, also im Wesentlichen die GmbH, an eine Dame vererbt, die … na ja, sie war so eine Art Callgirl, oder Escort trifft's vielleicht besser. Sie hat sich älteren Herren als Begleitung angedient und dafür Geld und Geschenke bekommen. Herr Augustin war von der Dame anscheinend sehr angetan. Außerdem hatte er keine Kinder. Und da hat er sie als Alleinerbin eingesetzt.«

»Wissen Sie, wie die Frau hieß?«

Ristmann zog aus einer ledernen Aktenmappe, die neben ihm auf der Bank lag, einen Tablet-Computer und schaltete ihn ein. Kurz darauf erschien ein amtlich aussehendes Schriftstück auf dem Bildschirm. »Ich hab mir vorhin noch mal die Anklageschrift von damals mailen lassen. Warten Sie kurz.« Er wischte mit dem Finger einige Seiten weg, bis er fündig wurde. »Cordes. Miriam Cordes. Damals schon mehrfach vorbestraft.«

»Wegen was?«

»Alles BtM-Sachen. Koks und Crack. Und einmal Körperverletzung.«

»Erbschleicherin?«

»Weiß man natürlich nie, was die sich erhofft hat. Aber Augustin war ein versierter Geschäftsmann und alles andere als senil. Ist, glaube ich, an Krebs gestorben, da war er so um die siebzig. Außerdem hat er durchaus gewusst, wem er sein Vermögen vererbt, und hat Vorkehrungen getroffen. Und genau das«, Ristmann fuchtelte mit der Breze in der Luft herum, »war dann letztlich der Auslöser für den Schwarzwasser-Skandal.«

»Was waren das für Vorkehrungen?«

»Er hat verfügt, dass Cordes nur eine monatliche Apanage aus den Erträgen der Firma bekommt, und hat einen Testamentsvollstrecker eingesetzt. Und der war in Personalunion auch Generalbevollmächtigter. Sprich, der konnte in der Firma schalten und walten, wie er wollte.«

»Sitting?«

»Genau der.«

Die Bedienung kam und brachte ein Tafelwasser für Wallner und ein Tegernseer Leicht für Ristmann. Alkoholfrei gab es nur das Weißbier einer fremden Brauerei, und das kam für Ristmann an diesem Ort nicht in Frage. Man stieß geräuschvoll an. Auch die Australier hatten Spaß an dieser Sitte gefunden und ließen ihre gläsernen Bierkrüge laut mit denen der Polizisten zusammenklackern.

»Irgendetwas muss Augustin dazu bewogen haben, Sitting zum Testamentsvollstrecker zu machen«, griff Ristmann den Faden wieder auf.

»Der Mann war Anwalt. Liegt doch nahe.«

»Sitting war Strafverteidiger, also wenig qualifiziert für den Job als Testamentsvollstrecker. Und er hatte vorher nie für Augustin gearbeitet. Allerdings hat Sitting in einem Strafverfahren kurz vor Augustins Tod Miriam Cordes verteidigt. Sie selber hat ausgesagt, dass Augustin von Sittings Arbeit sehr angetan war und ihn für außergewöhnlich vertrauenswürdig hielt.«

»Aber das war er anscheinend nicht?«

»Er hat es geschafft, die Schwarzwasser GmbH in kürzester Zeit in den Ruin zu treiben. Deswegen wurde gegen ihn ermittelt.«

»Was genau hat er gemacht?«

»Er hat als Geschäftführer der GmbH eine andere Firma gekauft. Zu einem Phantasiepreis und auf Kredit.«

»Hat das sein Kreditinstitut nicht überprüft?«

»Erstens waren die Banken damals noch unvorsichtiger. Und zweitens waren die Risiken in den Büchern versteckt. Aber Sitting hätte es erkennen müssen.«

»Aber Sie sagten doch selbst, dass er dafür nicht qualifiziert war.«

»Mag ja sein. Aber der Finanzchef von Schwarzwasser hat ihn ausdrücklich gewarnt. Sitting hat es trotzdem gemacht.« Er deutete auf sein Tablet. »Ich schick Ihnen die Anklageschrift rüber, wenn Sie mir Ihre E-Mail-Adresse geben. Dann können Sie's selber nachlesen.«

»Danke. Das würde uns sehr helfen.« Wallner holte eine Visitenkarte aus seiner Daunenjacke und händigte sie Ristmann aus. »Hat Sitting eigentlich selbst von der Schwarzwasser-Pleite profitiert?«

»In dem Sinn, dass da Geld in seine eigene Tasche geflossen ist? Das konnte man ihm nicht nachweisen. Vielleicht ist er geschmiert worden. Merkwürdig ist in dem Zusammenhang, wann Sitting abgetaucht ist.«

»Warum?«

»Sitting ist bereits zwei Tage nach dem Kauf verschwunden. Das war im Herbst 1996. Die Insolvenz war erst 1997, als die Banken begriffen, in welcher Lage sich Schwarzwasser befand. Da haben sie die Kredite gekündigt, und die Immobilien kamen alle unter den Hammer.«

»Welchen Grund vermuten Sie hinter der plötzlichen Flucht?«

»Das hängt vielleicht gar nicht mit der Schwarzwasser-Geschichte zusammen.«

»Aha?«

»Sitting hatte zu der Zeit einen Mandanten namens Gregor Nolte. Der Mann war Waffenhändler und ehemaliger KGB-Mitarbeiter.«

»KGB-Mitarbeiter? Sie meinen, er hat sich als Spion anwerben lassen?«

»Nein. Er hat in der UdSSR für den KGB gearbeitet. Nolte war Baltendeutscher. Nach dem Zusammenbruch der UdSSR kam er nach Deutschland und hat seine alten Beziehungen zu Geld gemacht. Illegal natürlich. Und offenbar gab es damals ein Zerwürfnis zwischen Nolte und Sitting. Was man so flüstern hörte.«

»Sie meinen, Sitting musste vor Nolte fliehen?« Ristmann zuckte mit den Schultern. »War Nolte so gefährlich?«

»Durchaus. Es hätte mich nicht gewundert, wenn Sittings Leiche irgendwann in der Spree aufgetaucht wäre. Aber offenbar hat er noch zwanzig Jahre gelebt.«

»Was ist mit diesem Nolte? Gibt's den noch?«

Die Bedienung kam mit Hirschgulasch für Ristmann und einem Wurstsalat für Wallner. Der Berliner Kommissar blickte mit Kinderaugen auf seinen Teller, beherrschte sich aber noch einen Moment und checkte die Adressenliste in seinem Handy.

»Nein. Der ist inzwischen tot«, sagte er und blickte von seinem Handy auf. »Aber einen Mann, der damals seine rechte Hand war.« Ristmann legte sein Handy vor Wallner, auf dem Display eine Adressseite. »Alexander Schuchin.«

42

In der Mittagspause fuhr Kreuthner mit seinem Monster-E-Bike zur Mangfallmühle. Zehn Minuten brauchte er. Das war fast so gut wie mit dem Auto. Inzwischen hatte Lintinger allerdings mitbekommen, wie viel Strom durchlief, wenn Kreuthner die Akkus bei ihm auflud, und verlangte als Ausgleich einen Sonderrabatt bei der nächsten Obstlerlieferung.

Kreuthner hatte herausgefunden, dass es am Vortag Flüge um 17:40 Uhr und 20:05 Uhr von Mallorca nach München gegeben hatte. Der späte Flug kam nicht in Betracht. Und auch beim Flug davor wäre es für Ott kaum möglich gewesen, rechtzeitig in der Mangfallmühle zu sein. Trotzdem hatte Kreuthner die Passagierliste angefordert. Ein Rüdiger Ott war nicht dabei. Wer immer er war, er hatte gelogen, was seinen Aufenthalt hier anbetraf. Und das beunruhigte Kreuthner dermaßen, dass er schon erwogen hatte, Wallner die ganze Wahrheit zu sagen – nämlich, dass Lara Evers bei Ott war. Oder zumindest mit ihm die Mangfallmühle verlassen hatte. Aber was sollte dabei herauskommen? Ott würde vermutlich sagen, er habe das Mädchen irgendwo abgesetzt und dann nichts mehr von ihm gehört. Hinzu kam, dass Lara zwar von Harry Lintinger ein Handy bekommen hatte, es aber nicht einschaltete. Vermutlich aus Angst, geortet zu werden. Um ihre Spur aufzunehmen, blieb nur der angebliche Herr Ott übrig. Kreuthner hoffte, dass es noch nicht zu spät war.

Norbert Petzenberger alias der Dude erleichterte sich gerade auf der Herrentoilette der Mangfallmühle, als ihn jemand von schräg hinten ansprach.

»Und? Alles fit im Schritt?«

Kreuthner stand in der Tür zum Vorraum mit dem Waschbecken, eine Hand an den Türstock gelehnt.

»Passt scho.« Die Störung hatte kurzzeitig zu einem Stocken des Harnflusses geführt. »Ich tät gern in Ruhe zu Ende schiffen, okay?«

»Ich hab Zeit«, sagte Kreuthner und drehte sich weg. Es plätscherte wieder. »Wennst deine zwei Liter Red Bull Cola verklappt hast, tät ich gern übers G'schäft reden.«

»Mit Cops mach ich keine G'schäfte.«

»Da hat mir der Kollege Wallner was anderes erzählt.«

Der Dude war fertig und packte ein. »Hat der die G'schicht mit meinem Vater von dir?«

Kreuthner wandte sich dem massigen jungen Mann wieder zu. »Ich erzähl doch so was net umeinand. Wenn's net nötig is, jedenfalls.«

Der Dude schob Kreuthner zur Seite, als er in den Vorraum trat. »Wird eh nimmer nötig sein. Ich hab's meinem Alten selber g'sagt.« Er trat ans Waschbecken.

»Hat er sich recht g'freut?« Kreuthner lehnte mit verschränkten Armen an der Wand. Damit konnte man den Dude also nicht mehr erpressen, wenn's stimmte.

Petzenberger drehte etwas achtlos den Wasserhahn auf. Ein Hochdruckstrahl schoss ins Waschbecken und von da auf die Dude-Hose. »Ja fick dich doch! Glaubst, dieser Voll-Honk tät amal den Scheißwasserhahn reparieren!«

Der Schaden hielt sich optisch in Grenzen, da Petzenberger ein schwarzes T-Shirt und schwarze Jeans trug. Während er sich die Wasserspritzer mit einem Papierhandtuch vom Gemächt tupfte, kam Kreuthner eine Idee.

»Sag amal, die Kleine bei euch – wie heißt die? Franzi?« Der Dude grummelte etwas, es klang wie Zustimmung. »Des war a super Nummer gestern Abend. Steht die eigentlich auf dich?«

»Keine Ahnung. Des interessiert mich net. Gehst amal ausm Weg?« Der Dude wollte die Toilette verlassen, Kreuthner blieb in der Tür stehen.

»Es interessiert ihn nicht!« Kreuthner lachte. »Glaubst ja wohl selber net.«

»Des geht dich nix an.« Der Dude versuchte, Kreuthner zur Seite zu schieben. Aber der blieb standhaft.

»Ja. Hast recht, geht mich an Scheiß an.« Er klopfte dem Dude auf den Oberarm. »Magst wissen, wie's du bei der Franzi zum Schuss kommst?«

»Jetzt geh mir net aufn Zeiger.«

Kreuthner trat zur Seite und machte Petzenberger die Tür auf. Der ging nach draußen.

»He, Kumpel«, rief Kreuthner ihm nach. Der Dude drehte sich etwas zögerlich um. »Du stehst doch schon lang auf die Franzi. Aber irgendwann wird's Zeit für die Attacke, verstehst? Die Weiber warten net ewig. Irgendwann hat s' an anderen, und das war's dann.« Der Dude nickte, sagte aber nichts. »Worauf wartst?«

Petzenberger zuckte mit den Schultern »Die will nix von mir.«

»Schon möglich. Aber das kann man ändern.«

Der Dude war jetzt sehr nachdenklich geworden und sah Kreuthner an, als suche er ein verlorengegangenes Detail an dessen Uniform.

»Komm rein.« Kreuthner trat in die Toilette zurück. Der Dude zwängte sich wieder durch die Tür.

»Wieso, glaubst du, steht die Franzi net auf dich?«

»Schau mich doch an.«

»Ja, ja, da gibt's a Problem.« Kreuthner nickte und machte ein bedenkliches Gesicht. »Aber scheiße aussehen ist des eine. Des is für Frauen net so entscheidend. Des kannst als Mann ausgleichen, wennst was anderes hast, wo Frauen drauf stehen.«

»Computer hacken?«

»Ja mei, des is net wirklich sexy. Des können die beiden Grischperln auch, der Sheldon und der Naserte. Frauen – die wollen an richtigen Kerl, verstehst? Einen, der wo g'scheit zulangt.«

»Was meinst mit ›zulangt‹? Schlägern oder was?«

»Zum Beispiel.«

Petzenberger wirkte konsterniert. »Ich hab noch nie g'schlägert. Ich hab auch keine Lust drauf. Und ich glaub auch net, dass die Franzi des sexy findt, wenn mich einer z'sammschlagt.«

»Des is der falsche Ansatz.« Kreuthner schüttelte besorgt den Kopf. »Stell dir Folgendes vor: Die Franzi nachts allein unterwegs. Einsam und allein. Irgendwo. Dann: Zwei Typen tauchen auf und machen die Franzi an. So auf die ganz fiese Tour. Verstehst eh, was die wollen. Echt heftig. An die Wäsche wollen die. Die Franzi schreit um Hilfe, aber die halten ihr den Mund zu. Und wie's schon fast zu spät is – wer taucht da plötzlich auf?«

Petzenberger glotzte Kreuthner geschockt an und brachte kein Wort heraus.

»Du! Der Dude! Tataaa! Super-Dude taucht auf und packt die beiden Hamperer und zeigt eahna, wo der Hammer hängt. Zack und wusch und an saubernen Leberhaken, dass er morgen auch noch was davon hat.« Kreuthner begleitete seine Schilderung mit einer so gekonnten Martial-Arts-Pantomime, dass der Dude nachgerade Lust verspürte, mit Hand anzulegen. »So! Der Letzte liegt am Boden, gibst eahm noch an Arschtritt mit, dass er sich schleicht. Und dann massierst du dir die Hand, weil die is gebrochen, weilst du so brutal zug'schlagen hast, aber du lasst dir nix anmerken. Du schaust der Franzi nur cool in die Augen und sagst: Alles okay, Baby?« Kreuthner blickte zum Dude. Seinem verklärten Blick nach war er ihm offenbar gefolgt in das Märchenland der edlen Frauenretter. »Und dann, verstehst? Dann bist du der Held.«

Der Dude nickte verträumt. Doch wenige Augenblicke später wurde seine Miene wieder nüchtern, und er ließ die Schultern hängen. »Schön wär's. Aber an dem Szenario is eins net ganz richtig: Der Typ, der den Arschtritt kriegt, des bin ich.«

Jemand öffnete die Toilettentür. Es war Spock. Der junge Mann mit der langen Nase und dem Ziegenbocklachen. »Lebst ja noch!«, sagte er, als er Petzenberger sah, entließ zwei kurze Gluckser seiner Geißbocklache und wandte sich an Kreuthner. »Ham scho Angst g'habt, er hätt in d' Steckdosen g'schifft.« Jetzt kam eine volle Salve Ziegenbockheiterkeit, und Spock schlug dem Dude mit dem Handrücken gegen die Brust.

Kreuthner machte die Tür auf. »Mir ham was zum bereden. Also – gemma!

»Des is mir wurscht. Ich muss schiffen.«

Kreuthner schubste den kleinen Kerl vor die Tür. »Verpiss dich!«

Kreuthner drückte kopfschüttelnd die Tür zu.

»Also gib Obacht. Der Typ, wo den Arschtritt kriegt, das bist net du.«

Petzenberger wollte dagegenreden, aber Kreuthner

würgte ihn ab. »Na, des bist net du. Nicht wenn mir des richtig machen.«

»Wir? Machen? Was denn?«

»Wir – ja! Wir machen dich zum Super-Dude. Alles, was mir dazu brauchen, san zwei fiese Typen, die wo mir noch an Gefallen schulden. Mach dir keinen Kopf. Ich arrangier das.«

Der Dude starrte Kreuthner fasziniert an. »Und was muss ich dafür tun?«

»Net viel. Hier …« Kreuthner händigte Petzenberger einen Zettel mit einer Telefonnummer aus. »Kannst dich da einhacken? Ich will wissen, mit wem der Typ die letzten Tage telefoniert hat und wo er war.«

»Spanische Nummer«, sagte der Dude. Dann streckte er Kreuthner seine Hand entgegen. »Deal?« Kreuthner schlug ein. »Und jetzt erklärst mir des mit den zwei fiesen Typen.«

43

Der Sicherheitsdienst residierte in einem der Neubauten, die nach der Wende um den Hackeschen Markt herum entstanden waren. Vom Bürofenster hatte man direkten Blick auf die S-Bahn, die hier als Hochbahn verkehrte. Moderne Schallschutzfenster sorgten dafür, dass das Erlebnis dem Auge vorbehalten blieb. Alexander Schuchin war Ende vierzig, hatte volles, angegrautes Haar und trug einen blauen Anzug, der ihm an den Schultern etwas knapp saß. Für breit gebaute Figuren war die Auswahl von der Stange begrenzt, und man musste Kompromisse machen, sonst ragten die Ärmel über die Handgelenke. Schuchin war einer der beiden Geschäftsführer der Firma und hatte ein Büro mit drei Fensterachsen und Besprechungstisch.

Bei der Begrüßung fiel Wallner auf, dass Schuchin hinkte. Nicht stark, aber so, dass man es sehen konnte. Wallner hatte sofort einen Termin bekommen, als er den Grund für das Gespräch nannte: Dieter Sitting.

»Ja, ist lange her. Seltsame Geschichte. Verschwindet einfach vom Erdboden«, sagte Schuchin, während er seinem Gast und sich Tee einschenkte. Schuchins Deutsch hatte mittlerweile nur noch einen leichten Ostakzent. »Was kann ich für Sie tun?«

»Vor ein paar Tagen wurde ein Mann in seinem Haus erschossen. In der Nähe von Miesbach, das liegt etwa fünfzig Kilometer südlich von München.« Wallner schaltete das Tablet ein, das vor ihm auf dem Tisch lag. »Der Mann nannte sich Klaus Wartberg. Wir gehen aber davon aus, dass es sich um den ehemaligen Berliner Rechtsanwalt Dieter Sitting handelt. Der Kollege von der hiesigen Kripo meinte, Sie würden ihn kennen.«

»Dieter Sitting. Natürlich. Er hat mich mal in einer Strafsache vertreten. Sehr guter Strafverteidiger.«

»Als Testamentsvollstrecker war er anscheinend nicht so gut.«

Schuchin zuckte die Schultern. »Hört man.«

Wallner legte ein Tablet auf den Besprechungstisch. »Würden Sie Sitting nach zwanzig Jahren noch erkennen?«

»Käme auf einen Versuch an.«

Wallner holte ein Foto des toten Wartberg auf den Bildschirm und schob das Tablet zu Schuchin über den Tisch. Der hielt es sich am ausgestreckten Arm vor die Augen. Wallner bemerkte ein leichtes Zucken in Schuchins Gesichtsmuskulatur.

»Schwer zu sagen.« Schuchin legte das Tablet wieder auf den Tisch.

»Sitting hat sein Gesicht operieren lassen.«

Schuchin nickte. »Das war wohl besser so.« Er zog eine Lesebrille aus dem Inneren seines Jacketts und betrachtete noch einmal das Foto auf dem Computerbildschirm. »Kann schon sein, dass er das ist.«

»Sitting hat damals auch für einen Mann namens Gregor Nolte gearbeitet. Sie kennen ihn?«

»Natürlich. Ich habe damals auch für ihn gearbeitet.«

»Was ist aus Nolte geworden?« Wallner räumte das Tablet wieder in seine Aktentasche.

»Er ist 1998 verstorben.«

Das Wort *verstorben* klang seltsam aus dem Mund des vierschrötigen Mannes. Wallner mochte das Wort ohnehin nicht. Es erinnerte ihn an verenden, verrecken, verelenden oder verhungern. Warum *ver* einzig vor *sterben* pietätvoll klingen sollte, war Wallner ein Rätsel.

»Wie starb er?«

»Bei einem Autounfall. So jedenfalls die offizielle Version.«

»Die inoffizielle Version lautet ...?«

»Er wurde ermordet.«

»Von wem?«

»Von Leuten, die nicht gut auf ihn zu sprechen waren.«

»Ich nehme an, das war in gewisser Weise Berufsrisiko.«

Schuchin sah aus, als wollte er dazu etwas sagen, schwieg dann aber.

»Meine Kripokollegen sagen, es gab ein Zerwürfnis zwischen Nolte und Sitting. Vor Sittings Verschwinden.«

Wieder schien Schuchin zu überlegen, ob er darauf antworten sollte. Doch dieses Mal mit anderem Ergebnis: »Ja, das kann man so sagen.«

»Worum ging es?«

»Ich kann Ihnen nicht alles dazu erzählen. Nur so viel: Es gab damals in Russland einen Geschäftspartner von Nolte. Der wollte ein paar Leute in Deutschland zur Rechenschaft ziehen, die ihn betrogen hatten.«

»In welcher Form zur Rechenschaft ziehen?«

»Sagen wir so: Die Polizei sollte dabei keine Rolle spielen.«

Wallner nickte.

»Sitting, als Noltes Anwalt, hatte das mitbekommen und die Leute gewarnt. Sie konnten fliehen. Und das kam bei dem russischen Geschäftspartner nicht gut an. Er gab Gregor Nolte die Schuld.«

»Das heißt, Sitting hätte sich in großer Gefahr befunden, wenn er nicht abgetaucht wäre?«

»Er wäre tot gewesen.«

Wallner überlegte kurz, wie er weitermachen sollte. Von sich aus schien Schuchin nicht sehr viel zu erzählen. »Hat sich der russische Geschäftspartner wieder beruhigt?«

»Nein.«

»Das heißt?«

»Er hat zweimal versucht, Nolte zu töten. Das erste Mal haben zwei Killer auf ihn geschossen. Ich war zum Glück dabei und konnte es verhindern.«

»Haben Sie daher Ihre Verletzung am Bein?«

Schuchin schien erstaunt, dass Wallner diesen Zusammenhang herstellte. »Ich habe eine Kugel in den Knöchel abbekommen. Der Fuß musste amputiert werden.«

»Das tut mir leid. Das zweite Mal war 1998?«

»Ja. Dieses Mal waren sie besser vorbereitet. Noltes Wagen wurde von der Straße abgedrängt und stürzte achtzig Meter tief in eine Schlucht. Das hat er nicht überlebt.«

»Hat die Polizei wegen Mordes ermittelt?«

»Der Unfall war in Serbien. Da konnten Sie 1998 froh sein, wenn die Polizei überhaupt kam.«

»Verstehe.« Wallner betrachtete den mittlerweile erkalteten Tee in dem Meißener Teeschälchen. »Gibt es Angehörige von Herrn Nolte, die seinen Tod vielleicht rächen wollten? Oder Freunde?«

»Sie meinen jemanden, der zwanzig Jahre nach Sitting gesucht hat, um ihn umzubringen?«

»Genau so jemanden meine ich.«

»Gregor Nolte hatte keine Familie. Seine Frau lebte damals mit einem anderen Mann in Estland. Ebenso seine Tochter. Sie hatten kaum Kontakt. Seiner Frau gefiel nicht, was er machte.«

»Sie meinen Waffenhandel.«

Schuchin schwieg dazu.

»Was ist mit Freunden? Leute …« – Wallner zögerte. Er wollte Schuchin nicht explizit als Verbrecher bezeichnen, obwohl er das vermutlich war – »… in deren Kreisen es üblich ist, Verrat unter allen Umständen zu bestrafen.«

»Nehmen wir an, Nolte hat in diesen Kreisen verkehrt, dann sind mir jedenfalls keine solchen Freunde bekannt. Nolte war nicht in der Mafia. Und er hatte wenige bis gar keine Freunde. Ich denke, ich war der, der ihm am nächsten stand.«

»Sie waren damals seine rechte Hand?«

»Ja. Und vielleicht mehr als das. Ich war ihm sehr dankbar. Gregor Nolte hat viel für mich getan.«

»Aber Sie waren in letzter Zeit nicht in Bayern?«

Schuchin lachte kurz.

»Ich muss das abfragen.«

»Schon gut. Ich war die ganze Woche hier im Büro, und für abends kann ich Ihnen für die meisten Tagen sagen, wo ich war.«

»Fangen wir mit letztem Sonntag an.«

»Da war der Geburtstag meines Schwagers. Ich war bis nach Mitternacht da. Das können dreißig Leute bezeugen. Danach müssen Sie mit dem Alibi meiner Frau vorliebnehmen.«

»Ich werde das gegebenenfalls überprüfen lassen. Kann also sein, dass sich jemand bei Ihnen meldet.« Wallner wollte das Gespräch schon beenden, da fiel ihm noch etwas ein. »Sagen Sie – Noltes Frau lebte von ihm getrennt.« Schuchin nickte. »Hatte Nolte keine neue Frau oder Freundin?«

»Er hat sich nie scheiden lassen. Das war so ein merkwürdiger Hang zur Treue bei ihm. Von den Menschen, die ihm nah waren, hat er Treue verlangt, und er selber war auch treu. Selbst als Alina ihn verlassen hat. Scheidung wäre für ihn nie in Frage gekommen. Hier in Deutschland hat er einige Affären gehabt, aber nie was Tiefergehendes.«

»Was hat Nolte damals unternommen, um Sitting zu finden?«

»Er war außer sich, dass ihn Sitting verraten hatte. Der Mann hatte Nolte eigentlich alles zu verdanken. Nolte hat extra Leute angeheuert, um Sitting zu finden. Und das waren knallharte Profis.«

»Aber?«

»Sitting war anscheinend besser.«

»Wie das? Er war doch blutiger Laie auf dem Gebiet.«

»Aber er war nicht dumm und hatte wahrscheinlich professionelle Hilfe.«

»Wen?«

»Wenn Nolte das gewusst hätte, würden Sie nicht hier sitzen.«

»Hat Nolte nur Experten beauftragt, oder ist er selbst auch aktiv geworden?«

»Er hat versucht, über die Sekretärin was rauszukriegen. Eine Frau Marek. Aber die wusste nichts. Als Sitting untergetaucht ist, lag sie im Krankenhaus im Koma. Außerdem hat er es über die Frau versucht, die von Sitting über den Tisch gezogen wurde. Miriam Cordes.«

»Die Frau, der Schwarzwasser gehörte?«

»Sie hatte die Firma geerbt. Sitting war der Testamentsverwalter. Es gab drei Möglichkeiten. Möglichkeit eins: Sitting hat die Frau um ihr ganzes Geld gebracht, und sie ist entsprechend wütend auf ihn. Vielleicht wüsste sie nicht viel über seinen Verbleib, aber sie würde Nolte mit Sicherheit jede erdenkliche Hilfe geben. Möglichkeit zwei – das konnte man nicht ausschließen: Sie hatten gemeinsame Sache gemacht. Aus welchen Gründen auch immer. Möglichkeit drei: Sitting nimmt Kontakt mit Cordes auf. Vielleicht, weil er ein schlechtes Gewissen hat. Jedenfalls glaubte Nolte, dass er über Miriam Cordes an Sitting herankommt. Aber das hat leider nichts gebracht.« Er lächelte kurz. »Außer ein paar netten Abenden.«

Wallner zog die Augenbrauen hoch. »Frau Cordes war eine von Noltes … Affären?«

Schuchin zuckte die Schultern und lächelte immer noch. »Er hat nicht drüber geredet. Aber ich bin sicher, da war irgendwas.«

»Was ist aus Frau Cordes geworden?«

»Sie ist 1998 gestorben. An einer Überdosis.«

Auf dem Weg nach Tegel rief Wallner Axel Baum an. Der hatte gerade bei einer Firma in Ismaning zu tun und schlug daher vor, sich am Münchner Flughafen zu treffen.

44

Berlin, Herbst 1996

Der Treffpunkt war eine Kneipe in Treptow, nicht schick, nicht jung, nicht renoviert, nicht mal für Ost-Nostalgiker geeignet, denn es wurde West-Bier ausgeschenkt.

In dieser Umgebung war Baum zu Hause, hier fühlte er sich sicher und hatte die Dinge unter Kontrolle. Sitting beruhigte der Gedanke, dass zumindest *ein* Beteiligter an dieser Unterredung die Dinge unter Kontrolle hatte. Es war ein Gefühl, das er schon lange nicht mehr kannte. Baum saß an einem Tisch in der Ecke, ein Bier vor sich, die Schimanski-Jacke über der Stuhllehne, und rauchte.

Sitting setzte sich dazu und bestellte ein Pils. Das Rauchen hatte er vor sechs Jahren aufgegeben, verspürte jetzt aber unbändige Lust auf eine Zigarette. Das legt sich wieder, sagte er sich, und sie gingen nach kurzem Small Talk zum Geschäftlichen über. Ein Berliner Geschäftsmann hatte der Schwarzwasser GmbH, deren Geschäftsführer Dieter Sitting qua testamentarischer Verfügung inzwischen war, die Augustin Grund und Boden GmbH, kurz AuGB, für zwanzig Millionen Mark zum Kauf angeboten. Axel Baum war beauftragt worden, das Angebot zu übermitteln und die Verhandlungen auf Verkäuferseite zu führen.

»Sind Sie zu einer Entscheidung gekommen?« Baum

zündete sich eine neue Zigarette an. Sitting fiel es schwer, sich zu konzentrieren.

»Ich habe das Kaufangebot durch meinen Bilanzbuchhalter prüfen lassen. Er hat gewisse Bedenken.«

»Können wir die ausräumen?«

»Nun, die Sache sieht so aus: Bei den Immobilien im Bestand der AuGB hat man sich damals ziemlich verschätzt, was die Wertentwicklung anbelangt. Offenbar auch die Banken. Außerdem stehen die Objekte zum Teil leer.«

»Tja, so viele Einkaufszentren braucht kein Mensch. Aber das ist eine Frage der Zeit, bis die sich rentieren.«

»Bevor die sich rentieren, ist die AuGB pleite. In den nächsten zwölf Monaten entfallen die Zinsbindungen für die meisten Verträge. Und die Banken wissen inzwischen auch, dass ihre Sicherheiten hoffnungslos überbewertet sind. Deswegen wird es saftige Aufschläge bei den Kreditzinsen geben. Nun geht die Rechnung aber schon bei den jetzigen Zinsen nicht auf. Die AuGB kann die Kreditraten nicht mehr bedienen, die Gebäude kommen unter den Hammer, werden weit unter Preis verkauft, und in spätestens zwei Jahren ist das Unternehmen konkursreif. Und Schwarzwasser geht mit in den Orkus. In Anbetracht dessen sind zwanzig Millionen ein stolzer Preis.«

»Sie betrachten das sehr von der negativen Seite. Was können wir tun, damit Sie etwas optimistischer in die Zukunft blicken?«

»Zunächst würde ich gerne wissen, wer die zwanzig Millionen eigentlich kassiert.«

»Sie wissen, wer der Verkäufer ist.«

»Und Sie wissen, dass das nicht der wirkliche Verkäufer ist.«

»Bin leider nicht befugt, über die Hintergründe der Transaktion zu reden.«

»Die AuGB wurde damals von Herbert Augustins Vater gegründet, als Absicherung für seine Enkel Regina und Marc. Und die halten über Strohmänner nach wie vor neunzig Prozent der Aktien. Einer davon ist unser angeblicher Verkäufer. Das weiß man in der Branche. Die beiden wollten richtig durchstarten bei der Wende und haben's versaut. Weil sie gierig sind und keine Ahnung haben vom Geschäft.«

Baum hüllte sich in blauen Nebel.

»Die Erbschaft ihres Onkels war die letzte Chance der beiden, den Bankrott zu verhindern«, fuhr Sitting fort. »Nachdem jetzt leider Frau Cordes geerbt hat, versuchen sie es auf die Tour.«

»Worauf wollen Sie hinaus?«

»Nur mal die gegenseitige Interessenlage klarstellen. Geben Sie mir eine?« Er deutete auf Baums Zigarettenschachtel. Der schob sie zu Sitting.

»Tja – wie finde ich meinen Optimismus wieder?« Sitting sog an der ersten Zigarette seit Jahren. Es schmeckte widerlich, aber das Nikotin schoss ihm wie eine warme Dusche durch die Adern und erzeugte einen exorbitant wohligen Schauer. »Als Erstes könnten Sie mir erzählen, was Sie über Gregor Nolte wissen.«

Baum lächelte still in sich hinein.

»Sie wissen ziemlich viel über mich. Also auch, dass ich für den Mann arbeite. Können Sie mir sagen, wer das ist?«

»Ja, das kann ich.«

Sitting sah Baum erwartungsvoll an. Der zweite Zug schmeckte schon deutlich besser als der erste.

»Nolte ist Baltendeutscher und war früher sowjetischer Staatsbürger. Ich habe ihn in den Achtzigern ein-, zweimal getroffen. Er hat für den KGB gearbeitet und war oft in der DDR tätig. Von damals hat er noch sehr gute Kontakte nach Russland und in andere ehemalige Ostblockstaaten.«

»Was macht er geschäftlich?«

»Waffen. Es gibt einen riesigen Schwarzmarkt für Waffen der Roten Armee. Sie können sich nicht vorstellen, was aus deren Beständen nach 1990 alles geklaut wurde. Von der Kalaschnikow bis zur MIG können Sie bei Nolte alles kaufen.«

»Er scheint sich aber auch mit Immobilien zu beschäftigen.«

»Er muss das Waffengeld ja irgendwie waschen.«

»Und was will er von mir? Ich bin Strafverteidiger, kein Wirtschaftsanwalt.«

»Anscheinend findet er Sie gut. Als Anwalt. Und Sie waren leichte Beute. Dass es Ihrer Kanzlei nicht gutgeht, sieht man schon an der Adresse. Im Wedding gibt's keine schicken Kanzleien. Außerdem hatten Sie vor ein paar Jahren mal ein Verfahren wegen einer gekauften Zeugenaussage am Hals.«

»Das wurde eingestellt.«

»Das kann vieles bedeuten. Nolte hat vermutlich gefolgert, dass Sie korrupt sind.«

»Da hat er nicht ordentlich recherchiert.«

»Ja, vielleicht hat er sich geirrt. Aber so jemand gibt nicht zu, dass er sich geirrt hat. Ich schätze, jetzt hat er Sie, wo er Sie haben will. Er scheut keine Mühen, um recht zu behalten. Auch wenn er dafür Ihre Kanzlei zertrümmern und Ihre Sekretärin fast umbringen muss.«

Baum hatte seine Hausaufgaben sorgfältig erledigt und wusste, dass sich Sitting in einer ausweglosen Situation befand. Umso besser für Sitting. Denn dann wusste Baum auch, dass Sitting mit hunderttausend

Mark nicht gedient war. Sie spielten jetzt mit offenen Karten.

»Noltes letzter Anwalt ist übrigens bei einem Autounfall ums Leben gekommen«, sagte Baum beiläufig und bestellte sich noch ein Bier. Sitting hakte nicht nach. Musste er auch nicht. »Ist in seinem Wagen verbrannt. Ich sag's nur. Seien Sie vorsichtig.«

»Werd's versuchen.« Sitting drückte die Zigarette aus. »Sie wollen also, dass ich Ihren Klienten den Arsch rette, indem ich ihnen zwanzig Millionen für ein wertloses Unternehmen bezahle.«

»Ich will eine Firma verkaufen. Der Rest ist Spekulation.«

»Ich würde damit nicht nur meine Stellung als Testamentsvollstrecker missbrauchen. Ich mache mich auch strafbar wegen Untreue. Ich bin ruiniert, wenn die Sache rauskommt. Und sie wird rauskommen.«

Baum machte eine unbestimmte Geste, die formal einen Einwand signalisierte, aber gleichzeitig auch andeutete, dass er Sittings Argumenten nichts entgegenzusetzen hatte.

»Wenn dieser Fall eintritt, würde ich mich gerne möglichst weit weg von Berlin aufhalten. Können Sie das verstehen?«

»Natürlich.«

»Fragt sich, was das kostet. Ich meine, wir reden hier vom Rest meiner Tage. Auch meine Rente ist dahin. Ich glaube nicht, dass mir die Anwaltsversorgung das Geld nach Venezuela schickt.«

»Ich höre?«

Baum hielt Sitting die Zigarettenschachtel hin. Sitting steckte sich noch eine an und sagte dann die beiden für den Rest seines Lebens wichtigsten Worte: »Drei Millionen.«

Baum lachte auf. »Nicht schlecht!« Er schüttelte den Kopf. »Ne, da brauch ich gar nich nachfragen. Is indiskutabel.«

»Ist es nicht. Ihren Auftraggebern bleiben immer noch siebzehn Millionen. Wenn sie ablehnen, gehen sie bankrott. Drei Millionen. Alles andere ist für mich indiskutabel.«

45

Oberbayern, 3. Februar 2016

Die Palmen erzeugten eine surreale Dissonanz zu dem eisig-grauen Winterhimmel, vor dem sie aufragten. Man hatte sie im Lichthof des Flughafenhotels aufgestellt, in dem sich Wallner und Baum trafen. Die beiden Männer waren nicht die Einzigen, die hier dienstlich zusammenkamen. Das Hotel war als Besprechungslocation ausgesprochen beliebt. Man konnte von Berlin in einer Stunde nach München fliegen, zwei Stunden mit Geschäftspartnern reden und war am frühen Nachmittag wieder zurück. Wallner für seinen Teil sparte sich den zeitraubenden Weg in die Innenstadt und konnte direkt nach Miesbach zurückfahren.

»Nolte! Ja, ja. Hab mir fast gedacht, dass Sie irgendwann auf den kommen.«

»Warum haben Sie ihn nicht erwähnt?«

»Hatte gar nicht mehr an ihn gedacht.«

»Ah ja? Oder hätte mich das zu sehr auf Ihre Auftraggeber hingewiesen?«

Baum sah Wallner teilnahmslos an. »Haben Sie auch Fragen, die ich beantworten kann?«

»Sagen wir so: In Berlin habe ich erfahren, dass sich Sitting einige Feinde gemacht hat. Leute, die gar nichts mit Schwarzwasser zu tun hatten. Sie haben damals mit Sitting verhandelt. Und wenn ich Sie richtig einschätze, haben Sie sich vorher über ihn schlaugemacht. Das heißt, Sie wussten, dass er für Nolte arbeitet.«

»Natürlich wusste ich das. Ich kannte Nolte. Er hat früher für den KGB gearbeitet. Ich hatte mal dienstlich mit ihm zu tun.«

»Dienstlich als Detektiv?«

»Davor.« Baums Körpersprache signalisierte überdeutlich, dass er nicht weiter auf diesen Punkt eingehen würde.

»Dann können Sie mir vielleicht helfen. Ich bin auf der Suche nach weiteren Verdächtigen. Leute, die ein Motiv hatten, Sitting umzubringen. Zum Beispiel hatte Nolte Geschäftspartner in Russland, und die waren ziemlich ungehalten über eine Sache, die wohl auf Sittings Konto ging.«

»Ja. Das war damals in gewissen Kreisen eine große Sache. Und die Leute in Russland, das waren welche von der harten Sorte.«

»Wer war das genau?«

Baum zuckte die Schultern. »Fragen Sie Ihre Kollegen in Berlin.« Wallner war sicher, dass Baum durchaus wusste, um wen es ging. »Abgesehen davon: Ich glaube nicht, dass die zwanzig Jahre nach Sitting gesucht haben. Ich glaube nicht einmal, dass die ihn überhaupt auf dem Schirm hatten. Für die war Nolte der Verräter. Nicht irgendein kleiner Anwalt.«

»Tja – bleibt die Frage, wer Wartberg alias Sitting dann erschossen hat.«

»Ich seh da zwei Möglichkeiten: Entweder es war das Mädchen. Wie man hört, erbt sie ja einiges.«

»Erstaunlich, was Sie alles wissen.«

»Ich wäre ein lausiger Detektiv, wenn ich's nicht wüsste.« Baum sah sehnsüchtig nach draußen. Dort vor der Tür stand eine Frau im Businesskostüm in der

Kälte und rauchte eine Zigarette. »Haben Sie das Mädchen als Täterin schon abgeschrieben?«

»Sie ist immer noch die Einzige, die wir haben. Wenn es nach dem Staatsanwalt ginge, könnten wir die Sache abhaken.«

»Aber Ihr Bauch tut weh.«

»Ja. Irgendwas stört mich. Und ich hab in den letzten Jahren gelernt, das nicht unter den Teppich zu kehren.«

»Das verstehe ich gut.« Baum trank sein Glas Pils aus und betrachtete den Bierdeckel.

»Wie lautet die zweite Möglichkeit?«, fragte Wallner. Baum sah ihn leicht desorientiert an. »Sie sprachen von zwei Möglichkeiten.«

»Richtig. Zwei Möglichkeiten.« Er blickte Wallner jetzt in die Augen. Es hatte etwas Aufforderndes, als wollte er sagen: Kommst du nicht selber drauf? »Wo ist Nolte gestorben?«

»In Serbien, sagt Schuchin.«

»Warum ausgerechnet da?«

»Weil es dort keine funktionierende Polizei gab. Jedenfalls 1998.«

»Korrekt. Das Land war 1998 ziemlich unsicher und ein Paradies für Profikiller. Was sagt Ihr Bauch jetzt?«

»Vielleicht …« Wallner musste nicht lange nachdenken. Natürlich. Es konnte auch anders sein. »… warum Nolte dann in dieses gefährliche Land fährt, obwohl er weiß, dass sie hinter ihm her sind?«

Baum nickte. »Und jetzt noch den Rest. Und bitte schnell. Ich brauch ’ne Zigarette.«

»Serbien war damals wohl auch ein guter Ort, um den eigenen Tod vorzutäuschen.«

»Nolte taucht ab und sucht die nächsten zwanzig

Jahre den Kerl, der ihm das alles eingebrockt hat.« Baum nahm eine Zigarette aus der Schachtel und steckte sie in den Mund.

»Und letzten Sonntag begleicht er die Rechnung.« Wallner nickte nachdenklich.

»Klingt irgendwie logisch für mich.«

»Bleibt die Frage, wo wir Nolte finden. Oder den, den er beauftragt hat.«

»Irgendwas müssen Sie ja auch noch machen.« Baum stand auf. »Kommen Sie mit vor die Tür?«

Es war fast dunkel, als Wallner die Polizeistation in Miesbach erreichte. Eine weitere klare Nacht würde zweistellige Minusgrade bringen. Selbst auf dem kurzen Weg vom Parkplatz zum Eingang des Bürogebäudes zog Wallner sorgfältig den Reißverschluss der Daunenjacke zu und setzte eine Mütze auf.

Es war schon nach fünf, und in den Gängen roch es nach abgestandener Büroluft. Wallner bestellte Tina, Mike und Janette zu sich, um das weitere Vorgehen zu besprechen. Oliver erwartete noch ein paar Laborergebnisse und wollte später dazustoßen.

Zu Anfang setzte Wallner seine Leute davon in Kenntnis, was er in Berlin erfahren hatte. Inzwischen war auch die Anklageschrift aus den neunziger Jahren eingetroffen. Dieser konnte man im Einzelnen Sittings betrügerische Machenschaften im Zusammenhang mit der Schwarzwasser-Pleite entnehmen.

Mike vermeldete, dass die Fahndung nach Lara Evers immer noch kein Ergebnis gebracht hatte. Sie wurde jetzt aber bundesweit gesucht. »Dem Spitfire geht's nicht so gut«, ergänzte er. »Falls es jemanden interessiert: Der Rahmen ist verzogen, mehr muss ich wohl nicht sagen.«

»Du Armer!« Janette legte ihre Hand auf seinen Arm. »Wir sind ganz bei dir.« Sie tauschte mit Tina einen schelmischen Blick, der Mike nicht entging.

»Tu mir einen Gefallen, Janette: Frag mich im Sommer nie wieder, ob du mitfahren darfst.«

»Das möchtest du auch nicht«, wandte sich Wallner an Janette. »Warst du schon mal im MRT? Das ist vergleichsweise geräumig. Und jetzt Tina, erzähl: Wie war's in München?«

Tina berichtete von dem Termin mit Rüdiger Ott in der Rechtsmedizin. Er konnte seinen Bruder letztlich zweifelsfrei identifizieren. Und zwar aufgrund eines Leberflecks am Rücken.

»Reicht uns das?«, fragte Mike.

»Es ist alles, was wir haben. Oder?« Wallner sah fragend zu Janette.

»Wir haben in der Wohnung von Silvia Marek einige Fotos aus den neunziger Jahren gefunden, auf denen vermutlich auch Sitting zu sehen ist«, sagte Janette. »Wir sollten die vielleicht noch mal abgleichen. Aber erstens ist Sitting da zwanzig Jahre jünger. Und außerdem hat er ja sein Gesicht verändern lassen.«

»Ich schätze, wir müssen seinem Bruder glauben«, sagte Tina. »Er ist der Einzige, der Sitting nach der Gesichts-OP gesehen hat. Jedenfalls der Einzige, von dem wir wissen.«

»Was heißt das jetzt für die weiteren Ermittlungen?«, fragte Janette.

»Wir müssen herausfinden, ob Nolte noch lebt. Und falls nicht, ob es jemanden gibt, der ihn vielleicht rächen wollte. Dazu zählt Herr Schuchin. So ganz durchsichtig war er für mich nicht. Wir werden sein Alibi für die Tatnacht überprüfen. Und wir müssen schauen, ob es andere Verdächtige gibt. Außerdem ist da unser Ansatzpunkt Axel Baum. Wir müssen wissen, für wen er arbeitet.«

»Wir bräuchten die Kommunikationsdaten von Baum.« Mike malte kleine Autos auf seinen Notizblock. »Dann wüssten wir, wer seine geheimnisvollen Auftraggeber sind. Da kriegen wir doch einen Gerichtsbeschluss. Oder was meinst du?« Er sah Wallner an. »Es geht immerhin um Mord.«

»Das Problem ist, dass nicht wir den Gerichtsbeschluss beantragen.«

»Glaubst du, Tischler mauert?«

»Ist leider zu befürchten.«

»Was braucht ihr?« Kreuthner stand mit einem Mal in der Tür. Oder vielleicht stand er da auch schon länger. Keiner hatte darauf geachtet.

»Keinen Obstler. Und auch sonst nichts, was du uns besorgen kannst.« Mike lächelte Kreuthner etwas genervt an.

»Sorry, aber ich hab des grad unfreiwillig mit'kriegt. Geht's um die Telefondaten vom Herrn Baum?«

»Unter anderem.« Wallner sah Kreuthner gespannt an. Er kannte ihn lange genug, um zu wissen, dass er immer für eine Überraschung gut war.

»Na ja, die kann ich euch net alle besorgen«, sagte Kreuthner. »Ein paar aber schon.« Er holte hinter seinem Rücken ein Tablet hervor und setzte sich an den Tisch. »Danke für die Einladung. Bin ich gar net gewohnt als einfacher Streifenpolizist.«

»Im Augenblick bist net amal des«, grunzte Mike.

Kreuthner hielt Mike seine Hand entgegen. Der Mittelfinger schien ein wenig abzustehen. Dann wandte er sich dem Rechner zu. »Schauen wir uns doch das amal an.« Auf dem Tablet erschien eine Art Landkarte mit vielen Punkten darauf.

»Das Bewegungsprofil von einem Handy?« Janette beugte sich nach vorne.

»Handy is richtig. Aber von wem?«

Alle sahen Kreuthner erwartungsvoll an. Niemand hatte einen Tipp.

»Rüdiger Ott.«

Ein erstauntes Raunen ging durch die Runde. Janette hatte das Tablet jetzt zu sich gezogen.

»Der war ziemlich viel in München und bei uns unterwegs.«

»Oh ja.« Kreuthner deutete auf einen der Punkte, der mit Datum und Uhrzeit versehen war. »Und zwar schon seit über einer Woche. Wo er doch angeblich erst gestern aus Mallorca gekommen ist. Ich hab übrigens die Flüge gecheckt, die wo in Frage kommen. Der war auf keiner Passagierliste.«

»Is ja interessant.« Mike setzte seine Lesebrille auf und versuchte, auf dem Bildschirm des Tablets etwas zu erkennen.

Kreuthner nahm das Teil wieder in seine Obhut und wischte ein wenig darauf herum, bis eine Liste auf dem Bildschirm erschien. »Und hier hamma die Telefonverbindungen von Herrn Ott. Diese Münchner Nummer«, er deutete auf eine häufig vorkommende Verbindung, »gehört der Detektei Axel Baum.«

»Baum hat gesagt, er hätte Ott mal angerufen«, sagte Wallner.

»Mal! Die haben ständig telefoniert.«

»Darf ich?« Kreuthner schob Wallner das Tablet über den Tisch. Der betrachtete kopfschüttelnd die Liste. »Du hast die gesamten Telefondaten von Ott hacken lassen?« Kreuthner schwieg. »Das können wir nicht verwerten. Das ist illegal.«

»Is ja nur für'n internen Gebrauch.«

»Das spielt keine Rolle.« Wallner wollte das Tablet wieder zu Kreuthner schieben, da fesselte etwas auf dem Bildschirm seine Aufmerksamkeit. »Die Nummer kommt mir auch bekannt vor.« Er nahm die Ermittlungsakte und blätterte darin, bis er auf die Telefonnummern stieß, die in dem Verfahren von Bedeutung waren. Mit dem Finger fuhr er die Liste nach unten, hielt an, verglich noch einmal mit der Nummer auf dem Bildschirm und sagte: »Silvia Marek. Er hat mit der Frau telefoniert, bevor sie sich umgebracht hat. Einige Male sogar.« Wallner wandte sich an Kreuthner. »Was tun wir jetzt mit der Information? Oder ich frag mal so: Was ist deine Vermutung?«

Kreuthner machte ein nachdenkliches Gesicht. »Meine Vermutung? Irgendwas is faul mit Herrn Ott. Es gibt auch jemand, wo g'sehen hat, dass die Lara Evers gestern Abend mit dem von der Mangfallmühle weggefahren ist.«

»Geh Schmarrn!« Mike zog ein ungläubiges Gesicht.

»Zuverlässige Quelle. Wahrscheinlich is die noch bei ihm.«

»Und wo ist Ott jetzt?«

Kreuthner holte noch einmal das Bewegungsprofil auf den Bildschirm. »Da hamma an Cluster am Spitzingsee.«

Janette bemächtigte sich wieder des Geräts. »Ist natürlich alles ziemlich ungenau. Das sind keine GPS-Daten, sondern das zeigt die Sendemasten, die ein Signal empfangen haben. Aber zumindest kann man daraus ersehen, dass er sich irgendwo da oben aufhält.«

»Vielleicht wohnt er am Spitzingsee im Hotel«, schlug Mike vor.

»Ich schätz, der hat a Hütt'n gemietet«, sagte Kreuthner.

»Wieso?«

»Wenn der des Mädel mitnimmt, dann wohnt er net im Hotel. Des fällt doch auf.«

»Wär trotzdem denkbar.« Janette gab Kreuthner das Tablet zurück. »Aber das lässt sich ja ziemlich schnell herausfinden. Wir telefonieren einfach die Hotels durch. Und dann bräuchten wir eine Liste der Häuser in der Nähe des Spitzingsees.«

»Irgendwo müssten wir noch eine Liste haben. Vor zehn Jahren bei dem Prinzessinnenmörderfall hatten wir mal eine erstellt.«

»Ich kümmer mich drum«, sagte Janette und blickte in die Runde. »Was treibt Herr Ott da für ein Spiel?«

»Ich habe nicht die leiseste Ahnung.« Wallner trommelte mit den Fingern auf der Tischplatte. »Ist das überhaupt Herr Ott? Haben wir das gecheckt?«

Mike zuckte die Schultern. »Wir haben uns den Ausweis zeigen lassen. Mehr nicht.«

»Dann sollten wir das nachholen.« Wallner betrachtete seine Mitarbeiter. »Ich hab das Gefühl, das wird eine lange Nacht. Hat jemand was Wichtiges vor?«

Allgemeines Kopfschütteln.

»Was ist mit dem Haftbefehl für die Evers?« Kreuthner packte sein Tablet ein. »Ich mein – ist sie wirklich noch verdächtig?«

Wallner atmete schwer durch. »Lass uns Rüdiger Ott abchecken und schauen, was herauskommt. Dann sehen wir weiter.«

In diesem Moment kam Oliver in den Raum. Er hatte einen Ausdruck in der Hand. »So, Freunde der Kleinkunst. Wir haben ein paar DNA-Erkenntnisse.«

Wallner zog Oliver einen Stuhl zurecht. »Setz dich und schieß los. Wenn's denn was Neues gibt.«

»Oh ja, das gibt es.« Oliver machte es sich gemütlich und nahm einen Keks vom Keksteller. »Erst mal die DNA-Spuren aus dem Haus von Wartberg: Die meisten stammen vom Leo, von Lara Evers, von deinem Opa Manfred und von Frau Hundsgeiger. Eine Spur konnten wir noch nicht zuordnen. Aber es ist definitiv nicht dieser Detektiv.«

»Axel Baum.«

»Yep. Wir haben auch den fraglichen Wagen von Baum beschlagnahmt und untersucht.« Oliver blätterte in seinen Papieren. »Da wimmelt es logischerweise von DNA-Spuren. Die von Baum sind darunter, und wir haben auch die DNA der Mitarbeiter abgeglichen, die den Wagen gefahren haben. Da gibt es allerdings immer noch zwei DNA-Spuren, die wir nicht zuordnen konnten. Und eine davon ist identisch mit der unbekannten DNA im Haus Wartberg.«

»Das heißt: Auf irgendeine Weise hängt Baum in der Sache drin.« Mike deutete auf Kreuthners Tablet. »Und Herr Ott hängt irgendwie mit Herrn Baum zusammen. Wir sollten Herrn Ott mal um seine DNA bitten.«

»Gute Idee«, sagte Oliver. »Aber einen Punkt hab ich noch. Und der ist richtig geil.« Er schlug eine neue Seite des Berichts auf, den er mitgebracht hatte. »Nämlich – jetzt gut anschnallen: Lara Evers, unsere Hauptverdächtige, und Klaus Wartberg, wer immer das war, jedenfalls unser Mordopfer, sind verwandt. Die Kleene is die Tochter von Wartberg.«

Ein Blick in die Runde zeigte Oliver, dass die Überraschung gelungen war.

46

Es gab Spaghetti bolognese. Sie hatten Zwiebeln, Karotten und eine Sellerieknolle sehr fein geschnitten und mit Hackfleisch und Dosentomaten in einem Topf lange köcheln lassen. Am Ende gab Ott etwas geriebenen Parmesan dazu.

»Was haben S' gemacht heute?« Sie hatten seit Otts Rückkehr in das Ferienhaus nur über Dinge gesprochen, die mit Feuermachen und Kochen zu tun hatten.

»Ich habe … einen Verwandten getroffen.« Ott ließ die Gabel sinken und wurde nachdenklich.

»Was für einen Verwandten?«

»Meinen Halbbruder.«

»Wie geht's ihm?«

»Er ist tot.«

Lara hielt beim Drehen der Spaghettigabel inne. »Sie waren … auf dem Friedhof?«

»Gewissermaßen. Haben Sie Verwandte?«

»Keine Ahnung. Ich bin adoptiert worden.«

»Ah ja?« Ott betrachtete Laras Augen, und sie schienen ihm noch vertrauter als gestern.

»Meine Adoptiveltern sind bei einem Autounfall gestorben. Da war ich drei. Die hatten mich gerade ein paar Monate vorher adoptiert.«

»Was war mit Ihrer leiblichen Mutter?«

»War zwei Jahre vorher g'storben. Hab da echt die Seuche an der Hacke g'habt.«

»Haben Ihre Adoptiveltern Ihnen nichts vererbt?«

»Glaub net.« Sie sah Ott irritiert an. »Meinen S', ich sollt mal nachhaken?«

Ott machte eine unbestimmte Geste.

»Stimmt – vielleicht waren die Millionäre, und ich bin eigentlich reich. Scheiße …« Die junge Frau sah Ott an, und aus ihren Augen sprang ihm Begeisterung entgegen, oder war es Hoffnung? Jedenfalls ein Funkeln jugendlicher Leidenschaft. Sie lachte. »Stellen S' Eahna vor: Ich bin Millionär und weiß es gar net. Schrill, oder?«

»An Ihre richtige Mutter haben Sie wahrscheinlich keine Erinnerung?«

»Da bin ich grad amal a Jahr alt g'wesen, wie die sich umgebracht hat.«

»Sie hat sich umgebracht?«

»Hat mal wer g'sagt. Einer vom Jugendamt.« Sie stocherte in ihren Nudeln herum. »Der war eigentlich ganz nett. Ich wollt wissen, wer meine Mutter war. Und er hat alles zusammengesucht, was er finden hat können. Hat sich echt Arbeit g'macht. Ich glaub, der hatte gerade angefangen in dem Job.«

»Was wissen Sie über Ihre Mutter?«

»Sie hat in Berlin gelebt. War a Junkie. Und hat net richtig getickt. Depressionen und so. Deswegen hat sie sich auch …« Laras Stimme verebbte.

»Wissen Sie ihren Namen?«

»Miriam Cordes. Mit C.«

Ott fiel fast die Gabel aus der Hand.

»Was is los?« Lara sah Ott verwundert an. Er machte einen nachgerade fassungslosen Eindruck.

»Miriam Cordes?«

»Ja. Warum?«

Ott legte seine Gabel nieder und schob den Teller von sich.

»Was ist los mit Ihnen? Hab ich was Falsches g'sagt?«

»Nein. Überhaupt nicht.« Ott atmete durch. »Ich muss es nur erst mal verdauen.« Er ging kurz in sich, bevor er weitersprach. »Ich kannte mal eine Miriam Cordes. Ist aber schon lange her. In Berlin.«

»Wow! Vielleicht war das meine Mutter.«

»Könnte sein. Ihre Augen sind mir von Anfang an irgendwie bekannt vorgekommen. Ich glaube, Ihre Mutter hatte die gleichen.«

»Was wissen Sie von ihr?«

»Nicht viel. Ich hab sie ein-, zweimal in einer Anwaltskanzlei getroffen. Sie war dort Mandantin.« Er hob sein Bierglas. »Auf Ihre Mutter.«

Auch Lara nahm ihr Bierglas. »Cheers!«

Lara trank gut gelaunt und sah Ott forschend an. »Sie hat echt die gleichen Augen g'habt wie ich?«

»Absolut. Und sehr faszinierende Augen. Sonst könnte ich mich nach zwanzig Jahren nicht mehr dran erinnern.«

Lara lächelte. »Sie sind mir auch irgendwie bekannt vorgekommen. Wie wenn mir uns schon amal g'sehen hätten.«

»Ich werde oft mit anderen Leuten verwechselt. Wahrscheinlich hab ich so ein Allerweltsgesicht.«

»Nein. Ham S' nicht. Ich bin fast sicher, dass ich Ihr Gesicht schon mal irgendwo gesehen hab.« Sie betrachtete sein Gesicht. »Und das war sicher keine zwanzig Jahre her.«

»Vielleicht auch nur ein Déjà-vu-Erlebnis.«

Lara sah ihn fragend an.

»Das ist so eine Rückkoppelung im Gehirn, die einem vorgaukelt, man hätte etwas schon mal gesehen, was aber in Wirklichkeit gar nicht stimmt.«

»Hm. Vielleicht.«

Ott stand auf und brachte seinen Teller zur Spülmaschine. Als er Lara den Rücken zukehrte, hörte er ein erschrockenes »Hhhh …«. Er drehte sich um. Lara lächelte ihn an. Doch nur der Mund lächelte. Die Augen lächelten nicht. Die Augen sahen aus, als hätten sie soeben in den Schlund der Hölle geblickt. Der Kontrast faszinierte Ott, denn das hatte er noch nicht gesehen in seinem Leben. Dass jemand so zutiefst schockiert zu lächeln versucht.

»Alles in Ordnung?«, fragte er.

»Alles gut«, sagte sie und mied seinen Blick.

Im Fernsehen liefen die Nachrichten. Es gab im Augenblick nichts, was ihn weniger interessierte als die Weltpolitik. Lara stand auf der Terrasse vor dem Haus und rauchte. Aus den Augenwinkeln konnte er sehen, dass sie ihn immer wieder anstarrte. Es gab keinen Zweifel: Das Mädchen war äußerst verstört bei seinem Anblick. Und das konnte leider nur einen Grund haben: Sie erinnerte sich, warum er ihr bekannt vorkam.

»Ich geh dann mal auf mein Zimmer«, sagte sie, als sie von draußen hereinkam.

»Ist noch früh«, sagte er. »Sie können gerne mit mir fernsehen.«

»Ist nicht so mein Ding.«

»Ja, ja. Ihr jungen Leute macht lieber auf euren Handys rum.«

»Ja, ist wohl so«, sagte sie, als wollte sie sich entschuldigen, und schickte sich an, in den ersten Stock zu gehen.

»Hatte ich gesagt, dass ich morgen wieder fahre?«

Sie schüttelte den Kopf.

»Nach Spanien. Wollen Sie vielleicht mitkommen?«

Sie sah ihn kurz an, sehr kurz, dann huschten ihre

Augen weg, als fürchtete sie den bösen Blick. »Ja, das … das wär super. Bis morgen dann.«

Er wartete, bis oben die Tür ins Schloss gefallen war. Dann ging er zum Wohnzimmerregal. Auf dem zweitobersten Bord hatte er die Pistole hinter den Büchern versteckt. Nicht das originellste Versteck. Aber das Mädchen machte bei Gott keinen bibliophilen Eindruck. Hegels gesammelte Schriften waren in Anbetracht dessen der sicherste Schutz, den man sich für eine Waffe wünschen konnte.

Die Dinge nahmen jetzt doch eine andere Wendung, als er gehofft hatte. Eine Lösung wäre tatsächlich, sie mitzunehmen. Aber erstens würde sie morgen nicht mehr da sein, wenn er ihr Verhalten richtig deutete. Und zweitens wäre die Reise in Spanien zu Ende. Man bekam keine gefälschten Papiere, die einer heutigen Flughafenkontrolle standhielten. Er betrachtete die Waffe und überlegte. Wie viele Jahre hatte er noch? Zwanzig? Dreißig? Wollte er sie mit Verbrechern im Gefängnis verbringen oder mit braungebrannten Frauen unter Palmen? Gejagt oder in Sicherheit? Das Mädchen würde ihm auf dem Gewissen liegen, natürlich. Er war ja kein Tier. Aber das Gewissen würde sich beruhigen, er würde immer seltener an sie denken, irgendwann nur noch einmal im Jahr. Das hatte er alles schon hinter sich. Jetzt bloß keine Sentimentalitäten. Mehr als dieses Leben hatte er nicht.

47

Wallner hatte Tischler eine Nachricht auf dessen Mailbox hinterlassen, um ihn vorzuwarnen: Man brauche am nächsten Tag vermutlich einige Gerichtsbeschlüsse, um die Kommunikationsdaten von diversen Leuten zu bekommen.

Janette hatte inzwischen herausgefunden, dass man beim LKA das Passwort von Wartbergs Computer bereits geknackt, es der Soko aber nicht mitgeteilt hatte, weil man sich erst die Daten ansehen wollte. Den unglücklichen Menschen, der LKA-seitig am Telefon war, hatte Janette ordentlich zusammengefaltet und verlangt, Mailverkehr, Dokumente und Ähnliches sofort rüberzuschicken. Außerdem fragte sie, ob es Audiodateien gebe. Die gab es, und zwar einige. Sie wurden ebenfalls mitgeschickt.

Währenddessen versuchte der Rest der Belegschaft herauszufinden, wo sich Ott am Spitzingsee aufhielt. Das wurde dadurch erschwert, dass man sich außerhalb der normalen Bürozeiten bewegte und zunächst die Privatnummern der Leute ermittelt werden mussten, die einem vielleicht weiterhelfen konnten.

Wie von Wallner erwartet, rief Tischler kurz nach dessen Anruf zurück, obwohl es schon halb acht Uhr abends war.

»Von wem brauchen Sie welche Kommunikationsdaten und aus welchem Grund?«

»Es gibt einige Leute, die mit dem Mord zu tun haben und uns von vorne bis hinten belügen oder Dinge verheimlichen. Zum Beispiel der Detektiv, dessen Wagen am Tatort war. Er sagt, er sollte Wartberg im Auftrag eines Klienten beobachten. Verrät aber nicht, wer sein Auftraggeber ist.«

»Wenn Sie ihn verdächtigen, muss er nichts sagen.«

»Richtig. Deswegen müssen wir wissen, mit wem er telefoniert und mailt. In dem Wagen, der am Tatort war, wurde außerdem DNA gefunden, die mit einer DNA-Spur vom Tatort identisch ist. Möglicherweise war der Detektiv gar nicht selbst am Tatort, sondern hat dem Täter den Wagen geliehen.«

»Mal sehen. Aber ich kann Ihnen nichts versprechen. Wer noch?«

»Der zweite Fall ist Rüdiger Ott. Der Halbbruder von Dieter Sitting.«

Sie brauchten in dem Fall noch eine offizielle richterliche Verfügung, denn die Daten, die Kreuthner beschafft hatte, konnten vor Gericht natürlich nicht verwendet werden.

»Sitting?«

»Wartberg ist aller Wahrscheinlichkeit nach der 1996 in Berlin verschwundene Rechtsanwalt Dieter Sitting.«

»Ah ja, erwähnten Sie wohl mal. Schön. Und warum wollen Sie den Bruder ausforschen?«

»Weil er behauptet, er wäre gestern Nacht aus Mallorca gekommen, er aber schon über eine Woche hier ist.«

»Ist kein Verbrechen.«

»Das nicht. Aber vielleicht das, was er in der Woche getrieben hat.«

»Vielleicht, vielleicht, vielleicht. Darf ich daran erinnern, dass es eine verurteilungsreife Tatverdächtige gibt, deren einziger Nachteil ist, dass wir sie nicht haben?«

»Da schließt sich der Kreis gewissermaßen. Denn sie wurde zuletzt im Wagen von Rüdiger Ott gesehen. Möglicherweise hält sie sich bei ihm auf.«

»Dann suchen Sie den Mann.«

»Wir tun, was wir können. Und Sie kümmern sich bitte um die entsprechenden Beschlüsse.«

Oliver und Janette stießen fast zusammen, als sie gleichzeitig Wallners Büro betreten wollten. Janette hatte einen Laptop in der Hand. Oliver ließ ihr den Vortritt und sagte: »Nur ganz kurz, Chef: Hatte ick dit erwähnt, dass auch die unbekannte DNA im Haus vom ollen Wartberg und die unbekannte DNA in der Wohnung von Frau Marek identisch sind?«

»Nein, daran würde ich mich erinnern«, sagte Wallner. »Denn es klingt ziemlich spektakulär.«

»Schon, oder?«

»Absolut«, sagte Janette. »Ich fasse es nicht, dass du uns das nicht vorhin gesagt hast!«

»Weil's nicht ganz so spektakulär ist wie dass Wartberg der Vater von Lara Evers ist. Wenn du auf so 'n Ding noch eins draufsetzt, dann muss das stärker sein und nicht schwächer. Aus dramaturgischen Gründen, du verstehst, was ich meine.«

»Ich denke, ich versteh, was du meinst. Du hast es einfach überlesen.«

»So könnte man's auch ausdrücken. Was hast du?« Oliver deutete auf Janettes Computer.

»Die Audiodateien von Wartbergs Computer. Und ich rede nicht von iTunes.«

»Du meinst, was er in der Wohnung Marek abgehört hat? Mit dem von mir entdeckten Rauchmelder-Mikro?«

»Klingt jedenfalls so. Willst du's dir anhören?«

»Ja, aber hallo! Schmeiß an dit Ding.«

Die Tonqualität war schlecht, was zum Teil an der Wiedergabe durch den Computerlautsprecher lag. Ein Mann und eine Frau waren zu hören.

»Möchtest du einen Kaffee?«, sagte die Frau.

»Ja, gerne«, sagte die männliche Stimme.

»Die Kaffeemaschine ist in der Küche.«

»Dann gehen wir doch in die Küche.«

Man hörte Schritte, und die Unterhaltung wurde offenbar in der Küche weitergeführt, von wo sie aber so undeutlich herüberklang, dass nur einzelne Wörter zu verstehen waren.

»Die Frau ist Silvia Marek?«, fragte Oliver.

»Muss wohl.« Janette spulte vor. Jetzt waren der Mann und die Frau wieder in dem Raum mit dem Mikrophon.

»Schon eigenartig, wenn man eine Frau, die man zum ersten Mal als Leiche gesehen hat, plötzlich reden hört. Als wenn sie wiederauferstanden wäre.«

»Hat jemand den Mann erkannt?«, fragte Wallner.

»Ich nicht.« Janette stoppte die Abspielung. »Du hast heute Morgen mit Rüdiger Ott gesprochen. Kann er das gewesen sein?«

»Schwer zu sagen bei der Tonqualität.«

Janette deutete auf den Computer. »Da sind noch eineinhalb Stunden drauf. Willst du mehr hören?«

»Nein, das bringt nichts. Ich kann mich einfach nicht an Otts Stimme erinnern. Fragen wir Tina. Die hat ja längere Zeit mit ihm verbracht.«

Wallner wollte zum Telefon greifen, als es klingelte. Mike war dran. Wallner sagte, dass Oliver und Janette im Zimmer seien, und stellte auf laut.

»Hallo zusammen«, kam es aus dem Lautsprecher. »Wir wissen jetzt ziemlich genau, welche Hütten um den Spitzingsee herum an wen vermietet sind. Ein Rüdiger ist nicht dabei. Ich hab Clemens die Liste gemailt. Sind acht Namen. Schaut doch mal drauf, ob euch einer der Namen irgendwas sagt.«

Wallner holte die Mail auf seinen Bildschirm.

»Wenn mit Ott was faul ist, hat er vermutlich einen anderen Namen verwendet.«

Die Liste sah wie folgt aus:

Carlo und Thea Schmitz, Düren
Jost van Geenstra, Eindhoven
Jens Müller-Kastendeik, Eschwege
Janis Chakidis, Mannheim
Stefania Horst, Norderstedt
Leon Trogger, Braunschweig
Bengt Nowak, München

Alle starrten auf die Namen, Oliver murmelte sie leise vor sich hin.

»Ne. Keine Ahnung«, sagte er schließlich und sah Janette an.

Die zuckte mit den Schultern. »Muss ich auch passen. Das kann ja irgendein Name sein. Was sagst du, Chef?«

Abwesend starrte Wallner auf die Liste, er schien von der Konversation nichts mitzubekommen. Statt zu antworten, griff sich Wallner ein Blatt Papier und einen Stift und begann, Buchstaben aufzuschreiben.

»Was machst du?«

»Hab's gleich.« Wallner ging auf dem Papier das Ergebnis seiner Schreibarbeit durch und strich aus dem Namen Leon Trogger nacheinander alle Buchstaben, die er in anderer Reihenfolge wieder darunter schrieb. Oliver und Janette sahen ihm über die Schulter.

»Lebt ihr noch? Es ist so still geworden«, sagte Mike aus dem Lautsprecher.

»Wir haben nur dem Meister beim Denken zugesehen. Ein großartiger Anblick«, antwortete Oliver.

»Ist beim Denken zufällig was rausgekommen?«

Wallner schob den Zettel etwas gönnerhaft zu Oliver.

»Ich darf es dir vorlesen, hat er gesagt. Oder so hab ich ihn jedenfalls verstanden.« Wallner nickte Oliver zu. »Und das Ergebnis lautet: Wenn du den Namen Leon Trogger als Anagramm nimmst und die Buchstaben anders anordnest, kommt was raus?«

»Treon Logger?«

»Ja, ginge auch. Aber der Meister hat daraus GREGOR NOLTE gebastelt.«

»Ja Hund und Sau! Nicht schlecht. Der alte Fuchs!«

»Müsste schon ein sehr dicker Zufall sein«, schaltete sich Wallner wieder persönlich ein.

»Ich weiß. Wir glauben hier nicht an Zufälle. Und falls dir jetzt die Frage auf der Zunge liegt: Nein, ich hab keinen Bock auf Überstunden.«

»Mir lag gar nichts auf der Zunge. In fünf Minuten am Parkplatz.« Wallner wandte sich an Janette. »Ich brauch die kompletten Tonaufzeichnungen. Die würde ich mir gerne auf der Fahrt anhören.«

48

Das Magazin hatte er im Wagen versteckt. Zur Sicherheit, falls Lara die Pistole doch hinter den Büchern entdeckte. Die Frau war wohl nicht ganz ungefährlich. Er schob das Magazin in den Griff der Pistole, bis es mit einem satten Schmatzen einrastete. Er hatte einige Möglichkeiten durchgespielt. Am besten wäre natürlich der Keller. Vielleicht durch ein Kissen. Die auf die Bettdecke aufgesetzten Schüsse waren erstaunlich leise gewesen. Das Haus war abgelegen, der nächste Nachbar einige hundert Meter entfernt. Aber ein normaler Pistolenschuss war unfassbar laut. Man würde ihn weit hören in diesem stillen Tal. Also besser hier im Haus bei geschlossenen Fenstern und Türen. Den Keller konnte er vermutlich vergessen. So wie das Mädchen vorhin reagiert hatte, schrillten bei ihr die Alarmglocken. Was ihn ebenfalls etwas nervös machte: Die Kleine war auf ihrem Zimmer und hatte ein Handy. Nun gab es hier am Haus keinen Empfang. Man musste etwa fünfzig Meter den Zufahrtsweg entlanggehen, bis man ein Netz hatte. Aber elektromagnetische Wellen und ihre Verteilung im Raum – das war so eine Sache. Manchmal hatte er auch hier im Haus einen kleinen Balken auf dem Display. Wobei nicht damit zu rechnen war, dass sie die Polizei anrufen würde. Vielleicht diesen Dorfpolizisten. Er entsicherte die Pistole und hielt die Nase an den Lauf. Er roch Stahl und Öl. Es wurde langsam Zeit.

Lara musste weg von diesem Haus. Und von dem Mann, der sie hier beherbergte. War er es? Sie saß auf dem Bett in dem modrig riechenden Raum unterm Dach und versuchte, die Szene noch einmal abzurufen: Nur einen kurzen Moment hatte sie gedauert. Sie war in Wartbergs Wohnzimmer aufgewacht, betrunken und orientierungslos. Etwas Schweres, Kaltes lag in ihrer rechten Hand. Zwei Augen sahen sie an, überrascht, ertappt, unschlüssig irgendwie. Doch ja – das waren dieselben Augen. Die Augen, die sie vorhin über den Spaghettiteller hinweg angesehen hatten. Was hatte er jetzt vor? Warum lebte sie eigentlich noch? Und wie schnell würde sich das ändern? Er wusste, dass sie es wusste. Kein Zweifel. Er hatte mitbekommen, dass die Zeitbombe hochgegangen war. War wahrscheinlich in Großbuchstaben auf ihrem Gesicht gestanden. Vorhin, als sie ihn angeglotzt hatte wie einen Rottweiler, der kurz davor war, ihr an die Gurgel zu gehen. Sehr, sehr uncool war das gewesen. Aber sie hatte noch nie zuvor echte Todesangst gehabt. Das Herz hämmerte gegen die Rippen, als sie es sich noch einmal vergegenwärtigte. Der wollte sie umbringen. Oder? Sie war verwirrt und wusste gar nichts mehr. Nur dass sie fortmusste. Aber wohin? Am Spitzingsee waren sie vorbeigekommen. Da musste sie hin. Da gab es Hotels und Menschen. Wie weit war das zu Fuß? Schwer abzuschätzen, wenn man im Auto gekommen war.

Das Handy zeigte kein Netz. Scheißberge. Sie lief im Zimmer umher und hielt das Telefon hoch. Es wurde nicht besser. Einmal ein Balken für wenige Sekunden. Sie ging zur Zimmertür und lauschte. Von unten kamen Fernsehgeräusche. Vorsichtig öffnete sie die Tür. Der Gang war dunkel, nur vom Erdgeschoss drang etwas Licht über die Treppe nach oben. Lara ging ins Zimmer zurück, zog sich die Jacke an und schrieb eine SMS: *Bin irgendwo hinterm Spitzingsee. Der Typ hat Klaus umgebracht. Bin mir ziemlich sicher. Kannst du kommen?* Ihr fiel ein, dass Kreuthner keinen Führerschein hatte. Damit er sich trotzdem ins Auto setzte, fügte sie hinzu: *Typ will mich kaltmachen. Bitte komm schnell!!* Sie drückte auf »Senden«, aber das Wuuutsch-Geräusch, das den Vollzug anzeigte, kam nicht. Stattdessen klopfte es.

Lara fuhr ein Adrenalinstoß wie ein Faustschlag in den Solarplexus. Fast fiel ihr das Telefon aus der Hand. Sie steckte es in die Jacke.

»Sind Sie noch wach?«, drang es durch die Tür.

»Ich bin schon im Bett.«

»Tut mir leid, dass ich Sie noch mal störe. Aber ich habe gerade etwas erfahren, das ich mit Ihnen besprechen muss.«

»Was denn?« War die Polizei auf dem Weg zu ihnen?

»Da sollten wir in Ruhe drüber reden. Vielleicht wenn Sie sich was anziehen und noch mal ins Wohnzimmer kommen.«

»Ist gut«, rief Lara in Richtung Tür. »In zwei Minuten bin ich unten.«

»Okay. Ich mach uns inzwischen einen Tee.«

»Bis gleich!«

In diesem Moment kam das Sendegeräusch aus ihrer Jacke. Lara hielt die Hand darauf, aber es war bereits zu spät. Sie stand im Raum und sah wie gebannt zur Tür, still wie der Tod. Nicht einmal ihren Atem hörte sie. Auch durch das immer noch geöffnete Fenster drang kein Laut. Dann, nach ein, zwei oder fünf Sekunden, sie hatte jedes Zeitgefühl verloren, bewegte sich der Mann von der Tür weg und ging mit schweren Schritten die Holztreppe hinunter.

Wenn sie das Haus verlassen wollte, musste sie schon runterkommen. Er wartete in der Küche, immer mit Blick auf die Treppe. Der Tee war fertig. Er würde ihr die Tasse geben und ihr den Vortritt Richtung Wohnzimmer lassen. Auf dem Couchtisch lagen die Damenschlittschuhe, die er heute in München gekauft hatte. Sie waren weiß mit Schneeflockenmuster, und die Kufen glitzerten verführerisch. Es erinnerte sehr an ein Weihnachtsgeschenk und würde ihre Aufmerksamkeit hoffentlich auf sich ziehen. In der DDR hatte man Hinrichtungen so vollzogen. Der Delinquent wurde in ein scheinbar normales Büro geführt. Dort saß ein Beamter am Schreibtisch und begrüßte den Eintretenden. Doch hinter der Tür lauerte ein Mann mit Pistole, der an den Nichtsahnenden herantrat und ihm in den Hinterkopf schoss. So gab es am wenigsten Theater. Und so war es für den Delinquenten am wenigsten qualvoll. Der Tod kam schnell, unerwartet und schmerzlos.

Er sah auf die Uhr. Fünf Minuten waren vergangen, seit er sie nach unten gebeten hatte.

Vor der Zimmertür blieb er stehen und lauschte. Es war still im Zimmer. Er klopfte. »Wollten Sie nicht runterkommen?« Niemand antwortete. »Lara? Alles in Ordnung?« Er trat zurück und ging in die Knie. Durch das Schlüsselloch drang Licht, aber es bewegte sich nichts. Er ging etwas näher heran. Ein kalter Hauch zog ihm entgegen. Er klopfte noch einmal. »Lara?« Er drückte die Türklinke. Die Tür war abgeschlossen. »Was soll das? Kommen Sie raus!« Stille. Wahrscheinlich war sie gar nicht mehr drin.

Das Fenster war weit geöffnet. Sie war tatsächlich gesprungen. Ein bisschen seitlich vom Fenster in den Schneehaufen, den er heute Morgen dort zusammengeschaufelt hatte. Das hätte er sich mal etwas besser ansehen sollen. Er leuchtete mit der Taschenlampe die Umgebung ab. Sie war nicht zum Wagen, der vor dem Haus geparkt war, gelaufen und von dort den Zufahrtsweg entlang Richtung Straße, sondern in den Wald hinein. Vermutlich hatte sie Angst, bemerkt zu werden, denn die Fenster von Küche und Wohnzimmer gingen auf den Vorplatz hinaus. Die Spuren waren frisch, soweit er das bei den Lichtverhältnissen beurteilen konnte. Jedenfalls waren sie heute Morgen noch nicht da gewesen. Er ging ins Haus, streifte Daunenjacke und Mütze über und machte sich an die Verfolgung. Das würde im Schnee nicht allzu schwer werden.

Sie war schon einige Minuten gelaufen, wenn auch nicht sehr weit. Der Schnee ging bis über die Waden und war in den letzten Tagen zu widerspenstigem Bruchharsch verbacken. Sie kam nur langsam voran. Ihr Verfolger vermutlich auch. Wie viel Vorsprung hatte sie? Drei, vier Minuten? Der Mann war über sechzig, machte aber einen fitten Eindruck und war besser ausgerüstet, hatte Bergstiefel statt Sneakers. Am meisten Sorge bereitete ihr jedoch etwas anderes: Sie wusste nicht, ob sie auf dem richtigen Weg war. Wieder brach sie durch die Eiskruste, darunter weicher Schnee und ein Ast, eine Wurzel. Sie rutschte darauf aus und fiel. Es tat weh an den Händen, als sie durch die harte, kristalline Oberfläche brach. Einen Augenblick lang sah sie durch die Fichtenkronen nach oben. Der Mond stand schräg am Firmament. Auch ein einzelner Stern flimmerte vor schwarzem Grund. Sie stand auf und lauschte in die Nacht. Aus Richtung der Hütte hörte sie ein leises, regelmäßiges Knirschen. Es musste Ott sein, der ihr folgte. Er würde schneller sein als sie, denn er konnte in ihren Spuren gehen. Sie musste zur Straße, hatte aber jede Orientierung verloren. Wohin sie auch blickte, standen Bäume, Bäume, Bäume. Trotz der Dunkelheit hoben sich die schwarzen Stämme gut vom Schnee des Waldbodens ab. Und oben? Der Mond, ein Stern und eine Milliarde Fichtennadeln. Sie stapfte weiter und versuchte zu erspüren, ob die Schwerkraft sie in eine Richtung zog. Nach unten, dorthin, wo die Straße war. Sie hielt an, keuchte und konnte nicht mehr weiter. Ihr war übel vor Anstrengung. Sie blickte zurück zu den Spuren, die sie im Schnee hinterlassen hatte. Sie verrieten ihrem Verfolger, wo sie hingelaufen war. Und nichts gab es, um das zu verhindern, denn überall war Schnee auf diesem beschissenen Stück Erde. Als wenn sie Papierschnitzel hinter sich verstreute. Sie spürte, wie sich Wuttränen ihren Weg in die Augen bahnten.

In diesem Moment hörte sie etwas durch die Nacht brummen. Sie hielt den Atem an, ging einige Schritte in die Richtung, aus der das Geräusch kam, und konnte im Dämmer des nächtlichen Waldes erkennen, dass etwa fünfzig Meter vor ihr das flache Gelände nach unten abfiel. Sie kämpfte sich weiter nach vorn, und plötzlich huschte ein Licht durch das Labyrinth der Stämme, zuckte auf, bestrich Dutzende Bäume wie einen Barcode und verschwand wieder im Nichts. Es waren die Scheinwerfer des Autos, das sie gehört hatte. Nicht weit von ihr fuhr es durch den Wald. Sie rannte mit allem, was ihre Beine hergaben, in diese Richtung, erreichte den Abhang, der ihre Schritte beschleunigte und beschleunigte, bis sie sich nicht mehr auf den Beinen halten konnte. Sie stürzte und rollte durch den Schnee nach unten und versuchte nicht einmal, ihre Bewegung zu bremsen und auf die Füße zu kommen, denn so, sagte sie sich, ginge es am schnellsten nach unten, hin zur rettenden Straße. Noch einmal kam das Licht vorbeigehuscht wie der Strahl eines Leuchtturms. Dann konnte sie die Straße sehen. Eine junge Fichte hatte ihren Fall aufgehalten, sie rannte wieder aufrecht, und keine fünfzig Meter bevor sie die Straße erreichte, fuhr ein massiger Geländewagen auf der verschneiten Piste entlang, sie fuchtelte mit den Armen, schrie und rannte. Aber als sie die Straße erreichte, war der Wagen im Begriff, hinter der nächsten Kurve zu verschwinden.

Lara stützte ihre Hände auf die Oberschenkel, während sie pumpte wie nach einem Marathonlauf. Sie schwitzte und sie fror, denn im Jackenkragen hatte sich Schnee gesammelt, der jetzt schmolz und ihr als Eiswasser den Rücken hinablief. Durch die Gummisohlen ihrer Sportschuhe zog die Kälte in ihre Fußsohlen. Den Wagen hatte sie zwar verpasst. Aber sie war auf dem richtigen Weg. In der Richtung ging es zum Spitzingsee. Allerdings zweigte irgendwann auch der Zufahrtsweg zu dem Ferienhaus ab. Sie hoffte, dass Ott noch oben im Wald war, und versuchte, den Autospuren zu folgen.

Der Strahl der Taschenlampe leuchtete ihm den Weg. Auch wenn er in ihren Spuren lief, war es anstrengend. Vielleicht nicht so anstrengend wie für das Mädchen. Aber einem Sechzigjährigen verlangte der Marsch durch den tiefen Bruchharsch viel ab. Immer wieder musste er anhalten und durchatmen, und bei jedem Schritt schlug die Pistole in der Innentasche der Daunenjacke gegen seine Brust. Als er wieder einmal gegen einen Baum gelehnt in die eisige Nacht hechelte, sah er einen Lichtstrahl durch die Bäume schwenken. Offenbar fuhr ein Wagen auf der Straße Richtung Spitzingsee. Wenn er ihn gesehen hatte, hatte ihn das Mädchen auch gesehen. Was würde sie tun? Vermutlich versuchen, zur Straße zu gelangen. Die Scheinwerfer des Wagens würden ihr zur Orientierung dienen. Eine gewichtige Entscheidung stand an. Sollte er sich von den Fußspuren lösen und zur Straße gehen? Irgendwann musste sie wieder in seine Richtung kommen, wenn sie an den Spitzingsee wollte. Wenn er aber zur Straße ging, hatte er keinen sicheren Anhaltspunkt mehr, wo sie war. Und wenn sie doch nicht zur Straße ging?

Der Mond war groß, noch nicht voll, aber hell genug, um die weiße Piste zu erleuchten, die zum See führte, zu Menschen und Hotels. Es konnte nicht weit sein. Ein Kilometer? Zwei? Drei? Selbst drei Kilometer konnte sie in einer guten halben Stunde schaffen. Sie fing an zu laufen, erst langsam, dann schneller. Der Gedanke, schneller ans Ziel zu kommen, beruhigte sie. Ihr Atem hauchte laut durch die Nacht, und die Schuhe knirschten auf dem Schnee der Straße, so dass sie nichts anderes mehr hörte, und auch das beruhigte sie so, wie sie als Kind Augen und Ohren zugehalten hatte und sich in Sicherheit wähnte. Aber es war eine gefährliche Sicherheit. Wenn sie nichts mehr hörte, hörte sie keine Gefahr und kein rettendes Auto. Sie blieb stehen und ging ein Stück. Immer das dunkle Weiß der Straße vor sich, immer ein Auge auf das, was links und rechts davon war. Der Frost biss sich durch ihre Hosen und zwickte in die Nase. Hier oben war es noch kälter als in Miesbach. Sie blieb stehen und lauschte in die Nacht. Aber es war absolut still. So still, wie es noch nie still um sie gewesen war, so still, dass sie ihr Herz schlagen hörte, wenn sie den Atem anhielt. Die Straße führte jetzt, nach einer kleinen Lichtung, wieder in den Wald hinein, die Bäume waren nur zwei, drei Meter entfernt vom Straßenrand. Das machte ihr Angst. Hinter jedem Baum konnte ER stehen. Was sollte sie tun? Sie verließ die Straße und stellte sich hinter einen Baum, fixierte den nächsten Baum, ging geduckt ein paar Schritte in den Wald hinein, knirschend den Harsch zertretend, um zu sehen, ob hinter dem nächsten Baum jemand stand. Da war niemand. Und wenn, hätte er sie durch die Schrittgeräusche längst bemerkt. Sie ging zurück zu dem Baum, den sie kontrolliert hatte. Es war dunkel hier drin und unheimlich. Lara blieb nichts übrig, als immer wieder in die Dunkelheit hineinzuhorchen, ob sich etwas Verdächtiges regte. In gut fünfzig Metern Entfernung wurde die Dunkelheit schwarz. Dort standen einige junge Fichten, wie eine Ansammlung von Christbäumen. Was sich hinter dem Nadeldickicht verbarg, konnte Lara nicht sehen. Und je angestrengter sie hinsah, desto mehr verschwamm alles in einem Brei von Finsternis. Bewegte sich etwas, oder war es nur wabernde Nacht? Die Kälte kroch Lara unter die Jacke. Sie hatte Angst, an diesem dunklen Fleck vorbeizugehen. Schreckliche Angst. Sie steckte die Hände unter die Achseln. Doch ihr wurde nicht wärmer.

Plötzlich war es wieder da – das wischende Licht. Es folgte ein mürrisches Motorengeräusch, das durch den Wald hallte. Erst leise, dann immer lauter. Sie hatte nicht damit gerechnet, dass in dieser Nacht noch ein zweiter Wagen kommen würde. Zwar wusste sie nicht, was sich in der Richtung befand, aus der der Wagen kam. Aber da war wohl nicht mehr viel außer Berge und Schnee. Das Licht wurde intensiver und erleuchtete die Stämme über ihrem Kopf. Schließlich kam der Wagen um die Kurve und fuhr direkt auf Lara zu. Sie zögerte kurz, überlegte, ob das Ott sein konnte. Aber das war nicht möglich. Der müsste von der anderen Seite kommen. Sie zögerte so lange, dass der Wagen fast an ihr vorbeigefahren wäre. Im letzten Moment sprang sie hinter dem Baum hervor und schrie und winkte. Der Wagen fuhr mit einigem Tempo, und der Fahrer brauchte eine Sekunde, um den Entschluss zu fassen, anzuhalten. Er kam auf Höhe der jungen Nadelbäume zu stehen, die jetzt vom Scheinwerfer des Wagens angestrahlt wurden. Ein weißes Licht leuchtete auf, der Fahrer hatte den Rückwärtsgang eingelegt. In diesem Moment kam hinter den jungen Bäumen eine Gestalt hervor und ging auf den Wagen zu. Der Schock lähmte Lara. Es war Ott.

Ott trat neben die Beifahrertür. Im Wagen des Luxus-SUV saß ein Ehepaar, beide mit weißen Haaren. Die Seitenscheibe fuhr ein Drittel herunter, während gleichzeitig die Verriegelungsknöpfe in ihren Löchern verschwanden. Die Frau auf dem Beifahrersitz trug einen Pelzmantel und sah Ott verängstigt an.

»Guten Abend«, sagte er und lächelte ausnehmend freundlich.

»Dahinten ist eine junge Frau«, sagte die Beifahrerin.

»Ja, meine Tochter.« Ott sah zu Lara, die anscheinend nicht wusste, was sie tun sollte. Zum Wagen rennen? Aber dann lief sie ihm in die Arme. »Es tut mir leid«, wandte er sich wieder dem Ehepaar zu. »Sie hat psychische Probleme und verliert oft die Orientierung. Ich bin sehr froh, dass ich sie wiedergefunden habe. Vielen Dank, dass Sie angehalten haben.«

Lara hatte sich jetzt doch entschlossen zu rennen. Sie lief auf den Wagen zu und rief: »Hilfe!« Doch da Hals und Mund eingefroren waren, kam es kieksend und jämmerlich heraus.

»Ja, Schatz!«, rief Ott ihr entgegen. »Papi ist ja da. Es ist alles gut!«

Lara stieß einen Laut aus, der eher von einem Tier zu stammen schien. Rannte schneller, um am Wagen zu sein, bevor der wegfuhr, glitt auf dem Schnee mit ihren glatten Sohlen aus und schlug hart auf der Straße auf.

Das Ehepaar hatte die Szene im Rückspiegel beobachtet und war stumm vor Schreck.

»Tut mir leid, dass Sie das mit ansehen müssen. Machen Sie sich keine Sorgen. Unser Haus ist gleich da vorne. Es ist alles in Ordnung. Vielen Dank noch mal.«

Die beiden älteren Herrschaften nickten und machten, dass sie wegkamen.

Das Mädchen lag auf der Straße und starrte in den Strahl der Taschenlampe.

49

Kreuthner hatte an diesem Abend eine Schuld einzulösen. Er musste dem Dude einen mannhaften Auftritt verschaffen, bei dem er Franzi aus höchster Bedrängnis erretten und dadurch unweigerlich ihr Herz gewinnen würde. Dafür brauchte man zunächst zwei fiese Kerle, die Franzi glaubhaft den Eindruck vermittelten, sie führten Schlimmes im Schilde. Nun gab es in Kreuthners Freundeskreis keinen Mangel an üblen Gesellen. Leider verkehrten die so gut wie ausnahmslos in der Mangfallmühle, waren Franzi also bekannt. Doch Kreuthner hatte zwei Cousins mütterlicherseits, Jannik und Marvin, beide Anfang zwanzig und der Stolz ihrer Mutter. Kreuthners Tante Heike hatte die Burschen alleine großgezogen, genauso wie Kreuthners Mutter ihren Leonhardt. Im Gegensatz zu Kreuthner hatten Jannik und Marvin Abitur, studierten Theologie und Jura und standen gerade vor wichtigen Prüfungen. Sonderlich gefährlich waren sie freilich nicht. Aber Jannik hatte ein Autounfall den vorher schon derben Schädel verschoben, und sein Bruder Marvin litt seit Kindertagen unter einem Gesicht, für das der Spitzname Miss Piggy praktisch alternativlos war. Fette Haut und eitergelb bekrönte Pickel rundeten das jämmerliche Bild ab. Seit ihrer Geburt war keine Frau je auch nur in die Nähe des Brüderpaars geraten – von der Mutter abgesehen. Tante Heike hatte alles darangesetzt, um Kreuthner und seinen schlechten Einfluss von ihrem Nachwuchs fernzuhalten. Das war jedoch nicht immer möglich.

Auf Familienfeiern hörten die beiden begierig den Abenteuererzählungen ihres großen Vetters zu. Vor einem halben Jahr dann waren sie in eine Polizeirazzia geraten, jeder mit ein paar Gramm Gras in der Tasche. Kreuthner höchstselbst hatte sie hinter einem Bierzelt gefilzt, und die beiden hatten fast geheult, weil sie ihre leuchtenden Lebensentwürfe (Kardinal respektive Verfassungsrichter) in so jungen Jahren wegen eines Drogenverbrechens begraben mussten. Kreuthner hatte ein Einsehen gehabt. Zwar waren die beiden hoffnungslose Vollpfosten, aber irgendwo ja auch Familie. Zudem nahm er ihnen das feierliche Versprechen ab, etwas bei ihnen gutzuhaben. Kreuthner hielt das für eine schlaue Investition in die Zukunft. Irgendwann konnte man sicher einen Staatsanwalt, Richter, Pfarrer oder gar Bischof gebrauchen. Insofern war der Plan eigentlich nicht gewesen, die Schuld jetzt schon einzutreiben. Andererseits – wer konnte sagen, wie lange sich die zwei noch an ihr Versprechen erinnerten.

Als Kreuthner den Vettern ihre Aufgabe erklärte, stieß er durchaus auf eine gewisse Begeisterung für die Sache.

»Kann man die Kleine auch anlangen?«, fragte Miss Piggy Marvin, und auf seinen fetten Backen glänzte der Schweiß der Vorfreude.

»Ja, kannst schon a bissl hinlangen. Außer die Möpse, klar?«

»Alles klar. Außer Möpse.« Marvin tauschte einen Blick mit Jannik. Dessen verpickeltes Gesicht war zwei Grade röter geworden.

»Kriegen mir doch hin, oder?«

»Logisch.« Marvin wandte sich wieder Kreuthner zu. »Und dann kommt dieser fette Nerd und dann?«

»Der packt euch und … keine Ahnung, tut so, wie wenn er euch die Zündung einstellt, verstehst? Ihr müsst's halt mittun. A bissl umeinandwuisln, wie wenn er euch richtig g'schlagen hätt. Ah und oh! Und dann am besten weghumpeln.«

»Halt a bissl a Show für die Kleine«, fasste Jannik zusammen.

»Ganz genau. A bissl a Show für die Kleine.« Er tätschelte Jannik die Schulter. »Seid's ja schlaue Burschen. Und wenn was is – ich bin in der Nähe.«

Als Bühne für die Vorstellung hatte man den Parkplatz vor der Mangfallmühle gewählt. An diesem Abend, wusste der Dude, würde Franzi etwas später kommen, denn sie hatte einen Termin beim Hautarzt. Eines der Steckerlöcher in ihrer Augenbraue hatte sich entzündet. Die Burschen Jannik und Marvin lauerten verborgen zwischen den parkenden Autos, bis tatsächlich ein Motorroller von der einsamen Straße entlang des Mangfallkanals auf den Parkplatz einbog. Franzi stellte den Roller fröstelnd ab und nahm den Helm vom Kopf. Ein weißes Pflaster klebte über ihrem linken Auge. Sie verstaute den Helm unter dem aufklappbaren Sitz und schloss ab. Als sie sich dem Wirtshaus zuwandte, standen mit einem Mal zwei junge Männer vor ihr, die sie nicht kannte. Der eine mit fettigem Mondgesicht, winzigen Augen und einem fleischigen Mund, der feucht war und auf unangenehme Weise verzogen. Der andere hatte ein schiefes Gesicht und etliche Narben darin. Auch sein Mund schien auf gemeine Art zu grinsen.

»Servus«, sagte der mit dem schiefen Gesicht. Mehr sagte er nicht, blickte nur lüstern an Franzi auf und ab und machte den Mund auf, ließ aber, was immer er sagen wollte, ungesagt. Stattdessen sah er zu seinem dicken Kumpel, als solle der es jetzt richten.

»Und?«, sagte der Dicke. Er wirkte nervös und schwitzte. »Öfter hier?«

»Ich bin ständig hier. Was wollt ihr eigentlich?«

Franzi versuchte, an dem schiefen Gesicht vorbeizugehen. Aber der junge Mann gab den Weg nicht frei.

»Geh weg!«, sagte Franzi.

Jannik zögerte, sah zu Marvin, der schüttelte den Kopf. Mit einem Mal und ohne dass Jannik es kommen sah, stemmten sich Franzis Hände gegen seine Brust. Er verlor das Gleichgewicht und stolperte zwei Schritte nach hinten. Franzi nutzte die frei werdende Lücke, um an Jannik vorbei in Richtung Wirtshaus zu laufen. Marvin startete die Verfolgung, lief ungeachtet seiner Leibesfülle zu ungeahnter Geschwindigkeit auf und bekam Fanzis Schal nach wenigen Metern zu fassen. Ein Ruck ging sowohl durch Franzi wie auch durch Marvin, als der Schal sich spannte, Franzi fiel mit einer halben Schraube zu Boden, gefolgt von Marvin, den eine Eisplatte von den Füßen riss und wie einen Sack Zement auf den Boden plumpsen ließ. Jannik eilte rutschend herbei und wollte seinem Bruder auf die Beine helfen, als er am Kragen seiner Lammfelljacke gepackt und nach hinten gerissen wurde.

»Lasst's des Mädel in Ruhe!«, rief der Dude mit aller Autorität, die seine etwas quiekige Stimme erlaubte.

Der völlig aus dem Gleichgewicht geratene Jannik ruderte mit den Armen, während ihn der Dude umherschleuderte. Im Wirtshaus hatten sich jetzt auf einen Hinweis von Kreuthner hin fast alle Gäste vor dem Fenster versammelt, das auf den Parkplatz hinausging, und was sie zu sehen bekamen, erinnerte manchen an eine Filmszene: Trapper wird von Grizzlybär attackiert. Der Dude war einen Kopf größer als Kreuthners Cousins und mit seinen hundertvierzehn Kilo nicht der Schmächtigste.

Beim hektischen Geruder geriet eine von Janniks Händen in Norbert Petzenbergers Gesicht. »He, Burschi – schlagst du nach mir?!« Die Frage war offenbar rhetorisch gemeint, denn noch während er sie stellte, klatschte der Dude Jannik zweimal ordentlich mit der Hand ins Gesicht.

Jannik ging zu Boden, während sich Marvin vorsichtig näherte und sagte: »Okay, okay. Hast gewonnen, wir hauen ab.«

»Abhauen!«, höhnte der Dude und richtete sich zu voller Größe auf. »Des könnt dir so passen!« Er packte Marvin am Ärmel seiner Daunenjacke und zog ihn zu sich. »Gegen a Mädel, des traut's euch, was!?« Auch diese Frage war wohl eher rhetorisch zu verstehen, denn im selben Moment senkte sich die Faust des Dude gleich einem Hammer auf Marvins Stirn.

»Wie der Bud Spencer!«, freute sich Schinkinger Joe im Wirtshaus, und es gab Szenenapplaus von den anderen Gästen.

»Super Show!«, rief einer von hinten. »Der Dude! Schaug eahm net o!«

»Jetzt spinnt er aber«, rief plötzlich ein Dritter. »Des is mei Auto!«

Draußen sah man, wie der Dude den dicken Marvin mit dem Kopf gegen die Seitenscheibe eines der geparkten Autos schleuderte. Der Aufprall war im Gastraum der Mangfallmühle gut zu hören. Marvin torkelte benommen zwischen den Fahrzeugen, während sich der Dude des am Boden kauernden Jannik annahm, indem er ihm das Knie ins Gesicht rammte.

»He, des schaut total echt aus!«, sagte ein Gast, dessen eingedellte Nase vermuten ließ, dass er sich auskannte.

Jannik versuchte jetzt, auf allen vieren vom Dude wegzukriechen. Er blutete aus Nase und Mund, und aus seinen weit aufgerissenen Augen schrie die Todesangst. Weit kam er nicht, denn schon hatte ihn der Dude wieder gepackt und schleuderte Jannik auf seinen vom Kontakt mit der Autoscheibe immer noch benommenen Bruder. Dann hieb und trat der Dude wie ein Berserker auf die am Boden liegenden jungen Männer ein, und animalische Laute entstiegen seiner Kehle und hallten durch den Wald. Einmal blickte er zwischen zwei Schlägen kurz zum Wirtshaus, und allen, die es sahen, gefror das Blut beim Anblick seines entmenschten Gesichts. Auch Franzi stand wie gelähmt daneben und musste dem Gemetzel hilflos zusehen.

Im Gastraum waren alle Blicke auf Kreuthner, den Regisseur des Spektakels, gerichtet. »Is blöd g'laufen«, diagnostizierte er. »Blutrausch!«

Kreuthner rannte zur Tür. Andere beherzte Gäste folgten ihm. Im selben Augenblick, als die Meute aus der Wirtshaustür herausbrach, bog überraschend ein Streifenwagen auf den Parkplatz ein. Der Dude ließ sich von der Ankunft der Polizei nicht stören ja hieb umso hingebungsvoller auf seine Opfer ein, denn zumindest war ihm wohl klar, dass jetzt nicht mehr viel Zeit dafür blieb.

Tatsächlich entsprangen dem Streifenwagen Greiner und Sennleitner und zogen den Dude von seinen Opfern fort. Der wehrte sich und schlug weiter unbarmherzig auf alles in seiner Reichweite ein. Auch die Wirtshausgäste mussten helfen, und mit vereinten

Kräften gelang es nach einer Weile, den jungen Mann zu beruhigen. Der schien wie aus einer Trance zu erwachen – und zwar in den Armen von Franzi, die den Polizisten erklärte, dass die beiden jungen Männer sie überfallen hatten und vergewaltigen wollten. Gott sei Dank hätte der Dude rechtzeitig heldenhaft eingegriffen und das Schlimmste verhindert.

Eigentlich waren Greiner und Sennleitner gekommen, um in der Mangfallmühle zu recherchieren, ob jemand den Aufenthalt von Rüdiger Ott kannte. So aber endete die Aktion mit der Verhaftung zweier Vergewaltiger, die freilich derart übel zugerichtet waren, dass man den Notarzt holen musste. Das Telefonat mit Tante Heike würde für Kreuthner nicht ganz einfach werden. Und so beschloss er, sich erst einmal um Lara Evers zu kümmern, von der er eine beunruhigende SMS erhalten hatte.

50

Der Pistolenlauf glänzte schwarz im Mondlicht, die Mündung war auf Laras Kopf gerichtet.

»Wo wollen Sie denn hin?«, fragte der Mann mit der Pistole.

Es war wieder still in dem kleinen Tal, über den Tannen- und Fichtenwipfeln glitzerten Sterne, Bäume warfen Schatten auf den Schnee des Waldbodens. Eine vollkommene Winternacht.

»Stehen Sie auf.«

Lara stellte sich zitternd auf die Füße. Ott deutete mit der Pistole talabwärts, dorthin, wo es zum Spitzingsee ging. Lara ging voraus, er zwei Schritte hinter ihr.

»Was glauben Sie, dass ich vorhabe? Sie erschießen?« Sibirisch kalter Schnee knirschte wie Styropor unter ihren Schritten. »Wenn ich das vorhätte, wären Sie längst tot und hier im Wald unter Schnee vergraben. In zwei, drei Monaten würde Sie vielleicht jemand finden. Aber das wäre mir egal, da, wo ich dann bin.« Nicht ganz. Er hatte durchaus vor, seine alten Tage in der Heimat zu verbringen. Ein ungeklärter Mord, mit dem er in Zusammenhang stand, würde ihm die Freude daran gründlich verderben. Mord verjährte nicht. »Also beruhigen Sie sich – ich habe nicht vor, Ihnen etwas anzutun. Und jetzt erzählen Sie mir doch mal, woher Sie mich kennen. Sind wir uns vor Ihrem Unfall schon begegnet? Was meinen Sie?«

»Weiß net.«

»Doch, doch. Das wissen Sie. Denken Sie nach.«

Lara atmete kurz und flach, sagte aber nichts. »Ich glaube, vorhin in der Küche sind Sie draufgekommen. Ich helfe Ihnen: Als wir uns das erste Mal begegnet sind, waren Sie ziemlich betrunken.«

»Vielleicht weiß ich's deshalb net.«

»Es war im Haus von Klaus Wartberg. Ich muss mich noch bei Ihnen entschuldigen.«

Sie fragte nicht nach.

»Dass ich Ihnen die Pistole in die Hand gedrückt habe. Jetzt, wo ich Sie kenne und weiß, was für ein nettes Mädchen Sie sind, würde ich das nicht mehr machen. Aber in der Nacht, da hab ich gedacht: Gib der Polizei eine Spur. Dann sind sie beschäftigt. Ich bin davon ausgegangen, dass die Polizei irgendwann herausfindet, dass Sie es nicht waren. Wo sollten Sie schon eine Pistole herhaben?« Sie gingen eine Weile und lauschten in die Nacht, sie hoffend, er fürchtend, ein Motorengeräusch zu hören. »Ist natürlich Unsinn. Ich hab gar nichts gedacht. Außer daran, meinen Arsch zu retten, wenn ich das so rustikal sagen darf. Also wie gesagt: Es tut mir leid. Sie können jetzt übrigens Fragen stellen, wenn Sie wollen.«

Lara überlegte, wenn auch nicht lange. »Was haben Sie jetzt vor?«

»Soweit ich weiß, sind Sie immer noch die einzige Verdächtige, und es liegt ein Haftbefehl gegen Sie vor. Und da Sie die Polizei, wie ich hörte, schon einmal angelogen haben, wird man auch Ihrer nächsten Geschichte wenig Glauben schenken. Oder was meinen Sie?«

»Vielleicht.« Lara überlegte kurz und kam zu dem Ergebnis, dass diese Annahme am wenigsten gefährlich für sie war. »Nein. Die glauben mir mit Sicherheit net. Die Bullen haben mir noch nie was 'glaubt.«

»Aber was, wenn doch? Die Kripoleute in Miesbach machen mir keinen ganz dummen Eindruck. Ein Restrisiko bleibt also. Das bedeutet – wenn Sie sich mal in meine Lage versetzen –, dass ich Sie nicht der Polizei überlassen kann. Stattdessen könnte ich Ihnen ein neues Leben ermöglichen. Zum Beispiel in Brasilien.«

»Wollen Sie nicht nach Spanien.«

»Ja. In Spanien muss ich noch ein paar Sachen regeln. Dann fliege ich zurück nach Brasilien. Die Leute da unten sind unglaublich freundlich, das Wetter ist warm, und überall machen sie Musik. Ein Freund von mir hat eine Strandbar. Kann immer Hilfe gebrauchen. Sie kennen sich doch aus in der Gastronomie.«

Er sah sogar von hinten, wie es in Laras Kopf arbeitete. Sie hatte hier keine Perspektive mehr. Die Polizei war hinter ihr her, und am Ende des Tages würde sie unweigerlich im Gefängnis enden. Brasilien war die letzte große Hoffnung. Fast tat es ihm leid, dass daraus nichts werden würde. Sie illegal hinüberzuschaffen war einfach zu riskant. Wenn es schiefging, würde man sie am Flughafen verhaften und feststellen, dass in Deutschland ein Haftbefehl gegen sie vorlag. Nein. Die einzige Lösung war leider, ihre Leiche so verschwinden zu lassen, dass sie nie wieder auftauchte. Die Polizei würde vermuten, dass sie sich ins Ausland abgesetzt hatte.

Sie waren an der Stelle angelangt, wo der Zufahrtsweg zum Haus abging. Von hier waren es noch einmal dreihundert Meter. Er erzählte von Brasilien, und je mehr er redete, desto mehr war Lara bereit, an ein neues Leben zu glauben, an die Strandbar in Recife, an fröhliche, braungebrannte Menschen und an den Samba, der überall in der Stadt erklang.

Er ließ Lara zuerst ins Haus gehen. Als er die Tür

hinter sich zuzog, hörte er ein Geräusch und trat noch einmal hinaus. Ein Wagen näherte sich. Er fuhr nicht auf der Straße, die durch das Tal bis nach Valepp führte, sondern auf dem Zufahrtsweg. Er drängte Lara zur Eile.

Hinter dem Haus befand sich ein Geräteschuppen. Er schob Lara hinein und fesselte ihre Hände mit einem Kabelbinder. »Tut mir sehr leid. Aber um Ihnen zu vertrauen, kennen wir uns noch zu wenig. Sie sollten sich im eigenen Interesse ruhig verhalten. Das ist vermutlich die Polizei.« Er riss ein Stück Panzerband ab. »Das hier wird Ihnen helfen, Ruhe zu bewahren.« Er klebte es Lara über den Mund. Dann schloss er die Tür und legte den schlichten Türriegel vor.

»Guten Abend«, sagte Rüdiger Ott, als er vor die Tür trat. Wallner und Mike waren soeben aus dem Wagen gestiegen. Mike hatte einen Tablet-Computer in der Hand. »Sie haben vermutlich versucht, mich anzurufen. Ich habe hier leider kein Netz. Gibt es Neuigkeiten über meinen Bruder?« Er machte den Weg ins Haus für die beiden Kommissare frei.

»Es gibt in der Tat ein paar Neuigkeiten, über die wir gerne mit Ihnen reden würden«, sagte Wallner.

Ott bat die Kommissare ins Wohnzimmer, bot Kaffee oder Tee an, was dankend abgelehnt wurde. Mike zog seine Jacke aus, während Wallner auch auf der Wohnzimmercouch die Daunenjacke anbehielt. Die Raumtemperatur ließ für seine Begriffe stark zu wünschen übrig. Der Hausherr setzte sich auf einem Stuhl dazu.

»Unser erster Punkt betrifft Lara Evers«, sagte Wallner. »Das ist die junge Frau, die unter Verdacht steht, Ihren Bruder getötet zu haben.«

»Ich erinnere mich. Was kann ich da für Sie tun?«

»Sie waren gestern im Wirtshaus Mangfallmühle?«

Er zögerte kurz. »Ja. Das stimmt. Jemand hatte gesagt, das wäre eines der letzten urigen Wirtshäuser.«

»Ganz bestimmt. Was wir uns allerdings fragen, ist: Sie waren dort zwischen acht und neun. Hatten Sie nicht gesagt, Sie wären erst gestern Abend in München gelandet?«

»Es war eigentlich später Nachmittag.«

»Wann genau?«

»Ich weiß es nicht mehr. Ich bin nach unserem Telefonat zum Flughafen gefahren und habe den nächstbesten Flug genommen.«

»Das haben Sie unserer Erkenntnis nach nicht. Sie waren auf keinem Flug gebucht, der nach unserem Telefonat von Palma de Mallorca nach München ging.«

»Tja …« Ott sah Wallner an und lächelte. »Dann ist das wohl so. Hab ich mich strafbar gemacht?«

»Nein. Wir fragen uns nur, warum Sie uns nicht erzählen, dass Sie schon fast zwei Wochen hier sind.«

»Weil das meine Privatsache ist. Haben Sie noch Fragen, die mit Ihren Ermittlungen zu tun haben?«

»Kommen wir auf Lara Evers zurück. Sie waren also gestern Abend in der Mangfallmühle. Und sind gegen neun Uhr wieder gefahren. Und zwar mit Lara Evers, die dort von der Polizei gesucht wurde.«

»Ach, die waren wegen dieser jungen Frau da? Das wusste ich nicht.«

»Und dass die junge Frau Lara Evers war, die vermutlich Ihren Bruder getötet hat – das war Ihnen auch nicht bekannt?«

»Ich wusste noch nichts von der Verdächtigen. Sie hatten mir bei unserem Telefonat nichts von der jungen Frau gesagt. Und sie hat sich mir logischerweise nicht als Tatverdächtige vorgestellt.«

»Sondern?«

»Sie hatte einen Autounfall.« Über Mikes Gesicht huschte ein melancholischer Schatten. »Als ich gefragt habe, ob ich helfen kann, hat sie gesagt, sie wäre auf der Flucht vor ihrem Freund und dass sie zur Mangfallmühle muss.«

»Ich dachte, Sie wären da hingefahren, weil es Ihnen jemand empfohlen hat«, sagte Mike.

»Das … das war die Kurzfassung. Die junge Frau hat mir auf der Fahrt erzählt, dass es in dem Wirtshaus sehr ursprünglich zugeht.«

»Was ist passiert, nachdem Sie mit Lara Evers von der Mangfallmühle weggefahren sind?«

»Ich habe sie in der nächsten Ortschaft rausgelassen.«

»Welche war das?«

»Wenn man den Fluss entlang Richtung Tegernsee fährt, kommt man da raus.«

»Gmund?«

»Ja, genau.«

»Haben Sie Lara Evers danach noch einmal gesehen?«

»Nein.«

»Wissen Sie, wo sie hinwollte?«

»Ich meine, sie hätte was von Italien erzählt. Dass sie da jemanden kennt.«

»Sie wussten also, dass sie auf der Flucht war?«

»Wie gesagt – sie hat mir diese Geschichte von ihrem gewalttätigen Freund erzählt. Dass die Polizei sie sucht, wusste ich natürlich nicht.«

»Seitdem haben Sie sie nicht mehr gesehen?«

»Nein. Tut mir leid. Da kann ich Ihnen nicht weiterhelfen.«

Die Kommissare ließen einige Augenblicke der

Wortlosigkeit verstreichen. Nicht dass sie weitere Antworten von Ott erwarteten. Aber es würde ihn verunsichern.

»Sie haben nach Neuigkeiten gefragt«, nahm Wallner schließlich den Gesprächsfaden wieder auf. »Da gibt es einiges. Wussten Sie zum Beispiel, dass Lara Evers Wartbergs Tochter ist?«

Ott hatte sein Gesicht einen Augenblick lang nicht unter Kontrolle. Es war, als riss ihn diese Information von den Beinen. »Sie ist die … Tochter meines Bruders?«

»Das wär dann praktisch Ihre Nichte.« Mike klappte den Deckel des Tablet-Computers zurück und schaltete das Gerät ein. »Immer vorausgesetzt, der tote Herr Wartberg ist Ihr Bruder.«

»Es ist mein Bruder. Es gibt nicht zwei Menschen auf der Welt mit dem gleichen Leberfleck. Und die DNA-Analyse wird es bestätigen.«

»Da haben wir nicht den geringsten Zweifel.« Mike hatte Dutzende kleiner Fotos auf dem Display. »Den Grund dafür sehen Sie hier …« Er klickte ein Foto an, das jetzt den Bildschirm ausfüllte. Es zeigte einen grauhaarigen Mann mit Schneeschaufel in der Hand, der etwas missmutig in die Kamera blickte. Eine Hausecke war zu sehen und im Hintergrund der Horizont mit den Tegernseer Bergen. »Dieses Foto war auf Lara Evers' Handy. Es zeigt Klaus Wartberg vor seinem Haus beim Schneeschaufeln. Wenn S' mal genau hinschauen, dann können Sie sehen, dass er um den Hals einen Schal trägt, der große Ähnlichkeit mit diesem Schal hat …« Mike ging einen Schritt zurück und vergrößerte ein anderes Foto. Es zeigte einen Schal auf weißem Grund, daneben ein Metermaß. »Das ist der Schal, den Sie uns gegeben haben. Den Ihr Bruder bei seinem letzten Besuch auf Mallorca vergessen hat. Fällt Ihnen was auf?«

Ott zuckte mit den Schultern. »Wie viele wurden davon verkauft?«

»Das müssen wir noch eruieren. Auffallend ist allerdings, dass der Schal im Haus von Herrn Wartberg nicht mehr zu finden war.« Wallner kam Otts Einwand mit einer beschwichtigenden Geste zuvor. »Was natürlich auch andere Gründe haben kann. Trotzdem müssen wir uns näher mit der Möglichkeit beschäftigen, dass es tatsächlich der Schal von Klaus Wartberg ist, was dann zwanglos erklärt, warum die DNA mit seiner übereinstimmt – freilich nichts darüber besagt, wer er ist.«

»Und das hieße dann was?«

»Nachdem Sie uns den Schal gegeben haben, müssten Sie ihn wohl aus dem Haus von Herrn Wartberg entwendet haben.«

Ott sah zwischen den beiden Kommissaren hin und her. »Was wird das hier eigentlich? Beschuldigen Sie mich gerade? Dann sollten Sie das sagen. Und mich gegebenenfalls über meine Rechte belehren.«

»Dazu müssten wir erst mal wissen, wen wir belehren.« Wallner ließ eine kleine Pause und sah den grauhaarigen Mann an, der ihm gegenübersaß. »Wer sind Sie?«

»Rüdiger Ott. Ich hab mich durch meinen Personalausweis ausgewiesen. Glauben Sie nicht einmal einer deutschen Behörde? Oder wollen Sie behaupten, der Ausweis ist gefälscht?«

»Zeigen Sie ihn uns noch mal?«

Ott stand auf. Mike stand ebenfalls auf und begleitete den Hausherrn zur Garderobe.

»Was soll das?«, fragte Ott.

Mike bedeutete ihm zu warten und zog sich Latexhandschuhe über. Dann ging er zu Otts Daunenjacke, förderte aus der Innentasche ein Kartenetui zutage und händigte es seinem Besitzer aus. Des Weiteren entnahm Mike der Jacke eine Pistole. »Ist die irgendwo registriert?«

»Nein. Die habe ich mir zu meinem Schutz zugelegt. Es ist etwas einsam hier draußen. Aber gut, ich gebe zu, diese Pistole ist illegal. Dass sie nicht die Tatwaffe ist, werden Sie ja leicht herausfinden können.«

»Wo haben Sie die her? Von Herrn Baum?«

»Vom Bahnhof. Ist nicht so schwer.«

Mike ging zu Wallner, der bereits eine Plastiktüte der Spurensicherung aus seiner Daunenjacke geholt hatte und sie Mike hinhielt. Die Pistole verschwand darin.

»Sie wissen, dass das strafbar ist«, sagte Wallner. »Aber ich glaube, das ist Ihre geringste Sorge im Augenblick. Dürften wir noch mal Ihren Ausweis sehen?«

Ott gab Mike seinen Personalausweis. Die Kommissare begutachteten ihn.

»Diese Passfotos sind natürlich verflucht klein.« Mike hielt den Ausweis am ausgestreckten Arm vor seine Augen. »Ob Sie das sind? Schwer zu sagen. Eine gewisse Ähnlichkeit ist durchaus da.« Er begutachtete den Ausweis von allen Seiten und bog das Material mit den Fingern. »Ich bin kein Fachmann. Aber der ist echt, würde ich sagen – oder sehr gut gefälscht.« Dann steckte er ihn in eine weitere Plastiktüte.

»Entschuldigen Sie«, protestierte Ott. »Ich brauche meinen Ausweis.«

»Schauen wir mal.« Wallner forderte Ott mit einer Handbewegung auf, wieder Platz zu nehmen. »Wenn

Sie Rüdiger Ott sind, warum haben Sie dieses Haus unter dem Namen Leon Trogger gemietet?«

»Wie Sie schon mitbekommen haben, achte ich sehr auf meine Privatsphäre. Ich habe das Haus im Voraus bezahlt, einschließlich Kaution. Mein Vermieter muss nicht wissen, wer ich wirklich bin.«

»Tja – Sie haben in der Tat etwas Geheimnisvolles an sich. Und einen schrägen Sinn für Ironie.« Wallner wartete, ob Ott etwas dazu sagte. Aber der verschränkte nur die Arme vor der Brust. »Leon Trogger ist ein Anagramm für Gregor Nolte. Und das wiederum ist der Mann, vor dem Ihr Bruder vor zwanzig Jahren fliehen musste. Also noch mal: Wer sind Sie?«

Ott schwieg zunächst. Dann sagte er: »Ich sollte jetzt besser nichts mehr ohne Anwalt sagen. Richtig?«

»Kann man so sehen.« Wallner betrachtete den Ausweis von Ott in der Plastiktüte. »Ja, wir haben unsere Zweifel, dass Sie Rüdiger Ott sind. Rüdiger Ott ist unter der von Ihnen angegebenen Adresse gemeldet. Das ist richtig. Er bezahlt auch Grundsteuer, Krankenkasse und diese Dinge. Nur hat ihn seit ein paar Jahren niemand mehr auf Mallorca gesehen.«

»Kann sein. Ich lebe sehr zurückgezogen.«

Wallner und Mike tauschten einen Blick.

»Wussten Sie, dass Silvia Marek von Klaus Wartberg abgehört wurde?«

Otts Gesicht blieb regungslos.

»Das haben wir auf Wartbergs Computer gefunden.« Mike tippte auf das Wiedergabesymbol im Tablet. »Das ist jetzt leider sehr privates Material. Aber wir können Ihnen das nicht ersparen.«

51

Im Hintergrund lief gedämpft Musik von Bon Jovi. Die Tonqualität der Aufnahme war nicht gut, ein leichter Hall lag über den Stimmen, aber man konnte das meiste verstehen. Eine Frau und ein Mann waren zu hören.

> Sie: Zwanzig Jahre haben wir verloren. Zwanzig Jahre.
> Er: Ich weiß. Ich … ich wollte dich nachholen. Aber es ging nicht. Er hat dich beobachtet. Hätte ich Kontakt zu dir aufgenommen, wären wir beide in Lebensgefahr gewesen.
> Sie: Und jetzt? Ist er tot?
> Er: Offiziell ist er tot. Aber ich weiß, dass er noch lebt.
> Sie: Und wieso hast du jetzt keine Angst mehr?
> Er: Ich bin ein anderer geworden. Und er ist ein anderer. Er hat keine Macht mehr über mich.
> Man hört, dass die Frau weint.
> Er: Hör auf zu weinen, Silvia. Jetzt beginnt ein neues Leben für dich. Das Geld, das ich damals genommen habe, gehört auch dir. Es ist inzwischen sehr viel geworden.
> Sie (weinend): Ich will kein Geld, Dieter. Ich will dich.

Die Kommissare blickten zu Ott, der auf das Tablet starrte. Die undurchdringliche Miene war zerbrochen.

Er: Du kannst nach Brasilien gehen. Es ist unglaublich schön da. Du könntest ein neues Leben anfangen.
Sie: Aber was ist mit uns? Ich hab den Eindruck, als würdest du in meinem neuen Leben gar nicht vorkommen.
Er: Silvia – das mit uns ist zwanzig Jahre her. Das Leben ist weitergegangen. Für dich doch auch. Jedenfalls bin ich davon ausgegangen.
Sie: Wie ist es …
Sie verstummt, man hört, dass sie schluckt und weint.
Sie: Wie ist es für dich weitergegangen?
Er: Meine … (zögert, belegte Stimme) … beiden Töchter sind bald erwachsen.
Sie beginnt hemmungslos zu weinen.
Er: Es tut mir leid, Silvia … Silvia …
Man hört lautes Aufschluchzen.

Mike bewegte den Cursor auf das Stopp-Zeichen, die Aufnahme brach ab. »Belassen wir's dabei. Also – wie ist Ihr Name?«

»Dieter Sitting. Ehemals Rechtsanwalt in Berlin.« Er saß in sich zusammengesunken auf dem Stuhl und betrachtete seine Hände.

»Sie waren Strafverteidiger«, sagte Wallner. »Sie wissen, dass Sie zur Sache nicht aussagen müssen.«

»Ja.«

»Wollen Sie trotzdem mit uns reden?«

Sitting sah zum Fenster, als läge draußen in der Nacht die Antwort, atmete tief durch und nickte. Wallner gab Mike ein Zeichen, die Aufnahmefunktion auf dem Tablet einzuschalten.

»Fangen Sie einfach an«, sagte Wallner.

Sitting faltete die Hände, schloss für einen Moment die Augen. Schließlich sagte er: »Mein Name ist Dieter Sitting, geboren am 19.3.1954 in Berlin-Charlottenburg. Im Jahr 1996 arbeitete ich als Rechtsanwalt in Berlin. Im Rahmen einer mir anvertrauten Testamentsvollstreckung stimmte ich damals pflichtwidrig dem Kauf einer Immobilienfirma zu. Die Erbin, Frau Miriam Cordes, wurde dadurch um ihr Vermögen gebracht. Für diese Pflichtwidrigkeit habe ich drei Millionen D-Mark verlangt und erhalten, meiner Kenntnis nach von Marc und Regina Augustin, dem Neffen und der Nichte des Erblassers Herbert Augustin. Aber das ist eine Vermutung. Das Geld wurde mir von einem anonymen Konto überwiesen. Am Sonntag, dem 31. Januar 2016, drang ich gegen dreiundzwanzig Uhr in das Haus von Gregor Nolte ein, der dort unter dem Namen Klaus Wartberg lebte, und erschoss ihn in seinem Bett. Die Tatwaffe legte ich der zufällig im Wohnzimmer anwesenden, schlafenden Lara Evers in die Hand. Später gab ich mich als mein Halbbruder Rüdiger Ott aus und behauptete gegenüber der Polizei, bei dem toten Gregor Nolte handele es sich um Dieter Sitting, also um mich selbst.« Sitting machte eine Pause, sah aber die Kommissare nicht an. »Ich denke, das reicht für den Anfang.«

»Wenn es Ihnen nichts ausmacht, würden wir gerne noch ein paar Details von Ihnen erfahren«, sagte Wallner.

»Bitte. Fragen Sie.« Er sah sich um. »Ich hätte gern ein Glas Wasser.«

Wallner besorgte es Sitting aus der Küche, während Mike den Mann im Auge behielt.

»Warum genau sind Sie 1996 abgetaucht?«, setzte Wallner die Befragung fort. »Und was passierte danach?«

»Ich habe damals für Gregor Nolte gearbeitet, wie

Sie wissen. Er verlangte von mir Dinge, die ich nicht tun wollte. Kriminelle Dinge. Und er hatte mich in der Hand. Er ging so weit, meine damalige Sekretärin zusammenschlagen zu lassen. Sie war wochenlang im Krankenhaus. Ich sollte für ihn in Russland eine Liste mit Namen übergeben, die er ausfindig gemacht hatte. Die Liste war für die russische Mafia bestimmt, oder zumindest waren es Schwerstkriminelle, die die Leute auf der Liste umbringen wollten. Nun ja – genau zu der Zeit bot sich mir die Gelegenheit, durch meine Tätigkeit als Testamentsvollstrecker viel Geld zu verdienen. Indem ich mich bestechen ließ. Drei Millionen Mark. Das reichte, um zu verschwinden und mir ein neues Leben aufzubauen.«

»Wo sind Sie hingegangen?«

»Nach Brasilien. Recife. Hab dort in Hotels und Immobilien investiert und die drei Millionen vervielfacht. Vor meiner Abreise habe ich die Leute auf der Todesliste gewarnt.«

»Sie hatten sie übergeben?«

»Es blieb mir nichts anderes übrig. Der einzige Zweck der Aktion war, dass ich persönlich in einen Mord verstrickt werden sollte.«

»Das war kurz vor Ihrem Abtauchen?«

»Ich flog nach Sankt Petersburg, und an dem Tag, als ich zurückkam, fand der Firmenkauf statt. Mir war klar, dass die Russen die Leute nicht noch am gleichen Tag erschießen würden. So was muss ja vorbereitet werden. Soweit ich weiß, konnten sich alle in Sicherheit bringen.«

»Wer hat Sie darüber informiert?«

»Während all der Jahre hatte ich nur einen Kontakt nach Deutschland. Das war Axel Baum. Er hat gegen Honorar für mich gearbeitet.«

»Warum er? Baum stand doch auf der anderen Seite bei Ihren Verhandlungen mit den Augustins.«

»Richtig. Dadurch habe ich ihn kennengelernt. Ich vermute, er hat früher für die Stasi gearbeitet. Der Mann ist jedenfalls Profi und ziemlich gut in seinem Job. Er war der Einzige, bei dem ich mir sicher war, dass ich durch ihn nicht auffliege. Und ich brauchte jemanden mit Kontakten, der mir sagen konnte, was mit Nolte ist.«

»Und was war mit Nolte?«

»Er hat am Anfang natürlich wie ein Besessener versucht, mich zu finden, und sich an alle möglichen Leute herangemacht, die mit mir zu tun hatten. Meine Sekretärin, mein Bruder Rüdiger, der damals in der Uckermark lebte. Ich hatte allerdings auch vorher kaum Kontakt zu ihm.«

»Zu Ihrem Bruder würden wir natürlich gerne mehr erfahren. Aber bleiben wir erst mal bei Baum. Er hat Ihnen damals das Angebot mit den drei Millionen gemacht?«

»Das fragen Sie ihn am besten selbst. Sollte er Straftaten in dem Zusammenhang begangen haben, dann sind die vermutlich verjährt. Aber ich möchte darüber nicht reden.«

»Gut. Aber Baum hat Sie all die Jahre auf dem Laufenden gehalten. Gegen Honorar.«

»Er war nicht billig. Aber gut. Irgendwann hat er mir mitgeteilt, dass Nolte tot sei. Autounfall in Serbien. Möglicherweise Mord. Und möglicherweise würden die Russen aus Sankt Petersburg dahinterstecken. Etwas später hat er das dann relativiert. Seine Quellen haben ihm gesteckt, dass Nolte seinen Tod nur vorgetäuscht haben könnte. Das war natürlich keine gute Nachricht für mich. Offenbar war Nolte in der gleichen verzweifelten Lage wie ich und vor den Russen auf der Flucht. Das dürfte seine Wut auf mich nicht eben besänftigt haben. Mir war klar, dass er sich irgendwann rächen würde.«

»Sie sind ihm offenbar zuvorgekommen«, sagte Mike. »Und ziemlich kaltblütig.«

Sitting spielte mit seinem Wasserglas. »Ich bin nicht mehr der Dieter Sitting von vor zwanzig Jahren. Dieses Gefühl der Ohnmacht und des Ausgeliefertseins hat mich tief geprägt. Ich wollte nie wieder in diese Lage kommen. In Brasilien hatte ich einen Bodyguard. Ist dort nicht ungewöhnlich, wenn man Geld hat. Und ich hatte viel Geld. Mein Bodyguard hieß Wellington.« Sitting lachte kurz auf. »Mit Vornamen. Der, der Napoleon bei Waterloo besiegt hat. Fand ich irgendwie passend. Jedenfalls hab ich Wellington gebeten, mir die Dinge beizubringen, die er konnte. Mit einem Messer umzugehen, wie man sich bei einem Angriff wehrt. Und vor allem, wie man eine Schusswaffe benutzt. Eines Nachts waren dann zwei Einbrecher im Haus. Trotz aller Vorsichtsmaßnahmen.« Sitting machte eine Pause und sah beide Kommissare an. »Ich hab sie beide erschossen. Nicht willkürlich. Diese Leute sind lebensgefährlich. Aber vielleicht hätte ich auf die Beine zielen können. Nur – ich wollte kein Risiko eingehen und … Obwohl, nein. Ich denke, der eigentliche Grund war: Ich hatte wahnsinnige Angst. Diese Angst, jemandem ausgeliefert zu sein. So wie bei Nolte. Und das hat mich wütend gemacht. Ja, ich denke, das hat sie ihr Leben gekostet.«

»Das hatte kein Nachspiel?«

»Es war Notwehr. Der Polizeichef und der Staatsanwalt haben das genauso gesehen. Wie gesagt, ich habe Geld.« Sitting nahm einen Schluck Wasser. »In den

Jahren danach kam ich noch zweimal in Notwehrsituationen. Das geht schnell in Brasilien. Jedes Mal war's ein Stück leichter abzudrücken.«

»Was hat Sie jetzt veranlasst, nach Deutschland zu kommen?«

»Eigentlich hatte ich kaum noch an Nolte gedacht. Ein, zwei schlechte Träume pro Jahr. Doch dann ruft mich Baum an. Er hatte Nolte gefunden nach all den Jahren. Er lebte in Oberbayern!«

»Hatte er eigentlich Geld?«

»Seine Erbschaft ist ein paar Millionen wert. Er hätte also überallhin gehen können. Ausgerechnet Oberbayern. Aber dann hat mir Baum den Grund dafür geliefert. Silvia Marek lebte hier. Und ganz offenbar hat sich Nolte eingebildet, er kriegt mich irgendwann, wenn er sie lange genug beobachtet.«

»Sie hatten keinen Kontakt mehr zu ihr?«

»Nein. Ich hab ihr irgendwann dreihunderttausend Mark zukommen lassen. Als Entschädigung für das, was sie wegen mir durchmachen musste. Sie hat damals einige Wochen im Krankenhaus gelegen. Dann Reha. Ich glaube, es hat ein Jahr gedauert, bis sie wieder arbeiten konnte. Was sie danach gemacht hat, weiß ich nicht. Vor etwa zehn Jahren ist sie wohl hierhergezogen.«

»War sie nur Ihre Sekretärin? Ich meine, diese Tonaufnahme«, Wallner deutete auf das Tablet, »lässt etwas anderes vermuten.«

»Es war etwas mehr. Ja.« Sitting hing kurz einer Erinnerung nach. »Aber es war … von mir aus nicht so viel wie von ihr aus, wenn Sie verstehen, was ich meine.«

»Die Frau hat zwanzig Jahre auf Sie gewartet«, sagte Mike.

»Ja. Das tut mir leid für sie.«

»Was denken Sie? Warum hat sie sich umgebracht?«

Sitting zuckte mit den Schultern. »Ich weiß es nicht. Ich hab ihr gesagt, dass ich verheiratet bin. Sie haben es ja gehört. Da ist wohl ihre Welt zusammengebrochen. Ich …«, er schluckte, »… ich hab einfach nicht gedacht, dass sie nach zwanzig Jahren noch so an mir hängt. Ich meine, irgendwann muss man doch anfangen weiterzuleben.«

»Sie haben Frau Marek gefunden?«

Sitting nickte. Die Fassade der Souveränitat bröckelte für einen Moment, und er wirkte betroffen.

»Haben Sie sie vom Seil geschnitten und ins Bett gelegt?«

»Ja. Ich kann immer noch nicht fassen, dass sie sich das angetan hat.« Er wischte mit zwei Fingern etwas aus den Augen und fuhr sich mit der Hand über den Mund. »Es ist so absurd – nach zwanzig Jahren zu glauben, ein Leben ohne mich wäre nicht mehr lebenswert. Was hat sie in den zwanzig Jahren gemacht? Nur gewartet?« Sitting atmete tief durch und schüttelte den Kopf.

»Sind Sie mit der Absicht hergekommen, Nolte zu töten?«, fragte Mike.

»Als Baum mir sagte, dass er noch lebt, habe ich gewusst, ich muss das zu Ende bringen. Sonst verfolgt es mich den Rest meines Lebens.«

»Hat Baum Ihnen die Waffe besorgt?«

»Ich hätte Baum nicht in diese Verlegenheit gebracht. Nein, die Waffe habe ich mir selbst besorgt. Das hatte ich bereits in Brasilien vorbereitet. Baum hat mir seinen Wagen geliehen. Wenn auch mit Bauchschmerzen. Aber ich habe ihm gesagt, ich stell schon nichts an. Und bei dem Geld, das ich ihm die letzten Jahre bezahlt habe, konnte er schlecht nein sagen.«

»Baum behauptet, er hätte an dem Abend Wartberg im Auftrag eines Klienten beobachtet.«

»Nein, das hat er nicht. Er wollte mich da raushalten. Aber es gab nur einen Klienten, und das war ich. Und ich hab mir von Baum den Wagen geliehen. Danach hat er allerdings darauf bestanden, dass ich einen Mietwagen nehme.«

»Der vor dem Haus?«

Sitting nickte.

»Was ist jetzt an diesem Sonntagabend genau passiert?«

»Ich wollte tatsächlich nur das tun, was ich Baum gesagt hatte: das Terrain erkunden. Aber dann habe ich mitbekommen, dass Nolte betrunken war und ins Bett ging. Das Mädchen kam heraus. Sie hat sich, glaube ich, Zigaretten aus ihrem Roller geholt. Jedenfalls geht sie wieder ins Haus und zieht die Tür nicht richtig zu. War wohl ziemlich betrunken. Das war der Wink des Schicksals. Wenn ich es durchziehen wollte, dann jetzt. Ich warte also, bis das Mädchen eingeschlafen ist. Dann bin ich rein ins Haus. Die Schlafzimmertür stand offen, und Nolte lag in seinem Bett. Es war eigenartig, weil er wegen der Gesichtsoperation nicht aussah wie Nolte. Ich steh also vor dem Bett und ziele auf sein Herz. Und in dem Moment macht Nolte die Augen auf und sieht mich an. Nicht erstaunt, nicht geschockt. Nein, er sieht mich an und sagt: ›Da sind Sie ja endlich.‹ In dem Moment hab ich abgedrückt.«

»Und dass Sie dem Mädchen die Waffe in die Hand gedrückt haben …?«

»War so eine Eingebung des Augenblicks. Ich hatte das natürlich nicht vollständig durchdacht.« Er sah Mike an. »Lara Evers ist wirklich die Tochter von Nolte und Miriam Cordes?«

»Als Nolte mit Frau Cordes Kontakt aufgenommen hat, ist wohl ein bisschen mehr passiert als nur Small Talk«, sagte Mike. Wallner hing seinen Gedanken nach. »Ist Lara Evers hier?«

Sitting nickte.

Auf dem Weg hinters Haus sagte Mike: »Warum sind Sie eigentlich hiergeblieben? Sie hätten doch einfach nach Brasilien zurückfliegen können, nachdem Sie Nolte erschossen hatten.«

Sitting zuckte die Schultern. »Ich wollte sichergehen, dass ein Schlussstrich gezogen wird. Nolte tot, Dieter Sitting tot. Dann hätte ich den Rest meines Lebens in Ruhe genießen können. Rückblickend betrachtet war's natürlich nicht hilfreich.«

Die Holztür war angelehnt und der Riegel nicht eingerastet, als Sitting und die Kommissare zu dem Geräteschuppen kamen. Sitting hatte man zur Sicherheit Handschellen angelegt. Wallner und Mike waren sich nicht sicher, wie lange Sittings kooperative Phase dauern würde.

»Dadrin?«, fragte Mike etwas ungläubig.

»Da war sie jedenfalls drin.«

Mike zog langsam die Tür auf. Aber im Schuppen war niemand. Sitting deutete auf den Boden. Dort lag ein dünner weißlicher Gegenstand, der eine Art Ypsilon formte.

»Ich hatte ihr die Hände mit einem Kabelbinder gefesselt.«

Mike betrat den kleinen Schuppen, bückte sich und hob eine Sichel auf. »Schätze, damit hat sie das Problem gelöst. Das Mädchen wird noch zur Ausbrecherkönigin.«

»Ich hoffe, sie macht keinen Unsinn, bevor man ihr die gute Nachricht überbringt.«

Die drei Männer begaben sich zurück ins Haus, gingen nach vorn zum Haupteingang und traten auf den Vorplatz. Als die Lampe durch den Bewegungsmelder anging, wurde offenbar, dass sich etwas verändert hatte. Nur noch das Dienstfahrzeug von Wallner und Mike stand auf dem Parkplatz. Sittings Mietwagen, der neben dem Polizeiwagen gestanden hatte, war verschwunden. Die Kommissare sahen Sitting an.

»Ich lass den Schlüssel immer stecken. Hier oben klaut keiner Autos.«

»Ah ja«, sagte Mike und steckte die Hände in die Hosentaschen.

52

Die drei Männer blickten in die Richtung, in die Lara Evers mit Sittings Mietwagen verschwunden war. In der Stille, die für einen Moment einkehrte, hörte man leises Fluchen. Unmittelbar darauf erschien Kreuthner, der sein gewaltiges E-Bike den verschneiten Weg entlangschob. Janette hatte Erbarmen mit ihm gehabt und ihm verraten, wo Wallner und Mike hingefahren waren. Das Fahrrad drückte sich infolge der zwei Zentner schweren Akkus tief in den Schnee und war kaum vorwärtszubewegen. Die Zeit in der Mangfallmühle hatte nicht gereicht, die Akkus vollständig aufzuladen, und Kreuthner war mit Höchstgeschwindigkeit den Weg hierhergefahren, einiges davon bergauf. Kurz hinterm Spitzingsee war ihm der Strom ausgegangen.

»Die is euch schon wieder abg'haut, oder?«, keuchte Kreuthner und blieb stehen.

»Ist sie dir entgegengekommen?« Wallner ging ein paar Schritte auf Kreuthner zu.

Kreuthner nickte und war immer noch bemüht, Luft zu bekommen.

»Spitzingsee oder Valepp?«

»Die is zum Spitzingsee.« Kreuthner versuchte, die Szenerie zu deuten. Wallner wirkte relativ entspannt. Mike blieb in der Nähe von Sitting und schien ein Auge auf ihn zu haben. Sitting wiederum sah sehr müde aus. Was passierte hier gerade? »Was is los? Beim letzten Mal war's hektischer.«

»Außer dass Frau Evers gerade ein Auto geklaut hat, liegt nichts mehr gegen sie vor.«

Kreuthner sah Wallner mit offenem Mund an und entließ Dampfwolken in die Nacht. Dann wanderte sein Blick zu Sitting.

»Wir haben ein ausführliches Geständnis«, sagte Wallner.

»Er da?«

Wallner nickte und wandte sich an Sitting. »Hatte Frau Evers ein Handy?«

»Die hat sich a Handy vom Lintinger ausgeborgt. Ich kenn die Nummer.« Kreuthner griff ins Innere seiner Winterjacke.

»Es gibt hier keinen Empfang«, informierte ihn Sitting.

»Pass auf ...« Wallner trat neben Kreuthner und legte ihm eine Hand auf die Schulter. »Wir brauchen hier noch ein paar Minuten. Du fährst jetzt am besten zurück, bis du ein Netz hast. Dann schaust du, dass du deine Freundin erreichst, und sagst ihr, sie soll den Wagen stehen lassen und warten, bis ein Streifenwagen kommt. Und dass nichts mehr gegen sie vorliegt. Dann sagst du der Zentrale Bescheid, wo Frau Evers zu finden ist. Kriegst du das hin?« Wallner deutete auf das E-Bike.

»Es geht ja bergab.« Kreuthner drehte das Fahrrad um. Wallner musste mit anfassen, sonst wäre es umgekippt.

»Ach, noch was«, gab Wallner Kreuthner mit auf den Weg. »Sag ihr, sie soll bloß keinen Unsinn mehr anstellen. Wär schade, wenn sie ins Gefängnis muss, jetzt, wo sie ihr Leben in vollen Zügen genießen könnte.«

Wallners Blick verriet, dass die Bemerkung einen Hintergrund hatte, den Kreuthner nicht kannte.

»Was heißt das?«

»Das heißt, dass Herr Wartberg Lara Evers ein paar Millionen Euro vererbt hat.«

»Ja spinnst du!« Kreuthner schüttelte den Kopf und lachte. »Da kann sie mir ja die Brandschäden zahlen. Sehr gut!« Er winkte im Gehen nach hinten. »Mir sehen uns!«

Lara kam mit dem Wagen gut zurecht. Im Gegensatz zu dem Spitfire hatte Sittings Fahrzeug Automatikschaltung. Sie musste also nur Gas geben und aufpassen, dass sie nicht von der schneeglatten Straße abkam. Sie hoffte, dass man ihr Verschwinden nicht sofort bemerken würde. Wenigstens konnten sie die Polizei nicht allzu schnell verständigen, denn es gab ja kein Netz da oben. Vielleicht reichte ihr Vorsprung.

Der Spitzingsee kam in Sicht. Die Lichter eines Hotels verzauberten die Winternacht. Als sie an dem Hotel vorbeifuhr, achtete sie darauf, ob sich jemand auf der Straße bei ihrem Anblick auffällig verhielt. Es war jedoch kaum jemand zu sehen. Die Gäste saßen vermutlich beim Abendessen oder bereits in der Hotelbar. Einen Kilometer weiter bog Lara in einen Seitenweg ab, der nach Josefstal und Neuhaus führte und von dort über kleine Ortsstraßen zur Bundesstraße nach Schliersee. Einige Burschen vom Neuhauser Faschingsverein hatten sie mal zu einem Fest eingeladen. Daher kannte sie die Gegend ein wenig. Der Weg wand sich abwechselnd durch Wald und freies Feld und war zum Glück geräumt. Auch war es fast unmöglich, von der Straße abzukommen, denn links und rechts der Fahrbahn lagerten halbmeterhohe Schneewände.

Als es flacher wurde, erreichte Lara eine Siedlung mit Einfamilienhäusern, und der Weg weitete sich zu einer geraden, langen, immer noch schneebedeckten Straße. In Neuhaus bog Lara in eine Seitenstraße ab, um Polizeistreifen weniger Angriffsfläche zu bieten.

Ein Telefon klingelte. Lara erschrak, denn es war das ungewohnte Schrillen des Telefons, das sie von Harry Lintinger bekommen hatte. Vor allem erschreckte sie, dass es eingeschaltet war. Damit konnte man sie orten. Sie hatte in Sittings Haus den Hilferuf an Kreuthner geschickt und dann vergessen, es auszuschalten. Mühsam fingerte sie das klingelnde Handy aus ihrer Jacke, sah Kreuthners Nummer auf dem Display und war erleichtert.

»Servus, Leo«, sagte sie. »Ich hab grad echt Probleme.«

»So schlimm wird's schon net sein.« Kreuthners Tonfall war in Anbetracht der obwaltenden Umstände merkwürdig aufgeräumt.

»He, Leo, ich hab a Auto geklaut, und wahrscheinlich sind die Bullen vom ganzen Landkreis hinter mir her. Was soll ich jetzt machen? Kann ich zu dir kommen?«

»Niemand is hinter dir her. Der Mord am Wartberg is aufgeklärt. Die wissen jetzt, dass du's net warst.«

»Echt!« Glückshormone schossen Lara durch den Körper.

»Ja. Echt. Wo bist du?«

»In Neuhaus.«

»Okay. Du fahrst jetzt auf die Straß nach Schliersee. Da kommt nach a paar Meter gleich links der Bahnhof. Auf dem Parkplatz wartest, bis dich wer abholt.«

»Die verhaften mich bestimmt net?«

»Na, der Kas is bissen. Der alte Zausel, wo du g'wohnt hast, der war's.«

»Ich weiß.« Lara hatte angehalten und atmete tief

durch. »Ich kann's noch gar net glauben, dass es vorbei is. Kein Scheiß, oder?«

»Kein Scheiß. Und weißt, was des Beste is?«

»Was?«

»Der Wartberg hat dir a paar Millionen vererbt.«

Es herrschte für einige Augenblicke Stille an Laras Ende der Leitung.

»Ohne Schmarrn.« Kreuthner lachte. »Du bist reich!«

Aus Kreuthners Handylautsprecher kam ein spitzer, lang anhaltender Schrei. Und als sie sich wieder beruhigt hatte, verabredeten sie, Laras Reichwerdung in der Mangfallmühle zu begießen. Kreuthner war bereit, die Feier vorzufinanzieren.

Während Kreuthner in der Zentrale Bescheid gab, dass ein Streifenwagen zum Bahnhof Fischhausen-Neuhaus fahren sollte, setzte sich Lara Evers wieder, trunken vor Freude, in Bewegung und entließ einen weiteren hochfrequenten Freudenschrei von solcher Lautstärke, dass ihr die Stimme versagte. Und weil die Euphorie nicht mehr aus dem Hals konnte, musste das Gaspedal herhalten. Lara flog durch die kleine Straße – reich und glücklich. Ihr ganzes Leben hatte sie davon geträumt, eines Morgens aufzuwachen und reich zu sein. Jetzt war es ihr in einer Winternacht passiert, einfach so, aus heiterem Himmel. Unfassbar, dennoch Wirklichkeit, wenn es nicht einer von Kreuthners schlechten Scherzen war. Aber nein, das war kein Scherz. Sie war Millionärin! Als Erstes würde sie den Führerschein machen und sich ein Porsche Cabrio kaufen – oder umgekehrt.

Die Mitglieder des Faschingsvereins Neuhaus hatten eine produktive Nacht vor sich. Der Wagen für den Faschingsumzug am nächsten Sonntag sollte geschmückt werden. In einem ersten Akt musste der Anhänger von dem Bauernhof, wo er stand, zu der Werkshalle gebracht werden, in der das Herrichten stattfinden sollte. Der Wimmer Chris war zu diesem Behufe mit seinem Massey Ferguson 7480 Dyna VT angerückt und hatte den Traktor vor den Anhänger gespannt. Etwa ein Dutzend Vereinsmitglieder nahmen samt Bierfass auf dem Hänger Platz und sangen, von einem Akkordeon begleitet, Faschingsschlager, während Chris zeigte, was in seinem Massey steckte, und die grölenden, biertrinkenden Narren atemlos durch die Nacht chauffierte. Da man sich auf einer Vorfahrtsstraße befand, hatte Chris keinen Anlass, auf querenden Verkehr zu achten. Selbst wenn er es getan hätte, wäre die Kollision wohl nicht zu vermeiden gewesen. Der Wagen kam mit derart überhöhter Geschwindigkeit aus der Seitenstraße angerast, dass jede Reaktion zur Wirkungslosigkeit verdammt war. Die Fahrerin versuchte zu bremsen. Aber das ABS konnte die Geschwindigkeit nur noch geringfügig vermindern, so dass der Pkw sich schließlich mit Splittern und Krachen unter dem Anhänger verkeilte. Die Passagiere des Hängers wurden bei dem Aufprall zum Großteil auf die Straße geschleudert, kamen aber durchweg mit leichten Verletzungen davon. Lara Evers jedoch musste von der Feuerwehr aus dem Wrack des Pkw geschweißt und anschließend mit schwersten Verletzungen in die Unfallklinik Murnau geflogen werden.

53

Miesbach, 4. Februar 2016

Es sprach sich schnell bis München herum, was am Vorabend passiert war. Tischler hatte morgens einen Termin mit seiner Vorgesetzten Kesselbach beim Polizeipräsidenten. Es ging um die Starnberger Sache, die immer noch nicht aufgeklärt war, also eher ungemütlich. Entsprechend entnervt war der Staatsanwalt, als er am späten Vormittag bei Wallner anrief.

Wallner berichtete ihm, dass Täter und Tatablauf im Fall Wartberg geklärt seien, und schilderte die Ereignisse im Zusammenhang mit Sittings Verhaftung.

»Das Mordopfer war also nicht dieser verschwundene Anwalt?« Tischler war immer noch nicht ganz auf der Höhe der Ermittlungen.

»Nein. Wartberg war in Wirklichkeit ein Krimineller namens Nolte, der 1998 abgetaucht ist, weil die russische Mafia ihn bedrohte. Anscheinend hat er die Zeit bis 2008 im Ausland verbracht, wo er sich einer Gesichtsoperation unterzog, und hat sich dann in Oberbayern niedergelassen, weil hier inzwischen die Sekretärin von Sitting lebte. Er hatte wohl gehofft, dass Sitting irgendwann bei ihr auftaucht. Sitting war der Grund, warum die Mafia hinter Nolte her war.«

»Und wie hängen jetzt die Herren Ott und Sitting zusammen?«

»Rüdiger Ott war tatsächlich der Bruder von Dieter

Sitting. Er hat auf Mallorca gelebt. Offenbar ist er vor fünf Jahren gestorben. Sitting war zu der Zeit vor Ort und hat dafür gesorgt, dass der Tod seines Bruders nicht bekannt wurde. Er hat sich mit Otts Facebook-Account von dessen Bekannten abgemeldet und behauptet, er würde in ein Kloster gehen. Anscheinend war Ott so kauzig, dass es jeder ohne weiteres geglaubt hat. Außerdem hat Sitting für Ott weiter Steuern bezahlt, Mietvertrag, Krankenkasse und diese Dinge weiterlaufen lassen und damit seinen Bruder praktisch am Leben gehalten. Die Kollegen in Spanien haben mittlerweile ein Grab auf Otts Grundstück gefunden.«

»Meinen Sie, Sitting hat seinen Bruder umgebracht?«

»Das wissen wir nicht. Ott hatte wohl Leberkrebs. Wahrscheinlich ist er daran gestorben.«

»Sittings Geständnis ist glaubhaft?«

»Absolut. Er verfügt über Täterwissen und hat uns einen Schal gegeben, den er in der Mordnacht bei Wartberg Schrägstrich Nolte mitgenommen hat. Außerdem haben wir seine DNA am Tatort gefunden. Ich denke, der Fall ist definitiv gelöst.«

»Gut. Ich lass jetzt mal den Haftbefehl gegen Lara Evers aufheben. Sie ist verletzt worden?«

»Ja. Sie hatte einen schweren Autounfall.«

»Ich hoffe, es geht ihr wieder besser. Sagen Sie ihr, ich wünsche ihr gute Besserung.«

»Das mache ich – falls sie aus dem Koma wieder aufwacht.«

»Oh …« Am anderen Ende der Leitung herrschte kurz Schweigen. »Ist es so ernst?«

»Die Ärzte haben wenig Hoffnung.«

»Das tut mir leid.« Tischlers Stimme klang belegt. Er räusperte sich. »Halten Sie mich auf dem Laufenden.«

Kreuthner war die ganze Nacht in Murnau gewesen und sah entsprechend aus. Wallner hatte ihn noch nie so gesehen. Die Haut war grau und fahl, die Augen von dunklen Ringen umgeben. Er traf Kreuthner in der Teeküche mit einer Kaffeetasse in der Hand.

»Und? Wie sieht's aus?«

»Sie wollen anrufen, wenn sie aufwacht. Aber ob sie dann ansprechbar ist – sie wissen's nicht.«

Wallner goss sich wortlos eine Tasse aus der gläsernen Kaffeekanne ein. Kreuthners Handy klingelte.

»Das Krankenhaus.« Kreuthner sah nervös zu Wallner. Er nahm das Gespräch an und ging nach draußen auf den Flur.

Das Telefonat dauerte nicht lange. Kreuthner hörte auf zu reden, kam aber nicht zurück. Es war mit einem Mal gespenstisch ruhig in der Teeküche, nur ein Zischen der Kaffeemaschine durchbrach die Stille. Wallner bemerkte, dass er den Atem anhielt. Schließlich erschien Kreuthner in der Tür. Er war bleicher als vorher und starrte an Wallner vorbei an die Wand. Das Telefon hielt er in der Hand, die am Körper herabhing. Seine Hand zitterte, und die Knöchel waren weiß.

Sechs Tage später

Manfred hatte sich eine Stoffhose mit Bügelfalte und ein weißes Hemd angezogen, dazu eine Samtweste. Da alle drei Kleidungsstücke aus besseren Tagen stammten, hingen sie ziemlich lose an seinem dünnen Körper. Wallner empfahl, zumindest die Weste mal abnähen zu lassen. Auch Wallner war besser angezogen als sonst und trug Krawatte.

Pünktlich zur verabredeten Uhrzeit läutete es. Wallner begrüßte seinen Vater an der Tür und ließ ihn ins

Haus. Stehend und noch nervöser, als er es ohnehin den ganzen Morgen gewesen war, empfing Manfred seinen Sohn im Wohnzimmer.

»Hallo, Papa«, sagte Ralf, als er zaghaft das Zimmer betrat. Es klang für Wallner eigenartig. Der grauhaarige Mittsechziger, der sein Vater war, wurde vor Manfred wieder zum Kind. Noch dazu zu einem mit schlechtem Gewissen.

»Und, wie war die Fahrt?«, sagte Manfred, weil er das immer sagte, wenn Besuch angereist war.

»Gut. Auf der A 99 war ein bisschen Stau vorm Ostkreuz. Aber sonst war alles frei.«

»Magst dich setzen?«

»Ja. Gerne.« Ralf sah Wallner an, der keine Anstalten machte, sich hinzusetzen.

»Ich muss euch leider alleine lassen.«

Ralf war so überrascht, dass er kein Wort herausbrachte.

»Ich hab einen ... Termin.«

Ralf nickte enttäuscht. »Ich versteh das, wenn du ... verärgert bist. Ich dachte zwar, wir wollten mal reden, aber wenn du ... wenn du einen Termin hast ...«

»Es geht nicht darum, dass ich dich bestrafen will. Oder meine Verärgerung ausdrücken.«

»Worum dann?«

»Ich habe einen Termin. Und der ist mir sehr wichtig.«

»Wichtiger, als nach vierzig Jahren mit mir zu reden?«

»Das kann auch ein paar Jahre mehr warten. Das andere nicht.« Er sah zu Manfred, dann wieder zu Ralf. »Ihr habt sicher genug zu besprechen. Mach's gut.«

»Okay«, sagte Ralf. Sie standen sich einige Augenblicke gegenüber, unschlüssig. Schließlich ging Wallner einen halben Schritt auf seinen Vater zu, und sie umarmten sich.

»So langsam gewöhn ich mich dran«, sagte Wallner und lächelte.

Einzelne Schneeflocken wehten von Westen über den Tegernsee. Auf dem Bergfriedhof hoch über Gmund hatte sich an diesem Aschermittwoch ein denkwürdiger Haufen versammelt, Männer und Frauen, die allesamt nicht in die dunklen, feierlichen Kleider passten, die sie anhatten. Etwa fünfzig Stammgäste der Mangfallmühle waren es, darunter auch der Dude, Franzi und der Rest des Hacking Council, Harry Lintinger, sein Vater, der Schrotthändler Johann Lintinger, der es nicht ganz geschafft hatte, die Trauerränder unter seinen Fingernägeln zu beseitigen, was dem Anlass aber ausnahmsweise angemessen war, des Weiteren Sennleitner und Kreuthner sowie Schinkinger Joe, der eine Anwaltsrobe trug, die er sich als Jurastudent vor vielen Jahren etwas voreilig gekauft hatte und die ihm hier auf dem Friedhof eine pastorale Erscheinung verlieh. Was passte, denn er würde die Grabrede halten. Des Weiteren hatte jemand eine tragbare Musikanlage mitgebracht.

Kurz bevor Schinkinger Joe seine Rede begann, trafen einige Mitarbeiter der Kripo Miesbach ein sowie Tobias Greiner, und es wurde unruhig unter den Traugästen. Fast jedem war im Gedächtnis, wie Greiner letzte Woche auf der Suche nach Lara die Mangfallmühle auf den Kopf gestellt hatte, und nicht wenige verlangten, dass er sich vom Friedhof entfernte.

»Jetzt seid's halt amal staad. Es kann keiner was dafür«, rief Kreuthner die Menge zur Ordnung. »Schinkinger – fang an.«

Schinkinger Joe hatte einen ganzen Tag in der Mangfallmühle an der Trauerrede geschrieben, und sie war ihm gut geraten, erinnerte an die schönen Momente, die man gemeinsam mit der Verstorbenen erlebt hatte, an ihr fröhliches Wesen und dass die Mangfallmühle ihre Familie war. Kaum hatte Schinkinger Joe begonnen, riss der Himmel auf, und die Sonne schien auf das Grab und alle Umstehenden. Und als am Ende Kreuthner die Musik anstellte und Elton John »Candle in the Wind« über die Gräber sang, blieben wenige Augen trocken. Für eine Beerdigung war's wirklich schön, würden sie später sagen.

Liste der wichtigeren Personen in »Schwarzwasser«

Ermittler:
Clemens Wallner, Leiter der Kripo Miesbach
Leonhardt Kreuthner, uniformierter Polizist
Janette, Ermittlerin
Mike, Ermittler
Tina, Spurensicherung
Oliver, Spurensicherung
Jobst Tischler, Staatsanwalt
Sennleitner, Kollege von Kreuthner

Privates Umfeld Wallner:
Manfred Wallner, Wallners Großvater
Ralf Wallner, Wallners Vater
Olivia, Wallners Stiefschwester (12 Jahre)
Stefanie, Olivias Pflegemutter

Personen 2016:
Klaus Wartberg, Mordopfer
Lara Evers, mordverdächtige junge Frau
Norbert Petzenberger alias der Dude, Hacker und Zeuge
Hubert Baumgärtel, Rechtsanwalt
Axel Baum, Detektiv (s. a. u.)
Rüdiger Ott, Halbbruder von Dieter Sitting (s. u.)

Personen 1996:
Miriam Cordes, Junkie mit juristischen Problemen
Axel Baum, Privatdetektiv
Herbert Augustin, Immobilienunternehmer in Berlin, Erblasser
Regina Augustin, Nichte von Herbert Augustin

Marc Augustin, Neffe von Herbert Augustin
Dieter Sitting, Anwalt in Berlin
Silvia Marek, Sittings Anwaltsgehilfin
Gregor Nolte, undurchsichtiger Geschäftsmann
Alexander Schuchin, Noltes rechte Hand

Danksagung

Danken möchte ich allen, die mich bei der Entstehung dieses Buches unterstützt haben, besonders meiner Frau Damaris für ihre Geduld, die ich diesmal reichlich in Anspruch genommen habe, ihr unbestechliches und fundiertes Urteil zum Manuskript und für die Anekdoten aus dem bayerischen Landleben, mit denen sie mich immer wieder versorgt. Besonderer Dank gilt auch den Ersten Kriminalhauptkommissaren Johann Schweiger und Konrad Paulus von der Kripo Miesbach, die sich einmal mehr als äußerst hilfreich und informativ erwiesen haben und deren Fachwissen und Erfahrung wesentlich dazu beitragen, dass sich die Beschreibung der Ermittlungsarbeit in einigermaßen realistischen Bahnen bewegt. Des Weiteren Frau Elfriede Fellermayr für ihre Auskünfte zum Thema Meldewesen, Johannes Hochmuth für seine Hilfe bei Fragen des Erbrechts und Thomas Letocha für seine Anregungen zum Plot. Last, not least danke ich allen Mitarbeitern des Verlags Droemer Knaur für den ungebrochenen Enthusiasmus, den sie meinen Büchern entgegenbringen und der mir eine Quelle ständiger Motivation ist, und im Besonderen meiner Lektorin Andrea Hartmann, die dieses Mal u. a. vor der Aufgabe stand, einer sehr komplexen Geschichte zu mehr Klarheit und Verständlichkeit zu verhelfen – eine Aufgabe, die sie mit Bravour gelöst hat.

Teufelsravioli »Leonardo«

Zutaten:

1 Dose Ravioli, nicht zu teuer
1 Schote Habanero-Chili
1 Schalotte

Zubereitung:

Raviolidose öffnen, Inhalt in einen Topf geben und erhitzen.

Schalotte und Chilischote klein schneiden (Latexhandschuhe!). Nur Weicheier entfernen Kerne und helle Haut im Inneren der Schote, für das echte, einmalige und unverwechselbare Originalrezept wird aber die ganze Frucht verarbeitet (außer dem Stengel natürlich, ihr Torfnasen).

Zerkleinerte Zwiebel und Chili in Sonnenblumenöl erhitzen, bis Schalotte glasig wird, dann das Ganze in die blubbernden Ravioli geben, umrühren und fertig (Hölle! Hölle! Hölle!)

Dazu passen: 2 Mass gut gekühltes Bier oder 2 Liter Eiswasser (nützt übrigens gar nichts gegen den Brand)

Die Kultkommissare Wallner und Kreuthner ermitteln!

Andreas Föhr

Der Prinzessinnenmörder

An einem Januarmorgen wird im zugefrorenen Spitzingsee die Leiche einer 15-Jährigen gefunden. Als man im Mund des Opfers eine Plakette mit einer eingravierten Eins findet, ahnen Kommissar Wallner und sein ewig grantelnder Kollege, Polizeiobermeister Kreuthner, dass dies nur der Anfang einer grauenvollen Mordserie ist …

Schafkopf

Dem Kleinkriminellen Stanislaus Kummeder wird auf dem Gipfel des Riedersteins aus heiterem Himmel der Kopf weggeschossen. Warum der Mann, der nie auf Berge ging, sich gerade dort mit einem Bierfass aufhielt, als ihn der Schuss aus einem Präzisionsgewehr aus 500 Metern Entfernung traf – das können nur Wallner und sein Kollege Kreuthner beantworten. Bei ihren Ermittlungen stoßen die beiden unter anderem auf das geheimnisvolle Verschwinden einer jungen Frau und auf eine Neumondnacht vor zwei Jahren, in der die Geschehnisse durch eine Partie Schafkopf ihren tragischen Anfang nahmen.

Karwoche

Eigentlich ist Kommissar Wallner auf dem Weg in die Osterferien, als Polizeiobermeister Kreuthner ihn beinahe ins Jenseits befördert. Dabei entdecken sie eine Leiche, und Wallners Urlaub rückt in weite Ferne. Bizarr und unheimlich sieht die Tote aus, wie sie da starr auf allen vieren kniet, den Mund zu einem Schrei geöffnet. Die Ermittlungen führen Kommissar Wallner an den Schliersee, den Wohnort der Schauspielerfamilie Millruth. Je weiter Wallner und sein Team ermitteln, desto mehr geraten sie in ein dichtes Netz aus Familiengeheimnissen und Schuld …

Schwarze Piste

Onkel Simon ist tot. Seine Asche verstreut Polizeiobermeister Kreuthner feierlich auf dem Wallberg – einer jungen Skifahrerin mitten ins Gesicht. Als Wiedergutmachung fährt Kreuthner mit ihr die berüchtigte schwarze Piste ab, die er angeblich bestens kennt. Nur wenig später stapfen sie in der Dunkelheit durch den Schnee und stolpern fast über die gefrorene Leiche einer Frau …

Totensonntag

Mittendrin, wie alles begann – der erste Fall für Wallner und Kreuthner.

Herbst 1992: Bei einer Feier auf einer Berghütte am Tegernsee geraten der frischgebackene Kommissar Clemens Wallner und sein junger Kollege Leonhardt Kreuthner in ein Geiseldrama. Der Geiselnehmer kommt schließlich unter dramatischen Umständen zu Tode und gibt Kommissar Wallner mit seinen letzten Worten Rätsel auf: In der Gruft von Sankt Veit sollen die Gebeine einer vor vielen Jahren ermordeten Frau liegen. In einem edelsteinbesetzten Sarg.

Wolfsschlucht

Ende April am Tegernsee: Ein Bestattungsunternehmer versinkt mitsamt seinem Leichenwagen in der Mangfall, während gleichzeitig eine junge Frau verschwindet. Ihr Wagen wird kurz darauf in der abgelegenen Wolfsschlucht gefunden, aufgespießt von einem Maibaum. Im Lauf der Ermittlungen stellt sich heraus, dass beide Ereignisse auf eigenartige Weise zusammenhängen – und dass bei beiden Wallners anarcho-bayerischer Kollege Leonhardt Kreuthner seine Finger im Spiel hat, dem ein scheinbar genialer Plan aus dem Ruder gelaufen ist.

Der spannende Auftakt einer neuen Reihe rund um Anwältin Rachel Eisenberg

Andreas Föhr

Eisenberg

Kriminalroman

Der Angeklagte ist Professor Heiko Gerlach. Eine Koryphäe im Bereich der theoretischen Physik – und Rachel Eisenbergs einstige große Liebe. Zwei Jahre lang hat die Anwältin mit diesem Mann Tisch und Bett geteilt. Rachel kann nicht glauben, dass er inzwischen auf der Straße lebt und einen Mord begangen haben soll. Doch die Beweislage scheint eindeutig. Auf der Leiche werden seine DNA-Spuren gefunden. Als sein Alibi für die Tatnacht platzt und die wichtigste Zeugin plötzlich spurlos verschwindet, legt der Professor ein Geständnis ab. Vergeblich versucht Rachel, Heiko zu überzeugen, es zu widerrufen. Daraufhin entzieht er ihr das Mandat. Der Schock sitzt tief. Und es bleiben quälende Fragen: Wie konnte so ein brillanter Wissenschaftler auf der Straße landen? Welche Rolle spielte das obdachlose Mädchen Nicole? Und ist der Professor wirklich so unschuldig, wie Rachel glaubt? Sie beginnt, auf eigene Faust zu ermitteln.